ullstein

Das Buch

Leilas finnische Mutter ist zum Islam konvertiert. Seitdem interessiert sie sich nur noch für die korrekte Auslegung des Korans. Sogar Familienfotos sind verboten. Leilas Vater kommt aus dem Maghreb und ist selbst Muslim – aber dieser Fanatismus ist ihm viel zu anstrengend. Und ihre große Schwester Samira ist längst vor dieser verrückten Familie geflohen. Alleine ist es schwer für Leila, zu Hause den Verstand nicht zu verlieren. Dann wird Samira eines Tages schwer verletzt am Fuß einer Treppe gefunden. Ist sie gefallen? Oder wurde sie gestoßen? Leila versucht herauszufinden, was mit ihrer Schwester passiert ist. Das Leben zwischen den Kulturen ist gefährlich, besonders für Mädchen. Aber Leila weigert sich, Opfer zu sein.

»Ein erschütterndes, trotzdem auch komisches und unglaublich lebensnahes Buch über die Zerrissenheit der Kulturen.« *Brigitte, Meike Schnitzler*

Die Autorin

Johanna Holmström wurde 1981 in Sibbo geboren. Sie gehört der schwedischsprachigen Minderheit in Finnland an. Seit einigen Jahren lebt sie mit ihren zwei Töchtern in Helsinki und war lange mit einem Araber verheiratet. Sie ist Journalistin und studiert arabische Literaturwissenschaft. Für ihre Erzählungen erhielt sie unter anderem den Literaturpreis des *Svenska Dagbladet*. Asphaltengel wurde von der finnischen und schwedischen Presse hymnisch besprochen.

JOHANNA
HOLMSTRÖM

ASPHALTENGEL

Roman

Aus dem Finnlandschwedischen
von Wibke Kuhn

Ullstein

Besuchen Sie uns im Internet:
www.ullstein-taschenbuch.de

Der Verlag dankt FILI für die Förderung der Übersetzung

FILI
FINNISH LITERATURE EXCHANGE

MIX
Papier aus verantwortungsvollen Quellen
FSC www.fsc.org
FSC® C083411

Ungekürzte Ausgabe im Ullstein Taschenbuch
1. Auflage Oktober 2015

Titel der finnlandschwedischen Originalausgabe: *Asfaltsänglar*
(Verlag Schildts & Söderströms, Helsinki, 2013)
Umschlaggestaltung: ZERO Werbeagentur, München,
unter Verwendung einer Vorlage von semper smile
Werbeagentur, München
Titelabbildung: © Shutterstock / Flas100 (Streifen);
© Shutterstock / Korrr (Asphalt)
Satz: LVD GmbH, Berlin
Gesetzt aus der Minion
Druck und Bindearbeiten: CPI books GmbH, Leck
Printed in Germany
ISBN 978-3-548-28782-9

Für alle Mädchen, die schon mal in einem viel zu kurzen Rock ausgegangen sind.

Only God can judge me, is that right?
Nobody else, nobody else
All you other motherfuckers get out of my business
2 PAC

Oktober 2005

Samira

KAPITEL 1

Samira in der Jungfrugränden

Jede verheiratete Frau ist eine Hure.

Sagte Samira, warf sich ihre Tasche über die Schulter und verschwand mit entschlossenen Schritten über die Jungfrugränden. Die Hände hatte sie in die Taschen ihrer kurzen schwarzen Lederjacke gesteckt und das Kinn in ihrem blauen Schal vergraben. Das dunkle Haar fiel ihr in wilden Locken offen auf die Schultern. Ihre hohen Absätze klapperten auf dem Asphalt.

Herbst. Ahorn, Ebereschen und Lügen schwelten leise vor sich hin, und morgens zog sich der Raureif in einem gehauchten Band über die Wiese.

Hinter der Kneipe Valkeat Yöt, wo jetzt schon die Hobbyalkoholiker saßen und in ihr erstes Bier starrten, wartete bereits das Taxi.

Sie beschleunigte ihre Schritte, legte das letzte Stück fast schon im Laufschritt zurück. Ihren Koffer warf sie auf den Rücksitz, sie selbst stieg vorne ein. Das Taxi fuhr los, langsam zunächst, aber sobald es über die Temposchwelle an der Bushaltestelle gefahren war, gab der Fahrer Gas, und der Wagen verschwand.

Oktober 2007

Leila

KAPITEL 2

Wie die Überbleibsel von Samiras Leben versteckt und wiedergefunden werden

In einer schlaflosen Nacht vergrabe ich Samiras Leben im Rasen unter unserem Balkon. Das Metallblatt des Spatens gräbt sich tief in die Erde, und ich schwitze in meiner Daunenjacke, als ich die Tüte in der kleinen Grube versenke. Anschließend bedecke ich alles wieder mit einer dicken Schicht Erde.

Am Himmel sind keine Sterne zu sehen. Nur die Fernseher blinken mir aus den dunklen Wohnzimmern entgegen, in den Reihenhäusern, wo die glücklichen Familien wohnen.

Bei Jotunens ist das Rollo heruntergezogen, aber ich weiß noch, wie Samira und ich immer vor ihrem Fenster standen und heimlich die Talentshows mit anguckten – ohne Ton. Ihre Wange so nah an meiner, dass sich unser Atem vermischte.

Die Nacht ist kühl, und die Straßenlaternen sind schon früh angegangen. Ich trample die aufgegrabene Stelle ein bisschen glatt, damit sie nicht so ins Auge fällt, und klettere auf demselben Weg zurück, auf dem ich gekommen bin. Über den Balkon.

In Mamas Zimmer brennt Licht, und ich höre das Geräusch ihrer Computertastatur. Sie sitzt wieder am PC und diskutiert mit ihren Glaubensschwestern in der finnischen *umma* die *halal* und *haram* ihrer Religion. Sie kann auch nicht schlafen. Stattdessen bleibt sie so lange wie möglich auf, um *Qiyam al-lail* zu beten, eines der freiwilligen Nachtgebete. Um sich die Zeit zu vertreiben, chattet sie im Internet.

Später höre ich sie in der Küche, wo sie alle Messer und anderen scharfen Gegenstände wegräumt, die offen herumliegen. Sie legt sie vor dem Schlafengehen an einen sicheren Platz, weil der Prophet Mohammed gesagt hat, dass man das so machen soll.

Am nächsten Morgen ist der Rasen unter unserem Balkon abgesperrt. Zwischen den Ahornbäumen hat man gelbe Plastikbänder gespannt, auf denen »POLIISI – POLIZEI« steht. Die Bewohner unseres Hauses und der benachbarten Reihenhäuser haben sich rund um das Loch in der Erde versammelt, fast wie bei einer Beerdigung. Man flüstert sich zu, dass in der Nachbarschaft Sachen verschwunden sind, Stereoanlagen, Autoreifen, der eine oder andere Hund, und jetzt erwartet man, dass gleich eine Pfote oder ein Stück Gummi auftaucht.

Stattdessen: eine dünne weiße Plastiktüte von »Alis Halal« unter einer dicken Schicht Erde. Überraschtes Gemurmel, das klickende Geräusch von Feuerzeugen. Man hält mir die Plastiktüte vor die Nase. Ich stehe am äußeren Rand des Kreises und versuche, in der Kapuze meiner Jacke zu verschwinden. Ich nehme die Tüte und halte den Kopf angemessen gesenkt. Nachdem ich die Überbleibsel von Samira in Empfang genommen habe, werde ich noch streng ermahnt, so etwas nicht wieder zu tun.

Der Herbst wartet schon um die Ecke und bläst mir seine Kühle ins Gesicht. Mama in einem langen weißen Bademantel, der ihr bis zu den Knöcheln reicht, einen Handtuchturban auf dem Kopf. Sie starrt die Polizisten mit einer Miene an, dass sie verlegen die Blicke abwenden, als wäre nicht ich diejenige, die etwas Ungesetzliches gemacht hat, sondern sie. Dabei tun sie bloß ihre Arbeit.

Man habe einen Hinweis bekommen, sagt der eine Polizist,

dass sich auf dem abgesperrten Rasenviereck irgendetwas Verdächtiges abgespielt habe.

»Und nicht nur das. Hier in der Gegend sind ja auch Sachen verschwunden«, fährt der Polizist fort, der langsam wieder zu seiner respekteinflößenden Pose zurückfindet. »Autoreifen und …«

»Autoreifen! Meine Tochter ist noch nicht mal fünfzehn, die wird ja wohl kaum durchs Viertel laufen und Autoreifen stehlen!«, ruft Mama.

»Es waren auch noch andere Sachen, Hausrat … man kann ja nie ganz sicher sein.«

»Tja, in einer Hinsicht können Sie ganz sicher sein, nämlich dass ich keine Autodiebin großgezogen habe«, antwortet Mama.

»Ja, sieht wohl so aus«, stellt der Polizist fest.

Mama schweigt einen Moment, dann sagt sie:

»Ich würde ja zu gern wissen, wer Ihnen diesen Tipp gegeben hat.«

»Tja … das können wir leider nicht sagen …«, antwortet der Polizist. Doch Mama hat aus dem Augenwinkel schon eine Bewegung wahrgenommen.

Markku Jotunen macht ein paar Schritte zurück und steckt sich eine Zigarette an. Mamas Augen verengen sich.

»Das hätte ich mir ja gleich denken können«, murmelt sie, dreht sich um und teilt Blicke wie Ohrfeigen an die Nachbarn aus, die im Kreis um den schlaffen Rhododendronbusch stehen.

Den hat die Stadt im Sommer gepflanzt, damit die Gegend ein bisschen netter aussieht, aber er wird den Winter wohl kaum überstehen.

Dann geht sie wieder ins Haus. Ich folge ihr. Die Plastiktüte schlägt gegen mein Bein. Der verbotene Inhalt tritt seine letzte Reise an, die Treppe hinauf und in unsere Küche.

»Ich dachte, wir hätten das weggeworfen«, sagt Mama und lässt den Stapel Fotos auf ihren Schoß sinken.

Unsere lächelnden Gesichter grinsen uns von den Bildern entgegen. Samira und ich, zwei braunäugige Kinder mit ebenmäßigen Zähnen und blinzelnden Augen. Die Sonne lässt unsere Gesichter in dunklen Schatten verschwinden.

Mama schaut mich mit einem Blick an, der mir bis ins *nafs* zu dringen scheint.

»Du weißt genauso gut wie ich, dass wir die nicht aufheben können.«

»Aber die sind doch …«

»*Haram*, Leila. Sie sind *haram*. Wie lange hast du die schon?«

»Samira hat sie sich zurückgeholt, nachdem du sie weggeschmissen hattest. Sie hat sie zur Mülltonne rausgebracht, aber es nicht übers Herz gebracht, die Bilder … Sie hat sie aufbewahrt, bis …«

Ich sitze auf meinen Händen und weiche ihrem Blick aus. Ihr Daumen liegt auf meinem Gesicht. Er verdeckt meinen gelben Badeanzug, die aufblasbaren Schwimmflügel, meine zaundürren Beine, die an der Stelle abgeschnitten werden, wo die Wasseroberfläche sie schluckt. Ich presse die Lippen zusammen. Dann klickt ein Feuerzeug, und eine blasse Flamme leckt an den Rändern unserer bunten Kodakmomente.

Samira im Ballettkleidchen – verkohlt. Ich auf einem fetten Pony vor sommergrünem Hintergrund – Asche. Unsere aneinandergeschmiegten Wangen, ein Grinsen, so breit, dass einem die Kiefer wehtun – vom Feuer verzehrt. Eine in die Kamera winkende Samira, die einen knallroten Schlitten in der Hand hält, der Handschuh so schneeschwer, dass er ihr fast von der Hand rutscht, die Haare, die ihr offen über die Schultern fallen, und die braune Cordjacke mit Kapuze und Teddyfutter. Ich, vielleicht ein Jahr alt, im Sitzen, mit einem kunterbunten Paket im Arm, Samira, die gerade gehen gelernt hat, das runde Gesicht und die dunklen Augen schauen zur Kamera hinauf, und Mama und Papa, damals noch glücklich, vor einem glitzernden Weihnachtsbaum mit roten Christbaumkugeln.

Als ich zu ihr aufblicke, sehe ich, dass sie die Lippen ebenfalls zusammenpresst. Dann dreht sie sich weg und sorgt dafür, dass das Feuer in der Spüle unsere Erinnerungen in Rauch aufgehen lässt.

Ich gehe in mein Zimmer, ohne dass sie es mir befehlen müsste, und mache meinen Schrank auf. Früher war das mal unser Wohnzimmerschrank, in dem auch unser Fernseher stand, bis Mama erfuhr, dass die Bilder im Fernsehen ebenfalls verboten waren, und der Apparat fortmusste.

»*Haram!*«, sagt Mama. Verboten. In einem Haus, in dem es Fotos gibt, wird sich niemals ein Engel zeigen.

Und ein Haus, das die Engel verlassen haben …

Papa und ich versuchten damals zu argumentieren, dass die Bilder ja gewissermaßen nicht *im* Fernseher sind, sondern durch den Raum schweben und körperlich gar nicht existieren, doch Mama entgegnete, das sei ganz egal, weil die meisten Fernsehbilder sowieso viel zu sündhaft seien. Da kam Werbung für Tampons in der Sprache des Propheten und türkische Popsongs, die sich allesamt nur um *zinaa* drehten. In Tiersendungen trieben Affen und Löwen verbotene Dinge, und in den Fernsehserien wurde unablässig geflucht. Da wurden Männer gezeigt, die beim Pilgergebet am heiligen Stein, der *Ka'ba* in Mekka, einschliefen, und Sportlerinnen in hautenger Elastankluft, die mehr enthüllte als verdeckte. Daher war es besser, überhaupt nichts mehr zu sehen und sich stattdessen gedanklich mit Gott zu beschäftigen und *dhikr* zu machen. So entschied Mama, und damit trug sie den Fernseher zum letzten Mal in den Keller.

Wenn Mama etwas entscheidet, ist sie nicht mehr umzustimmen, und deswegen ist der Platz, an dem früher der Fernseher stand, jetzt leer. Im Schrank liegen bündelweise Fotos. Ich sehe sie durch, bis ich plötzlich eines in der Hand halte, das ich schon fast vergessen hatte.

Mama und Papa am Strand, weit entfernt in Zeit und Raum. Die Luft ist hellblau. Lila am Horizont. Sie haben die ganze Nacht hindurch gestritten, ihre Augen sind verheult und müde, sandig von dem ganzen Dreck, den sie sich gegenseitig ins Gesicht geworfen haben, seit sie ihren hitzigen Wortwechsel begonnen haben.

Jetzt treffen sich ihre Blicke. Sie haben die Nacht überstanden, nun kommt das Licht zurück. Bald werden alle erwachen, die Vögel zwischen den Kastanienblüten und auch die Taxifahrer, die in ihren Autos gedöst haben. Aber in diesem Moment fühlt es sich noch so an, als wären sie vollkommen allein auf der Welt.

Im Hintergrund spielt Stevie Wonders *Ribbon in the Sky*, und ihre Hände finden sich, halten einander kurz fest. Dann gleiten sie wieder auseinander, bis sich nur noch die Fingerspitzen leicht berühren. Stevie fängt an zu singen, ganz sachte: *If allowed, may I touch your hand, and if pleased, may I once again, so that you too will understand, there's a ribbon in the sky for our love.*

Das Ganze ist viel zu kitschig, um wahr zu sein. Meine Mutter. Mein Vater. Der Strand und der Morgen, der niemals anbricht. So hat Papa es mir erzählt.

Das Bild ist wichtig. Es bedeutet, dass Mama und Papa einmal glücklich gewesen sind. Um sich daran zu erinnern, braucht man Beweisfotos. Ich habe mehrere. Sie liegen sicher verwahrt ganz hinten in meinem Schrank, in dem so ein Chaos herrscht, dass nicht mal Mama, die ansonsten alles unter penibelster Kontrolle hat, Ordnung schaffen kann. Sie sitzt immer nur seufzend davor und sagt:

»Leila …«

Und ich antworte.

»Ja, ja … ich mach schon.«

Und dann bleibt alles beim Alten, bis sie irgendwann wieder in der Stimmung ist.

»In ein Haus, in dem es Bilder gibt, kommen keine Engel«, sagt Mama.

Ich frage sie, ob das für das ganze Haus gilt, und wie sie die Leute dazu bewegen will, die Satellitenschüsseln abzunehmen, die an jedem Balkongeländer montiert sind, oder wie sie unsere Nachbarn zwingen will, ihre Zeitungsabos zu kündigen, was sie selbst schon längst getan hat. Ich frage sie, ob sich die Engel einfach in *Zimmern* nicht wohlfühlen, in denen sich Bilder befinden, und ob die Engel, die ja eigentlich immer auf meinen Schultern sitzen und meine guten und bösen Taten notieren sollen, gar nicht ins Zimmer kommen können, wenn sich Bilder darin befinden. Ich frage auch, wie es überhaupt sein kann, dass sie immer bei jedem Menschen sind, bei Muslimen wie Nicht-Muslimen, mit ihren Notizblöcken in der Hand, wenn sich doch in den meisten Zimmern Bilder befinden. Ich erinnere Mama daran, dass sie selbst auch Zeit in solchen Räumen verbringt, zumindest in der U-Bahn, wo auf jeder freien Sitzbank Gratiszeitungen liegen, und bei der Arbeit vorm Computer, wo sich auf dem Tisch im Kundenbereich Kreuzfahrtprospekte stapeln.

Aber Mama lässt sich von solchen Details nicht aus dem Konzept bringen. Sie stellt nur fest, dass ich mir nicht den Kopf über das Wie und Wo und Warum zerbrechen soll, denn Gott sieht und hört alles, ganz besonders naseweise Fragen und Mädchen, die ihren Eltern Widerworte geben.

Samira hat mir beigebracht, dass man alles aufheben muss, was man auf der Straße findet, da man nie weiß, wann man es brauchen kann. Deswegen hielt Samira den Blick immer gesenkt auf ihre schwarzen Turnschuhe, die die Straße auf und ab liefen.

Was auf der Straße liegt, muss jemand verloren haben, also war es irgendwann einmal etwas, was jemand gebraucht hat, und deswegen ist es notwendig, sagte sie. Und dann hob sie triumphierend einen braungelben Plastikkamm auf, der halb versteckt unter gelb raschelnden Haufen verwelkten Ahornlaubs lag, und hielt ihn ins Licht. Er war nur ein bisschen abgenutzt, und es fehlten nicht einmal Zinken, wie sonst bei Kämmen, die man auf der Straße findet.

Genau wie Samira hebe ich grundsätzlich alles auf, was ich auf der Straße finde. Haargummis, die dicken und auch die ganz dünnen, mit denen man sich so gut einen Pferdeschwanz machen kann. Samira hatte bestimmt hundert solche dünnen Haargummis, aber auch dicke und weiche. Damit sich das Haar ab und zu erholen kann, meinte sie.

Jedes Mal, wenn ich ein Haargummi finde, denke ich, dass sie es verloren hat. Mein Herz fängt an, wie wild zu klopfen, und ich renne um die Ecke und erwarte sie zu erblicken, aber die Straße ist jedes Mal wieder genauso leer.

Die Leere, die Samira hinterlassen hat. Sie ist überall. Langsam breitet sie ihre Nichtigkeit über alles und lässt es verschwinden.

Doch die Sachen liegen immer noch auf dem Bürgersteig. Kämme, Schmuck (vor allem Ohrringe, ich habe die weltweit größte Sammlung von einzelnen Ohrringen), Schlüssel, Kunstnägel mit kleinen aufgeklebten Strasssteinchen, Büroklammern, Radiergummis, Sicherheitsnadeln, Reflektoren, Handschuhe (meine Sammlung einzelner Handschuhe ist mindestens die zweitgrößte weltweit) und sogar Schuhe. Ich frage mich immer, wie das geht, dass man einen Schuh verliert. Ohne es zu merken.

In meiner Sammlung wertloser Sachen befinden sich auch solche, die früher einmal Samira gehört haben. Manchmal weiß ich nicht, ob ich sie für sie aufbewahre oder ob ich sie übernommen habe, aber eines ist sicher: Sie waren auch in der Plastiktüte, die ich vergraben hatte, damit sie für immer unter einem halben Meter Erde ruhen. Die aber schon am nächsten Tag wieder ausgegraben wurde und nun auf dem Boden meines Zimmers liegt.

Ganz obenauf befindet sich eine blutige Unterhose mit einer gebrauchten Binde. Die blutige Hose ist meine. Die hatte ich einfach gleich noch mit reingesteckt, weil die Tüte ja sowieso vergraben und vergessen werden sollte, und das war besser, als zu versuchen, sie in den Müll zu schmuggeln, vorbei an Mamas wachsamen Augen. Aber dann kam es eben anders, und als sie die Binde fanden, drehte sich der jüngere Polizist mit einem angeekelten Ausruf weg, als müsste er sich gleich übergeben, und der ältere kniff die Lippen zusammen. Eigentlich ganz schön lächerlich, wenn man sich vor Augen hält, dass die im Laufe ihrer Karriere wahrscheinlich schon Köpfe und andere Körperteile aus Gott weiß wie vielen Mülldeponien gegraben haben.

In gewisser Hinsicht kann ich ihre Reaktion verstehen. Während sie unter unserem Rasen nach Autoreifen und Satellitenschüsseln suchten, glaubten sie, ich müsste ein Junge sein. Bis der Inhalt der Tüte das Gegenteil bewies.

Tatsächlich gibt es eine Menge Leute, die glauben, dass ich ein Junge bin. Und meistens habe ich gar nichts dagegen. Wenn ich die Kapuze aufhabe und auf den Boden gucke, kann man eigentlich keinen Unterschied erkennen. Manchmal gehe ich in die Angel Bar, wo die Skinheads sitzen, stelle mich an den Tresen oder die Jukebox, senke die Stimme und rede wie sie. Sie haben keine Ahnung, dass ich ein Mädchen bin, mit ziemlich vielen dunklen Haaren auf dem Kopf, und ich möchte auch gar nicht wissen, was sie tun würden, wenn sie es wüssten.

Ein paar Tage später ist der Rasen immer noch abgesperrt. Ich glaube, die Polizei versucht, die Leute abzulenken, indem sie so tut, als würde hier noch weitergearbeitet, dabei hat sie sich nie mehr vor unserem Balkon sehen lassen.

KAPITEL 3

Affen können nicht Bus fahren

In unserer Familie fährt man mit dem Bus. Nicht, weil wir besonders umweltbewusst wären oder so Lifestyle-Hippies. Wir können uns einfach keine Fahrräder leisten, und wir brauchen auch keine. Mama sagt immer, wir sollten froh sein, dass wir in unmittelbarer Nähe der wirklich großartigen öffentlichen Verkehrsmittel wohnen: Die Bushaltestelle ist direkt vor der Haustür, und die U-Bahn-Station nur ein paar Steinwürfe entfernt. Je nachdem, wie gut man werfen kann.

Außerdem ist Papa Busfahrer. Früher fand ich das ganz schön cool, dass manche von ihren Vätern in die Schule gefahren wurden, während mein Vater den ganzen Rest in die Schule fuhr. Aber seit Papa auf Rashids Sofa schläft und mit Mama nur noch streitet und alles andere auch so schrecklich kompliziert geworden ist, versuche ich, wenn ich von der U-Bahn hochkomme, schon aus der Ferne zu erkennen, wer im Bus am Steuer sitzt. Wenn es Papa ist, tue ich so, als müsste ich woandershin. Vielleicht in die Bibliothek. Oder zum Kiosk auf der anderen Straßenseite. Und wenn er vorbeigefahren ist, nehme ich den anderen Bus. Der hält am entgegengesetzten Ende der Siedlung, so dass man einen halben Kilometer mehr laufen muss. Dann gehe ich durch den Laden und kaufe irgendwas, und zu Hause zeige ich meine Einkäufe vor und behaupte, dass ich beim Bäcker vorbeigekommen bin oder so.

Aber wenn die Sonne richtig runterknallt oder wenn es so regnet, dass die Windschutzscheibe des Busses voll schlieriger Streifen ist, kann ich nur einen Arm in blauschwarzer Uniform mit eingenähten Reflektoren erkennen oder ein Käppi, das jeder aufhaben könnte. Dann muss ich mit allen anderen die Straße überqueren und in den Bus steigen.

Wenn Papa am Steuer sitzt, starre ich unablässig auf meine Schuhe, bis ich meine Karte abstempeln muss, blicke verstohlen auf und nicke kurz, und er nickt unmerklich zurück. Manchmal fasst er mich am Arm und flüstert mir zu, dass ich Mama dies oder jenes ausrichten soll. An solchen Tagen versuche ich mich so hinzusetzen, dass er mich nicht im Rückspiegel sehen kann, während ich mich frage, warum er ausgerechnet diese Tour fahren muss. Wo er doch weiß, dass Mama mich, sobald ich durch die Haustür komme, sofort fragen wird, ob Papa gefahren ist.

Am schlimmsten ist es aber immer, mit Papa zu fahren, wenn er mal wieder wütend auf die ganze Welt ist und zu schnell fährt. Dann mache ich mich ganz klein auf meinem Sitz und spanne die Bauchmuskeln an, während ich den Haltegriff so fest umklammere, dass meine Hand ganz kalt wird. Manchmal murmelt jemand etwas von Verkehrsrowdys und Verkehrsregeln, und ich versinke noch tiefer auf meinem Sitz und starre in den Straßengraben.

Einmal konnten wir nicht weiterfahren, und das mitten in der Rushhour. Die hintere Tür ging nicht mehr zu – sie hatte sich am Bordstein verkeilt und saß fest wie so ein Himbeerkernchen in einem Zahn. Die Leute hatten es eilig und wurden immer gereizter.

Anfangs versuchten sie Papa noch gute Ratschläge zuzurufen, und ich sah an seinen Augen, wie er langsam nervös wurde. Schwitzend fummelte und hantierte er an der Tür herum, aber nichts tat sich. Die Tür hatte sich hoffnungslos verkeilt, und der Bus rührte sich nicht vom Fleck. Er pfiff auf die Tipps, die ihm die Fahrgäste immer wütender zuriefen, setzte sich ans Steuer und begann panisch, abwechselnd Gas zu geben und zu bremsen. Der Bus bewegte sich zehn Zentimeter vorwärts, um dann gleich wieder zurückzurollen.

Die Minuten verstrichen quälend langsam. Die Stimmung im Bus schlug um. Man grinste sich an. Ich sah es schon in ihren Gesichtern. Und dann sagte einer:

»Diese Scheißneger immer ...« Und die anderen lachten und nickten.

Mütter mit Kindern, Rentner, junge Männer im Anzug, alle hatten sie bloß darauf gewartet, dass jemand genug Mut besaß, es laut auszusprechen, und nun stimmten sie schmunzelnd zu.

»Scheißaffe. Geh doch zurück nach Afrika, wenn du nicht mal Bus fahren kannst.«

Irgendjemand machte einen Affen nach, und ich wartete. Ich sah Papas Augen im Rückspiegel. Unsere Blicke trafen sich kurz, und ich wusste, dass er nichts sagen oder machen würde. Nicht, solange ich dabei war. Dabei hätte ich mir nichts sehnlicher gewünscht.

Als der Bus endlich loskam und er mit hämischem Applaus und Pfiffen belohnt wurde, musste ich die Zähne zusammenbeißen, um nicht loszuheulen. Es fühlte sich genauso an, wie wenn jemand im Klassenzimmer Anna den Papierkorb über den Kopf stülpte und sie einfach sitzen blieb, ohne ihn abzunehmen, während die anderen klatschten und immer weitermachten.

Ich hielt mir die Hand vor den Mund und starrte auf die Straße, die schneller und schneller vorüberglitt, während der Bus befreit seinem Ziel entgegengaloppierte. Als ich ausstieg, ging ich nicht wie sonst zur Vordertür, und ich blickte auch nicht mehr auf. Ich stieg aus wie jeder andere Fahrgast, und auf dem Heimweg hoffte ich, dass Mama nicht zu Hause war.

KAPITEL 4

Großmutter und Morra

Wenn Mama nicht gerade mit Papa oder Samira streitet, dann streitet sie mit Großmutter. Früher hat sie auch mit Großvater gestritten, aber der ist vor ein paar Jahren im Sommer plötzlich gestorben, und ihr letzter Streit konnte nicht mehr abgeschlossen werden. Nach Großvaters Tod lief Mama mehrere Wochen mit ganz leerem Blick herum. Sie sah aus wie die Male, als Papa ohne einen Cent von dem ganzen mitgenommenen Geld aus Dar El-Shams zurückkam. Sie fühlte sich immer so hintergangen, wenn sie am Geldautomaten stand und feststellen musste, dass das ganze Konto leergeräumt worden war.

Mama und Großvater bekamen nie Gelegenheit, fertigzustreiten. Nicht so wie Mama und Großmutter. Die haben noch jede Menge Zeit. Aber so sehr sie auch streiten, es sieht so aus, als würden sie nie richtig fertig werden. Jedes Mal, wenn wir zu Großmutter fahren, sagt Mama, dass sie dieses Mal, *inshaallah*, ganz bestimmt keine schlechte Laune bekommen wird. Diesmal wird es, so Gott will, *richtig, richtig nett* werden.

Und vielleicht geht es die erste halbe Stunde tatsächlich ganz gut, solange sie bloß auf dem Hof spazieren gehen und Großmutter Gunni mit ihren Sommerskistöcken auf die Krokusse zeigt, die ihre blauen Köpfe verdutzt aus der kalten Erde gereckt haben, um nachzusehen, wer ihren Schlaf stört. Es geht auch noch nett weiter, wenn Mama in den Birken nach Fledermäusen Ausschau hält und Gott für all die Schönheiten der Welt mit einem *mashaallah* dankt, allerdings ganz leise, damit Großmutter es nicht hört. Die mag es nämlich nicht, wenn Mama Arabisch spricht, obwohl das Gottes Sprache ist. Doch sobald wir uns an die Kaffeetafel gesetzt haben, passiert es. Eine von beiden – wenn man sie fragen würde, würde natürlich jede behaupten, dass es die andere war – marschiert zielstrebig auf ein Minenfeld, und schon stecken wir mitten in Verteidigungsstrategien und Luftangriffen, und wenig später ist ein astreiner Atomkrieg entbrannt.

Später wird genau ermittelt, wer was gesagt und getan hat, und dann sitzt man da wie der Internationale Gerichtshof in Den Haag und verhängt mittellange Strafen für Kriegsverbrechen, während die beiden sich immer noch feindselig gegenübersitzen und sich misstrauisch mit dem Fernglas beobachten, damit sie bei der geringsten falschen Grimasse gleich wieder losfeuern können.

Eigentlich ist mir gar nicht so richtig klar, was für ein Grund hinter diesen Streitereien steckt, und wenn ich Mama frage, schüttelt sie bloß den Kopf und sagt:

»Sie beherrscht einfach die Kunst, einen Menschen wahnsinnig zu machen. Sie weiß genau, welche Knöpfe sie bei mir drücken muss, um mich …«

Und wenn man Großmutter fragt, sagt sie:

»So war sie schon immer. So überempfindlich. Schon als Kind. Man konnte nichts sagen, ohne dass sie sich gleich auf den Schlips getreten fühlte.«

Als Samira noch dabei war, sagte sie immer:

»Herrgott, ich will von dem ganzen Blödsinn echt nichts hören! Okay?«

Mama behauptet, dass Großmutter »anstrengend« ist. Jünger sein möchte, als sie ist. Sich nach Kräften amüsieren will und sich dafür immer die völlig falsche Art aussucht.

Großmutter ist schon über sechzig, aber es kann immer noch jederzeit vorkommen – vor allem im Sommer –, dass sie mit ihren Freundinnen ins Auto springt, und dann fahren sie alle zusammen kreischend und johlend los, lassen das frisch gefärbte Haar im Wind flattern und gehen in der Stadt in die Kneipe. Da trinken sie dann Mai Tais und tanzen. Ich glaube, vor allem das mit dem Tanzen bringt Mama auf die Palme.

Frauen wie Großmutter und ihre Freundinnen sehe ich fast jedes Mal, wenn ich ins Trix gehe. Sie sind grundsätzlich am betrunkensten. Sie haben grundsätzlich die engsten Kleider an, mit Glitzer und Leopardenmuster, und sie machen grundsätzlich die wildesten Posen auf der Tanzfläche. Außerdem machen sie im Trix alles völlig falsch. Wenn der DJ alte finnische Scheißsongs auflegt, damit die Leute aufhören zu tanzen und stattdessen Getränke kaufen, rennen solche Frauen wie Großmutter Gunni los und stellen sich mitten auf die Tanzfläche. Sie recken einen Finger in die Luft und nicken mit dem Kopf, dass ihnen die Haare ins Gesicht fallen, während sie zu *Nahkatakkinen tyttö* rumspringen.

Und dann könnte man meinen, sie hätten einen Elektroschock von einem der Kabel unterm DJ-Pult abgekriegt. Sie beginnen, den ganzen Körper zu schütteln, so dass die Umstehenden erschrocken zurückweichen. Und wenn sie so tun, als würden sie sich die Nase zuhalten und untertauchen, während sie powackelnd in die Knie gehen, zeigen wir mit dem Finger auf sie, stoßen uns gegenseitig mit dem Ellenbogen in die Seite und lachen.

Ich kann verstehen, dass Mama es nicht mag, wenn jemand über Großmutter lacht. Schließlich hat sie drei Kinder geboren und großgezogen, von denen eines meine Mutter ist. So ein Mensch muss mit Respekt behandelt werden, sagt der Prophet

Mohammed. Doch Großmutter will das Leben genießen. Sie will sich die grauen Strähnen färben, die man dann ein paar Monate später am Scheitel nachwachsen sieht, und manchmal will sie sich an einem Wochentag völlig grundlos betrinken, nur um zu spüren, wie es im ganzen Körper rauscht. Sie will sich unpassende Klamotten anziehen und ausgehen und tanzen und so laut und hässlich lachen, dass die Leute sich nach ihr umdrehen. Ich weiß, dass Mama und Großmutter sich darüber streiten, aber das ist nicht ihr Lieblingsthema. Ihr Lieblingsthema, auf das sie immer wieder zurückkommen, ist Mama selbst.

Von Mama sagt man, dass sie über Nacht religiös wurde. Und wenn man das sagt, senkt man die Stimme und schaut sich verstohlen um, und dann murmelt man es seinem Gegenüber ganz im Vertrauen zu. Als würde man sagen, dass jemand über Nacht verrückt geworden ist oder ganz plötzlich gestorben. Mama selbst schnaubt nur, wenn sie das hört. Sie sagt, dass sie »zu Gott zurückgefunden hat«.

Auf jeden Fall wird sie niemals so werden wie Großmutter. Jedes Mal, wenn ich das höre, muss ich innerlich lachen, denn ich kenne niemanden, der Großmutter ähnlicher ist als Mama in diesem Moment.

Wer über Nacht religiös wird, der schafft einen gewissen Abstand zwischen sich und den anderen. Wie ein Tuch. Mama nennt dieses Tuch *hijab*.

Mama fing an, den *hijab* zu tragen, als sie schon ein Jahr mit Papa in Dar El-Shams wohnte, kurz nach Samiras Geburt.

»Das machte es einem leichter. Man wurde einfach mit Respekt behandelt …«, seufzt sie.

Und wenn man sich erst mal für den *hijab* entschieden hat, kann man ihn nicht einfach so wieder ablegen, wie Mama immer betont. Sie konvertierte eigentlich erst ein paar Jahre später, aber am Kopftuch hielt sie schon bei ihrer Rückkehr nach Finnland fest. Es war ihr Freund und ihre Stütze in den schwersten Momenten, und je mehr Widerstand sie erfuhr, umso mehr wuchs ihre Überzeugung, dass sie recht hatte. Inzwischen beschränkt sich Mamas Job darauf, Anrufe von Leuten entgegenzunehmen, die Kreuzfahrten zu den europäischen Hafenstädten buchen wollen. Früher saß sie hinterm Tresen des Reisebüros und hatte direkten Kundenkontakt, aber als sie anfing, den *hijab* zu tragen, wollte man den fröhlichen Reisenden ihren Anblick ersparen. Man befürchtete, dass das Kopftuch der Stimmung einen Dämpfer verpassen könnte, und so musste sie sich mit einem geringeren Gehalt und schlechteren Arbeitszeiten abfinden. Aber das gleicht sie aus, indem sie viele Überstunden macht.

Als Großmutter Mama zum ersten Mal mit *hijab* sah, blieb sie jäh stehen, um dann schleunigst grußlos die Straßenseite zu wechseln.

Ein paar Tage später bekam Mama eine Karte, auf der eine dunkle, formlose Gestalt mit grinsendem Mund und kleinen, runden Augen zu sehen war. Auf der Karte stand: »Die Bedrohung hat das Mumintal erreicht. Herzlichen Glückwunsch!«

Die Karte stellte Morra dar. Mama riss sie in Fetzen und warf sie in den Papierkorb.

Mama sagt, wenn man den *hijab* trägt, muss man sich nicht mehr darum kümmern, wie man aussieht. Sie behauptet, dass sie Unsummen spart, seit sie keine unnötigen Chemikalien mehr kauft, die obendrein gesundheitsschädlich sind. Großmutter schnaubt bloß.

»Demnächst kommst du wahrscheinlich noch in so einer Burka daher, und dann siehst du nach überhaupt nichts mehr aus.«

Großmutter behauptet, dass Mama immer jemanden gebraucht hat, an den sie sich dranhängen kann. Erst war es Großvater, der sie mit dem Gürtel erzog, dann war es Papa, und als sie Papa nicht mehr folgen konnte, verfiel sie auf die Idee, dass sie stattdessen Gott folgen könnte. Mama antwortet, dass sie sich zum ersten Mal in ihrem Leben vollkommen frei fühlt.

Großmutter dagegen nennt Mama eine Landesverräterin und sagt, dass sich Suffragetten vor Pferde geschmissen haben, damit keine Frau der Welt derart rumlaufen muss. Sie tut so, als wäre Mama schuld an buchstäblich jedem Problem, dem Frauen in ihrem Leben begegnen können: Vergewaltigungen, schlechtere Löhne, Diskriminierung am Arbeitsplatz, Kinderehe. Mama hält Großmutter ihr Tuch hin und ruft, dass es doch nur ein Stück Stoff ist.

»Ein Stück Stoff, das man sich um den Kopf wickelt, damit die Gedanken beieinanderbleiben«, sagt sie.

»Wenn es nur ein Stück Stoff ist, dann kannst du auch ohne auskommen«, antwortet Großmutter.

Mama findet, dass für Frauen wie sie, die nun mal nicht zur Kategorie »very fuckable« gehören, der *hijab* die einzige Möglichkeit ist, sich vor den verdammten Blicken zu schützen, die ihr unablässig sagen, dass sie nicht aussieht wie diese retuschierten vierzehnjährigen Models in der *Elle* und der *Vogue*, und dass Gott sein großes Verständnis und Gnade für das weibliche Dilemma bewiesen hat, indem er gebot, dass alle, jung wie alt, sich von Kopf bis Fuß verhüllen sollen. Eine Frau, die selbst entscheidet, was ein Mann von ihr sehen darf, und seinem Blick etwas entgegenstellt, ist eine Revolutionärin, die sich die Kontrolle über den eigenen Körper zurückgeholt hat.

»Ihr habt BHs verbrannt, und wir binden Kopftücher um. Aus genau dem gleichen Grund. Und niemals«, fügt sie hinzu, »sind mir die Männer mit solchem Hass begegnet wie seit dem Moment, in dem ich entschieden habe, was sie von mir nicht zu sehen bekommen sollen.«

Großmutter hingegen vertritt die Ansicht, dass Frauen im Leben genauso gut vorankommen können, wenn sie die Brust rausstrecken, mit ihren falschen Wimpern klimpern und den Rocksaum noch ein wenig höher rutschen lassen. Mama schnaubt nur und meint, da benutze sie doch lieber ihr Hirn, oder sei das etwa ein Privileg der Männer? Außerdem weiß Großmutter Gunni ganz genau, dass Mamas Chefin eine Frau ist, der man mit einem tiefen Ausschnitt garantiert nicht besonders imponieren kann.

Manchmal wird Großmutter so wütend, dass sie auf den Balkon geht und erst mal eine raucht, bis sich die Nachbarn beschweren und behaupten, sie kriegen chronischen Husten von dem ganzen Rauch, der durch die Fenster hereinzieht, und Großmutter schreit zurück, dass sie doch alle selbst rauchen, also warum zum Teufel jammern sie hier so rum?

Aber sosehr sich Mama und Großmutter auch streiten, Mama lässt sich nicht von ihrem *hijab* abbringen.

»Es gibt genug nackte Körper in dieser Welt. Ich finde, meinen muss man nicht auch noch sehen«, sagt sie.

Als ich jünger war, hat Mama sich manchmal hingesetzt und in den Reklamebroschüren geblättert, die früher immer bei uns auf den Flurboden plumpsten, und jedes Mal schüttelte sie den Kopf und schnaubte laut, wenn sie zu den Seiten mit der Unterwäsche kam. Wenn ich neben ihr saß und ihr über den Arm spähte, strich sie mir die Haare hinters Ohr und sagte:

»Es gibt noch mehr Arten, eine Frau zu sein. Vergiss das nie.«

Dann klebte sie eines Tages einen Zettel neben unseren Briefschlitz, und seitdem kamen keine Kataloge mehr.

KAPITEL 5

Der Turm zu Babel

Wir wohnen im Turm zu Babel, dem einzigen Hochhaus in einer Reihenhausgegend. Papa sagt, dass die Behörden die vom Glück weniger Begünstigten hier hingepflanzt haben, damit die Steuerzahler mit eigenen Augen sehen können, wie gut ihre Gelder angelegt werden.

In unserem Treppenhaus werden sieben verschiedene Sprachen gesprochen. Die Polizei dreht regelmäßig ihre Runde im Viertel, und einmal haben sie auch bei uns eine Razzia durchgeführt. Die somalischen Familien rannten mit klappernden Sandalen hin und her und schrien und wedelten mit ihren Pässen, aber die Polizei führte sie trotzdem ab. Als sie später zurückkamen, erzählte Fayzad aus 42B Mama, dass man ihnen nicht mal Zeit gelassen hatte, in den Kommodenschubladen ihre Papiere zu suchen, sondern sie einfach mitgenommen hatte.

Von unserem Balkon schaut man auf ein kleines, halbkahles Grasviereck und die Reihenhäuser gegenüber. Dort wohnen die Glücklichen. Die Rentner, die sich beinahe ein eigenes Haus zusammengespart hätten, es dann aber doch nur bis zum Reihenhaus gebracht haben. Die Familien, traute Einheiten, bestehend aus Mama, Papa, Hund, Auto und zwei Komma fünf Kindern.

Direkt gegenüber wohnt Familie Jotunen, und Jotunens Auto, das brandneue Gefährt, das Markku jeden Samstagmorgen wieder ausgiebig bewundert. Er redet mit den Nachbarn über sein Auto, während er es mit einem trockenen Lappen und Windex auf Hochglanz poliert.

Wenn Peltonens Eerika und Sami in ihren ewig gleichen Freizeitklamotten aus der Tür gejoggt kommen, hebt er seine Sprühflasche zum Gruß.

Das Rentnerglück wird in erster Linie von Herjulas altem Hund und Herjula selbst verkörpert. Der Hund hat sie an der Leine, während sie mit ihrer grauen Dauerwelle und der lila Steppjacke an ihrem Tulpenbeet steht. Ihre Haare sind manchmal ebenfalls lila, wenn sie mal wieder die Schüler von der Friseurschule rangelassen hat. Dann fummelt sie an ihrer Frisur herum und tut so, als würde sie ihr mit den Fingerspitzen mehr Volumen verleihen.

»Na ja, diesmal ist es eben so geworden. Ein bisschen Abwechslung ist nie verkehrt.«

Obwohl es immer dasselbe Lila in derselben Dauerwelle ist.

In den Reihenhäusern wohnt auch die neue Familie von Huopala mit sieben Kindern verschiedenen Alters und verschiedener Nationalität. In ihrer Familie werden vier Sprachen gesprochen. Die Mütter und Väter kommen am Wochenende und holen die Kinder ab und bringen sie wieder zurück. Schwer zu sagen, wer eigentlich zu welcher Familie gehört und welche Kinder hier Halb- und Vollgeschwister sind. Wenn sie sich scheiden lassen, ziehen sie aus.

Es ziehen oft Leute aus diesem Reihenhausglück aus. Ich stehe meistens am Fenster und schaue ihnen zu, wie sie verschwinden. Mama hält die halben Kinder fest, und Papa steht mit den Händen in den Hosentaschen da. Mit hängendem Kopf und mahlendem Kiefer schaut er die Kinder an, den Hund, der willenlos danebensteht, den Umzugslaster, der mit den ganzen Dingen davonfährt, die tags zuvor noch ihnen gemeinsam gehört haben.

Papa ist fast genauso oft bei uns eingezogen, wie er ausgezogen ist. Momentan schläft er bei Rashid, behauptet er, aber diesmal ist er länger weg als sonst.

Wenn Papa auszieht, bricht normalerweise auch jeder Kontakt ab. Manchmal ruft er an, aber die Schweigepausen am Telefon sind lang und anstrengend. Rashid wohnt in Esbo, und ich werde ganz bestimmt kein teures Ticket für die Regionalbahn lösen, um Papa zu besuchen. Rashid mag ich zwar, aber ich habe keine Zeit, und Papa auch nicht. Der arbeitet sowieso die ganze Zeit, und zu unmöglichen Zeiten. Oft übernimmt er die Nachtfahrten, um noch mehr Geld zusammenzukratzen, das er seiner Familie in Tunesien schicken kann.

Jedes Mal, wenn Papa verschwindet, rufe ich Samira an, um Bericht zu erstatten, und jedes Mal sagt sie:

»Glaub mir, das ist nur vorübergehend. Die beiden können sich doch niemals in Frieden lassen.«

Und das hat sicherlich auch etwas Beruhigendes.

Oktober 2005

Samira

KAPITEL 6

Die entlaufene Braut

Zwei Wochen nachdem Samira die Jungfrugränden verlassen hatte, zog sie aus dem Frauenhaus in die Wohnung, die das Sozialamt für sie organisiert hatte. Sie schaute auf einen asphaltierten Innenhof mit Teppichstangen, Maschendrahtzaun, einen Sandkasten und ein paar Schaukeln. Eine kleine Küche, nicht mehr als eine Kochnische. Eine Badewanne, auf deren breiten Rand man brennende Kerzen stellen könnte. Mikrowelle und Dunstabzugshaube. Zwei Zimmer, Einbauschränke, ein kleiner Laden im Erdgeschoss und eine geheime Adresse.

Sie ging durch die Zimmer und betrachtete die Wände, die glatten, hellgelben, kühlen, halbmeterdicken, die kein Geräusch durchließen. Es war ein altes Haus. Eine Burg, in der ihre Zukunft lag. Die Situation kam ihr nur zu bekannt vor.

Zugegeben, im Nachhinein sah der Schachzug mit dem Frauenhaus vielleicht ein bisschen übertrieben aus, das gab Samira selbst zu. Aber sie wollte unbedingt von zu Hause ausziehen und wusste nicht, wie sie es sonst anstellen sollte. Als sie Papa gefragt hatte, ob sie ausziehen dürfe, hatte er nein gesagt. Sie beharrte, sie sei achtzehn, und mit achtzehn dürfe man in Finnland zu Hause ausziehen. Da hatte er auf die Tür gezeigt und gesagt:

»Da draußen ist Finnland. Hier drinnen ist Maghreb! Wenn du unbedingt Miete zahlen willst, kannst du sie ja mir geben.«

Und dann wurde nicht weiter darüber gesprochen.

An einsamen Abenden brachte der Verkehr unten auf der Straße sie in Gedanken weit weg von zu Hause. Wenn sie die Hupen hörte, kamen die Erinnerungen hoch, und sie folgte dem Geräusch bis nach Dar El-Shams.

In Papas Viertel war zur Hochzeit geblasen worden, und alle waren eingeladen. Hunderte von Gästen, ganze Familien und Clans. Mitten auf der Straße hatte man ein Zelt aufgestellt, Stühle und lange Tische. Es war egal, dass damit die Straßen hinter den weißen Häusern mit den Flachdächern blockiert waren, es sollten ja sowieso alle zur Hochzeit kommen. Als die Kolonne mit der Braut angefahren kam, lauter blitzblanke gemietete Mercedes und eine weiße Limousine, tönten schon die Trommeln, die pulsierende Musik sollte drei Tage und drei Nächte nicht verstummen, und die lauten Rufe der Frauen schwirrten über dem wilden Gehupe der Autos. Man tanzte. Man feuerte Gewehrsalven in die Luft.

Am Vormittag waren die Braut und der Bräutigam vom Imam getraut worden, ohne sich im selben Raum oder auch nur im selben Stadtteil aufzuhalten. Die Frauen hatten ihr eigenes Fest gehabt und die Männer ebenso. Jetzt traf sich das Brautpaar, immerhin nicht zum ersten Mal. Unter den wachsamen Augen der Verwandten hatten sie sich schon vorher kennenlernen dürfen. Aber trotzdem. Hier waren zwei Menschen, die sich kaum kannten. Zwei Menschen, die sich sieben-, achtmal unterhalten hatten, sollten jetzt ein ganzes Leben miteinander beginnen. War sie unberührt? Im besten Fall ja. Und er? Wohl kaum. Wusste er etwas über Frauen? Nicht mehr als sein Vater und dessen Vater vor ihm.

Die Musik stampfte weiter, bald würden die Leute anfangen zu tanzen. Hochzeit im Maghreb. Niemand könnte glücklicher sein als die Braut und ihr Bräutigam. Noch eine Weile.

Samira blinzelte durch den Dunst, der den Blick behinderte, als sie über die Straße schaute.

Es gab keine Drohungen. Eigentlich. Aber sobald Samira sechzehn war, begann Papa sie mit anderen Augen zu betrachten. Als sie noch klein war, zog er sie immer mit beiläufigen, spielerischen Fragen auf:

»Na, hast du schon einen Freund, Samira?«

Und sie antwortete fröhlich:

»Ja, natürlich«, und zählte sämtliche Jungen aus ihrer Klasse auf.

Als sie ein bisschen älter war und verstand, was mit dem »Freund« gemeint war, kicherte sie bei seiner Frage und drehte sich verlegen weg.

Im Laufe der Jahre bekam dieses »Hast du denn schon einen Freund, Samira?« einen anderen Unterton. Forschend, zögerlich, immer in der Erwartung, dass sie eines Tages feuerrot werden würde.

Samira konnte sich noch an ihre Cousinen zu Hause in Dar El-Shams erinnern. Wie sie jedes Mal Ohrfeigen kassiert hatten, wenn sie in viel zu kurzen Röcken nach Hause kamen. Weinend waren sie in ihre Zimmer gelaufen. Ihre Väter patrouillierten mit dem Auto langsam am Schulhof vorbei und versuchten ihre Töchter zu erspähen. Waren Masha und Amira irgendwo in den Grüppchen aus Schülerinnen in formlosen rosa Überwürfen, die alle Schulmädchen tragen mussten? Wenn sie sie nicht ausmachen konnten, gab es hinterher zu Hause ein Verhör, wo sie zu diesem oder jenem Zeitpunkt gewesen waren, und wenn sie sich nicht erinnern konnten, setzte es was. So wurden die Mädchen zu Hause in Dar El-Shams erzogen, und so war auch Farid aufgewachsen. Er hatte das alles miterlebt – wie sollte er da anders denken können?

»Wenn es um ihre Töchter geht, sind alle Männer gleich. Ganz egal, wie normal sie sonst wirken, wenn es um die Mädchen geht, kriegen sie alle einen Kurzschluss im Hirn«, sagte Samiras beste Freundin Jasmina.

Und doch, trotz alldem, sprachen ihre Cousinen in Dar El-Shams von nichts anderem als von Freunden. Sie hatten schon angefangen, ihre Hochzeit vorzubereiten, bevor sie mit zwölf Jahren ihren ersten bodenlangen *khimar* bekamen, als die Jungs an der Straßenecke anfingen, sie Huren zu nennen. Als sie zwanzig waren, war ihre Verzweiflung geradezu greifbar. Wenn Samira sie besuchte, packten sie sie am Arm, zogen sie mit in ihre Zimmer und flüsterten ihr eindringlich etwas von Abdel oder Karim zu, der in einem Telekommunikationsbüro in der Stadt arbeitete und teure, auf Hochglanz polierte Schuhe trug. Fest umklammerten sie ihre Handgelenke und fragten sie mit besorgtem Blick, ob sie schon verlobt sei oder einen Freund habe. Für ihre Cousinen in Dar El-Shams war die Ehe eine Selbstverständlichkeit, die nicht in Frage gestellt wurde.

Doch Samira hatte nie einen Freund. Sie dachte nicht mal daran. Solange sie sich erinnern konnte, hatte Papa Jungs als so abstoßend hingestellt, dass sie sich kaum vorstellen konnte, dass er selbst mal einer gewesen war. Aber sie, sie war eine stolze und selbstständige Muslima. Sie brauchte die Aufmerksamkeit dieser niederen Wesen nicht, um sich geschätzt zu fühlen. Und auch keine Schminke oder alle paar Monate neue Kleider, weil die Mode es vorschrieb. Sie war gut so, wie sie war, sagte Papa. Und Samira glaubte ihm.

Er behauptete immer, dass er froh war, keine Söhne zu haben, sondern nur Töchter, so wie der Prophet selbst. Die Kinderheime im Maghreb waren voller Jungen, die keiner haben wollte. Jungen waren teuer. Sie mussten heiraten und *mahr* bezahlen, das Brautgeld. Oft konnten sie es sich nicht leisten und blieben zu Hause hocken. Arbeiteten sie? Was denn? Es gab keine Jobs, und eine

Ausbildung bekam man nur, wenn man wirklich talentiert war oder wenn man die Kontakte hatte, sich ein Zeugnis zu kaufen. Also bestand ihre Zukunft daraus, in ihren vier Wänden zu sitzen und Halma mit schwarzen und weißen Steinen zu spielen, während sie die Tage in Zigarettenkippen rechneten, die um sie herum auf dem Boden lagen.

»Söhne treiben sich in den Straßen herum wie Hunde«, sagte Farid.

Aber sie müssen sich herumtreiben dürfen. Jungen, die sich nicht genug herumgetrieben haben, werden schlechte Ehemänner für gute muslimische Töchter. Und sie fragte ihn nicht:

»Aber *abi* – was ist mit Töchtern, die sich nicht herumgetrieben haben?«

Denn Mädchen sollten nicht mal daran denken, dass man sich herumtreiben könnte. Für solche Mädchen gab es ganz spezielle Namen, und so wollte Samira ja nicht genannt werden.

Als Samira achtzehn wurde, war auf einen Schlag alles anders. Sie sollte anfangen, über ihre Heirat nachzudenken, konnte sich aber beim besten Willen nicht vorstellen, wen sie heiraten könnte. Wohl kaum einen dieser Jungs, vor denen ihr Vater sie bisher so eindringlich gewarnt hatte, die jetzt zu flaumbärtigen jungen Männern herangewachsen waren, die sie jeden Tag in der Stadt sah und von denen sie so gut wie alles wusste?

»Nein, natürlich nicht«, sagte er.

Irgendeinen guten Muslim, so wie ihn. Davon gab es mehr als genug im Maghreb.

Sie war verwirrt. Die arbeitslosen Hunde in Dar El-Shams? Und sie spürte, wie sich die Schlinge um sie zuzog, während die Erwartungen an sie stiegen.

Farid begann, Namen zu nennen. Söhne seiner Kollegen, die Cousins dieser Söhne im Maghreb.

»Ich sag jedes Mal: Immer mit der Ruhe. Meine Samira ist zu

jung zum Heiraten. Sie soll erst studieren. Sie soll einen Beruf lernen. Dann können wir anfangen, darüber nachzudenken.« Doch in seinen Worten schwang eine versteckte Frage mit.

Eine Frage, die sie nickend beantwortete.

»Ja, erst will ich studieren. Dann können wir darüber nachdenken.«

Sie wusste, dass die Zeit auf ihrer Seite war. Dass sie das Studium so weit in die Länge ziehen konnte, wie sie wollte. Dass sie ihr Haltbarkeitsdatum wesentlich früher überschreiten würde als finnische Mädchen. Denn die Söhne von Farids guten Freunden und die Cousins ihrer Söhne wollten keine fünfundzwanzigjährige Frau. Je älter sie wurde, umso größer das Risiko, dass sie schon vor der Ehe verbraucht war. Sie alle wollten eine Frau, die noch keine zwanzig war. Sie wollten Frauen, die so wenig wie möglich wussten. Eine ihrer Cousinen sagte, eine Frau solle sein wie ein Katzenjunges. Blind und hilflos.

»Das ist doch typisch!«, fauchte Jasmina, als sie das hörte. »Erst wollen sie eine intelligente Frau mit einer guten Ausbildung, damit sie mit ihrer Ärztin oder Juristin angeben können, aber dann soll sie den Rest ihres Lebens den Mund halten, damit sie nicht klüger aussieht als ihr Mann.«

Als Farid anfing, Samiras Hochzeit zu planen, erinnerte sie sich mit schrecklicher Deutlichkeit an die Erzählungen über die Frauen unserer Familie in Dar El-Shams. Sie erinnerte sich an Masha, die Frau von Großvaters Bruder Khaled, die zweiundachtzig Jahre alt wurde. In diesen zweiundachtzig Jahren hatte sie das Haus genau zweimal verlassen. Einmal, als sie als Braut bei ihren Eltern auszog, um zu ihrem Mann zu gehen, und das zweite Mal, als sie im Sarg hinausgetragen wurde. Beide Male war sie von Kopf bis Fuß verschleiert.

Jamila, eine der besten Freundinnen von Samiras Cousinen,

hatte sich in einen gleichaltrigen jungen Mann verliebt, einen Ingenieurstudenten aus einer ganz normalen Familie. Im Grunde wäre gegen diese Verbindung überhaupt nichts einzuwenden gewesen, außer dass sie sich heimlich ineinander verliebt hatten. Unanständig, fand Jamilas Familie. Eines Nachmittags, als sie gerade mit ihren Geschwistern im Wohnzimmer saß und Tee trank, kam ihr Vater nach Hause und teilte ihr mit, dass sie verheiratet wäre und das Haus sofort verlassen müsste. Niemand wusste, mit wem man sie verheiratet hatte und wohin das Paar gezogen war.

Am schlimmsten erging es jedoch Farids Cousine Hawa. Sie starb in der Provinz im Kindbett, nur weil ihr Mann Rahman sich weigerte, sie zum einzigen Arzt der Gegend zu bringen. Sie verblutete, weil kein anderer Mann ihren Unterleib sehen durfte.

Manchmal versuchte Samira sich vorzustellen, dass es wirklich Frauen gab, die in ihrem ganzen Leben nur von ihrer Mutter, ihrem Vater und ihren Geschwistern gesehen worden waren, vielleicht noch von ein paar Cousinen. Frauen, die nicht heirateten und vor den Augen der Welt versteckt lebten und starben. Der einzige Weg, jemals gesehen zu werden, bestand darin, mit einem Fremden verheiratet zu werden. Wenn Samira über diese Dinge nachdachte, begann ihr der Kopf zu schwirren, und sie fand, dass Jasmina recht hatte und jede verheiratete Frau eine Hure war.

Jedes Mal, wenn Samira und Jasmina ihre Möglichkeiten durchdiskutiert hatten, kamen sie resigniert wieder zu dem Schluss, dass es kaum eine Chance gab, zu heiraten, ohne dass damit irgendeine Geldtransaktion verbunden wäre. Sie konnten sich keine Welt erträumen, in der Frauen nicht zum Verkauf standen. Ihre Eltern würden nie erlauben, dass sie einen Mann heirateten, der sie nicht versorgen konnte, und ein Mann, der eine Frau versorgen konnte, würde auch für sie bezahlen wollen. Die Traditionen ehren, nannte man das, doch die Frauen würden sich durch das Gold an ihren Fingern und Handgelenken immer daran erinnert fühlen, dass der Stolz des Mannes darin lag, sich eine Frau kaufen zu können.

»Mädchen, die man verschenkt, ziehen die falsche Sorte Männer an. Ganz einfach. Niemand, nicht mal in den modernsten Familien, die ich kenne, würde das Risiko eingehen, dass man sich erzählt, er würde seine Töchter gratis abgeben, weil er sie sonst nicht an den Mann bringen kann«, sagte Jasmina.

Samira war geneigt, ihr auch in diesem Punkt zuzustimmen. Sie hatte mit Sarahs Verbitterung leben müssen, die um ihr Brautgeld gebracht worden war, als sie sich auf Farids Bedingungen einließ, weil sie den großen Fehler begangen hatte, ihn zu lieben.

Aber statt zu sagen: »*Abi.* Ich werde niemals heiraten«, packte Samira ihre Koffer und floh.

Oktober 2007

Leila

KAPITEL 7

Die schlimmsten Schweine verstecken sich in den Lebensmittelzusätzen

Wenn Mama sich den Kopf über ein religiöses Dilemma zerbricht, geht sie wie die meisten ihrer Glaubensschwestern ins Internet, und wenn sie die Antwort gefunden hat, ruft sie den Imam an, um sich seine Meinung dazu anzuhören. Wenn sie damit nicht einverstanden ist, ruft sie Fatima an. Meistens ruft sie beide an.

Zum Großteil läuft Mamas Leben darauf hinaus, dass sie versucht, den Propheten Mohammed so weit wie nur irgend möglich nachzuahmen. Der Prophet Mohammed war der perfekte Mensch, und da wir eine muslimische Familie sind, sollte jeder von uns dem Beispiel des Propheten nacheifern, so gut es geht. Wenn es uns gelingt, kann das nur Gutes bewirken. Jeden Monat findet Mama wieder ein paar neue Informationsleckerbissen in den *hadith*, den Erzählungen aus dem Leben des Propheten, die sie dann auf unseren Alltag zu übertragen versucht, oft mit unbefriedigenden Ergebnissen. Papa läuft in Unterhose herum (*haram!*) und murmelt, dass der Prophet im siebten Jahrhundert in Arabien gelebt und sich seitdem ja wohl das eine oder andere geändert habe, aber Mama findet, dass man es trotzdem versuchen sollte. Jedes Mal, wenn sie von irgendeiner neuen wissenschaftlichen Erkenntnis liest, zum Beispiel, dass es besser ist, sich – wie schon der Prophet – die Zähne mit einem *miswaak* zu putzen, weil es ein natürliches Antiseptikum enthält, liest sie Papa die Neuigkeit mit triumphierender Stimme vor, während er den Kopf einzieht, den ersten Kaffee des Tages schlürft (*haram!*) und sich jetzt schon nach der ersten Zigarette des Tages sehnt (*haram!*). Er behauptet, dass seine Hände eine Morgenzeitung brauchen, an der sie sich festhalten können, aber abonnieren darf er sie nicht mehr.

»*Haram, haram*«, sagt Mama und tätschelt ihm die Wange, wenn sie einen guten Tag hat.

Die meisten Sachen, die Papa gern macht, zum Beispiel abends vom verkrümelten Tisch aufzustehen und zu verschwinden oder einfach nur mit der Fernbedienung in der Hand auf dem Sofa herumzulümmeln (damals, als wir noch einen Fernseher hatten), sind verboten. Deswegen fühlt sich Papa anderswo wohler, weil er da nicht immer an diese ganzen Dinge denken muss.

»Das Beste an Finnland ist doch, dass man auf seine eigene Art Muslim sein und sich selbst aussuchen kann, wie man die Regeln seiner Religion leben will«, sagt Papa immer.

Aber dann sagt Mama nur, das scheine bei ihm ja zu bedeuten, dass man überhaupt keine Regeln lebt. Mama hat den Koran von der ersten bis zur letzten Seite gelesen. Papa nicht. Außerdem hat sie den Koran mit dem Stift in der Hand gelesen. Sie behauptet, Papa und seine Freunde aus dem Maghreb meinen, dass die Religion aus fünf obligatorischen Punkten besteht. Und das sind nicht etwa das Gebet *salaat*, die Pilgerfahrt *hajj*, das Almosen *zakat*, das Glaubensbekenntnis *shahada* und das Fasten im Monat *ramadan*.

Nein, ihrer Meinung nach glauben Papa und seine Freunde, dass der Mann das Oberhaupt der Familie ist, die Frau den *hijab* tragen muss, die Ehe die halbe Religion ist, weswegen man sich den Rest getrost schenken kann, dass die Kinder das persönliche

Eigentum des Mannes sind und man die Sinnkrise als Fünfzigjähriger bewältigen kann, indem man noch weitere Frauen heiratet. Sie selbst findet, dass die Konvertiten die einzige Hoffnung und die Zukunft des wahren Islam sind, denn nur die Konvertiten können Kultur und Religion auseinanderhalten.

»Wenn Farid nur versuchen würde, ein bisschen mehr wie der Prophet zu leben, dann hätten wir überhaupt keine Probleme«, sagt sie immer, wenn sie mit Fatima telefoniert.

Dann zählt sie all die guten Dinge auf, die der Prophet getan hat, von der Haushaltsarbeit bis zur Kinderbetreuung. Sie hat genug über den Propheten und seine Ehe gelesen, um zu wissen, dass das genau das wäre, was sie gerne hätte, und da sie bereits mit einem Muslim verheiratet ist, muss sie ihn nur noch irgendwie zurechtbiegen.

Mama behauptet, dass das Problem mit den meisten muslimischen Familien, Staaten und Kulturen nicht der Islam ist, wie die Medien so gerne behaupten, sondern eher der Mangel an Islam. Eine gute Dosis ordentlicher Islam würde uns alle zu besseren Menschen machen, so dass unsere Familien dereinst strahlend Hand in Hand durch die Perlmutttore des *janna* schreiten würden. Sie ist sich sicher, dass sie glücklich wird, wenn sie nur sorgfältig dem Beispiel des Propheten folgt. Und wenn sie glücklich ist, werden alle anderen auch glücklich. Doch die Realität sieht nun mal anders aus, und Papa kämpft tapfer gegen die Islamisierung unseres Haushalts.

Mama hat einen Zettel an den Kühlschrank geklebt, auf dem die verbotenen E-Zusätze aufgelistet sind, mit denen die Lebensmittelindustrie Schweinefleisch in so gut wie jedem Produkt versteckt. Papa sagt, wenn sie jetzt anfängt, sich die Zähne mit einem Zweig zu putzen, dann gräbt er sich eine Grube hinter dem Rhododendronbusch, wenn er das nächste Mal scheißen muss.

Mama erwidert, dass die Toilette ein Bereich des modernen

Lebens ist, und dann klebt sie prompt noch einen Zettel mit Anweisungen für die korrekte Toilettenbenutzung an die Badezimmertür. Als Papa ihr wenig später aus dem Bad zuruft, dass er sich mit diesem Zettel demnächst den Hintern abwischen wird, gibt Mama nur zurück, er solle vorher noch Punkt fünf lesen. Da steht nämlich, dass man beim Toilettenbesuch keinen Ton von sich geben darf.

Abgesehen von den Lebensmittelzusätzen hängt Mama sich auch an den Kleidungsvorschriften auf, und an manchen Tagen vermeide ich es, nach Hause zu gehen. Tage, an denen ich vor Mamas Razzien flüchte, bei denen sie in mein Zimmer geht und jedes Teil aus dem Kleiderschrank zerrt, um zu kontrollieren, ob ich mir etwas Neues gekauft habe, was zu eng sitzt oder zu tief ausgeschnitten ist oder Bilder oder Aufschriften trägt, die die Gedanken in eine verbotene Richtung lenken könnten. Manchmal stört sie sich an Glitzer oder Spitzen oder Pailletten. Manchmal sind es auch bloß die Farben. Sie hat Phasen, da hält sie Schwarz für die einzig richtige Farbe, und dann kann es passieren, dass sie mit einem Pullover herumwedelt, der letzten Monat noch als völlig okay durchging, und ruft: »Der ist gelb! Der ist gelb!« Ich starre sie meist nur an und sage:

»Ja, aber den hast du doch selbst gekau…«

Aber da ist sie schon wieder in den Schrank abgetaucht, und ich fluche innerlich, als sie die Treggings rauszieht, die ich sowieso nur unter meine normale Hose anziehe, denn die fusseligen langen Unterhosen, die Großmutter gestrickt hat, haben in der Umkleide vor dem Sportunterricht schon für große Heiterkeit unter meinen Mitschülerinnen gesorgt. Sie fuchtelt mir mit der hautengen Hose vor der Nase herum und zischt:

»Und was haben wir hier?«

Und schon fliegt die Hose auf den Haufen mit den Kleidungsstücken, die sie zum Müll runtertragen will. Ich hole sie später wieder rein, denn an den meisten Sachen, die sie aussortiert, ist überhaupt nichts auszusetzen.

Während ich ihr zusehe, erinnert sie mich an die Mädchen in meiner Klasse, die mit dem Finger auf mich zeigen, wenn ich in Top und Unterhose in der Umkleide stehe, und schreien:

»Oh Mann, schaut euch mal die an! Gott, sieht das krank aus!« Und wenn ich dann zum Spiegel gehe, um nachzuschauen, was los ist, lachen sie sich kaputt.

Wenn Mama also ihre Hosenrazzia durchführt, gehe ich ihr aus dem Weg und schleiche mit den Händen in den Hosentaschen durch die dunklen Straßen und sehe genau so aus, wie man nicht aussehen sollte.

Meistens sind meine Schritte widerstrebend, aber manchmal ist das Licht der Straßenlaternen ein ganz anderes. Es scheint auf den Gesichtern und Haaren zu leuchten und alle Menschen ein bisschen schöner zu machen.

Überall dicke Wollpullis und rote Wangen und glänzende Augen und heimliches Lächeln. Kleine Atemwölkchen vor dem Mund. Chorgesang. Und irgendwo in dieser zufälligen Gemeinschaft kann man durch die Straßen gehen und einen Blick auffangen, den man vielleicht mit einem kurzen Nicken beantwortet, um dann schnell wieder auf den Boden zu gucken und zu signalisieren, dass der Kontakt hiermit beendet ist.

An solchen Tagen muss ich gar nicht rennen. Dann gestatte ich dem Rhythmus meiner Schritte, sich in meinem ganzen Körper auszubreiten, und ich kann die Reklameschilder anschauen und spüre, dass sie auch mich erwärmen.

Wenn die Nacht mild ist, kann es vorkommen, dass ich eine Weile auf einer Parkbank schlafe, aber ich habe nie Angst. Es gibt noch mehr Leute, die dort schlafen, also bin ich nicht allein, und ich habe ja sowieso keine Wertsachen, die man mir klauen könnte, obwohl Mama behauptet, ich trage das Wertvollste bei mir, was ein Mädchen haben kann. Wenn das so ist, halte ich es definitiv für das Klügste, wie ein Junge auszusehen, denn Männer kann man nicht vergewaltigen, das weiß jeder, und in diesen ganzen Nächten außer Haus bin ich tatsächlich noch nie bestohlen worden. Allerdings bin ich danach schon oft zu spät zur Schule gekommen, und es kann passieren, dass ich bibbernd aufwache und steifbeinig zur U-Bahn laufen muss, während ich mit einem raschen Blick auf die Uhr nachprüfe, welche Stunden ich verpasst habe.

KAPITEL 8

Mandarin Morning

Linda Lindqvist ist ein Pin-up erster Klasse. Wo sie entlanggeht, bebt die Erde. Ich stehe auf dem Flur und sehe sie herankommen. Die Neonröhren flimmern. Werfen ihr stotterndes Licht über ihr blondiertes Haar, das fast weiß ist von dem ganzen Wasserstoffperoxid, das sich durch ihre ursprüngliche Haarfarbe gefressen hat. Am Scheitel kann man sie noch erahnen. Eine Art Grauton.

Von ihrem Gesicht sieht man eigentlich nur die Augen. Die gucken aus der dicken Puderschicht hervor wie zwei scharfe Schnitte mit glänzendem Lidschatten, drei Schichten schwarzer Wimperntusche und Eyeliner. Und ihr Blick! Er schneidet durch alles, worauf er fällt, schürft den anderen Mädchen die Haut auf, so dass sie zusammenzucken und sich abwenden, wenn Linda daherkommt.

Heute trägt sie eine kurze weiße Jeansjacke, ein goldenes Paillettentop, einen hellblauen Minirock mit goldenen Knöpfen und eine hellrote Netzstrumpfhose. Alle fragen sie, ob sie nicht friert, aber sie friert nicht. Denn sie hat noch eine andere Strumpfhose darunter, eine ganz dünne, die man nicht sieht. So sieht es aus, als würde die Haut durch die Maschen leuchten, dabei ist es nur dünn aufgetragener Bluff.

»Schlau, oder?«

Gekicher und Schnaufen. Und überhaupt – frieren! Linda schnaubt. Wenn man friert, tut man das eben mit Stil.

Ich drehe mich um und schaue aus dem Fenster, wo die Mopeds der Jungs neben den Fahrrädern der Nerds stehen. An diesem Fenster riecht es immer nach Auspuffgasen.

Vor und nach der Schule und in jeder Pause brausen die Jungs in dicken Abgaswolken davon. Ich stehe mit dem Rücken zum Flur am Fenster und sehe den Fliehenden nach. Es gibt auch ein paar Mädels mit Benzin im Blut, eine Vespa-Clique, aber das sind nicht viele, und sie gehören nicht zu Linda Lindqvists Freundinnen. Ich auch nicht.

Aber mein Finger kann sich noch gut erinnern. An der Fingerspitze ist die Haut so empfindsam, dass sie alles ablesen kann, was die Blinden nicht sehen. Sie bohrte sich in ein Loch der Netzstrumpfhose, die ihr Geheimnis preisgab. Ihre Hand war warm und verschwitzt und umklammerte meine Finger, dass sie knackten. Dann strich meine Haut über die dünne Strumpfhose darunter.

»Siehst du?«

Und ich nickte.

Es klingelt zur Pause, und auf dem Flur gehen alle Klassenzimmertüren gleichzeitig auf. Die Schüler schubsen sich und drängeln und rempeln sich mit den Schultern an. Ein Mädchen mit hellrotem Stepprock und dunklen Haaren kommt ins Schwanken, findet dann aber das Gleichgewicht wieder und lacht laut und ein bisschen zu schrill. Sie versetzt einem großen Jungen mit Baseballkäppi und Sporttrikot einen Schubs, dass er ein paar tänzelnde Schritte zur Seite macht und sich abschließend verbeugt. Die Flut von Gesichtern wogt auf und nieder, alle lachen und lächeln, aber in den Augen sieht man schon ihre Todesangst vor dieser Pause, und während ich dastehe und sie beobachte, merke ich auf einmal, dass jemand mich anschaut. Ich war einen Moment zu lang unaufmerksam, und die Stimmung auf dem Korridor ist umgeschlagen.

Ein kräftiger Rempler von der Seite. Flüstern von beglossten Lippen. Ich drehe mich um und sehe direkt in Linda Lindqvists Gesicht.

»Hej, du Nutte«, zischt sie mir zu. »Warum hast du mich nicht zurückgegrüßt?«

Ich drücke mich mit dem Rücken an die Wand und merke, wie mir die Jacke herunterrutscht. Linda Lindqvists radioaktive Strahlung brennt auf meiner Haut, ich beginne zu schwitzen.

Ich habe überhaupt nichts dagegen, in den Pausen allein zu sein. Aber auf die tägliche Dosis von Lindas Aufmerksamkeit könnte ich gut und gerne verzichten. Die verteilt sie gerne gleichmäßig an alle, die sich in den Ecken herumdrücken und versuchen, sich so unsichtbar wie möglich zu machen, oder denen ständig die Taschen geklaut werden oder über die im Unterricht ein Regen aus Radiergummistückchen niedergeht. Jetzt bin ich dran, und ich bin irgendwie sogar erleichtert, dass es jetzt passiert und nicht später. Jetzt ist das Publikum nicht so groß wie zum Beispiel im Speisesaal. Um die dreißig desinteressierte Blicke. Keine Schüler aus der Oberstufe. Das ist schnell überstanden. Ich antworte nicht auf ihren Eröffnungssatz.

»Na?«

Ich mache den Mund auf. Er ist ganz trocken.

»Hallo?«, murmle ich, und sie schnaubt verächtlich.

Der Blick ihrer schmalen Augen ist wie glattpoliertes Eis. Sie mustert mich von oben bis unten.

»Negerhure«, sagt sie schließlich.

Und dann. Die Stille dieses Augenblicks. Sie vor mir, ich mit dem Rücken zur Wand. Aber dann geschieht etwas: Linda Lindqvist fehlen die Worte. Vielleicht auch das Interesse. Als wäre ich so unerträglich langweilig, dass einem nicht mal einfällt, was man noch zu mir sagen könnte. Ich mache nichts, was ihre Phantasie weiter befeuern könnte. Sie bleibt schweigend vor mir stehen, während die Erwartung rundum steigt.

Jetzt muss etwas geschehen. Das weiß sie auch. Also ballt sie die Faust und boxt mir ohne großen Enthusiasmus in den Bauch. Überraschend. Aber es tut nicht besonders weh. Die Jacke fängt den Hieb ab. Außerdem ist sie nicht allzu sportlich. Dennoch bleibt mir die Luft weg, weil ich so gar nicht auf den Angriff vorbereitet war, und ihre Stimme schlägt über mir zusammen.

»Vielleicht lernst du ja was draus. Fürs nächste Mal.«

Dann geht sie ihrer Wege, während ich nach Luft schnappe und mir denke, dass man sehr wohl sieht, dass es nicht ihre Haut ist, die zwischen den Maschen ihrer Netzstrumpfhose durchschimmert.

Im Klassenzimmer kommt das heutige Unterhaltungsprogramm rasch in Gang. Wir haben Finnisch, und Helena steht an der Tafel und ist die Einzige in der Klasse, die Verben konjugiert. Im Mittelpunkt des Interesses steht wie immer Anna. Sie ist klein und dünn und hat mittelbraunes schulterlanges Haar, das irgendwie immer strähnig aussieht. Ihre Mutter sucht ihre Kleidung aus, und die hat denselben Geschmack wie eine ultrakonservative Muslima, weswegen Anna meistens formlose, langweilige Flanellhemden aus dickem Stoff trägt, die ihr bis über den Hintern gehen. Ihre Hosen sind zu weit und immer zu kurz. Sie ist farblos und zerknittert, als wäre sie in die Ecke gepfeffert worden und hätte sich gerade erst wieder aufgerappelt. Und das passiert ihr auch oft genug, in der Pause, wenn alle zugucken.

Ich sitze fast ganz hinten im Klassenzimmer, umgeben von der Sorte Schüler, die noch nie in die Schule gepasst hat, aber trotzdem die Tagesordnung bestimmt. Eine ungeschickte Platzwahl, die nur deswegen zustande kam, weil ich mich am ersten Schultag ein bisschen verspätet hatte. Schräg hinter mir sitzt Anna. Sie wird nervös. Ihr ganzes Ich wird nervös. Denn sie nimmt den Geruch einer Verschwörung wahr, die sich um sie herum zusammenbraut. Jetzt wartet sie ab. Und wir warten mit ihr.

Helena steht mit dem Rücken zur Klasse. Sie hat kurze schwarze Haare. Ihr Gesicht ist ein wenig eingefallen, und sie hat furchtbar nette braune Augen. Seit Anfang der siebten Klasse haben wir zugesehen, wie sie langsam verschwand. Am Anfang, als es so laut in der Klasse war, dass man ihre Stimme nicht mehr hörte, lief sie immer noch rot an und stand so energisch auf, dass ihr Stuhl mit einem Knall gegen die Wand geschleudert wurde. Sie schrie herum und schickte Schüler vor die Tür oder gleich zum Direktor. Damals loderte sie noch vor lauter Kampfgeist. Mittlerweile sitzt sie meistens nur da und lässt den Blick aus dem Fenster schweifen.

Wir sind die schlimmste Klasse der ganzen Schule, und das wissen wir auch. Sie sitzt die Minuten genauso hartnäckig ab wie wir. Was sie angeht, ist der Lehrplan bereits in Phase B übergegangen: Sie hält uns im Zimmer und das Schuljahr zähneknirschend mit uns aus, denn nach uns kann es nur besser werden.

Kriba hat eine Mandarine geschält, langsam und sorgfältig, mit einem zufriedenen Lächeln auf dem hässlichen, pickligen, länglichen Gesicht. Jetzt hebt er den Arm und zielt mit der Schale nach Anna. Neben Anna sitzt Maria. Sie hat die Mandarinen geholt und sie Kriba und Micke gegeben, und nun lachen sie zusammen und werfen mit vergnügtem Gejohle die Schalen auf Anna, die sich unter den Treffern duckt.

Ich brauche mich nicht umzudrehen, sondern nur ganz leicht den Stuhl zu verschieben, um Annas Gesicht zu sehen. Annas verängstigtes Gesicht, aber auch ihre Augen, in denen irgendetwas leuchtet. Als würde sie die Zähne zusammenbeißen und aushalten, in Wirklichkeit aber auf einen ganz bestimmten Moment warten.

Dann kommt es. Annas Finger kriechen zu der Mandarinenschale auf ihrem Pult. Sie dreht sich zu Kriba und erwidert das Feuer. Er sieht überrascht aus, aber seine scharfen Zähne blitzen trotzdem in einem hämischen Grinsen auf. Die Mandarinenschale trifft ihn an der Schulter, und er hebt die Hände, um weitere Geschosse abzuwehren. Noch mehr Schalen fliegen. Sie treffen Anna überall. Die anderen in der Klasse drehen sich um und lachen. Fröhliche Mienen und glückliches Lächeln. Als wäre das alles ein abgesprochener Spaß. Und Helena steht immer noch an der Tafel und konjugiert Verben. Fliehen, floh, ist geflohen …

Eine ganze Weile hält Anna es aus. Dann trifft Maria sie mit einer Handvoll kleiner Krümel mitten ins Gesicht. Anna fährt zusammen, und ihre verdutzte Miene sieht so bescheuert aus, dass sich alle ausschütten vor Lachen. Anna rafft neue Munition vom Boden zusammen und dreht sich zu Maria.

Eine gänzlich unerwartete Wendung. Die Klasse hält den Atem an. Jetzt sind die Mienen und Blicke ernst. Maria ist mit Kriba und Micke befreundet. Maria ist hübsch. Nein, Maria ist die Göttin der Schule. Niemand, wirklich niemand auf der ganzen Welt würde es wagen, sich über ihre Unberührbarkeit hinwegzusetzen. Marias Augen leuchten. Ihr Lächeln allein könnte Anna schon plattmachen. Sie ist fast schon froh, dass sich mal jemand traut, denn dann kommt es später für Anna noch viel dicker. Und für einen Augenblick, der sich in großäugiger Erwartung ausdehnt, steht Anna mit hocherhobener Hand da. Der schützende Kreis um Maria steht jetzt offen.

»Na los, wirf doch«, sagte Maria.

Direkt ins Gesicht müsste sie treffen. Anna ist so nah. Sie muss sich nur noch trauen. Doch dann erlischt ihr Blick, und sie dreht sich stattdessen zu Kriba. Sie schleudert die Schalen mit aller

Kraft auf ihn und trifft daneben. Stattdessen landen die Mandarinenreste mit einem dumpfen Knall an der Fensterscheibe, woraufhin Helena mit der Kreide in der Hand herumfährt.

»Sie hat sich nicht getraut! Sie hat sich nicht getraut!«

Maria lässt sich lachend auf ihren Tisch fallen.

»Was soll denn das?«, ruft Helena und rennt zu Anna. »Willst du das Fenster kaputtmachen, oder was?«

Anna steht da, die orangen Fetzen noch im Haar. Eine Mandarinenschale steckt in ihrem Kragen.

»Was hast du gemacht?«, schreit Helena, und Kriba wischt sich schnell die letzten Schalen vom Schoß, bevor sie sie entdecken kann.

»Die hat doch Hirnkrebs, Mann«, sagt Maria, und Anna, die jetzt am ganzen Körper zittert, bekommt keinen Ton heraus.

»Raus hier!«, schreit Helena, und die Klasse verstummt.

Anna hält den Kopf gesenkt. Das braune Haar hängt ihr ins Gesicht. Ihr Körper schwankt, als würde sie einen Schritt vorwärts machen und einen zurück. Dann dreht sie sich um und geht aus dem Klassenzimmer. Helena steht mit geballten Fäusten da. Keiner sagt ein Wort. Keiner hat sie jemals so wütend gesehen.

Als es läutet, mische ich mich unter die anderen Schüler und lasse mich im Gedränge schubsen. Es fühlt sich gut an, Kontakt mit ihnen zu haben, auch wenn er nur ganz flüchtig ist. Ich gehe durch alle Flure, bis ich Anna gefunden habe. Sie steht vor ihrem geöffneten Spind. Die Haare hängen ihr ins Gesicht, während sie Bücher und Hefte in ihre Tasche packt, und ich stelle mich in ein paar Metern Entfernung hin und warte mit verschränkten Armen.

Ich habe mal gehört, dass das eine defensive Haltung sein soll, aber das bezweifle ich. Ich glaube, man stellt sich so hin, weil es bequem ist. Wenn man die Arme an den Seiten herunterhängen lässt, sieht man einfach bloß schlaff aus. Unentschlossen. Aber ganz sicher nicht offen und empfänglich, wie unser Schulpsychologe immer behauptet. Man sieht einfach nur blöd aus.

Also stelle ich mich leicht breitbeinig mit verschränkten Armen hin und warte, bis Anna fertig ist. Sie hat mich nicht kommen hören, denn sie wirft ihre Schranktür mit einem etwas zu heftigen Knall zu. Als sie mich entdeckt, zuckt sie zusammen, und ich vertrete ihr den Weg, als sie an mir vorbeiwill. Gereizt sieht sie mich an. Vor mir hat sie keine Angst. Wir sind gleich groß. Ungefähr gleich stark.

»Kannst du mal zur Seite gehen, oder was soll das hier werden?«, fragt sie. Ihre Stimme ist zittrig.

Ich trete beiseite, und sie geht an mir vorbei.

»Warte«, sage ich, und sie bleibt stehen.

Sie dreht sich um, und ihre ganze Haltung verrät, dass sie eigentlich weitergehen will. Plötzlich weiß ich auch nicht mehr, was ich von ihr wollte.

»Was willst du?«, fragt Anna, genau wie ich erwartet hatte, und ich gehe ein paar Schritte auf sie zu.

Um uns der leere Korridor. Die anderen sind schon auf dem Pausenhof.

»Willst du nach Hause gehen?«, frage ich.

Anna antwortet nicht. Sie sieht mich nur an. Glotzt. Sie will überhaupt nichts von mir.

»Na ja, ich dachte nur, wenn du jetzt gehst, könnten wir ja zusammen gehen«, sage ich, und meine Ohren werden ganz heiß, weil es so bescheuert klingt.

Als ob wir fünf Jahre alt wären und uns am Sandkasten getroffen hätten. Einen Moment sieht es fast so aus, als wollte Anna ja sagen. Als könnten wir zusammen aus diesen flachen Backsteinklötzen hinausspazieren und uns einen Scheiß um die Blicke in unserem Rücken kümmern. Aber Anna macht den Mund auf, macht ihn wieder zu und schüttelt den Kopf.

»Nein. Nein, wirklich nicht. Du brauchst nicht zu glauben, dass ich mit dir rumhängen will, nur weil … Ich bin nicht wie du! Kapiert?«

»Ach, sag bloß«, sage ich. »Und wo ist der Unterschied zwischen dir und mir, wenn ich fragen darf?«

Anna schweigt kurz. Jetzt sehe ich es wieder. Was ich schon im Klassenzimmer zu sehen glaubte, als ihr die Mandarinenschalen um die Ohren flogen. Dieses Glühen in ihrem Blick. Sie sieht mir direkt in die Augen.

»Du bist doch …«, beginnt sie und deutet wortlos auf mich.

Eine Geste, die meine ganze Erscheinung einschließt. Dann überlegt sie es sich anders. Was sie sagen will, kann man nicht einfach so sagen. Sie muss die Strategie wechseln.

»Es gibt hier genügend andere wie dich. Geh doch zu denen!«

Ich weiß, wen sie meint, auch wenn sie es nicht ausspricht. Die paar somalischen Mädchen, die immer dicht beieinanderstehen und flüstern und kichern, die hübschen, geschminkten Mädchen aus dem Kosovo, vor denen alle Angst haben, und der einsame pakistanische Austauschschüler, der am Rande des Schulhofs entlangstreicht und sich wünscht, er wäre nie hierhergekommen.

Anna geht weiter, bleibt dann aber noch einmal stehen und dreht sich um.

»Ihr haltet euch für so scheißwichtig«, stößt sie leise, aber eindringlich zwischen den Zähnen hervor. »Ihr seid doch alle solche verdammten Loser. Aber eines Tages werdet ihr schon sehen. Ich werde von hier verschwinden. Weit weg. Und ihr …«

Sie schüttelt den Kopf und macht ein paar Schritte rückwärts. Ich sehe ihr nach.

Aha, denke ich. So ist das also mit Anna. Ihre Gummisohlen machen leise Geräusche auf dem Boden, und ihre viel zu kurzen Hosenbeine flattern ihr um die Knöchel, während sie davongeht.

KAPITEL 9

Ein nicht allzu unwillkommener Verfolger

Es dämmert bereits, als ich durch das Schultor gehe und den kürzesten Weg nehme, um die Ecke des Schulgebäudes. An wolkigen Tagen wie diesem wird es eigentlich sowieso nie richtig hell.

Nachdem ich über die gelblich braune, matschige Wiese gelaufen und an den Treppen zu den alten Lehrerwohnungen vorbeigegangen bin, wo die Schüler immer heimlich rauchen, während einer Schmiere steht (es gehört zu den wenigen Freuden unserer Lehrer, sich von der anderen Seite anzuschleichen – dann schießen sie aus ihrer Deckung, rennen mit ausgestreckten Armen auf sie zu und versuchen, die Schüler einzufangen, bevor sie ihre Zigaretten austreten können), merke ich, dass jemand die Gruppe der Raucher verlassen hat und mir nachkommt.

Ich drehe mich nicht um, ich beschleunige nur das Tempo, gehe so schnell, dass ich bald außer Atem bin. Das zielstrebige Knirschen kommt nicht näher, aber ich kann es auch nicht abhängen, wie ich zunächst gehofft hatte. Ich lächle in mich hinein, während sich der harte Knoten in meinem Körper anspannt.

Hinter der Bibliothek schlage ich mich seitlich in die Büsche, werfe mich auf den Boden und krieche zum Spielplatz auf der anderen Seite. Dann fange ich wieder an zu laufen.

Die Schultasche schlägt mir gegen den Rücken, Kies und gelbe Nadeln knirschen unter meinen Schuhsohlen. Dann ein einziger mächtiger Sprung über die Schaukelpferde. Anschließend springe ich von der Sandkasteneinfassung ab, um ein Haar hätte ich das bunte Klettergerüst verfehlt, aber ich strecke die Hände ganz weit vor und erwische gerade noch eine der Metallstangen. Auf einen Schlag geht meine ganze Geschwindigkeit verloren, und ich hänge erst mal am Gerüst, ziehe mich dann hoch, warm und keuchend. Auf gefährlich rutschigen Sohlen springe ich drei Meter über dem Boden von Stange zu Stange. Die letzte Stange, Absprung über ein weiteres Schaukelpferd. Meine Schuhsohlen prallen so hart auf die Erde, dass meine Knie nachgeben. Ich federe wieder hoch und renne weiter.

Jetzt geht es noch schneller weiter. Die ganze Eingesperrtheit dieses Schultages bricht aus mir heraus, ich will auf und ab springen und zwischen zusammengebissenen Zähnen schreien, während ich immer weiterrenne, zwischen Autos hindurch, über Autos, unter Zäunen hindurch. Das Rauschen des Verkehrs mischt sich mit dem Geräusch meines Atems. Die Mauer vor dem Supermarkt nehme ich in einem einzigen Satz. Meine Muskeln sind schon ganz weich, aber ich laufe trotzdem weiter. Als ich weit genug von der Schule weg bin, drossle ich meine Geschwindigkeit zum Schritttempo.

Mein Verfolger ist immer noch hinter mir. Nach einer Weile bleibe ich stehen und warte auf sie. Ich grüße sie mit einem Nicken, und sie erwidert den Gruß. Dann gehen wir Seite an Seite weiter. Sie schlingt die Arme um den Körper, als würde sie frieren, und ich denke mir, dass ihre weiße Jacke trotz des Pelzbesatzes vielleicht doch nicht so warm ist. Der Blick ihrer schwarzgeschminkten Augen ist nach vorn gerichtet, und sie schnieft einmal.

Wir gehen nach Hause, machen aber noch einen Abstecher in

den Laden, wo wir eine Weile in den Zeitschriften herumblättern. Linda sucht frenetisch nach Neuigkeiten von Britney Spears. Ihre ungeduldigen Finger zerreißen die glänzenden Seiten beim Blättern beinahe. Wenn sie etwas findet, liest sie es mir laut vor.

Manche finden, dass sie Britney ein bisschen ähnelt, nicht zuletzt sie selbst, und jedes Mal, wenn sie im Trix ist, kommen mindestens zwei Leute auf sie zu, die ihr das sagen. Dann lächelt sie zufrieden, zieht ihren BH noch ein bisschen zurecht und zerzaust sich die Haare. Denn wenn es Britney schlechtgeht, geht es auch Linda schlecht, und wenn es ihr gutgeht, dann ist auch Linda völlig ungehemmt.

Das letzte Stück Heimweg gehen wir schweigend nebeneinanderher, und als sie bei ihrem Wohnblock abbiegt, dreht sie sich noch einmal zu mir und bleibt stehen.

»Hör mal – sorry, dass ich dich so in den Bauch gehauen hab«, sagt sie, und ich nicke kurz.

»Schon gut«, sage ich. »Hat gar nicht wehgetan.«

Da lächelt sie und meint, wir sehen uns morgen, und ich drehe mich um. In unserem Fenster brennt Licht. Mama ist zu Hause. Und ich seufze, als ich hineingehe.

Früher hätten wir uns vielleicht ein bisschen unterhalten. Jetzt pfeffere ich nur meine Schultasche in die Ecke, schäle mich aus meiner Jacke und lasse sie einfach auf den Boden fallen. Mama hat es schon lange aufgegeben, mir ein *salaamu-alaykum* zu entlocken, wenn ich reinkomme. Früher hab ich das auch gesagt. Es soll die Familie und das Haus vor allem Bösen schützen. Hat aber nicht funktioniert, also hab ich es irgendwann gelassen.

Ich hebe meine Schultasche auf und gehe an der Küche vorbei, wo Mama sitzt. Sie hat Besuch, also schaue ich nur kurz rein. Mama wirft mir ein schnelles, scheues Lächeln zu. Ihre Freundin hat ein Laken an, also weiß ich nicht so richtig, wer es ist. Man sieht nur ihre Augen, und ich fange ihren schweigenden Blick auf.

An anderen Tagen hätte Mama mich gefragt, wie es in der Schule war, und ich hätte gesagt:

»Wie immer.«

Und Mama hätte nachgefragt:

»Und, was heißt das genau?«

Ich hätte mit den Schultern gezuckt, mir ein Brot geschmiert und mich umgedreht, und Mama wäre mir nachgegangen und hätte mich weiter verhört. Aber jetzt ist nichts mehr wie früher. Ich schaue auf die geschlossene Tür zu Samiras Zimmer und kann die Dunkelheit und die Stille dahinter ahnen. Ich mache sie nicht auf, um Samira im Schein ihrer Lampe am Schreibtisch zu sehen, wie sie über ihren Büchern sitzt und sich auf die Prüfungen vorbereitet. Samira ist nicht mehr da. Das Licht ist schon lange aus.

November 2005

Samira

KAPITEL 10

Steine aus dem Couscous sieben

In den ersten Wochen des Alleinewohnens wartete Samira intensiv. Sie spürte es im ganzen Körper. Als ob ihre Haut warten würde. Ihre Kopfhaut zog sich jedes Mal zusammen, wenn sie Schritte auf der Treppe hörte. Blieben sie stehen? Sie hielt den Atem an. Die Härchen auf den Armen standen ihr zu Berge. Sie hätte sich am liebsten die Ohren zugehalten, um das Klopfen nicht hören zu müssen.

Nein … sie atmete erst aus, wenn ihr fast schon schwindlig war. Die Schritte gingen genauso langsam weiter wie vorher.

Als man anfing, ihr geräuschvoll Werbesendungen durch den Briefschlitz zu werfen, fuhr sie jedes Mal hoch vor Schreck, aber sie traute sich nicht, einen Zettel auf die Klappe zu kleben, auf dem sie die Zusteller höflich bat, mit ihren Sonderangeboten zum Teufel zu gehen, denn sie wollte auf keinen Fall Aufmerksamkeit erwecken. Sie war eine Tür mit einem fingierten Nachnamen auf dem Schild, das war alles, und wenn sie sich durchs Treppenhaus schlich, machte sie nicht mal das Licht an. Sie versuchte den Moment, in dem sie zum ersten Mal von einem der anderen Hausbewohner gesehen wurde, so lange wie möglich hinauszuzögern, damit niemand erfuhr, wann genau sie eingezogen war.

Als ihre Angst langsam verebbte, lief sie in ihren neuen Socken aus heller Wolle mit lappländischem Muster durch die Wohnung und merkte, dass ihre Schritte weich und geschmeidig waren. Ihr knielanger Strickpulli war schön warm. Sie zündete Kerzen an und stellte sie auf die Fensterbank. Zu Weihnachten hängte sie einen blinkenden Stern auf. Wenn jemand ihr Fenster sah, würde er glauben, dass dahinter eine ganz normale finnische Familie lebte, und sie genoss diese Vorstellung. Zu Silvester schaute sie sich das Feuerwerk durchs Wohnzimmerfenster an, das auf die Straße ging, die zur Bucht hinunterführte. Da fiel ihr plötzlich ein, dass sie das *ramadan*-Fasten vergessen hatte, und sie dachte schnell *astaghfirullah*.

Der Balkon war so klein und eng, dass man sich kaum darauf umdrehen konnte. Die Baumkronen waren schön, ein Durcheinander aus laublosen Zweigen. Als sie noch klein war, antwortete sie jedes Mal, wenn man sie nach ihrer Lieblingsblume fragte: »Baum.« Die Leute dachten dann immer, dass sie dumm war. Dass sie was nicht verstanden hatte. Wie die meisten glaubten sie, dass die Intelligenz in der Haut sitzt wie eine Farbe. Und Samira war eben immer ein bisschen dunkler.

Deswegen war sie nach dem Gymnasium an die Uni gegangen. Statt sich für etwas Praktisches zu entscheiden. Immer dieser verdammte Drang, es den anderen zeigen zu müssen. An der Uni merkte sie, dass sie die Einzige ihrer Art war. Keine Einzige ihrer Freundinnen, die rein finnische Mütter hatten und Nachnamen mit ausländischem Klang trugen, schien sich für eine akademische Ausbildung zu interessieren. Sie wurden Krankengymnastinnen, Unternehmerinnen, Betreuerinnen in der Jugendarbeit, Köchinnen, aber keine Denkerinnen. Ihre Mutter hatte mit den Schultern gezuckt, als sie ihr eröffnete, dass sie an die Uni gehen wollte. Ihr Vater hatte sie in den Arm genommen, als sie die Zusage für den Studiengang Sozialpolitik bekam.

»Aber was willst du denn damit werden?«, hatten sie beide gefragt, und sie hatte etwas von Sozialamt und Rentenanstalt gemurmelt.

»Das ist gut!«, hatte ihr Vater ausgerufen. »Dann kannst du diesen ganzen Leuten den Hahn abdrehen, die von den Steuergeldern ehrlicher Bürger leben.«

Er prahlte damit, dass er schon in der Gewerkschaft gewesen war, bevor er Busfahrer wurde, und dass er nicht einen Tag seines Lebens Sozialhilfe bezogen hatte.

»Ich hab immer studiert, gearbeitet oder war ein ehrlicher Arbeitsloser«, sagte er.

Und sie sah ihm zu, wie er sich für einen neuen Tag im Bus fertigmachte, und dachte sich, dass er daherredete wie ein Einheimischer. Ihr hatte man niemals erlaubt, sich ganz als Finnin zu fühlen. An der Bushaltestelle fingen die Leute oft ohne jeden Anlass an, mit ihr zu plaudern, und fragten sie jedes Mal:

»Na, und wie gefällt's dir so in Finnland?«

Dann bohrte sie die Fußspitze in den Kies oder den Schnee, vergrub ihr Kinn im Schal und antwortete:

»Gut. Ich meine ... wo sollte ich denn sonst leben?«

Die Fragenden, oft nette und überhaupt nicht übelmeinende alte Damen mit Hund, sagten dann:

»Na ja, im Vergleich zu deinem Heimatland. Woher kommst du denn eigentlich?«

Anfangs wollte sie die Leute nicht verletzen, also erzählte sie ihnen vom Maghreb, den sie oft genug besucht hatte, um mit schockierenden Details aufwarten zu können, und beobachtete eine gewisse Befriedigung in den offenen Mündern und den runden, wässrigen Augen, wenn die Leute den Kopf schüttelten und sagten:

»Mein liebes, kleines Mädchen, jetzt bist du ja Gott sei Dank in Finnland und musst keine Steine aus dem Couscous klauben, während deine Brüder zur Schule gehen. Hier kriegst du eine richtig gute Ausbildung.«

Dabei grinste Samira in ihren Schal, weil es in Wirklichkeit ihre Großmutter gewesen war, die noch die Steinchen aus dem Couscous hatte herausklauben müssen, während ihn die Hausfrauen von heute fertig in Plastikpackungen kauften, die einmal um die Erde und zurück geflogen waren. Im Laufe der Zeit machten solche Fragen sie aber wütend, und sie antwortete gereizt, sie sei hier geboren und habe ihr ganzes Leben hier gewohnt, aber sie wusste, dass die Leute sie immer irgendwie raussieben mussten, wie die Steine aus dem Couscous, denn wenn man das nicht machte, konnte man auf ein Steinchen beißen und sich schlimmstenfalls einen Zahn zerbrechen.

Oktober 2007

Leila

KAPITEL 11

Parkour

Linda Lindqvist. Aus dir wird nie was werden. Du wirst auf die Berufsschule gehen und irgendetwas ganz Praktisches lernen. Vielleicht willst du Friseuse werden. Oder Gabelstaplerfahrerin. Dann sitzt du da hinterm Lenkrad auf deinem Gabelstapler mit deinen hohen Absätzen und starrst mit schwarzgeschminkten Augen auf die Gabel. Du zählst die Reihen der Kisten, immer und immer wieder, die braunen Kisten, die du hochheben und herumtragen sollst wie ein Tänzer, der seine Partnerin über eine glatte Tanzfläche führt, und am Ende kommst du zu dem Ergebnis, dass es hundertzweiundfünfzig sind, wenn du richtig gezählt hast. Und dann sitzt du da im Lager, während alle anderen in ihren blauen Overalls in einem Halbkreis um dich und deinen Gabelstapler herumstehen und warten, denn du sitzt schon lange dort, kannst dich aber beim besten Willen nicht erinnern, wie man die Gabel bedient.

Deine Zeit läuft ab, Linda. Deine Klassenkameraden seufzen. Einige von ihnen kennst du. Andere nicht. Die overallbekleidete Masse bewegt sich.

»Warum sind die alle so hässlich? Sind denn alle gutaussehenden Jungs aufs Gymnasium gegangen?«, fragst du und lässt den

Blick über sie schweifen. Die Jungen sind auch genervt von dir. Das bist du nicht gewohnt.

Wenig später ist es vorbei. Der Lehrer kommt zu dir und steckt den Kopf in die Fahrerkabine. Er hat fettiges Haar und Schuppen, und das ekelt dich an. Sonst behauptet er immer, dass jeder Idiot Gabelstaplerfahrer werden kann, aber jetzt sagt er, dass du aussteigen sollst. Du kratzt dich am Kopf, du überlegst, vielleicht doch wieder zur Friseurausbildung zu wechseln. Dann könntest du dir zumindest die Ansätze immer gleich nachfärben, wenn du sie nicht mehr erträglich findest.

Das alles will ich Linda Lindqvist sagen, während sie in ihrer weißen Winterjacke und ihrer dunkelblauen Jeans (die richtige Marke, wenn auch billig in Tallinn gekauft – aber das weiß ja niemand) neben mir hergeht. Trotzdem sage ich nichts. Ich werfe ihr einen Blick von der Seite zu. Die schwarzen Linien um ihre Augen sind sehr präzise gemalt, aber nicht so wie bei Samira.

Bei Samira verschmelzen die Linien mit der Haut. Der Kajal wird zum tatsächlichen Umriss ihrer Augen. Ihre Augen werden größer. Sehen alles. Vor allem das, was man ihr unbedingt vorenthalten will. Kajal ist gut für die Augen, sagt sie, und ich weiß, was sie meint. Linda Lindqvist kriegt davon nur kleine Schweinsäuglein. Sie sind einfach zu blass. Ihr Haar ist zu trocken und zu dünn an den Spitzen. Ich würde gerne in die Laubhaufen kicken, damit eine Ladung trockener Blätter auf sie niederregnet, aber ich tue es nicht.

Gewissermaßen waren Linda Lindqvist und ich schon immer zusammen. Jetzt ist es Abend, und wir gehen an Fenstern vorbei, durch die man von Fernsehern erleuchtete und gewärmte Räume sieht. Wir trafen uns am Sandkasten, sie stand schon da und spuckte auf den Boden und wartete auf mich, und als ich kam, begrüßte sie mich mit einem Nicken.

»Hallo, du Nutte«, sagte sie, und ich erwiderte nickend ihren Gruß.

»Hallo.«

Dann gingen wir los.

Als wir in der U-Bahn sind, setzen wir uns einander gegenüber und reden über die Schule, während das zischende leuchtende Projektil direkt ins schwarze Tunnelloch schießt.

Es ist erst Oktober, aber die Klasse macht schon Pläne für die Weihnachtsfeier. Mama findet wie immer, dass ich da nicht hingehen sollte. Sie und ein paar andere Eltern haben ein Komitee gebildet, das Weihnachten im Namen der Gleichstellung für alle abschaffen soll. Aber dieses Jahr ist die Feier sogar verpflichtend. Dieses Jahr sind wir nämlich in der neunten Klasse, die fürs Programm verantwortlich zeichnet, und deswegen laufen alle rum und behaupten, sie hätten voll die Weihnachtsstimmung, aber das kann ich von mir nicht gerade behaupten, denn zu Hause feiern wir ja kein Weihnachten. Als wir klein waren, bekamen wir trotzdem Päckchen, aber wir nannten das Ganze nicht Weihnachten, weil Oma und Opa Atheisten waren. Wir bekamen Geschenke, weil wir so brav gewesen waren. Als wir keine mehr bekamen, brauchten wir auch nicht mehr brav zu sein.

Linda Lindqvist streckt sich. Sie platzt fast vor lauter schwachsinnigen Neuigkeiten, die unbedingt rausmüssen, damit sie nicht erstickt, und da Sussi oder Nettan gerade nicht in der Nähe sind, muss eben ich herhalten.

»Du, wegen der Weihnachtsfeier …«, fängt sie an, und ich nicke.

»Hmm.«

»Okay, also, du weißt doch, dass man sich da anmelden muss, wenn man einen musikalischen Beitrag bringen will. Na ja, also Sussi und Nettan und ich, wir singen natürlich, und dann haben wir halt mit Antti und Jonas geübt, weil, die spielen ja Gitarre, sonst geht's ja nicht. Und weißt du, wen wir gesehen haben? Einfach so stand sie da auf einmal im Zimmer …?«

Ich denke kurz nach. Ich gehe ein paar Möglichkeiten durch und tippe auf die nächstbeste.

»Anna?«, versuche ich, und Linda Lindqvist macht den Mund auf. Und wieder zu.

»Also echt«, sagt sie, »woher wusstest du das jetzt?«

»Na ja, ich wusste es nicht, ich hab bloß geraten.«

Linda Lindqvists Augen verengen sich zu schmalen Schlitzen. Ich schrumpfe unter ihrem scharfen Blick zusammen.

»Na ja, auf jeden Fall, genau, Anna war's. Anna! Und ich dachte mir so: Was will denn die hier, Mann?, aber ich hab nichts gesagt. Und dann ging sie einfach zu der Liste und hat ihren Scheißnamen da eingetragen! Direkt unter meinem! Ich meine …«

Linda Lindqvist steht der Mund offen. Sie kann es einfach nicht fassen.

»Ja und?«, frage ich.

»Ja, kapierst du das denn nicht? Die glaubt, die kann auf unserer Weihnachtsfeier auftreten. Das geht doch nicht! Die kann doch nicht mal singen. Das macht uns doch die ganze Feier kaputt!«

»Hast du sie denn schon mal singen hören?«, frage ich.

»Was? Wie meinst du das? Das muss ich ja wohl nicht hören, das weiß ich einfach so. Die sieht doch auch aus wie so 'ne Krähe.«

»Was hat Aussehen denn mit Singen zu tun?« Ich bin bereit, das Gespräch tiefer gehen zu lassen, als Linda sich das vorgestellt hatte.

»Also, voi vittu«, antwortet sie und legt eine kurze Pause ein, als wäre das alles so selbstverständlich, dass sie es kaum erklären kann. »Hast du schon mal eine hässliche Sängerin gesehen?«

Ich antworte nicht. Ich lasse sie einfach weiterreden, während ich den zischenden, ratternden U-Bahn-Waggon mustere. Es gibt nichts Interessantes zu sehen. Nur Rentner mit sauren Drops unter der Zunge, Gymnasiasten, die sich gegenseitig auf den Kopf hauen und anrempeln. Somalier, die lautstark diskutieren. Mütter, die mit ihren kleinen Kindern reden, als wären sie erwachsen. Eine von ihnen, blond und abgekämpft, deren Umrisse so ausgefranst sind, dass es aussieht, als könnte sie jeden Moment in den bunten Plastiksitzen verschwinden, steht vor einem kleinen Jungen in einem teuren Schneeanzug aus irgendeinem für die Ewigkeit gemachten Hightechmaterial und starrt ihm ins rotgeweinte Gesicht.

»Ich hab dir schon gesagt, du kannst den Dinosaurierpark nicht kriegen, sonst können wir unsere Kreditraten nicht bezahlen«, sagt sie.

»Britney Spears, Avril Lavigne, die von den Pussycat Dolls, Rihanna, Beyoncé …«

Linda Lindqvist zählt die ganzen Stars auf.

»Alicia Keys, Janet Jackson …«

Bei Janet sollte ich eigentlich protestieren, aber ich tue es nicht, sondern beobachte weiter die Mutter mit ihrem Sohn. Das Kind stößt irgendwas hervor, was man eben von einem Vierjährigen erwarten kann, wenn er gegen erwachsene Gesetze protestiert, und seine Mutter seufzt.

»Wie kannst du bloß so selbstsüchtig sein?«, fragt sie. »Du musst lernen, strategisch zu denken und auch mal ein Opfer zu bringen. Du bist doch kein kleines Baby mehr! Wo willst du denn mit deinen Dinosauriern spielen, wenn wir kein Zuhause mehr haben? Auf der Straße?«

Der Junge beginnt zu weinen. Seine Mutter fährt fort:

»Willst du mit deinen Dinosauriern spielen, während Mama die Leute auf der Straße um Geld anbettelt, so wie die Rumänen, die wir vorhin gesehen haben? Willst du das? Hm?«

»Nein … nein … nein … nein … nein«, schreit der Junge, bereits heiser, und drückt sein Gesicht ans Bein seiner Mutter.

Sie sieht sich triumphierend um.

»Mariah Carey, Christina Aguilera …«

Ich wende meinen Blick wieder Linda Lindqvist zu. Ihr Hirn vibriert geradezu, wenn es arbeitet. Ich beobachte das Zucken an ihrer Schläfe. Hier gibt es kein Klassenzimmer, in dem sie sich ganz hinten verstecken kann. Keine Tische und harten Stühle. Hier sind bloß sie und ich und der kleine Junge hinter ihr, der jetzt nur noch brüllt.

»Aber ich wollte das doch bloß haben!«, schreit er.

»Die sind alle operiert«, sage ich und sehe Linda Lindqvist an. Sie verstummt.

Kaut auf ihrem Kaugummi herum und schlägt die Beine übereinander.

»Und?«, fragt sie.

»Also kannst du sie ja wohl schlecht mit Anna vergleichen.«

»Und warum nicht?«

»Ach, scheiß drauf«, antworte ich. »Vergiss es einfach.«

Wir gleiten in den letzten Tunnel, der unter den Boden der Stadt führt, und ich schaue aus dem Fenster auf die dunkle Wand, die an uns vorbeirast, irgendwie gefährlich nah hinter dieser dünnen Stahlschicht.

Ein paar Haltestellen später steigen wir aus. Linda Lindqvist drängt sich an einer Mutter vorbei, die einen Kinderwagen mit einem schlafenden Baby dabeihat. Der kleine Junge ringt immer noch um Atem, und Linda Lindqvist rempelt den Kinderwagen an. Sie wirft der Mutter einen Blick zu, der nicht erwidert wird, und ich stelle mich vorsichtshalber ganz dicht hinter Linda, um sie zurückzuhalten, falls es Ärger geben sollte.

Der Zug bleibt mit einem Ruck stehen, und die Mutter löst die Bremse am Kinderwagen. Linda wird angerempelt und kommt ins Schwanken. Sie fällt gegen mich, und ich bekomme ihr weiches Haar ins Gesicht. Die Mutter hat es immer noch nicht kapiert. Sie lebt in einer Welt, die ganz aus einer kleinen, gerade gekauften Eigentumswohnung mit hellen Gardinen und Topfblumen auf dem

Fensterbrett besteht, mit weichen Teppichen und einem breiten, warmen Bett, und in all das kann sie sich einwickeln und es mitnehmen, wenn sie in die Welt hinausgeht, und sie glaubt, dass alle sich nur zu gern auf ihr Schaffell legen und schmusen würden, sowie sie sie sehen. Doch Linda Lindqvist hat kein Schaffell. Und die Topfblumen in ihrem Fenster sind schon lange eingegangen.

»Vittu, pass doch auf!«, ruft Linda.

Und die Mutter lächelt sie mit demselben Lächeln an, mit dem sie auch ihren kleinen Sohn immer anlächelt.

»Wenn ihr mir ein bisschen Platz machen könntet, Mädchen?«, sagt sie.

»Wohin musst du denn so supereilig, hä? Kannst du nicht eine Sekunde warten mit deiner Babykarawane?«, fragt Linda Lindqvist.

»Tja, das ist schon ein bisschen schwierig alles«, antwortet die Mutter, und Linda mustert sie von oben bis unten.

»Na, wenn das so scheißkompliziert ist, dann hättest du wohl lieber ein Kondom benutzen sollen«, sagt sie.

Die Türen öffnen sich mit einem trockenen Seufzer, und Linda drängt sich hinaus. Ich renne ihr nach, und als wir auf den Rolltreppen die Unterwelt verlassen, setze ich mich auf den Handlauf, während Linda zur Rolltreppe schaut, die neben uns nach unten fährt, und allen entgegenkommenden Jungs und Männern zulächelt.

Wir treffen uns vor der U-Bahn-Station, und schon da, in diesem Auflauf aus dunkelgekleideten Körpern, herrscht eine gewisse Rastlosigkeit. Passanten drehen sich um, mustern uns mit schiefen Blicken, die Wächter in ihren grauen Overalls kommen unauffällig näher wie Raubtiere. Aber das sind nur Hyänen. Die Löwen hier sind wir.

Als wir eintreffen, kommt Bewegung in die Gruppe. Hände

werden ausgestreckt. Knöchel treffen auf Knöchel. Schultern stoßen gegen Schultern. Wir sind weit weg von zu Hause. Weit weg von unserem geordneten Alltag. Das könnte Linda Lindqvist schon verunsichern, aber sie ruft nur laut: »Miten roikkuu?« Nutte sagt sie allerdings nicht mehr.

Ich strecke die Hand aus, und Hessu berührt meine Fingerspitzen. Ich merke, dass ich lächle, und rundherum gehen genau in diesem Augenblick die Straßenlaternen an, als wollten sie sagen: »Hallo, wir haben euch schon vermisst.« Denn es ist lange her, dass wir uns alle versammelt haben.

Das ist unsere Parkour-Gang. Eine Gruppe Jugendlicher, die kurz davorstanden, auf die schiefe Bahn zu geraten, wie der Jugendarbeiter Hessu, Henry Bergström, sagte, als er meine Mutter anrief, um mit ihr über die Probleme zu reden, die Linda und ich in der Stadt gehabt hatten. Er und andere Freiwillige laufen zwischen den verschiedenen Gruppen im Einkaufszentrum herum und mischen sich unter ihre Spiele, und irgendwie hat er es geschafft, dass sich dieses eher unorganisierte Rumrennen auf der Straße wie eine vernünftige Beschäftigung anhörte, gegen die nicht mal Mama was einwenden konnte. Es hat auch geholfen, dass Hessu behauptete, es handle sich um eine reine Mädchengruppe, auch wenn das nicht ganz stimmt.

Wir stehen in einem asymmetrischen Kreis zusammen. Ibe, Vonne, Skraga, Juhani, Markoolio, Farah, Henni, Iso H (so nennt sich Linda Lindqvist selbst) und Annikki und noch ein paar andere, an deren Namen ich mich nicht mehr erinnern kann. Ich schleiche mich an Skraga und Ibe vorbei und stelle mich neben Farah. Taste nach seiner Hand. Er hat fast dieselbe Jacke an wie ich, aber seine hat Fell an der Kapuze, und er spuckt aus, bevor er sich umdreht und mich anschaut.

»Hallo. Du, sag mal, wo ist eigentlich deine Schwester?«, frage ich.

»Keine Ahnung.«

Eine Weile stehe ich schweigend neben ihm. Ich drücke Farahs Finger. Sie sind kalt. Hessu redet. Seine Hände bewegen sich. Er wendet sich jetzt an uns alle, hält seine übliche Ansprache und gibt uns Verhaltensregeln mit auf den Weg. Es ist verboten, Sachen kaputtzumachen oder zu verschieben, verboten, die Leute zu erschrecken oder Unordnung zu verursachen. Jaja, das wissen wir alles. Ich ziehe Farah am Arm, und er beugt sich näher zu mir.

»Hast du sie nicht gesehen? Ich dachte, sie könnte uns vielleicht ins …«

»Als ich sie das letzte Mal gesehen hab, stand sie unten am U-Bahn-Tunnel. Du weißt doch, wie sie ist.«

Jetzt verstummt Hessu einen Augenblick und lässt die Hände in der Luft schweben, während er mich ansieht. Unter der Kapuze seiner Militärjacke schaut sein hellbraunes zotteliges Haar hervor.

»Wenn ihr was zu sagen habt, könnt ihr das vor der Gruppe sagen, okay? Sonst seid bitte still. Es sind Neue dabei, ich will, dass alle die Regeln kennen, bevor wir anfangen. Okay? Ist das auch für euch okay?«

Ich murmle, dass es schon okay ist, und schweige, während der Nieselregen auf meine Kapuze niedergeht. Mann, Hessu, manchmal klingst du verdammt nach Lehrer.

Als er fertig ist, ziehen wir los. Wir fangen langsam an, im Dauerlauf. Passanten beschleunigen ihre Schritte, wenn wir über die Straße laufen. Wenn wir auf eine rote Ampel stoßen, nehmen wir einen anderen Weg, damit wir das Tempo nicht verlieren. Wir laufen bis ins Zentrum und bewegen uns wie ein einziger Körper am Theater vorbei Richtung Kajsaniemiparken, wo die besoffenen Penner, Exhibitionisten und Junkies sind. Wo Samira immer hingegangen ist. Nur um sich die Exhibitionisten anzusehen. Um eine Nasevoll Gefahr zu schnuppern.

»Findest du es nicht komisch, dass wir nie einen nackten Mann gesehen haben? Nicht mal unseren eigenen Vater?«, sagte sie immer, und ich wich ihrem Blick aus und weigerte mich, ihren Gedanken zu folgen. *Astaghfirullah*, Papa nackt sehen! Ich biss mir fest auf die Lippe und schämte mich.

Das erste Hindernis ist ein niedriger Zaun. Ich steige mit einem Fuß darauf und bin drüber. Einfach. Danach ein geparktes Auto. Ich plumpse auf das Blech, jemand anders rollt sich auf dem Rücken übers Dach. Linda Lindqvist sehe ich nirgends, obwohl sie eigentlich kaum zu übersehen ist, mit ihrer weißen Jacke, wo alle anderen dunkel gekleidet sind. Und hinterher jammert sie dann, dass ihre Jacke schmutzig geworden ist.

Nach einer Weile zieht das Tempo an. Eine Parkbank. Wir setzen hinüber. Ich warte auf Linda. Körper rumpeln an mir vorbei. Ich bin schweißfeucht am ganzen Leib. Auf meinen Sachen und darunter. Ich dampfe, meine weite Trainingshose klebt mir an der Haut. Schließlich holt Linda Lindqvist uns keuchend ein. Ihre Augen sind aufgerissen. Auf ihrer weißen Jacke hat sie schon dunkle Flecken. Wir rennen nebeneinander weiter. Zufällig steht ein Auto an einer roten Ampel mitten auf dem Fußgängerüberweg, und wir springen hinüber, leicht, ganz leicht, ohne Kratzer oder Beulen zu hinterlassen. Der Fahrer hört das dumpfe Rumpeln auf dem Blech, und die Autotür geht auf. Er steigt aus und starrt uns nach. Iso H dreht sich einmal um und macht einen Luftsprung.

Wir überwinden Treppengeländer, Mauern, wir verlassen uns auf unsere Hände und fliegen durch die Luft. Landen nach einem Fall von vier Metern, unsere Knie geben unter uns nach, der Körper muss den Stoß abfangen, aber wir rennen weiter, durch den Park, wo die Wege beleuchtet und die Leute mit Plastiktüten in der Hand auf dem Nachhauseweg sind. Im Park die Parkbänke, die Hügel, die die Milchsäure heraussickern lassen, die modernen Kunstwerke, die uns als Sprungbrett dienen. Wir sind schon ganz schön schnell, als wir aus dem Park kommen. Wir teilen uns in kleinere Gruppen. Linda Lindqvist und ich und Juhani laufen weiter hoch, zu den Absätzen und verschiedenen Plateaus. Wir nehmen ganze Treppen in einem Sprung, und wenn ich lande, spüre ich die Vibration im ganzen Skelett. Meine Beine werden weich. Meine Waden spannen. Ein Sprung von einer Parkebene zur nächsten, Autos fahren unter uns hindurch, freier Fall von einer fünf Meter hohen Rampe, die Freiheit, die in einem Sprung von einem Flachdach zum nächsten liegt, ich verfehle mein Ziel, kann mich aber an einem Geländer festhalten. Ich klettere hoch und rase weiter, völlig auf Adrenalin. Hangle mich nach den anderen über einen Maschendrahtzaun und lasse mich auf der anderen Seite herunterrutschen.

An diesem Abend gehört die Stadt uns, und wir bombardieren sie mit unseren Füßen. Trampeln über Bänke, auf denen andere Menschen sitzen, gehen nahe, aber nicht zu dicht heran, streifen Passanten, die zusammenzucken und uns Sachen hinterherrufen. Wir sind schneller. Bevor sie uns sehen können, sind wir auch schon wieder weg.

Wir treffen uns vor der Kirche, der weißen, sehr, sehr leeren, verschlossenen und verriegelten, und dort verschnaufen wir gemeinsam. Ich sehe Farah eine Weile an, fange seinen Blick auf und nicke. Dann Linda Lindqvists hartnäckige Stimme. Sie will jetzt nach Hause. Sie ist nass. Sie hat Hunger. Sie will, dass wir nach Hause gehen und dabei einen Abstecher zum Mäcki machen, aber ich sehe sie nur an und erkläre, dass ich wegmuss.

»Wohin denn?«, fragt sie, und ich gehe ein paar Schritte rückwärts.

»Muss noch was erledigen.«

»Was denn?«, ruft sie, aber da bin ich schon ein paar Schritte zu weit von ihr entfernt, und das Band, der Kontakt zwischen uns ist schlaff genug.

»Nichts. Nur eine Kleinigkeit. Vergiss es! Geh mit Farah. Wir sehen uns morgen!«

Das Letzte rufe ich ihr aus sicherem Abstand zu, bevor ich mich umdrehe.

»Leila!«, schreit sie, so laut, dass ihre Stimme dabei in Stücke geht, und dann: »Vittu!«

Und ich weiß, dass ich hierfür bezahlen werde, aber es ist mir egal. Nicht heute Abend. Nicht jetzt.

Am Ausgang des Einkaufszentrums ist immer Gedränge. Man steht in Gruppen von zwei bis elf Personen zusammen, Mädchen, Jungs, jüngere, ältere, dunkle, helle, und alle reden und lachen und schreien und schlagen sich und umarmen sich. In der Luft über unseren Köpfen mit den glattgekämmten Pferdeschwänzen mit süßen Zopfspangen oder toupierten Knäueln aus widerspenstigen Strähnen, über Käppis und Tüchern und Haarbändern und Diademen und *fullahs* ist der Abend bereit, in grelles Gelächter oder Flüche auszubrechen. Man wirft sich Seitenblicke zu. Blicke zwischen Mitgliedern der eigenen Gruppe und zwischen den verschiedenen Gruppen. Alle sehen alles.

Irgendjemand steckt sich eine Zigarette an, obwohl es verboten ist, und plötzlich wollen alle eine haben. Da stehen sie dann unter dem No-smoking-Schild und rauchen. Draußen ist es kalt. Da will keiner sein. Drinnen ist es zwar auch kalt, aber immerhin ein bisschen wärmer. Und nicht nass. Und wenn alle ganz, ganz dicht beieinanderstehen, ganz, ganz viele, dann wird es vielleicht doch noch warm.

Die Mädels haben Jeans an, die so eng sind, dass sie sie nur im

Liegen anziehen können, und dabei brechen ihnen fast die Nägel ab, aber das ist egal, die sind ja sowieso bloß angeklebt. Sie tragen Schmuck aus dem Modeschmuckladen und echte Markenschals, Designertaschen, die alle gleich aussehen, bei denen das Logo auf den Stoff gedruckt ist wie ein Muster der Zugehörigkeit. Man kann schon von außen erkennen, wer welchem Club angehört: Miu Miu, Gucci, Guess.

Einmal hat Linda Lindqvist sich den Spaß gemacht und Sussi eingeredet, dass Miu Miu in Wirklichkeit »mjuu-mjuu« ausgesprochen wird. Und dann lief Sussi wochenlang rum und sagte »mjuu-mjuu«, bis irgendjemand den Witz überhatte und sie korrigierte. Woraufhin sie Linda mit großen, feuchten Augen ansah, und dann redeten die beiden ein paar Tage lang nicht mehr miteinander.

»Haista Vuittoni!«, kreischt jemand. Ein Gabbana-Mädchen, dessen Miss-Sixty-Jeans aussieht, als wäre sie auf ihre Beine aufgemalt.

Sie weiß nicht, dass jemand sie anschaut und seinem Nebenmann zuflüstert, dass die so was von total auf dem falschen Dampfer ist, denn man trägt jetzt nicht mehr Miss Sixty, sondern Acne oder Pepe. Und sie schreit rum und lacht laut, mit ihrer Haarverlängerung und ihrer weißen Jacke, die tatsächlich von H&M ist, und schnallt überhaupt nicht, wie ätzend sie ist.

Durch dieses Meer gehe ich jetzt. Vorbei am Mäcki, nicht dem von Samira, sondern einem anderen. Das Geländer vor dem Fenster bricht fast zusammen vor Security-Leuten, die dort stehen und uns mit schmalen Augen mustern. Sie haben grobe Stiefel, die hart zutreten können, wenn sie einen erst mal erwischen. Heikki, Hellboy, ist nicht dabei. Ich hoffe, dass ich den nie treffe, wenn ich mal allein durch die Tunnel gehe.

Nachdem ich an der Videothek vorbeigeschlichen bin, spüre ich einen Blick auf mir. Jemand löst sich aus einer Gruppe von fünf Mädchen, alle schön und langhaarig und hübsch geschminkt, mit hochhackigen Schuhen und Jacken, die den richtigen Fellkragen haben. Ich wende das Gesicht ab, aber jemand ruft meinen Namen:

»Leila!«

Der Ruf elektrisiert mich. Im ersten Augenblick will ich weitergehen, aber ich bin schon stehen geblieben, also drehe ich mich um. Es ist Samiras beste Freundin Jasmina, die mir entgegenhopst. Ihre Freundinnen lassen gerade eine Flasche herumgehen. Sie trägt eine dunkelbraune Jacke, hellblaue Jeans und kniehohe Stiefel. Ihr schwarzes Haar ist so dick, dass sie schwitzt. Sie lächelt und kommt auf mich zu, aber ich weiche ein paar Schritte zurück.

»Hallo«, sagt sie. »Komm doch mal her! Wo zum Teufel ist Samira denn? Wie geht es ihr?«

Ich schaue ihr ins fröhliche, erwartungsvolle Gesicht und zucke mit den Schultern.

»Den Umständen entsprechend«, antworte ich.

Dann drehe ich mich um. Sie bleibt stehen und starrt mir nach.

»Leila! Verdammt, jetzt wart doch mal! Sag ihr, dass sie mal anrufen soll! Leila!«

Sie ruft mir noch ein letztes Mal hinterher, aber ich bleibe nicht mehr stehen. Ich drehe mich nur noch einmal um und sehe sie zusammengesunken dastehen, bevor sie zu ihren Freundinnen zurückkehrt.

An diesem Abend gehe ich zu Samira. Die Straße, die zum Krankenhaus hinaufführt, ist glatt vom Nachtfrost, rundherum ist es ganz still. Die gelbliche Beleuchtung im Turm, wo die Kranken in identischen Zimmern hinter identischen Fenstern liegen, sieht hübsch aus. Hier sind alle zu Hause. Man braucht nicht zu fürchten, dass man umsonst gekommen sein könnte. Die Wolkenfetzen ziehen rasch vor dem Mond vorbei. Dort oben heulen die Winde und fegen den ganzen Himmel leer. Hier unten liegen alle ganz still.

Im Korridor erwecken meine knarzenden Schuhe die Aufmerksamkeit einer Krankenschwester. Sie kommt auf mich zu. Sie ist genauso klein wie ich, hat blondierte Haare mit dunklen Strähnchen, eine hübsche Brille mit Bügeln, die man kaum sieht. *Burberry.*

Ich lasse mir von ihr erklären, dass Samira im fünften Stock in Zimmer siebenhundertsiebenundsiebzig liegt, obwohl ich das schon weiß. Ich brauche jemanden mit einem freundlichen Blick, jemanden, der gerne helfen will, und ich bedanke mich mit einem Lächeln, bevor ich weiterknarze.

Nachdem es passiert war, habe ich Samira fünf Mal allein besucht, und das ist ganz anders, als wenn ich sie mit Mama besuche. Ich habe mich ganz leise an ihr Bett gesetzt und sie angesehen. Ich hatte Angst, mich zu bewegen, Angst zu atmen, als könnte sich das kleinste Geräusch rächen, indem die grüne Linie auf diesem Bildschirm in einen schrecklichen Dauerton übergeht, bei dem einem eiskalt wird, und der einfach nur weitertönt und weitertönt, während man überlegt, wie lange so ein Herz stillstehen kann.

Aber in Wirklichkeit piepst das Gerät gar nicht, und es gibt auch keine grüne Linie. Nur ein Bild von einem klassischen Valentinstags-Herz, das die ganze Zeit blinkt, erlischt, wieder aufleuchtet, erlischt, wieder aufleuchtet, und ich denke mir, dass es vielleicht echt bloß Dekoration ist, dass dieser Apparat überhaupt nichts über Samira aussagt, denn sie liegt ganz reglos da. Ihr dunkles Haar ist im Nacken zusammengebunden, aber unter ihren Schultern schlängelt es sich wieder hervor und breitet sich übers Kissen aus. Diesmal setze ich mich ganz nah neben sie, betrachte sie, wie sie mit ihren eigensinnig geschlossenen Augen daliegt, und strecke die Hand aus. Meine Finger auf ihrem Haar.

Meine Fingerspitzen, die über dunkle Strähnen streichen. Das ist auf jeden Fall real. Und von der Berührung fangen mein Kinn und meine Lippen an zu zittern. Eine Weile bleibe ich so sitzen und drücke Daumen und Zeigefinger fest gegen meine Augen. Hier sieht mich keiner. Und hinterher versuche ich mir vorzustellen, dass sie uns bloß zum Narren hält. Dass sie jederzeit aufwachen könnte, wenn sie wollte. Aber irgendwie macht das Spiel keinen Spaß, also bleibe ich sitzen und hefte den Blick fest auf das Bild eines Herzen, das stur zugleich schnell und langsam schlägt.

KAPITEL 12

Calvin Klein für Mädchen

Am nächsten Tag liegt die Spannung schon in der Luft, als ich die Tür aufmache. Wie eine Stahlscheibe, unter der ich mich ducken muss, damit sie mir nicht den Kopf absäbelt, wenn ich den kränklich gelben Korridor betrete.

Ich sehe sie, sowie ich zum Klassenzimmer abbiege. Sie steht mit Sussi und Sandra B. zusammen, und als ich komme, zieht Sandra B. die Augenbrauen hoch und deutet mit dem Blick kurz auf mich, woraufhin sich Linda Lindqvist umdreht, mit offenem Mund auf ihrem Kaugummi herumkaut und sich wieder abwendet.

Ich gehe an ihnen vorbei. Sie tragen karierte plissierte Miniröcke aus dem billigen Outlet im Erdgeschoss des Einkaufszentrums. Gerade als ich um einen Betonpfeiler biegen will, werde ich zurückgerissen und stürze. Ich knalle so hart auf den Boden, dass meine Kiefer aufeinanderschlagen und mein Steißbein aufheult. Dann packt mich eine Amazone am Rucksack und schleift mich rücklings durch den Korridor.

Ich sehe Schuhe. Sneakers in verschiedenen Farben und von verschiedenen Marken, saubere kleine Ballerinas, Boots mit hohen Absätzen, und während ich vorbeigleite, versuche ich die Hand zu fassen, die den Rucksack umklammert. Irgendjemand kichert. Es klingt nach Sussi. Wir erreichen eine Türmatte, und das grobe Material reibt so stark an meiner Hose, die in Mamas Augen sowieso viel zu groß ist, dass sie mir herunterrutscht. Ich kann nichts dagegen tun. Die Türmatte erfasst meine Hose und zieht sie mir aus. Man lacht. Der ganze Flur ist voller Schüler, die auf die erste Stunde warten, und das hier läuft unter morgendliche Unterhaltung.

Ich sehe Anna. Sie steht in ihrem hässlichen karierten Hemd da und drückt sich eine gelbe Mappe an die flache Brust. Lächelt sie? Ich weiß es nicht. Ich konzentriere mich darauf, zu atmen und nach meiner Hose zu tasten, die mir mittlerweile bis zu den Waden heruntergerutscht ist. Linda Lindqvist zieht. Meine Schuhe sind auch eher ein weites Modell, ich mag es, dass ich sie mir so leicht ausziehen kann, aber jetzt gleiten mir die verdammten Verräter einfach von den Füßen, und die Hose folgt ihnen loyal. Einen Meter später liegt sie auf dem Boden wie eine leere Hülle, und meine nackten Beine zappeln. Es ist das erste Mal, dass mich ein Junge in Unterwäsche sieht, und obwohl nur meine untere Körperhälfte unbekleidet ist, wird es dadurch aufgewogen, dass ungefähr sechzig Jungs auf dem Flur stehen.

»Wahnsinn, schau dir mal an, was die für eine Unterhose anhat!«, ruft einer.

Eine Stimme, die sich im Stimmbruch befindet und am Ende des Satzes ins Falsett rutscht und schallendes Gelächter hervorruft. Ja, es stimmt. Ich habe eine Calvin-Klein-Unterhose an. Eine für Mädchen, nicht für Jungs. Aber sie sehen genauso aus.

Dann geht eine Tür auf. Ich schlage mit dem Kopf gegen irgendetwas Scharfkantiges, und Linda Lindqvist lockert ihren Griff. Die Tür wird geschlossen, das Licht geht an. Linda setzt sich auf mich. Sie hat Augenringe.

»Verdammt, was war das denn gestern, hä?«, fragt sie, und ich sehe mich keuchend um.

Wir sind in der Putzkammer, und ich liege mit dem Kopf an einem Regal und einem Haufen Lappen. Alles riecht nach Seife.

»Was?«

Sie drückt mir das Knie in den Brustkorb, und ich stoße unwillkürlich einen Schmerzenslaut aus.

»Älä esitä. Du weißt ganz genau, was ich meine«, sagt sie.

»Nichts war«, antworte ich.

Sie sieht mich eine Weile an. Ihr Gesicht ist angespannt, ihr Kinn zittert.

»Hör zu«, sagt sie dann. »Du lässt mich nie wieder einfach so alleine stehen. Kapierst du nicht, wie das aussah, als ich allein mit der U-Bahn nach Hause fahren musste? Alle haben mich angeglotzt und sich gedacht, ach, das Mädchen da hat sicher gar keine Freunde.«

»Nein, also …«

»Hast du das kapiert?«

»Linda …«

Sie steht auf. Das Knie verschwindet. Linda verschwindet. Sie hat mir eine Lektion erteilt, und jetzt geht sie. Bevor ich mich auf die Füße rappeln kann, höre ich das Geräusch. Die lose Klinke. Alle wissen das. Alle außer den Lehrern. Dass man die Klinke mitnehmen kann, wenn man will. Und jetzt nimmt Linda Lindqvist die Klinke mit und lässt mich allein.

Ich bleibe noch eine Weile liegen. Ich weiß, dass sie da draußen steht und wartet, dass es gongt und die Lehrer zu ihren Klassenzimmern gehen, dass alles still bleibt, so dass keiner mich schreien hört. Und dann geht sie. Der Boden vibriert unter ihren Füßen, und ich bin allein.

Ich bleibe nicht lange im Putzraum, aber zum ersten Mal seit langem habe ich nichts anderes zu tun, als nachzudenken. Irgendetwas am Geruch von Seife und Scheuermittel und nassen Lappen bringt die Gedanken auf Touren, und ich fange an, an Flecken herumzufummeln, mit dem Nagel rumzukratzen, bis die blanke Oberfläche zu sehen ist.

Ich sitze auf dem Boden und starre auf das neongrüne Notausgangsschild über der Tür, und zu Anfang überlege ich vor allem, wie ich hier rauskomme, ohne allzu vielen Leuten meinen nackten Hintern zu zeigen, wie ich nach Hause kommen soll, wie ich Finnisch-Helena und Mama meine Abwesenheit erklären soll … und ohne jede Vorwarnung bricht alles über mich herein, all die Gedanken an Samira, die ich verdrängt habe, seitdem es passiert ist.

Seit dem Tag, an dem der Anruf kam. Papa rief aus dem Krankenhaus an. Ein Nachbar hatte sie auf der Treppe gefunden, sagte er. Seine Stimme zitterte so sehr, dass er kaum ein vernünftiges Wort hervorbrachte.

Dann das Krankenhaus, die Schwestern und Ärzte. Samira, die nicht selbst atmen konnte, meine große Schwester im Bett mit einem Schlauch im Hals zwischen diesen ganzen plärrenden und piepsenden Apparaten, völlig hilflos und außer Reichweite. Die stillen Polizisten stellten Fragen mit gedämpfter Stimme, und Papa rang immer wieder nur die Hände und sagte, er wisse nichts.

Diese verdammten Schweine tauschten Blicke. So was hatten sie alles schon gesehen. Mädchen, die vom Balkon gefallen sind oder mit einer Packung Schlaftabletten in der Badewanne gefunden wurden, aber deutliche Blutergüsse an den Handgelenken und am Kiefer aufwiesen.

Mama stellte sich ans Fenster und wandte allem den Rücken zu, stumm und unnahbar und ganz leer, als hätten wir uns alle zu einer Mauer aus Schweigen zusammengeschlossen, obwohl wir überhaupt nichts wussten. Sie konfiszierten unsere Handys, obwohl Papa protestierte und meinte, er müsse sein Arbeitstelefon auf jeden Fall behalten. Durfte er aber nicht.

Dann kam nichts mehr. Die Polizisten kamen noch ein paarmal und stellten weitere Fragen. Sie suchten eine Weile nach einem stumpfen Gegenstand, überlegten es sich dann aber wieder anders. Samira war die Treppe hinuntergefallen und hatte sich den Kopf am Geländer angeschlagen, damit gab man sich zufrieden, und schließlich wurde das Ganze als trauriger kleiner Unfall ad acta gelegt, tragisch, aber nicht suspekt.

Während ich in meiner Calvin-Klein-Unterhose für Mädchen im Dunkeln sitze und das Gesicht auf die Knie stütze, weiß ich, dass ich das alles nicht einfach auf sich beruhen lassen darf. Es gibt zu viele Fragen, auf die es keine Antwort gab. Wie zum Beispiel: Wohin wolltest du, war noch jemand anders da, und warum hattest du es so eilig, Samira?

Zwanzig Minuten später stolpere ich kopfüber aus dem Putzraum und lande auf allen vieren. Wieder: Schuhe. Grobe Schuhe mit Matsch an den Sohlen. Sie gehören Selin, dem Hausmeister der Schule. Beige Pumps, spitz mit hohen Absätzen, Jimmy Choo, die gehören Frau Häggdal – genannt Häggen –, der Englischlehrerin.

Ich stehe auf. Beiger Rock und Jacke, blauer Overall, indigniertes Stirnrunzeln, Grinsen, Bartstoppeln und Lippenstift. Ich hätte am liebsten »Gott sei Dank!« gesagt oder irgendetwas in der Richtung, was mir überhaupt nicht ähnlich sieht, aber es will kein Ton über meine Lippen kommen, und Häggen steht mit ihren Lehrmaterialien vor mir und schüttelt den Kopf, dass ihr roter Pagenkopf nur so schaukelt.

»Leila«, sagt sie, als hätte sie da drin alles Mögliche erwartet, aber ganz sicher nicht mich.

Der Hausmeister schaut mich nicht an. Er sieht meine Knie an, als gäbe es nicht jeden Tag schönere Knie zu sehen. Die von Linda Lindqvist zum Beispiel. Aber heute sind meine Knie spannend. Der Grund ist das Fehlen einer Hose statt ihr Vorhandensein.

»Wo hast du denn deine Hose?«

Ich folge Häggens Blick. Ich würde am liebsten sagen: »Warten Sie's nur ab, morgen kommen alle so in die Schule«, aber der Scherz wird schal, bevor er meine Zunge erreicht.

»Das würde ich auch gern wissen«, antworte ich, und da versteht Häggen.

Man sieht es richtig in ihren Augen, wie eines mit dem anderen in Verbindung gebracht wird und der Funke überspringt. Sie ist nicht grundlos Lehrerin, und auf einmal fließt so etwas in ihren Blick. Dieser bescheuerte Ausdruck, den die Leute draufhaben, wenn sie Welpen oder Katzenjunge anschauen, die ausgesetzt wurden und ganz zerzaust und jämmerlich hinter dem Maschendrahtzaun sitzen.

Häggen hat selbst Kinder. Das merkt man, als sie mir den Arm um die Schultern legt und mich durch den Flur führt. Als wir auf den Schulhof treten, kann ich die erleuchteten Klassenzimmer sehen, und wir gehen direkt vor Finnisch-Helenas Fenster vorbei. Tausende von Gesichtern wenden sich mir zu. Kriba wedelt mit meiner Hose. Sie lachen. Ohne Ausnahme. Es gibt keinen, der das hier nicht lustig finden würde, und ich weiß selbst, dass es mir genauso ginge. Wenn es zum Beispiel Anna passiert wäre, hätte ich auch mitgelacht, und ich sehe sie an, begegne ihren Blicken, und dann gehen wir hoch ins Lehrerzimmer, wo ich mich auf einen klebrigen Stuhl setzen darf, während Häggen (oder Haggan, wie sie auch genannt wird) ein Taxi bestellt.

Die Demütigung ist komplett, als es zur Pause klingelt und die Lehrer reinkommen, immer zwei und zwei, wie die Tiere auf Noahs Arche. Sie lächeln mich verwirrt an, ich bin ein Eindringling, der sieht, dass sie in jeder Pause Kekse und Gebäck essen. Als das Taxi kommt, muss ich zwangsweise durch das Gewühl aus Schülern gehen, die sich auf den Fluren versammelt haben und hinter vorgehaltener Hand kichern. Irgendjemand ruft mir nach, ich hätte einen hübschen Arsch, obwohl man ihn gar nicht sehen kann. Dann steige ich ins Taxi, dessen Fahrer mich ungnädig ansieht, denn die Putzlumpen, in die ich mich gehüllt habe, sind nicht unbedingt klinisch sauber. Ich lasse die Augen auf der Heimfahrt die ganze Zeit geschlossen. Lasse sie geschlossen, bis das Taxi in der Auffahrt hält.

Januar 2006

Samira

KAPITEL 13

Ein Wiedersehen

Als es das erste Mal an ihrer Tür klingelte, stand sie am Küchentisch und hatte sich gerade ein Glas Orangensaft eingeschenkt. Sie fuhr so heftig zusammen, dass sie das Glas fallen ließ, und es zersprang mit einem vernehmlichen Knall auf dem Boden. Die Glasscherben flogen durchs ganze Zimmer, und die gelbe Pfütze breitete sich langsam aus, kroch zum Teppich und wurde von den Fransen aufgesaugt.

Jetzt haben sie mich gefunden, dachte sie, und es dauerte eine ganze Weile, bis sie es wagte, sich zur Tür zu schleichen. Sie hielt das Ohr ganz vorsichtig an die Tür, aber sie wollte nicht durch den kleinen Spion schauen, weil sie Angst hatte, die Person, die da draußen wartete, könnte den Schatten sehen, der hinter dem Guckloch vorbeiglitt.

Als sie die Wange so ans Holz drückte und versuchte, so lautlos wie möglich zu atmen, klopfte es. Sie fuhr zurück. Und krachte mit erschreckendem Getöse gegen das Regal mit den Dekoobjekten und Fotos, das an der Wand neben der Badezimmertür stand. Auf den Krach folgte sofort ein neues Klopfen, und mit trockenem Mund beobachtete sie, wie sich die Klappe am Briefschlitz hob. Eine leise Stimme rief durch das schmale Loch in der Tür:

»Jetzt mach schon auf, Samira! Ich bin's doch nur.«

Sie starrte auf den silberfarbenen Schlitz und machte einen Schritt zur Seite, um dem Blick auszuweichen, der in ihre Richtung starrte. Die Finger, die die Klappe hochhielten, waren hellbraun und wohlbekannt. Die dunkelbraune Iris hob sich deutlich von den großen und weißen Augäpfeln ab. Doch Samira drückte den Rücken gegen die Wand, während sie gedanklich ihre Alternativen durchging. Dann beschloss sie, auf Nummer sicher zu gehen, und fragte:

»Wer hat dich geschickt?«

Jasmina hielt durch den Schlitz weiter Ausschau nach ihr.

»Wie – geschickt? Niemand! Ich bin ganz allein hier rausgekommen, auf meinen eigenen zwei Beinen.«

Samira zögerte, beschloss dann aber, Jasmina zu glauben. Beschloss, dass niemand hinter ihr stand und ihr den Arm verdrehte. Dass niemand in ihre Wohnung stürmen würde, sowie Samira die Tür aufmachte. Aber sie machte sie nicht auf, sie ging nur vor dem Briefschlitz in die Knie und sah Jasmina in die Augen.

»Wie hast du mich gefunden?«, fragte sie, nicht ohne Misstrauen.

»Ich hab dich auf der Straße gesehen und bin dir gefolgt. Mann, du gehst ganz schön schnell, du zischst ja über die Straße wie so 'ne Marathonläuferin. Ich war erst mal eine Weile außer Atem, nachdem ich gesehen hatte, wie du hier reingehst.«

Samira zögerte.

»Aber das ist doch schon über eine Stunde her. Warst du wirklich so lange außer Atem?«

Jasmina lachte.

»Ich bin nicht gleich gekommen. Ich musste erst noch was erledigen«, sagte sie.

»Was musstest du erledigen?«, fragte Samira, die erneut Angst kriegte.

Sie überlegte, dass Jasmina vielleicht von Mama geschickt worden war. Dass sie sie in der Moschee abgepasst hatten und sie gezwungen hatten, sie zu suchen … aber da sagte Jasmina das, was Samira sich seit ihrem Verschwinden gedacht hatte.

»Wir wohnen in einer Kleinstadt. Wenn dich jemand finden will, schafft er das auch. Vor allem, wenn du weiter an die Uni gehst und so. Da hab ich dich gesehen, als du gerade aus der Tür kamst. Shit, Samira … dafür, dass du so schlau bist, ist das nicht besonders einfallsreich. Jetzt komm, sperr schon auf!«

Samira stand auf, und sie hatte kaum die Kette geöffnet und das Sicherheitsschloss aufgemacht, als Jasmina sich mit einem Freudenschrei in ihre Arme warf, dass sie zu Boden ging.

Als sie Teenager waren, hatten sie es im Zeitschinden zu wahrer Meisterschaft gebracht. Samiras Vater Farid nahm es nicht so genau damit, wo sie sich herumtrieb. Er ließ sie hingehen, wohin sie wollte. Was blieb ihm auch anderes übrig, wo er ja selbst mit schlechtem Beispiel voranging? Aber sie musste spätestens um zehn Uhr abends zu Hause sein. Ihre Mama Sarah hatte den Schlüssel. Sarah, der es manchmal einfallen konnte, dass Samira jetzt lange genug draußen rumgerannt war, um dann das Sicherheitsschloss abzusperren und sich den Schlüssel um den Hals zu hängen.

Dann mussten Samira, Jasmina und ihre Freundinnen Masha und Fayrooz ihre ganze Erfindungsgabe zusammennehmen, um ihre Eltern zu hintergehen, wenn die alten Kniffe – zum Beispiel bei den Freundinnen übernachten – nicht mehr zogen. Sie meldeten sich zu Kursen im Blumenstecken an, Kursen über die Geheimnisse der italienischen Küche, Leckereien aus der Mittelmeer-Küche, Kelim, kelim: Ein Kurs im Gobelinweben, Filzen mit Hilda, Nähen für mein Baby und anderes, was vielleicht mal nützlich werden konnte, wenn die Mädchen endlich heirateten.

Denn heiraten würden sie, das stellte niemand in Frage. Und während sie warteten, konnten sie genauso gut ihre Fähigkeiten im Teppichweben und Spitzenklöppeln verbessern. Die Eltern bezahlten für die Kurse, und dann bettelten sich die Mädchen weiteres Geld für Material zusammen. Aber sie kauften nur ein Kochbuch oder ein Buch für praktisches Konversationsenglisch. Danach machte dieses Buch die Runde bei den Eltern, die allesamt dasselbe Buch und dieselbe Quittung präsentiert bekamen, und damit war das Taschengeld für eine ganze Weile gesichert.

Es gab aber ein Problem mit dem Teppichkurs »Vom Flicken zum Teppich«, als Mashas Eltern die Frucht ihrer Bemühungen sehen wollten und sie nicht mehr vorzuweisen hatte als einen zwanzig Zentimeter breiten Streifen.

»Nach einem halben Jahr!«, schrie ihre Mutter und überlegte entsetzt, was sie jetzt den Verwandten präsentieren sollte, nachdem sie überall damit geprahlt hatte, wie hoch ihre Tochter die alten Traditionen schätzte, so dass sie sogar eigene Teppiche für ihr zukünftiges Zuhause weben konnte.

Wer würde ein Mädchen heiraten wollen, das gerade mal vierzig Zentimeter im Jahr webte? Das würde ja Jahre dauern, bis die mal einen Teppich fertig hatte. Masha hatte zur gleichen Notlüge Zuflucht genommen, die man in der Grundschule vorgebracht hatte, wenn einem im Werkunterricht etwas misslungen war: Sie hatte behauptet, jemand anders habe ihren Teppich geklaut und ihr stattdessen diesen wertlosen Fetzen untergeschoben. Danach gab es keine Teppichwebekurse mehr für Masha und andere Kurse auch nicht.

»Englisch kannst du ja schon, und Essen bekommst du zu Hause!«

Doch nach einer Weile ließen die Eltern die Leine wieder lockerer, denn um der Wahrheit die Ehre zu geben, konnte niemand seine Kinder lückenlos überwachen. Meistens überließen sie die

Verantwortung den Brüdern der Mädchen, wenn sie welche hatten, und die Brüder waren nicht sonderlich scharf drauf, ihre Schwester zu überwachen, wenn sie selbst endlich mal aus dem Haus gekommen waren. Sie ließen ihre Schwestern gehen, wohin sie wollten, mit der Ermahnung:

»Aber passt bloß auf, dass euch keiner sieht. Wenn mir zu Ohren kommt, was ihr so treibt, dann …«

Sie mussten also selbst zusehen, dass sie sich ihre Ehre bewahrten, während ihre Brüder sich davonschlichen, um irgendwelche finnischen Mädchen zu ficken, die auch im Winter bauchfrei herumliefen.

Als sie alle volljährig waren und es satthatten, ständig Rechenschaft darüber abzulegen, wo sie mit wem gewesen waren, saßen sie meistens in Mashas Zimmer zusammen und erzählten sich gegenseitig Schauergeschichten von verbotenen Romanzen, die ganz böse ausgegangen waren.

Sie steigerten sich in eine Hysterie, wenn sie sich zuflüsterten, dass Mädchen im Heimatland ihrer Eltern getötet worden waren, weil irgendein Junge ihnen im Radio ein Liebeslied gewidmet hatte oder weil sie das Pech gehabt hatten, zur falschen Zeit am falschen Ort zu sein und vergewaltigt zu werden. Mädchen, die in die alte Heimat geschickt worden waren, um zu heiraten. Mädchen, die in den Urlaub gefahren waren, um sich ein bisschen zu fangen, und nie zurückgekehrt waren. Und dann noch die Asphaltengel. Mädchen, die auf den Balkon gegangen waren, um nie wieder hereinzukommen. Mädchen, die die Grenze überschritten hatten und deren Leben ein jähes Ende gesetzt wurde. Manchen passierte das. Nicht allen, aber man wusste nie genau, welche Übertretung die letzte gewesen sein konnte. Das Schlimmste war, dass es in Familien passiert war, die ganz normal wirkten. Familien, in denen die Situation langsam eskaliert war, bis sie in Negativschlagzeilen kulminierte.

Sie sahen sich in die Augen, und auf einmal bekam das Schweigen auf der anderen Seite der geschlossenen Zimmertür etwas Haarsträubendes, und sie versprachen und schworen sich, dass sie von zu Hause weggehen würden, sobald sie konnten. Denn woher sollte man wissen, ob es gefährlich war, so zu leben, wie man wollte, wenn man es nie ausprobiert hatte? Doch als Samira am Ende als Einzige tat, was sie versprochen hatte, verschwand sie einfach. Und Jasmina blieb zurück, enttäuscht und um das fröhliche Leben geprellt, das doch in naher Zukunft beginnen sollte, sich aber schon irgendwo bei der Ouvertüre aufgehängt hatte.

Samiras Verschwinden war ein harter Schlag für Jasmina. Das konnte sie nicht leugnen. Doch sie hatte ein großes Herz und war nicht nachtragend. Sagte sie, als sie mit Klamotten, ganzen Schuhstapeln, Musik und Filmen, Make-up, ihrem Computer und ihrer Kamera anrückte. Als sie obendrein eine neue Zahnbürste ins Zahnputzglas steckte, musste Samira laut loslachen. Sie hatte so ein ziehendes Gefühl im Bauch, wenn sie Jasmina ansah. Ein Flattern, das die Leere in ihrem Brustkorb füllte.

Tagsüber ging Samira zu ihren Vorlesungen, und abends kam Jasmina. Ein paar Wochen später war sie praktisch bei ihr eingezogen. Ab und zu ging sie nach Hause, damit ihre Eltern sahen, dass sie noch lebte und es ihr gutging, aber je länger sie fortblieb, umso schwerer wurden auch diese Besuche, und immer öfter kam sie mit verspannten Schultern und verbissener Miene zurück.

Am Abend lockte es sie nach draußen, und sie liefen mit ihren Trippelabsätzen durch die Straßen. Sie blieben, bis die Nächte in die Afterpartys übergingen, und schlichen sich durch den Hintereingang in die Clubs. Dort standen sie dann und reckten die Hälse, um nach Bekannten Ausschau zu halten. Wenn sie jemanden sahen, wechselten sie rasch den Ort, geduckt, schleichend, immer auf der Flucht. Das gehörte zum Spiel. Dort zu sein, aber nie gesehen zu werden, denn was man nicht sieht, existiert nicht, und ein Mensch, den man nicht sieht, ist nie da gewesen. Trotzdem. Die Blicke, die ständig suchend umherschweiften. Durch Biergläser und rote Bloody Marys schwammen. Sie blinzelten durch den Zigarettenrauch, ob sie irgendwo einen Rocksaum verschwinden sahen. Das rasche Klappern eines spitzen Absatzes. Und Samira lernte sie genauso zu fürchten wie Jasmina. Sie bewegte sich durch ihre Heimatstadt mit dem Gefühl, ständig gesehen zu werden, einem Gefühl, dass alles, was sie tat, irgendjemandem berichtet wurde, der zwar nicht Gott war, aber ebenso Buch führte über die Taten, die man ihr zur Last legen konnte. Und sie wurde das Gefühl nicht los, dass ihr Leben eigentlich nicht ihr gehörte, sondern immer jemand anderem, und dass dieser Jemand eines Tages beschließen konnte, genau wie Gott, dass sie genug gelebt hatte und das Leben für sie jetzt beendet war.

Oktober 2007

Leila

KAPITEL 14

Mit ihr reden

Eines Abends, als ich durch die Gedärme der Stadt zur U-Bahn Richtung Stadtmitte laufe, taucht ein Schatten neben mir auf. Jemand vertritt mir den Weg, und ich blicke unter meiner Kapuze auf.

»Diesmal entkommst du mir nicht!«, sagt Jasmina.

Sie ist ganz in Weiß gekleidet. Eine enge weiße Jeans, weiße Jacke mit grauem Pelzbesatz an der Kapuze, spitze weiße Schuhe mit hohen Absätzen und ein weißer Schal. So nahe bin ich einem Engel noch nie gekommen, und als ich sie ansehe, mit ihren wilden dunklen Locken mit den blonden Strähnchen und der hellbraunen, weichen Haut, die geradezu über ihr Gesicht zu gleiten scheint, und ihrem dunklen Augen-Make-up, ist mir, als würde ich Samira begegnen. Meine Augen füllen sich, meine Nase läuft, und ich wende das Gesicht ab, als sich das erste Schluchzen Bahn bricht. Sie folgt meiner Bewegung, als wäre sie an mir festgebunden, und ich versuche vergeblich, mich aus ihrem Griff herauszuwinden.

»Leila!«

Sie fasst mich mit beiden Händen und beugt sich zu mir herab. Ihre Lippen sind klebrig von allzu viel Lipgloss, und die Ränder sind mit einem dunkleren Konturenstift nachgezogen, was viel zu sehr nach Neunziger aussieht, aber es ist egal. Der Blick in ihren Augen ist echt, und sie zieht mich an sich in einer Wolke aus Düften, die mich noch mehr zum Weinen bringen, denn alles an ihr ist mir so verdammt vertraut und so ungerecht warm und lebendig.

Sie führt mich unter die Treppen, wo die Obdachlosen immer schlafen, und wir sitzen auf dem kalten Beton und schauen auf die Füße der Leute, die die Treppe zur Bushaltestelle hochgehen.

»Hoffentlich spuckt keiner aus«, sagt sie.

Licht und Dunkel zeichnen Streifen auf ihr Gesicht. Das Geräusch von Absätzen und Gummisohlen, die über unseren Köpfen nach oben stapfen.

Sie wartet, bis ich mich beruhigt habe, und es fühlt sich gut an, sie hier zu haben, Stoff an Stoff, weich und schön. Jasmina atmet seufzend durch ihre klebrigen Lippen aus. Dann starrt sie eine Weile in die Luft und nickt. Als sie fertiggenickt hat, wendet sie mir das Gesicht zu, und ich sehe sie an. Ich drehe den Kopf, so weit ich kann, die verdammte Jacke ist so dick, und die Kapuze stört, aber dann sehe ich ihr in die Augen. Wir brauchen nichts zu sagen. Wir kennen uns eben doch ziemlich gut. Ich sehe ihr an, dass sie Bescheid weiß, und es ist schön, dass ich nicht diejenige bin, die sie aufklären muss, obwohl ich mich natürlich frage, von wem sie es erfahren hat.

»Saïd hat's mir erzählt«, sagt sie, und ich merke, wie ich innerlich zusammenzucke, so rasch kommt ihre Antwort auf die Frage, die ich nicht laut ausgesprochen habe.

Sie löst eine Hand aus unserer engen Verbindung, streift mir die Kapuze vom Kopf und zieht die säuberlich gezupften Augenbrauen hoch.

»Ach komm, nicht im Ernst – ein *hijab*?«

Das Tuch ist stramm um meinen Kopf gewickelt, und der Knoten drückt im Nacken. Ich versuche, ihre Hand wegzuschieben und die Kapuze wieder aufzusetzen, aber ich kann mich kaum bewegen.

»Nee«, antworte ich. »Das ist ein Bandana.«

»Erzähl keinen Scheiß«, sagt sie und lässt mich los.

Ich lasse die Kapuze wieder über meinen Kopf gleiten.

»Ist doch egal, wenn man es sowieso nicht sieht, oder?«, frage ich, und sie schüttelt den Kopf, lächelt und seufzt, als würde die ganze Welt mitsamt all ihren Späßchen in einen einzigen Seufzer passen, und dann meint sie nur:

»*Yaa,* Leila …«

Und seufzt noch einmal.

»Ich kapier bloß nicht, warum du mir nichts gesagt hast. Neulich. Wegen Samira.«

»Weil ihr nicht so dicke wart, wie du glaubst«, antworte ich.

»Wie bitte? Verdammt, wir waren echt tight! Und das werden wir immer sein. Auch wenn wir es gerade nicht mehr sind, verstehst du?«

Ich antworte nicht, und sie fährt fort:

»Du, ich möchte sie besuchen. Im Krankenhaus. Ich hab mich nicht so recht getraut. Können wir zusammen hingehen?«

Ich nicke, weiß aber nicht, ob sie es sieht. Sie schaut auf ihre schmalen Finger, die sie lose ineinander verschlungen hat, und fährt fort:

»Ich hab nie vergessen, wie es war, als wir beste Freundinnen waren. Verstehst du? Für mich fühlt es sich so an, als wären wir immer noch … als wären wir nie richtig … obwohl sie mich nicht mehr angerufen hat, weißt du, und für mich war das …«

Sie hält inne. Ohne dass wir es gemerkt haben, ist jemand vor der Treppe stehen geblieben und schaut uns an, und wir schauen nach oben und blinzeln ins Licht, das auf uns gerichtet ist und uns blendet. Eine Taschenlampe und ein kahler Eierkopf, der im

Licht matt schimmert. Jasminas Augen glitzern im Schein der Taschenlampe.

»Hej, hallo!«, ruft sie und hebt die Hand, um die Augen abzuschirmen.

Die Person mit der Taschenlampe ist eine schwarze Gestalt mit dunklen Umrissen. Der graue Overall eines Wachmanns. Ich weiß, wer das ist, und klammere mich an Jasminas Jacke.

»Hoch mit euch! Raus mit euch!«, kommt es barsch von der leuchtenden Silhouette, und Jasmina rappelt sich hoch und zieht mich mit sich.

Dann stehen wir vor dem Wachmann mit der Taschenlampe, und Jasmina blinzelt und beschattet ihre Augen immer noch mit der Hand.

»Verdammt, können Sie Ihre Lampe jetzt mal ausmachen?«, ruft sie, und einen Moment später klickt die Taschenlampe, und das starke Licht verschwindet hinter dunklem Glas.

»Was treibt ihr zwei hier unten?«, fragt der Wachmann.

Ich blinzle und versuche, im Halbdunkel etwas zu erkennen. Die letzte U-Bahn fährt bald, man hat die Wachleute losgelassen, die abendlichen Aufräumer. Sie wandern durch die Gedärme der Stadt und sammeln auf, binden zusammen und schmeißen weg, und jetzt hat er uns gefunden. Der Schlachter von Kajsaniemi, Hellboy.

Er steht vor uns, ein Meter sechzig in Strümpfen, aber mit seinen Stiefeln immerhin doch noch vier Zentimeter größer. Sie sind schwarz und haben Stahlkappen. So mancher junge Somalier oder Kurde durfte diese Schuhspitzen schon kosten. Um den Bauch trägt er einen Gürtel mit Schlagstock, mit dem er auf die Rücken der irakischen Jungs einprügelt, wenn er sie in die engen Waggons der letzten U-Bahn Richtung Vorstadt schiebt. In seiner Tasche steckt das Pfefferspray, das bereits auf so einige asiatische Augen gerichtet wurde. Der Blick seines glattrasierten Gesichts ist von einem eiskalten Hellblau. Er sieht aus wie eine Schaufensterpuppe ohne Perücke, völlig glatt. Nicht ein Zug, der einem im Gedächtnis bleiben könnte, aber gerade deswegen ist er so leicht wiederzuerkennen. Weil er so absolut glatt ist. Und nun steht Jasmina vor ihm, mit dieser Hautfarbe und diesen Haaren und den feuchten Augen und dichten Wimpern und weichen Lippen, die wie zum Lächeln und Küssen gemacht sind.

»Was zum Teufel habt ihr zwei da unter der Treppe getrieben?«, ruft Hellboy mit einer Stimme, die von den leeren weißen Wänden widerhallt.

Ohne dass wir es gemerkt haben, sind die Geräusche der Schritte verhallt, die Beleuchtung ist auf ein Minimum reduziert worden, alle sind nach Hause gegangen, und nur wir zwei sind noch da. Wir und Hellboy. Ich kauere mich hinter Jasmina, aber es ist zu spät. Er hat mich entdeckt und reißt die Augen auf.

»Du! Du kleine Scheißratte! Diesmal krieg ich dich!«, ruft er, und Jasmina dreht sich mit gerunzelter Stirn zu mir um.

»Leila?«

Aber er ist schon auf mich losgestürzt, und ich reiße Jasmina herum, nehme sie bei der Hand und schreie:

»Lauf!«

Und sie fragt nicht, sie reagiert. Wir rennen auf den dunklen Korridor zu, der ins Shoppingparadies führt, vorbei an den Schaufensterpuppen, die jetzt nackt und steif dastehen, vorbei an dem geschlossenen, dunklen Blumenladen, vorbei, vorbei, die schweren Schritte hinter uns und die Verzweiflung, die uns die Kehle zuschnürt, so dass wir kaum noch Luft kriegen.

»Stehen bleiben!«

Doch wir rennen nur noch schneller, zu den Rolltreppen, die mitten in der Bewegung erstarrt sind. Wir stolpern mit bleischweren Beinen hinauf, auf den offenen Platz vor dem Bahnhof.

»Haltet sie fest!«, brüllt Hellboy hinter uns, und wir schlottern vor Angst, während er mit seinen klirrenden Stahlkappen hinter uns hertrampelt.

Jasmina hat eine schlechte Kondition, und obwohl sie so schmal und leicht ist, keucht sie jetzt schon laut, während ich jahrelange Übung im Davonrennen habe. Ich merke, wie sie zurückfällt, also packe ich ihre Jacke und zerre sie mit. Ich sehe Hellboy mit rhythmischen Schritten näher kommen, er bewegt die Arme wie ein richtiger Läufer. Jasmina schreit:

»Shit, Leila!« Ihre Stimme bricht.

Wir biegen um eine Hausecke, und niemand dreht sich um und sieht uns nach. Das ist hier ganz alltäglich. Zwei mutismuija auf der Flucht vor dem Gesetz, denken sich die gleichgültigen Städter, und wir rennen weiter, die Straßen hoch und die Treppen hinunter, Hellboy uns immer dicht auf den Fersen. Und dann, als wir einfach nicht mehr können, verschwinden wir in eine Sackgasse, verkriechen uns in der dunkelsten Ecke und warten.

Er lässt sich nicht täuschen. Er rennt nicht vorbei, denn er hat uns gesehen, war die ganze Zeit direkt hinter uns. Wir können nicht mehr entkommen und drängen uns dicht aneinander. Ein Knäuel aus Winterjacken in einem allzu warmen Klima, schweißverklebt, nass von unserem feuchten Atem. Wir hören, wie seine klirrenden Schritte näher kommen. Er schnauft laut durch seine entblößten Zähne. Sein Mund ist verzerrt, die Lippen zurückgezogen.

»Du kleine Scheißratte«, zischt er. »Diesmal entkommst du mir nicht.«

Da schreit Jasmina los:

»Hilfe! Hilft uns denn keiner?«

Ich kann nur noch zittern. Hellboy ist jetzt ganz nah. So nah. Ein Lächeln geht über sein glattes, leeres Gesicht. Auf seinem kahlen Schädel ist kein einziger Schweißtropfen zu sehen.

»Verdammter Rassist!«, keucht Jasmina und versucht einen

ungeschickten Tritt in seine Richtung, aber sie erwischt ihn nicht, und ihr Fuß landet laut wieder auf dem Asphalt.

»Ohohohoooo«, gluckst Hellboy vergnügt.

Ich habe bereits aufgegeben. Ich schließe die Augen und denke nur noch ganz intensiv an Samira.

Und da, während ich die Augen ganz fest zukneife, Jasmina dicht neben mir schluchzt und schnauft und ich mich völlig in diesem Moment verliere, der schier kein Ende nehmen will, höre ich plötzlich das scharrende Geräusch von Schritten, die langsam näher kommen, Schritte, die stehen bleiben, und eine Stimme, die dumpf von den Hauswänden widerhallt.

»Was ist denn hier los? Alles in Ordnung?«

Ich schlage die Augen auf und sehe die Silhouette eines gemütlichen, dicken Mannes mittleren Alters. Er trägt einen Mantel und hat eine Aktentasche in der Hand.

Heikki dreht sich um und ruft über die Schulter:

»Alles in Ordnung. Ich habe die Situation unter Kontrolle.«

Er versucht seiner Stimme Autorität zu verleihen, aber der Mann weigert sich, das Feld zu räumen. Er bleibt einfach mit hängenden Armen stehen, bis Heikki nervös nickt und sagt:

»Hoch da! Raus da! Seht zu, dass ihr wegkommt! Ihr könnt hier nicht einfach so rumlungern.«

Und wir stehen mit zittrigen Beinen auf und huschen an ihm vorbei. Erst gehen wir ganz vorsichtig, aber dann werden unsere Schritte immer schneller, bis wir Hand in Hand auf die Straße hinauslaufen.

An Samiras Bett, wie vor einem Altar. Wir standen schon mal hier, Mama, Papa und ich, wenn auch in einer anderen Konstellation. An dem Tag, an dem sie die Medikamente absetzten, mit denen sie Samira im künstlichen Koma hielten, und sie sie vom Beatmungsgerät losmachten. Ich kann mich noch an den Moment erinnern, in dem die Schwester den Apparat abstellte und ich ganz schnell an den Sternenhimmel dachte, an einen leuchtenden Streifen, der langsam und funkelnd durch den Weltraum glitt und verschwand. Aber Samira atmete ganz selbstständig, und ich merkte, dass Mama vorher den Atem angehalten hatte, denn jetzt sank ihr Körper mit einem Seufzer in sich zusammen. Papa drückte Samiras Hand und sagte:

»Du bist doch mein tüchtiges, starkes Mädchen!«

Und dann warteten wir auf den Moment, in dem Samiras Lider flattern und sie die Augen aufschlagen und Mama sich über sie beugen würde, wie das in den Filmen immer ist, wenn man sagt:

»Samira, hörst du mich? Beweg deine Hand, wenn du mich hörst.«

Aber nichts passierte. Papa und ich betrachteten Samira, und ich muss zugeben, dass ich vielleicht ein bisschen weinte. Es war aber auch furchtbar schwer, nicht zu weinen, während sie so reglos dalag und die Augen nicht aufmachte oder lächelte, als ich ihr über die Wangen streichelte. Sie atmete nur ein und aus, mit gleichmäßigen, ruhigen Atemzügen.

Mama sah den Arzt mit einem Gesichtsausdruck an, den ich noch vor ein paar Wochen überhaupt nicht an ihr gekannt hatte, und flüsterte:

»Warum wacht sie nicht auf?«

Der Arzt untersuchte Samira, leuchtete ihr in die Augen und antwortete, jetzt könne man nur noch abwarten.

Und wir warteten. Fünf Wochen lang jeden Tag, mehrere Stunden täglich, aber als nichts passierte und wir erfuhren, dass sich unmöglich genau sagen ließ, wann oder wie Samira aufwachen würde, fühlte es sich an, als wäre das Warten ein Teil unseres Alltags geworden, so dass wir nicht mehr die ganze Zeit daran denken mussten. Es steckte uns trotzdem im Körper, wie eine Art von Unruhe, und irgendwann wurden unsere Besuche an ihrem Krankenbett immer sporadischer und kürzer, bis wir Samira nur noch besuchten, um nachzusehen, ob sie aufgewacht war. Bald ging Mama bloß noch einmal die Woche hin. Saß eine obligatorische Stunde an ihrem Bett und ging wieder nach Hause. Was sie dachte, während sie dort saß, weiß niemand.

Einmal hörte ich sie zu Fatima sagen:

»Ich muss arbeiten! Ich kann nicht ständig da hinrennen, wenn sie sowieso nicht aufwachen will!«

Sie klang brüsk und wütend, und sie weinte auch nicht mehr. Sie schien einfach nur zu vertrocknen. Und ihre prophetischen allabendlichen Rituale wurden immer länger, und dann lag sie wach und machte *dhikr*, während sie darauf wartete, dass der Schlaf sie von den ganzen Gedanken erlöste, die ihr durch den Kopf rauschten.

Jasminas Gedanken sind nicht schwer zu lesen. Sie ziehen über ihr Gesicht wie Tics. Erst blinde Panik, dann trübe, gerötete Augen und Hilflosigkeit, als sie Samiras Hand ergreift und an die Lippen drückt, wie ich selbst es niemals tun würde. Ihr Gefühlschaos währt mehrere Minuten, dann beruhigt sie sich. Samiras Hand lässt sie trotzdem nicht los.

»Voi Samira. Voi pikkuinen.«

Sie streichelt ihr die Hand und drückt sie, legt den Kopf in den Nacken und blinzelt ein paarmal, damit ihre Mascara nicht verläuft. Sie schnieft einmal und schüttelt den Kopf, dann ist das erledigt, und sie hält die Hand gleichmäßig fest. Sie fängt an.

»Hallo, Samira. Ich bin jetzt hier. Ich bin's, Jasmina.«

Ich sitze mit etwas Abstand daneben und beobachte, wie einfach ihr die Worte über die Lippen kommen. Ich kann die Augen nicht von ihrem Gesicht losreißen, das lebt und sich bewegt und Grimassen zieht, von ihrem Mund, der Worte bildet und lacht, als würde Samira nicht mit geschlossenen Augen und halboffenem Mund und bleichen, trockenen Lippen daliegen, sondern als würde sie aufrecht dasitzen, den Rücken mit Kissen abgestützt, und ebenfalls nicken und antworten und lachen.

»Das hab ich jedenfalls zu Saïd gesagt. Bescheuert, oder? Aber er hat einfach so getan, als hätte er nichts gehört. Tja ...«

Jasmina lächelt, und dann verstummt sie, kaut sich nachdenklich auf der Unterlippe herum und betrachtet Samira. Dann wendet sie sich zu mir und bedeutet mir mit dem Zeigefinger, näher zu kommen. Ich stehe auf und ziehe den Stuhl über den Boden, was ein scharrendes Geräusch macht, das viel zu grob für diese Stille ist. Ich setze mich neben Jasmina und sehe sie an.

»So, jetzt bist du dran«, sagt sie, und ich setze mich hin und schaue sie an und schüttele verständnislos den Kopf.

»Na, nun red doch mit ihr!«, sagt Jasmina, und ich betrachte Samira. Hört sie zu? Wartet sie? Ich seufze einmal.

»Aber ich weiß nicht, was ich sagen soll.«

»Willst du damit sagen, dass du die ganze Zeit hierhergekommen bist, ohne mit ihr zu reden?«

»Jetzt fang du nicht auch noch an«, gebe ich zurück.

»Anfangen womit? Nein, verdammt, ich fang gar nichts an. *Du* fängst jetzt an. So!«

Sie deutet mit der Hand auf Samira und schaut mich mit hochgezogenen Augenbrauen an, und ich habe ihrer vertrauten Autorität nichts entgegenzusetzen, also ziehe ich den Stuhl noch ein paar Zentimeter näher ans Bett, und dann mache ich langsam den Mund auf.

Die Worte sind da. Sie liegen stapelweise direkt neben meinen Stimmbändern, aber der Haufen ist so groß, dass ich sie kaum aus mir herausholen kann, und ich merke, wie sich mir die Kehle auf altbekannte Art zuschnürt, also sehe ich Jasmina an und schüttele den Kopf.

»Nee. Ich kann das nicht. Nicht, wenn du hier bist«, sage ich, und sie lehnt sich zurück, dass ihre Ohrringe klirren.

Sie starrt mich eine Weile an.

»Okay. Ich geh raus und kauf mir 'ne Cola oder so.«

Ich nicke, und sie steht auf. Sie zieht mir die Kapuze über den Kopf, bevor sie geht, und ich schlage mit der Hand nach ihr.

Dann ist sie weg, und Samira und ich sind allein, in dieser zischenden, tickenden Krankenhausstille. Ich atme tief durch und nehme einen neuen Anlauf.

»Das war ... das war Jasmina«, beginne ich und merke, dass ich ganz warm und rot werde.

Ich hasse meine eigene Stimme. Sie klingt dumpf und seltsam, und ich komme mir blöd vor, so dazusitzen und mit mir selbst zu reden, aber ich spreche trotzdem weiter.

»Sie ist eine Cola kaufen gegangen, aber sie kommt gleich wieder.«

Als ich zur Tür schaue, sehe ich Jasmina mit verschränkten Armen dort stehen, aber in mir hat sich irgendetwas gelöst, und jetzt ist mir auch innerlich warm. Ich nicke ihr zu. Sie schenkt mir noch einen weichen Blick, bevor sie geht. Ich höre das Rattern des Getränkeautomaten, höre, wie die Dose polternd herausfällt, aber das Geräusch ist weit weg, hinter meinem Teppich aus Worten, der sich über Samira ausbreitet, die daliegt und – das weiß ich jetzt – mir tatsächlich zuhört.

Draußen. Das Feuerzeug klickt einmal und spuckt eine Flamme aus, die Zigarette knistert, als Jasmina einen Zug nimmt. Die einsame Flamme verlischt, und Jasmina bläst den Rauch zum Himmel. Aus dem Augenwinkel entdeckt sie einen Stern, und sie deutet darauf und sagt seinen Namen auf Farsi. Sie sieht aus wie ein kleines Kind, wie sie so dasteht und ins Dunkel hochzeigt.

Schließlich schaut sie wieder mich an, und ich will eigentlich überhaupt nichts sagen, denn Samira hat all meine Worte bekommen. Aber ich kann den Gedanken daran nicht abschütteln, wie still sie dalag, so bleich, ganz blutleer. Es ist so ungerecht. Meine große Schwester. Und doch so klein. So … weit weg. Jasmina stößt mich mit dem Ellenbogen an.

»Was ist das denn jetzt für eine Geschichte mit diesem Tuch da?«

Ich starre auf den Boden.

»Das ist ein Bandana.«

»Pff«, macht Jasmina.

Sie stößt eine Wolke aus, die ihren Kopf schluckt.

»Den Unterschied zwischen einem *hijab* und einem Bandana erkenn ich ja wohl grade noch.«

Eine Weile schweige ich, dann murmle ich meinen Zehenspitzen zu:

»Das ist ein *fullah*. Und es soll einen beschützen.«

»Pah«, sagt Jasmina. »Weißt du, was Samira über dieses Tuch gesagt hat? Sie hat gesagt, dass es nichts darüber aussagt, wer man innerlich ist. Wenn man ficken will, kann man das auch mit einem *fullah*, meinte sie. Der Kopf mag ja bedeckt sein, aber der Arsch ist nackt.«

Wir schweigen, während sie weiterraucht und zum Krankenhaus schaut, auf die vielen Fenster, hinter denen sich die Kranken befinden, Kranke, die einsam in ihren Betten liegen und nur darauf warten, ob sie gesund werden oder nicht. Ein ganzes Haus, das auf Warten aufgebaut ist. Zwischen den Betten geht Azaril herum. Er setzt sich ans Fußende und zieht die Seelen aus den Körpern.

»Es fühlt sich einfach schrecklich an, sie so daliegen zu lassen«, sagt sie.

Sie schaut mich an.

»Wo ist überhaupt eure Mutter?«

Ich starre noch immer auf den Boden.

»Sie ist … Sie will nicht …«

»Schon klar«, sagt Jasmina.

»Also, sie kommt schon her, aber sie sitzt einfach bloß da. Und auch nicht mehr so oft. Es kommt mir vor, als könnte sie einfach nicht so richtig …«

»Nee, natürlich.«

Ich scharre mit den Schuhspitzen über den Asphalt. Die kleinen Splittsteinchen zeichnen kleine weiße Streifen auf den Boden. Dann schniefe ich und lenke Jasminas Aufmerksamkeit auf ein anderes Thema.

»Weißt du, ob sie einen Freund hatte?«

»Wer? Deine Mutter?«

»Nein. Samira!«

Jasmina raucht schweigend weiter. Sie schaut nachdenklich zu den gelben Fenstern hinauf, als könnte sie die Antwort finden, wenn sie Samiras Fenster ausfindig macht. Sie wirft ihre Kippe weg.

»Ich hab mir auch schon gedacht, dass es vielleicht so was gewesen sein könnte«, sagt sie und schiebt die Hände in die Taschen.

Sie gähnt einmal und schaut mich lange an. Wenn sie mich so anschaut, würde ich am liebsten wieder losheulen, und sie merkt es und stößt mich mit dem Ellenbogen an. Dann gehen wir Richtung Bushaltestelle, und auf halber Strecke schaut sie mich an und fragt:

»Hilft das Tuch denn wirklich?«

Januar 2006

Samira

KAPITEL 15

Der Körper ist ein Krieg

Samira stand vorm Spiegel und zog an ihrer Bluse, die davon auch nicht länger wurde. Den Rock sah sie gar nicht erst näher an, denn der war wirklich viel zu kurz. Sie versuchte, das Ganze mit einer dicken, goldglitzernden Strumpfhose zu kompensieren, einer seidigen, glatten, glänzenden, aber es kam ihr so vor, als könnte die halbe Welt ihre *kus* sehen, wenn sie sich bückte.

Er knöpfte ihr die Bluse zu. Sie war blau, langärmlig und reichte ihr bis zu den Knien. Ein kleiner chinesischer Kragen und glänzende Glasknöpfe. Stickereien an den Säumen und auf den Ärmeln. Ein paar Minuten zuvor war sie in einem zu klein gewordenen T-Shirt und Leggins ins Zimmer gerannt, und er war zu ihrem Schrank gegangen und hatte stattdessen die lange Bluse herausgeholt. Sie war elf Jahre alt. Bei jedem Knopf küsste er sie auf die Wange. Seine Bartstoppeln kitzelten sie auf der Haut. Der Duft war warm, süß und nah. Sie sog ihn ein und war wie berauscht davon. Der starke Papaduft.

Eine ihrer frühesten Erinnerungen war die an diesen Duft, während sie vor dem Fernseher saß und ihr die Augen langsam, aber sicher zufielen. Bis es schien, als gäbe es nur noch die Wärme und seinen Duft.

Nachdem er den letzten Knopf zugemacht hatte, tippte er ihr mit dem Zeigefinger auf die Nasenspitze und drehte sie um, so dass sie sich im Flurspiegel betrachten konnte.

»Schau mal, wie hübsch du bist.«

Und sie sah sich selbst im Spiegel. Ihr schwarzes, glänzendes Haar war zu einem Pagenkopf geschnitten. Sie hatte fröhliche Augen. Und auf dem Grund seiner Augen sah sie Zärtlichkeit.

Samira fragte sich, was ihr Papa wohl denken würde, wenn er sie so sehen könnte. Das dunkle auftoupierte Haar, das ihr offen über die Schultern floss. Das kurze Top, das ihren Bauch freiließ, und den Rock, der so kurz war, dass sie sich kaum darin zu bewegen wagte. Und geschminkt bis zur Unkenntlichkeit.

»Bist du sicher, dass das gut aussieht?«, fragte sie, während Jasmina in ihrem Leoprint-Jumpsuit durch die Wohnung rannte, dass die dicken Metallarmreifen klingelten.

»Du siehst großartig aus. Alle Jungs, die dich sehen, werden dich ficken wollen.«

Samira zog an ihrem Rock.

»Ist das denn der Sinn der Sache?«

Jasmina lachte.

»Natürlich. Was hast du denn gedacht?«

Aber sie wusste nicht, ob Jasmina sie aufzog oder es ernst meinte. Als Jasmina ihren Blick bemerkte, hielt sie inne und drückte ihre Wange an Samiras. Sie hängte sich an ihre Schultern und betrachtete ihre Gesichter im Spiegel.

»Aber Samira, meine Süße. Was meinst du, warum man das Kriegsbemalung nennt? Jeder totalitäre Staat hat Schminke verboten und den Frauen zu diktieren versucht, wie sie sich anziehen sollen. Hoch den Rock, runter die Hose, bedecke dich, wasch dir das Gesicht, schmink dich ruhig noch ein bisschen mehr, du verdienst es nicht anders … In Afghanistan werden Frauen von den

Taliban erschossen, wenn sie allein auf die Straße gehen, um einen Arzt aufzusuchen. Unbewaffnete Frauen. Der Frauenkörper an sich ist eine Waffe. Also ist es unsere Pflicht und Schuldigkeit auszugehen. Wir müssen ausgehen, stellvertretend für alle Frauen, die es nicht können.«

So sprach Jasmina, und dann zog sie ihre Freundin einfach mit sich, doch mit jedem Schritt hörte Samira, wie ihr das Geräusch ihrer hohen Absätze gegen das Rückgrat schlug und ihr zurief: *haram, haram, haram, haram.*

Und dann die Blicke. Mama hatte sie immer vor den Blicken gewarnt, aber sie hatte sich nicht vorstellen können, wie sie sich anfühlten. Natürlich war sie auch schon früher von Männern angesehen worden. Ihre Blicke waren über ihre Haut geglitten, ihre Wangen, ihre Lippen. Doch diese Blicke im Gedränge eines Clubs waren etwas völlig anderes. Sie waren unnatürlich. Roh. Sie sagten ihr Dinge, die ihr nicht gefielen. Sie nannten sie *kahba*, *sharmuta*, all die hässlichen Namen, mit denen man Mädchen belegte, die sich herumtrieben. Die Blicke blieben an ihren Brüsten hängen, an ihrem Hintern, und sie fühlte sich ihnen ohnmächtig ausgeliefert. Sie konnte sie nicht kontrollieren. Als sie an der Bar stand, die endlosen Flaschenreihen betrachtete und überlegte, was sie trinken wollte, eingeklemmt zwischen Männern, die sie nur an den Tresen ließen, wenn es ihnen passte, und einem Barkeeper, der sie mehrmals geflissentlich übersah, spürte sie plötzlich eine Hand an ihrem Hintern. Sie schob sich mühelos unter ihren Rock, und Samira, der vor Angst eiskalt geworden war, drehte sich um. Sie packte die Hand, und sie zog sich zurück.

»Hallo, Schätzchen«, lallte eine Stimme, die einem kleinen, dicklichen, pickligen Jüngling mit blondiertem Haar gehörte. Er trug ein weißes T-Shirt, und aus seiner Jeans hing der Bund seiner Unterhose.

Verstört schubste sie ihn zurück, und er taumelte mit rudernden Armen rückwärts. Seine Augen waren halb geschlossen, er war so betrunken, dass er kaum noch stehen konnte. Die Musik hämmerte in ihrem Kopf, die Trommelstöcke trafen sie mit leichten Schlägen überall am Körper: *haram, haram, haram, haram*.

»Jetzt sei doch nicht so!«, rief der Junge, bevor er davonstolperte.

Samira drehte sich wieder zur Bar. Ihr Kopf war völlig leer. Es war das erste Mal, dass ein Mann sie begrabscht hatte.

»Daran gewöhnst du dich schon noch«, meinte Jasmina, als Samira mit zwei Apfelmartinis in dreieckigen Gläsern an den Tisch zurückkam.

Muss ich das denn?, dachte sie, sagte aber nichts.

Es war das erste Mal, dass sie gegen ihren Willen angefasst wurde, aber es blieb nicht das letzte. Sie lernte, dass eine Frau, die sich im Nachtleben bewegte, Freiwild für mehr oder weniger jeden Mann war. Je kürzer der Rock, umso mehr gehörte sie demjenigen, der sich das gerade einbildete. Jasmina zuckte mit den Schultern.

»Was erwartest du? Es sind Männer. Du weißt doch, womit die denken. Das ist der reinste Fleischmarkt. Das Einzige, was wir zu unserem Vorteil ausspielen können, ist das hier und das hier«, sagte Jasmina und fasste sich erst an die Brüste und dann an den Hintern.

Oktober 2007

Leila

KAPITEL 16

Es geschah in der Angel Bar

Ein paar Tage später komme ich wieder ins Krankenhaus. Nichts geht voran. Meine Stimmung ist auf dem Tiefpunkt und lähmt meine Schritte, als würde man versuchen, mit heruntergerutschter Hose zu gehen.

Für Britney läuft das Leben gerade auch nicht so toll. Nach einem kurzen Aufenthalt in einer Entzugsklinik hat sie sich auf ihre Tasche gesetzt und dabei ihren Chihuahua Chico getötet, an den sie überhaupt nicht mehr gedacht hatte. Die Presse spekuliert, inwieweit sie sich im Delirium befand, als ihr das Missgeschick unterlief. Nach der Beerdigung, mit schwarzen Limousinen und Ehrenwache und allem Pipapo, sah man sie mit den Fingern in der Erde graben, bis einer ihrer Bodyguards sie wegzog.

Ich erzähle es Samira, und nach einer Weile strecke ich die Hand aus und fasse nach ihrer. Sie ist warm und trocken, aber schlaff. Irgendetwas fehlt. Ich beginne zu grübeln, Gedanken ohne Worte, und irgendwann bekomme ich Durst. Ich stehe auf, bleibe aber noch einmal stehen und drehe mich lächelnd zu ihr um.

»Nicht weglaufen, ich bin gleich wieder da.«

Ich sage es genauso, als wäre sie wach. Meine Stimme klingt

komisch in dieser dumpfen Stille, also lache ich ein wenig, aber das klingt noch schlimmer. Dann gehe ich aus dem Zimmer und über den Flur bis zum Getränkeautomaten, der vor sich hinbrummt und leuchtet und fast lebendiger wirkt als die schlafende Samira.

Schlp. Der Apparat schluckt das Geld. Hinter mir nähern sich Schritte. Ich drehe mich um, und als ich sehe, wer da kommt, erstarre ich, wende mich rasch ab, ziehe mir die Kapuze noch tiefer ins Gesicht und bleibe reglos stehen. Die Schritte gehen langsam vorbei, so verdammt langsam, dass mir immer heißer wird. Als sie um die Ecke gebogen sind, richte ich mich wieder auf, aber mein Puls hämmert immer noch wild. Ich greife mir die Dose, die scheppernd aus dem Automaten fällt, und gehe mit ganz leichten Schritten auf Samiras Zimmer zu.

Als ich um die Ecke biege, ist der Korridor leer. Ein Krankenbett steht dort und wartet auf einen Patienten, der niemals kommt. Eine Tür steht offen.

Langsam schleiche ich mich bis zu Samiras Zimmer und werfe einen Blick hinein. Und da. An ihrem Bett sitzt jemand, den kahlen Kopf gesenkt. Seine mageren Schultern zucken. Als würde er weinen. Er hält ihre Hand, die ganz in seiner verschwindet. Da liegt sie. So weiß. So unberührt.

Ich ziehe mich zurück. Ich warte nicht auf ihn, sondern gehe einfach. So viele Fragen. Wann wirst du sie mir beantworten, Samira?

Am Abend beobachte ich Linda Lindqvist, die in ihrem Zimmer steht und mit dem Licht herumspielt. Ein Fenster blinkt in die Dunkelheit, und ich bin hier, hinter der Gardine, und schaue zu ihrem Fenster hoch. Eigentlich muss ich jetzt antworten. Meine Finger müssten auf den Schalter drücken und das Licht an- und wieder ausschalten, aber ich bleibe einfach nur stehen. Meine

Hände bleiben in den Hosentaschen. Ich lasse sie rätseln, genau wie ich in jenem Herbst in der siebten Klasse rätseln musste, als zwischen uns plötzlich alles anders wurde, ohne dass eine von uns beiden gewusst hätte, warum.

Sie hatte nicht wie immer unten am Tor gewartet, und ich war ihr über das matschige Feld zwischen Schule und Einkaufszentrum gefolgt. Damals hatte die Schule ohne mich angefangen, denn ich war beim obligatorischen Verwandtenbesuch in Dar El-Shams und verpasste daher die ersten Wochen der siebten Klasse.

Ich stapfte ihr hinterher und sah, wie sie mit völlig neuer Energie dahinmarschierte. Wo sie die Schule sonst doch schon immer übergehabt hatte, ehe sie auch nur begonnen hatte. Bevor ich wegfuhr, hatten wir in ihrem Zimmer gesessen und uns flüsternd ausgemalt, wie lustig das alles werden würde.

Siebte Klasse! Wow, gib dir das mal!

Aber jetzt lief ich ihr mit einem komischen Gefühl im Bauch nach. Linda trug neue Sachen. Verschwunden waren das Käppi und ihre knielangen Collegepullis mit den Comicfiguren, die sie in allen möglichen Farben hatte. Stattdessen hatte sie eine zerrissene Jeans und eine kurze, enge Lederjacke an. Darunter nur ein Top mit schmalen Trägern. Rosa war es. Ich fühlte mich schwer und tollpatschig in meinen dicken Kleidern. Das Haar klebte mir an den Wangen. Unter meinen Armen breiteten sich Schweißflecken aus. In Dar El-Shams hatte ich plötzlich angefangen, seltsam zu riechen, und das lag sicher nicht nur an der Hitze, obwohl bei diesen Temperaturen jeder roch. Nein. Das war ein ganz neuer Geruch, gegen den nicht mal das Deo ankam. Ich drückte die Arme also fest an den Körper und hoffte, dass es den anderen nicht auffiel.

Hinter den Bäumen schimmerte das bunkerartige Gebäude durch, und Linda zögerte kurz. Ich beschleunigte meine Schritte.

Ein paar Sekunden, dann würde ich sie eingeholt haben. Ich würde ihr auf den Rücken springen und »Hallo!« rufen.

Und gerade als ich »Hallo!« rufen wollte, rief tatsächlich jemand hallo, denn am Sandweg bei den Lehrerwohnungen standen Sussi und Nettan und rauchten heimlich. Linda beschleunigte ihre Schritte, und den Rest des Weges trabte sie winkend auf Sussi und Nettan zu. Ich hörte ihre hohen, schrillen Stimmen, die Linda und ich immer nachgeäfft hatten, wenn Sussi und Nettan von ihren heimlichen Verehrern mit trockenem Laub beworfen wurden. Wir lachten uns immer kaputt darüber, wie lächerlich sie klangen, aber jetzt klang Linda genauso. Und als ich zum ersten Mal über den Pausenhof der Oberstufe ging, der nicht mit Kies bestreut, sondern asphaltiert war, ging ich allein.

In der Pause stand ich Linda plötzlich von Angesicht zu Angesicht gegenüber. Ein kalter Atemzug. Lindas Stirn und Wangen waren weiß gepudert. Sie kaute Kaugummi. Durch ihre Augen huschte ein erschrockenes Flackern, unsere Begegnung hatte sie kurz aus dem Konzept gebracht, aber sie kaute sich hindurch.

»Hallo!«, sagte ich und lachte. Dieses warme Gefühl. Linda.

Doch Linda kaute nur schmatzend weiter und musterte mich von Kopf bis Fuß, als würde sie mich gerade zum ersten Mal sehen.

Rundherum wandten uns alle den Rücken zu. Lauter kleine Cliquen aus Freunden, die sich von Kindesbeinen an kannten. Ein Basketball prallte vom Asphalt ab. Sussi kam zu uns und zog Linda am Arm. Sie wollten mit den Jungs reden. Sich was am Automaten kaufen. Ich war nur eine Störung der normalen Pausenaktivitäten. Linda bedachte mich mit einem letzten Blick und sagte:

»Ach, hallo«, bevor sie sich von Sussi mitziehen ließ.

Sussi zog sie dicht an sich und fragte:

»Mann, wieso redest du denn mit der mutis?«

Dann war sie verschwunden, und mir blieb nichts anderes übrig, als mich an den Wegrand zu stellen, zusammen mit den Schülern mit dicken Brillen und Stotterproblemen. Mit denen, die zu dünnes Haar hatten. Zu große Zähne oder X-Beine. Die zu hässlich waren, um mitspielen zu dürfen. Wir standen da und glotzten uns an und dachten uns:

Na, immerhin, so schlimm wie der da *seh ich dann doch nicht aus!*

Und das Licht schimpft lautlos in den Abend. Die Signale erfolgen in immer rascherem Takt, inzwischen rasend schnell. Die Glühwürmchen kommen. Sie fliegen durch die Dunkelheit und bleiben über der Straße vor Lindas Haus stehen. Wenn man blinzelt und genau hinschaut, kann man mit etwas gutem Willen Sebbe und Tobbe (und wie sie alle heißen) unterscheiden. Die Kater der Nachbarschaft, die alle von ihrem Licht angezogen werden. Sie steht bestimmt da und schaut hinunter, sie sieht sie bestimmt rauchen, denn einen Moment lang bleibt das Licht noch an, wie ein Auge, das in die Nacht starrt, und danach geht es ganz aus. Stattdessen geht die Beleuchtung im Treppenhaus an, und wenig später sieht man ein Paar Schuhe, dann ein Paar Beine in lila Strumpfhose und einen Rock und eine Jacke und einen Kopf. Die Tür geht auf. Münder plappern fröhlich drauflos, bevor die Gruppe zur Kneipe Ronskimesta davontrabt, und zu den Bänken dahinter, auf denen immer die Säufer sitzen. Dann rennt Micke los und kauft Bier, und Linda gestattet ihm, an ihr rumzutatschen, während ich in meinem Zimmer hinter der Gardine stehe und dafür bestraft werde, dass ich nicht entgegenkommend genug war. So ist das nämlich mit Linda. Wer zuerst kommt, mahlt zuerst.

Aber ich muss etwas erledigen, und ich muss zuerst sicher wissen, dass Linda Lindqvist ganz bestimmt nicht zu Hause ist, wenn ich losgehe.

Die Angel Bar. Ich sehe ihn, lange bevor er mich sieht. Er sitzt mit gesenktem Kopf an der Bar und drückt sich Daumen und Zeigefinger auf die Augen. Rundherum herrscht nicht das übliche Gedränge und Stimmengewirr, es ist leer, so leer. Sein Kopf ist zerbrechlich, neben seinen Ohren sieht man schwellende Adern, und er ist auch wieder ganz kahl. Kahl und glatt. Ich stehe im Schutze meiner Kapuze am Spielautomaten und schaue ihn an. Ein einziger Blick, und ich weiß Bescheid.

Hast du einen Freund, Samira? Stimmt das?

Ich gehe zu ihm, und als ich mich neben ihn stelle, hebt er den Kopf und macht die Augen auf. Sein Blick ist rot, und er starrt eine Weile, bevor er mich tatsächlich wahrnimmt. Über sein Gesicht huscht ein Anflug von Überraschung. Manchmal können Samira und ich uns ganz schön ähnlich sehen, aber das ist es nicht. Im nächsten Moment verschwindet der überraschte Zug, und er beißt die Zähne zusammen, als er mich ansieht.

»Was machst du hier?«

Aber ich antworte nicht. Eine ganze Weile sage ich gar nichts, und er schnaubt. Schaut weg. Als wäre es einfach zu viel verlangt, mich anzuschauen.

»Dasselbe könnte ich *dich* fragen«, antworte ich schließlich, und er hebt sein Glas und hält es mir vors Gesicht.

»Ich mache, was man eben so macht in einer Bar. Saufen.«

»Sah mir nicht so aus. Vor einer Weile«, antworte ich, und er nimmt einen Schluck.

»Verpiss dich.«

»Im Krankenhaus, meinte ich«, füge ich hinzu, und da stellt er sein Glas ab.

Sehr sorgfältig und sehr präzise, genau vor sich auf den Tresen. Während sein Blick sich auf die gegenüberliegende Wand heftet, wo ein Flipper steht und ein Dartspiel hängt.

»Entäs sitten?«

»Was würden deine Freunde sagen, wenn sie das wüssten?«

Er starrt mich eine ganze Weile an, ihm ist anzusehen, dass er etwas sagen will, aber er schüttelt bloß den Kopf.

»Du Scheißrotzgör, lass mich in Frieden«, sagt er. »Du solltest nicht mal hier drin sein.«

Ich rücke noch ein Stück näher.

»Ich kenne den Jungen«, sage ich, und deute mit einem Nicken auf Roope, der an der Tür steht, groß und dunkel gekleidet, aber immer gut gelaunt.

Mehr brauche ich nicht zu sagen. Ich muss Piter nur ansehen und ihm mit den Augen bedeuten, dass ich Bescheid weiß, und er nimmt sein Glas und geht. Er stellt sich an den Tresen, wo das Licht von den hundert kleinen Lämpchen rund um den Spiegel sein Gesicht beleuchtet. Irgendjemand klopft ihm auf die Schulter, und er lächelt. Kein Blick mehr in meine Richtung. Ich bleibe noch eine Weile stehen, mit hochgeklappter Kapuze und den Händen in den Hosentaschen.

Dann bleibt mir nichts anderes mehr übrig, als zu gehen.

Einmal stehen wir unter Jotunens Fenster und schauen uns den Wettbewerb an, ohne Ton, nur als Flimmern über unseren Augen. Es ist Matschwetter, und wir plaudern. Samira atmet große warme Wölkchen auf mein Gesicht. Irgendjemand singt, sein Mund bewegt sich, aber es kommt kein Ton heraus. Besser gesagt, es kommen Töne heraus, aber sie erreichen uns nicht. Ich mache eine Bemerkung zur Frisur des Typen, und Samira lacht und schiebt die Hände tiefer in die Taschen. Dann schaut sie mich an. Ihre Schultern verschwinden unter dem Gewirr ihrer üppigen Locken.

»Aber der ist doch süß, oder? Würde gut zu dir passen. Oder hast du vielleicht schon jemanden? Du weißt schon … einen, der dir gefällt?«

»Der mir gefällt? Wie meinst du das?«, frage ich.

»Ach, du weißt schon. Hast du einen, in den du verliebt bist?«

Ich werfe ihr einen Seitenblick zu, um festzustellen, ob sie mich veräppelt. Aber sie sieht so aus, als wäre es ihr peinlich, mich zu fragen, daher weiß ich, dass es ihr wichtig sein muss.

»Nein. Ja. Na ja, also verliebt wohl nicht. Außerdem hab ich ja Linda.«

»Leila«, sagt sie. »Das ist doch nicht dasselbe wie Verliebtsein.«

Ich kratze mit dem Fingernagel über die Wand. Auf dem Bildschirm sieht man jetzt applaudierende Menschen. Sie lächeln. Der Junge hat seine Sache offenbar gut gemacht, egal, was er gemacht hat. Er schaut in die Kamera, während Jaana Pelkonen lacht und lächelt, und der Junge deutet mit Daumen und Zeigefinger ein imaginäres Telefon an. Seine Lippen bewegen sich: »Soita.«

Ich merke, wie mir ganz warm im Gesicht wird, Gott sei Dank ist es dunkel. Und zum ersten Mal wird mir klar, dass es Dinge gibt, die ich vielleicht nicht mal mit Samira teilen kann.

»Nee, hat ja auch keiner behauptet«, antworte ich.

»Also – hast du nun einen oder nicht?«

»Nee.«

Und ich frage nicht. Ich frage sie nicht, ob sie jemanden hat, in den sie verliebt ist, und später, als ich darüber nachdachte, wie leer ihr Blick und wie angespannt ihre Miene war, habe ich mir oft gedacht, dass ich sie einfach hätte packen und zwingen sollen, mir alles, wirklich alles zu erzählen. Aber ich schwieg einfach, während die Bilder im Fernseher wechselten, und ihr Schweigen wurde so groß und laut, dass es meine Worte verdrängte. Dann war der Moment vorüber. Samira machte eine Bemerkung zum nächsten Künstler, und wir plauderten, während Samira noch eine Weile warme Luft ausatmete, bis sie verschwand, in ihr eigenes Zuhause. In ihre Wohnung, die weit weg war von unserer, was man gar nicht gut fand, denn dort war sie ja ganz allein und weiß Gott was noch alles. Weiß Gott was noch alles.

Ein paar Monate nach ihrem Auszug nahm Samira einen Job bei Mäcki an. Nicht, weil sie musste, denn das Sozialamt gab ihr genug Geld zum Leben. Aber sie sagte, sie wolle es.

»Dann kannst du gratis essen«, meinte sie und wickelte sich die Haare um die Hand, bevor sie sie im Nacken zu einem Knoten zusammensteckte.

Zu der Zeit musste ich meine Besuche bei ihr noch geheim halten. Also ging ich zu ihr, wenn ich eigentlich in der Schule hätte sein müssen. Aber Samira war mir wichtiger als die Schule. Nichts hätte mich von ihr fernhalten können.

Ich saß auf dem Bett in ihrer Zweizimmerwohnung und hörte Musik. Sie hatte einen guten Geschmack, also musste ich nichts anderes auflegen. »How to kill loneliness« stand auf der CD-Hülle, und ich flüsterte die Worte leise vor mich hin. Samiras Blick fing meinen über die wortlose Oberfläche des Spiegels auf. Sie zog sich ein T-Shirt an. Vorher hatte sie nur im BH vor mir gestanden, und ich hatte versucht, nicht hinzuschauen.

»Außerdem gefällt mir dieses Rot«, sagte sie und strich sich das Oberteil über dem Bauch glatt, während sie sich umdrehte, um sich von hinten im Spiegel zu betrachten.

»Es steht mir«, fuhr sie fort.

»Das kann doch wohl kein Grund sein, einen Job anzunehmen, oder?«, antwortete ich.

Sie lächelte mich im Spiegel an.

»Nein?«

Ich antwortete nicht, also fuhr sie fort.

»Ich arbeite gerne an einem Arbeitsplatz, wo noch andere Kanakinnen sind.«

Da schwieg ich ganz bewusst, denn ich wusste, dass sie mich

provozieren wollte. Genauso wie wenn sie im Laden was klaute, sich die Taschen mit Süßigkeiten vollstopfte und mich dabei ansah. Sie bückte sich und zwickte mich in die Wangen, wenn ich sie fragte, was das sollte.

»Irgendjemand muss doch etwas für die Statistik tun«, sagte sie, und ihr Gesicht hatte etwas Angespanntes.

Ja, dachte ich dann. *Aber warum musst ausgerechnet du das sein?*

Jetzt klaut sie nichts mehr, nur noch meine Aufmerksamkeit. Sie macht sich fertig für ihre Spätschicht, geht im Zimmer umher und redet, während sie Kleidungsstücke vom Boden aufhebt.

Das Einstellungsgespräch lief richtig schlecht, erzählt sie. Sie saß mit dem jungen, pickelgesichtigen Personalchef im Restaurant.

»Bei Mäcki«, sagte er, »schauen wir wirklich nicht auf die Hautfarbe, wenn wir Mitarbeiter einstellen.«

»Toll«, hatte sie geantwortet. »Und das erzählen Sie mir, weil …?«

»Na ja«, hatte er gesagt. »Ist doch immer gut, wenn man das von Anfang an klarstellt.«

»Befürchten Sie etwa, dass ich Rassistin bin?«, fragte sie. »Ich habe überhaupt kein Problem damit, mit Einwanderern zusammenzuarbeiten.«

»Ja, aber Sie sind doch … na ja«, hatte der junge Mann geantwortet, und sein Blick war nervös über ihr Gesicht und ihr Haar gehuscht.

Dann war er verstummt.

»Ich bin Finnlandschwedin«, sagte Samira, und der junge Mann fixierte einen Punkt zwischen ihren Augenbrauen.

»Ja, ja. Ganz genau. Das ist ja im Grunde dasselbe. Mit dem Sprachproblem und so, meine ich.«

Da schwieg Samira einen Moment.

»Ei vittu …«, sagte sie dann, und fügte hinzu: »Das ist Finnisch.«

Danach schwiegen sie beide und musterten sich mit dem hartnäckigen unguten Gefühl, dass hier irgendetwas ganz gehörig schiefgegangen war. Schließlich glomm ein Funke in den Augen des jungen Mannes auf, und sein Blick sog sich an ihr fest, wanderte von oben nach unten und kehrte dann zu ihren Augen zurück.

»Weißt du was?«, sagte er. »Ich habe gehört, dass Mulattinnen supergut im Bett sein sollen. Weil sie so saumäßig geil sind.«

Samira erzählte, innerlich sei sie aufgelodert wie die Flamme auf einem Gasherd, aber sie war einfach nur sitzen geblieben und hatte einmal geseufzt. Sie fühlte sich so müde.

»Dazu kann ich nichts sagen. Ich war noch nie mit einer im Bett«, hatte sie erwidert.

Aber am Ende war sie doch eingestellt worden und hatte ihr rotes T-Shirt gekriegt, und danach konnte sie mir Hamburger und massenweise Pommes aufs Tablett laden, und mir wurde innerlich ganz kalt, wenn ich zusah, was sie machte. Aber sie blinzelte mir zu, und ich nahm das Tablett in die schwitzigen Hände, balancierte es vorsichtig zu einem der Tische am Fenster und setzte mich.

»Tja, jetzt wissen wir auf jeden Fall, dass in den Frikadellen Schweinefleisch ist«, sagte sie immer, wenn sie sich an meinen Tisch setzte.

Sie seufzte und kaute eine Pommes, während ihr Blick aus dem Fenster schweifte. Manchmal zählte sie mir auf, wer von unseren Bekannten da gewesen war und wie sie sich hingesetzt und Hamburger mit Schweinefleisch in sich reingestopft hatten, und dass Papa auch einmal reingekommen war, aber als er sie entdeckte, war er an der Tür wieder umgedreht.

»Alle essen hier, obwohl sie uns erzählen, dass es *haram* ist.

Außerdem ist Hühnchen *halal*«, verkündete sie und schnappte sich noch eine Pommes, während sie mich mit ihrem wilden, weichen Blick ansah.

Sie balancierte schon am Rande zu einem Wort, aber dann zog sie sich doch wieder zurück, lächelte und drückte mir den Schirm meines McDonald's-Käppis nach unten, so dass es meine Nackenhaare nach oben zog. Dann stand sie auf und ging zurück hinter den Tresen, wo sie weiter Bestellungen aufnahm, bis ich ging.

Von ihrem ersten Lohn kaufte sie sich einen Fernseher. Ich sah ihn gleich beim Reinkommen. Groß und glänzend ruhte das viereckige Ding auf seinem eigenen Fuß, gerade und von einem funkelnden Schwarz. Samira stand daneben und tätschelte ihn. Ihr Blick wich mir aus, und ihr Lächeln hatte beinahe etwas Nervöses.

»Tja, so einen hab ich mir jetzt gekauft«, sagte sie. »Gebraucht, aber …«

»Verdammt. Mama würde dich umbringen, wenn sie das wüsste«, antwortete ich.

»Ganz genau«, sagte Samira, und einen Moment schwiegen wir beide.

»Also, nicht, dass ich ihr das jemals erzählen würde«, beeilte ich mich hinzuzufügen. »Ist ja auch tausendmal besser, als im Gebüsch vor Jotunens Fenster zu kauern.«

»Wollen wir ihn mal ausprobieren?«

Und wir setzten uns nebeneinander aufs Sofa und sahen die Tonight Show. Das Licht hatten wir ausgemacht, genau wie im Kino, und obwohl ich ja bei Linda Lindqvist auch Fernsehen schaute, war Samira eben doch Samira. Die Abende, an denen wir zu später Stunde mit roten Nasen vor Jotunens Fenster gestanden und zugesehen hatten, wie sich Münder bewegten, waren weit, weit weg.

»Abgefahren. Ich fass es einfach nicht, dass du dir echt so ein Teil gekauft hast«, sagte ich, und Samira kraulte mich am Kopf.

Ich weiß noch, wie ich sie das letzte Mal gesehen habe. Es war im Mäcki. Ein völlig normaler Tag im Mäcki, an dem sie hinter ihrer Kasse stand und sich mit einer Hand auf den Tresen stützte. Sie hatte das Haar im Nacken mit einem Band zusammengenommen und trug ihr Käppi, und ich saß zwischen leeren Burgerkartons und fettigem Einwickelpapier und fühlte mich ekelhaft und heillos übersättigt.

Die Tür ging auf. Mir fiel nichts Besonderes auf, nur dass die Jungs rasierte Köpfe hatten. Einer hatte ein Tattoo von einer blauweißen Flagge im Nacken, die zur Hälfte unter seinen nachwachsenden Haaren verschwand, sie sahen aus wie ein blonder Teppich aus kurzen Heustoppeln auf den vier Feldern der Fahne. Die Typen trugen weite Bomberjacken und schlurften zum Tresen. Ich hörte nicht, was sie bestellten, aber ich war mir sicher, dass ihr Grinsen etwas bedeutete, was ich gar nicht wissen wollte. Einer von ihnen sah Samira ein bisschen zu lang an, und meine Gedanken rasten, ich wühlte klirrend in ihnen, als würde ich Münzen zählen. Ich kannte ihn.

Dann kam auf einmal alles zum Stillstand. Piter. Piter aus der Angel Bar, und die anderen waren seine Kumpels, die immer am Pokerautomaten spielten. Ihre spitzen Nasen und bleichen Augen. Das waren doch meine Rassisten. Auf einmal wurde ich ganz ruhig. Sie würden nichts tun. Sie waren völlig ungefährlich.

Trotzdem. Samira. Ihre Hände zitterten. Und als sie die Pappbecher mit Cola und Fanta auf das Tablett stellte, brachte sie es tatsächlich fertig, einen davon umzustoßen. Das Geräusch von Eiswürfeln, die auf den Boden fielen, Eiswürfel aufs Tablett und auf den Tresen. Sie wich zurück und schüttelte ihre nassen Hände.

Die Tropfen trafen einen der Skinheads am rasierten Schädel, und er zuckte zurück.

»Saatanan neekerihuora!«, rief er, und ich schob mir mechanisch eine Pommes in den Mund.

Jetzt, jetzt würde gleich der Teufel los sein. Niemand nannte sie ungestraft eine Negerhure. Samira würde sich über den Tresen beugen, den Wichser mit beiden Händen packen und ihm einen Headbutt verpassen. Jetzt!

Nichts geschah. Samira schrumpfte in sich zusammen. Sie stand reglos da. Das Schweigen lag über ihrem Gesicht wie eine dicke Maske. Sie versteckte etwas dahinter. Ich sah, dass Piter sich zurückgezogen hatte. Er teilte ihr Schweigen und die angespannten Kiefer. Das Geschrei ging weiter, und Samira bat blass um Entschuldigung. Ich schaute auf mein Tablett. Papier und Fett. Ich weigerte mich, den Blick wieder zu heben, bis die Gruppe ihr Essen bekommen und sich hingesetzt hatte. Ich musste einfach sitzen bleiben und schwitzen, wie immer, wenn ich das große Falsch in mir spürte. Die Feigheit. Die mich daran hinderte aufzustehen, obwohl mein ganzer Körper danach drängte.

Das heißt Diplomatie, sagt Mama immer. Sich nicht einmischen, das heißt Diplomatie.

KAPITEL 17

Fünfzehn werden

Das Geschenkpapier raschelt unter meinen schwitzigen Fingerspitzen. Wir hocken im Wohnzimmer, und auf dem beigen Sofa mit dem bunten, golddurchwirkten Überwurf, das Papa aus Dar El-Shams importiert hat, sitzen lauter Frauen in langen *jillabas*. Wir haben keine Fotos in den Regalen stehen, nur Plastikblumen. Einen Wohnzimmertisch aus Glas und darauf ein rundes Tablett mit Teegläsern und einer Kanne, ebenfalls aus Dar El-Shams.

Die Frauen haben ihre Kopftücher abgelegt und im Flur Wangenküsschen verteilt (auch an mich). Sie sind alle ungeschminkt und bleich und sehen abgearbeitet aus, als wären sie ganz erfüllt vom Ernst der Situation, aber ich weiß nicht, was für eine Situation das sein könnte. Ich nehme an, das Leben selbst. Mit dem Leben ist nicht zu spaßen, so viel weiß ich schon.

Die Frauen heißen Aisha eins und Aisha zwei, Saïda und Fatima. Früher hatten sie noch andere Namen. Namen wie Raisa und Pipsa und Kickan und Lise-Lott, aber ich weiß nicht, ob sie damals auch schon so bleich und ernst waren.

Ich weiß nicht, ob sie auch von der großen Enttäuschung ergriffen wurden, die schuld daran ist, dass Mama dauernd seufzt und Papa nicht zu Hause ist. Aber sie schauen mich mit ihren wässrigen hellen Augen an und reden nur über Religion und seufzen in regelmäßigen Abständen »*astaghfirullah*«, denn jedes Mal, wenn man einen undankbaren Gedanken hat, muss man Gott um Verzeihung bitten. Das hat der Prophet gesagt.

Von Aisha zwei sieht man nur die Augen, wenn sie das Haus verlässt. Ihre hellen Wimpern flattern in der Öffnung, die ihr einziger Kontakt zur Außenwelt ist. Sie jammert Mama und Fatima vor, dass sie sich im Internet eine Burka aus Afghanistan bestellt hat.

»Ich weiß nicht«, sagt sie. »Ich finde es so lästig, wenn zum Beispiel die Leute im Bus instinktiv versuchen, Augenkontakt mit mir aufzunehmen. Ich verstehe sie ja, aber ich bin peinlich berührt.«

Eine Burka soll nun auch dieses Problem lösen.

Mama kommt ins Zimmer. Sie nimmt die Teekanne mit in die Küche, um sie wieder aufzufüllen. Als sie zurückkommt, ist sie von Dampf umgeben. An der Wand hängen kleine Tafeln mit Koranzitaten in verschlungenen arabischen Buchstaben. Ich habe Mama einmal gefragt, was da eigentlich steht, und sie antwortete, das wisse sie auch nicht. Die Kalligraphie sei zu schwer zu entziffern, aber die Sprüche seien trotzdem gut, denn sie beschützten das Haus. Im Bücherregal steht der Koran. Er ist in ein besticktes Tuch geschlagen, und man darf auf gar keinen Fall etwas drauflegen. Gottes Wort erträgt das Gewicht nicht.

Unter dem Tisch liegt ein Perserteppich. Er ist beige und blau. Auf dem Fensterbrett stehen Topfpflanzen. Das Tageslicht fällt durch die Kronblätter der Orchideen.

Das Geschenkpapier raschelt.

»Ach, ihr feiert immer noch Geburtstag«, sagt Saïda, und Mama lacht nervös und gießt Tee in die kleinen Gläser.

»Bitte schön«, sagt sie.

Dann sieht sie Saïda an.

»Eigentlich nicht. Aber dieser Geburtstag ist etwas Besonderes. Leila ist jetzt nämlich eine Frau.«

»*Mashaallah!* Die Arme!«

Aisha eins, die sich nur zu gern an Diskussionen über *halal* und *haram* beteiligt, wirft ein, dass wir ja auch den Geburtstag des Propheten feiern.

»Und man soll doch dem Beispiel des Propheten folgen.«

Darauf gibt Saïda keine Antwort, denn es ist ganz offensichtlich, dass Aisha eins unrecht hat und Saïda recht. Mich kann man ja wohl schlecht mit dem Propheten vergleichen. Außerdem hat der Prophet ja nicht selbst seinen Geburtstag gefeiert. Wir feiern seinen.

Jetzt gibt mir Mama mein Geschenk, und ich packe es aus. Aisha eins und Aisha zwei beugen sich vor, um besser sehen zu können. Ich bleibe mit den Fingern am Klebeband hängen, während ich auf das Beste hoffe, obwohl ich das Schlimmste befürchte.

Ich wickle das Geschenk aus. Und ziehe ein langes, ganz dünnes Tuch heraus, und etwas, das aussieht wie eine schwarze Skimaske. Aisha eins und Aisha zwei schnappen nach Luft. Fatima nickt wohlwollend.

»*Mashaallah!*«

Mama beugt sich über mich. Ich hebe den Blick zu ihr und schaue ihr direkt ins blasse, leuchtende Gesicht, das leicht vor Schweiß glänzt. Sie weiß, was ich denke, ohne dass ich etwas sagen muss.

»Was ist das?«, frage ich trotzdem.

»Ich dachte mir, nachdem du jetzt deine Tage hast und so, wird es Zeit ...«

»*Mashaallah!*«

»Na ja, dass du, du weißt schon, dass du jetzt anfangen solltest ...«

»*Mashaallah!*«

Ich höre ihnen zu, den Aishas, Mama, Fatima, Saïda, und ich betaste das Kopftuch und die Skimaske, die keine Skimaske ist, sondern ein Teil des Kopftuchs. Ich sehe Mama an, wie sie sich bemüht, wie sie mit den Worten kämpft und sucht und sich windet und wie sie mich ohne Worte bittet, es ihr nicht schwerer zu machen, als es sowieso schon sein muss.

»Es ist höchste Zeit. Du bist jetzt eine Frau, und es ist besser, wenn eine Frau ihr Haar bedeckt«, versucht es Saïda.

Ich ziehe mir die Kapuze meines Sweatshirts über den Kopf. Das mag Mama nicht. Sie mag meine Klamotten überhaupt nicht, doch sie verhüllen mich, wie es sich gehört. In meinem unkorrekten Straßen-*hijab* bin ich tatsächlich korrekt.

»Das ist aber nicht dasselbe!«, sagt Mama.

»Warum nicht?«

»Weil du jetzt aussiehst wie ein Junge!«

»Ja, aber dann kann man mich jedenfalls nicht mit lüsternen Blicken verfolgen!«, zische ich.

»Ach komm, du weißt doch, dass das nicht so einfach ist. Ein Mädchen soll aussehen wie ein Mädchen. Es ist *haram*, sich wie ein Junge anzuziehen.«

»Ein Mädchen soll aussehen wie ein Mädchen, aber gleichzeitig soll sie sich verhüllen? Was ist denn das für eine Logik?«, frage ich.

»Du bist als Muslima geboren. Du solltest *alhamdulillah* dafür sagen«, sagt Saïda.

Schweigen. Ich schaue Saïda an. Sie hält meinem Blick stand, fest und streng. Die Runzeln an ihren Augen gehen bis zu den Schläfen. Mama versucht es noch einmal.

»Ich will dich doch bloß beschützen. Damit es dir nicht so ergeht wie Samira.«

Ich sitze reglos da. Völlig reglos. Wie kannst du es wagen?, denke ich und sehe sie an. Ich hasse ihre hellen Augen und ihre farblose Haut, die meiner nicht im Geringsten ähnelt. Dann hört man ein leises Klicken und ein Knattern, und auf einmal dröhnt eine nasale Stimme vom Bücherregal:

»Allaaaaahuakbar! Allaaaaaaaaaaahuakbar! Ashhaduannalailahaillallaaaaaah!«

Das ist der Imam auf dem Bücherregal. Er ist aus Keramik, hat eine Zeitschaltuhr und sitzt irgendwo zwischen dem Koran und *Kochen für alle* auf dem Bücherregal, damit man ihn nicht sieht (die bloße Tatsache, dass er da ist, ist bereits *haram*). Die Frauen zucken zusammen und schauen sich im ersten Augenblick an, als würden sie nicht recht verstehen, was los ist.

Aisha eins ruft *Salaat!*, und Aisha zwei fängt an zu lachen.

Dann verstummt sie jäh, und Saïda wirft ihnen aus dem Augenwinkel einen Blick zu, bevor sie aufsteht. Nicht ohne Schwierigkeiten. Ihr breiter Arsch scheint sich an den Sofakissen festzusaugen. Sie muss ein paar Anläufe nehmen, bevor es ihr gelingt. Sie marschieren hinaus, schnappen sich ihre Kopftücher von der Garderobe und gehen in Mamas Schlafzimmer, um zu beten.

Ich begebe mich in mein Zimmer. Das Kopftuch schmeiße ich unters Bett. Wenn nötig, kann ich mein Leben lang mit Kapuze auf dem Kopf rumlaufen.

Zwischen Gott und mir standen die Dinge nicht immer so. Mama erzählt ihren Freunden zu gern die Geschichte, wie Samira und ich mit ihr beteten, als wir klein waren. Wenn es Zeit fürs Abendgebet war, kam ich immer mit dem Gebetsteppich angerannt und rief: »Mama, wir müssen Salat machen!«, und dann breitete ich den Teppich auf dem Boden aus und fing schon mal an, ohne sie »Salat zu machen«.

Irgendwann in der fünften Klasse hörte ich damit auf. Samira hatte bereits lange zuvor aufgehört. Sie habe keine Zeit, behauptete sie. Als ich auch aufhörte, kam Mama immer zu mir ins Zimmer und fragte mich, ob ich nicht ein bisschen Salat mit ihr machen wolle, wie früher. Dann blickte ich von meiner Beschäftigung auf und schüttelte bloß den Kopf.

Irgendwie hatte es angefangen, sich sinnlos anzufühlen. Ich merkte, dass meine Gedanken abschweiften, wenn ich auf dem Gebetsteppich kniete, sosehr ich mich auch bemühte, sie unter Kontrolle zu halten. Ich dachte an Linda und an meine Klassenkameradinnen, die zu Hause saßen und Fernsehen schauten und mit Jungs im Internet chatteten, die ins Kino gingen oder im Einkaufszentrum abhingen und einfach dort waren, wo man sein musste. Und ich fühlte mich wie eine Fälschung, wie ein schlechter Muslim, denn ich wusste, dass Gott es sehen würde. Nichtsdestoweniger spürte ich eine gewisse Leere, als ich mit dem Beten aufhörte, aber das wollte ich ihr nicht zeigen.

»Papa betet auch nicht, und er ist trotzdem ein richtiger Muslim«, antwortete ich, wenn sie mir weiter zusetzte, doch sobald ich den verletzten Ausdruck in ihren Augen sah, bereute ich es wieder.

Das hatte sie sich anhören müssen, seit sie Muslima geworden war, aber ich konnte mir die Bemerkung nicht verkneifen. Ich wollte nur, dass sie mich endlich damit in Ruhe ließ. Genauso wie mit ihrem Gemecker über meine Klamotten, mit dem sie bloß erreichte, dass ich mich hässlich und falsch fühlte.

»Du kannst von mir denken, was du willst. Aber ich bin ein richtiger Muslim. Und als richtiger Muslim habe ich die Aufgabe, euch zu richtigen Muslims zu erziehen, damit ich Gott zum Zeugen aufrufen kann, wenn ich sage, dass ich es zumindest versucht habe. Wenn du alt genug bist, um deine Entscheidungen allein zu fällen, kannst du deine Wahl treffen, aber solange du unter meinem Dach wohnst, gelten meine Regeln«, sagte sie mit aller Selbstbeherrschung, die sie aufbieten konnte.

Später hörte ich sie noch einmal mit Fatima telefonieren.

»Aber sie will ihn einfach nicht tragen!«

Ihre Stimme ist schrill. Ich würde mich am liebsten in die Tür stellen und schreien:

»Ich bin doch auch so schon komisch genug!«

KAPITEL 18

Muslim Paparazzi

Mama und Fatima sind Freundinnen, seit Mama sich zum ersten Mal in die Moschee traute. Ein paar Jahre später sagte sie ihre *shahada* in Fatimas Wohnzimmer, vor dem Imam und ein paar Freundinnen, finnischen Glaubensschwestern, und als sie die Worte *ashhaduannalailahaillallah* aussprach, wurde ihr Inneres glühend heiß, so heiß, dass sie zu zittern begann. Der Imam sah sie an und sagte, das sei der *shaitaan*, der Teufel, der gerade ihren Körper verließ, und all ihre Sünden, die da verbrannten. Nun war alles vergeben.

»Gott, ich danke dir, dass ich dich in diesem Leben gefunden habe und nicht bis zu meinem Tod warten muss«, sagte Mama, und Fatima nahm ihre Hand.

Im Laufe der Jahre hat sich eine Gruppe von Gleichgesinnten gebildet, die sich mehrmals pro Woche trifft, um auf dem Sofa zusammenzusitzen, süßen Pfefferminztee zu trinken, *hadith* zu lesen und den Lauf der Welt und den Zustand der finnischen *umma* zu beklagen. Fatima erzählt von Zeineb, die früher Mikaela hieß, aber Miksu genannt wurde, und die mit einem finnischen Muslim namens Jaska verheiratet ist. Als ihre zwei Mädchen mit der Vorschule und der ersten Klasse anfingen, begann

Zeineb, sie an den *hijab* zu gewöhnen, genauso wie Fatima es bei ihren Töchtern Mumtaz und Halima gemacht hatte, aber irgendwann hatte das Sozialamt genug von Zeineb und Jaska, der sich einen struppigen Bart wachsen ließ und in der Arbeit Gebetspausen einlegte. Die Kinder kamen in eine Pflegefamilie, bis Zeineb sich bereit erklärte, den Mädchen das Kopftuch abzunehmen und auch selbst darauf zu verzichten.

»Aber meinen *iman*, meinen inneren Glauben, den kann mir niemand nehmen«, hatte Zeineb gesagt.

»*Yaa Rabbi* …«, seufzt Fatima, als sie Mama, den Aishas und Saïda davon erzählt, und dann berichten sie alle von den Gelegenheiten, bei denen sie wegen ihres Kopftuchs wie Bürger zweiter Klasse behandelt wurden.

»So ist es, wenn man der meistgehassten Religion der Welt nicht nur angehört, sondern obendrein konvertiert ist«, sagt Fatima. »Da kann man ja nicht ganz richtig im Kopf sein.«

Sie erzählt, wie man ihr auf der Entbindungsstation nicht glauben wollte, dass sie Finnin ist, und prompt darauf bestand, dass sie einen Dolmetscher zur Entbindung mitbrachte. Sie erwiderte, dass sie Finnin sei, und man fragte, wie lange sie denn schon eingebürgert sei und woher sie ursprünglich komme. Sie antwortete:

»So, jetzt gucken Sie mal genau hin: Ich hab das Tuch auf dem Kopf. Nicht auf dem Gesicht. Ich bin Finnin, geborene Finnin. Mein Großvater hat noch gegen die Russen gekämpft. Was ist daran bitte so schwer zu kapieren?«

Die Oberschwester, die man hinzugerufen hatte, weil sie solche »Schwierigkeiten machte«, sah sie vorwurfsvoll an. Sie war eine ältere Frau, alt genug, um Fatimas Mutter zu sein.

»Als ich jung war, waren wir stolz darauf, freie Frauen zu sein. Unsere Mütter haben Kopftücher getragen, und wir haben den Kopf darüber geschüttelt. Eine freie finnische Frau hat Haare, die sie vorzeigen kann. Sie braucht nichts zu verstecken.«

Fatima hatte gemurmelt, das Haar finnischer Frauen sei hübscher unter einem Kopftuch, aber sie hatte keine Lust, sich auf weitere Diskussionen einzulassen. Sie war diese Einstellung schon gewohnt. Sie begegnete ihr allerorten. Die Blicke blieben an ihrem Kopftuch hängen. Schlimmstenfalls nahm es ihr ihre bürgerlichen Rechte, und das Sozialamt stellte sich ganz besonders an, obwohl man dort sonst sehr auf Seiten der finnischen Frau war. Als wäre eine Frau, die sich ein Tuch um den Kopf band, plötzlich keine Finnin mehr. Oder zumindest nicht mehr so viel wert wie ihre barhäuptigen Schwestern. Um genauso behandelt zu werden wie alle anderen, mussten sie ihre Kopftücher abnehmen, und damit war die Sache erledigt. Scheißegal, was man den Kindern zu Hause beibrachte, solange es bloß nach außen nicht sichtbar wurde.

Ich sitze oft bei ihnen und höre zu, während ich so tue, als würde mich das alles gar nicht interessieren. Es kommt mir fast so vor, als würde ich die Personen kennen, von denen Mama, Fatima, Aisha eins und Aisha zwei immer reden. Sie sprechen ja schon jahrelang von ihnen. Es geht um Hochzeiten, Kinder und Scheidungen, und wer sich wie gekleidet hat beziehungsweise, *astaghfirullah*, wer sich *nicht* wie gekleidet hat.

Wenn ich zwischen ihnen auf dem Sofa sitze, zusammengesackt und die Kapuze bis in die Stirn gezogen, starre ich vor mich hin und fühle mich innerlich ganz kribblig. Wenn sie erst mal richtig loslegen, sind sie schlimmer als jede Klatschzeitschrift. Sie tratschen über Safira, die sich die Augenbrauen gezupft hat oder sich den Damenbart mit Heißwachs hat entfernen lassen, obwohl sie genau weiß, dass man das nicht darf. Mama sagt, dass man jegliche Behaarung im Gesicht wachsen lassen soll, wo sie wachsen will, denn es ist *haram*, zu verändern, was Gott geschaffen hat. Trotzdem ziehe Gott aber glatte Arme und Beine vor, sagt Mama, deswegen müsse man sich die rasieren.

Für Tattoos und Haarverlängerungen wird man in die Hölle geworfen, deswegen sieht es schlecht aus für Friseusen-Emmi, deren Job es ist, den ganzen kleinen Pin-ups mit dünnem Haar neues Haar einzuflechten, denn das darf man auch nicht. Ich weiß nicht, ob die Regeln auch für die Ungläubigen gelten, aber Mama sagt, dass alle Menschen eigentlich als Muslims geboren werden, *alhamdulillah*, und rein sind, bis sie auf Abwege geraten, daraus könne man also gewisse Schlussfolgerungen ziehen.

Make-up ist auch *haram*, sagt Mama, aber manchmal entbrennt über dieses Thema bei uns zu Hause eine wilde Diskussion, und Aisha eins, die fast nie ohne Kajal aus dem Haus geht, sitzt am Ende immer schweigend da und beißt die Zähne zusammen, während die vier anderen sie lautstark mit Beispielen aus den *hadith* bombardieren. Ich finde es seltsam, dass es so viele *hadith* zum gleichen Thema gibt, die jedoch samt und sonders verschiedene Antworten geben, und dass am Ende trotzdem alle stimmen. Zum Schluss fallen Aisha eins keine Argumente mehr ein, und dann bleibt sie ein, zwei Wochen zu Hause, nur um irgendwann ohne Make-up wieder aufzutauchen. Nach und nach erscheinen aber wieder vorsichtige dunkle Striche und Schatten um die Augen, und nach einer Weile sieht sie aus wie vorher. *Haram*, aber das ist eben ihre Schwäche, und was bleibt einem anderes übrig, als sie immer wieder darauf aufmerksam zu machen und für ihre Seele zu beten, damit sie nicht direkt in die Hölle fährt mit ihrem Kajal, und dann sitzt sie da unten und brutzelt mit Bombenbauern, Tätowierern, Friseusen und Völkermördern im Höllenfeuer, wo sie doch anscheinend in jeder anderen Hinsicht so eine gute Muslima ist.

Anscheinend, sagt Mama, wenn Aisha eins nicht da ist. Sie zieht das Wort in die Länge, damit die anderen kapieren, dass das Äußere nicht unbedingt dem Inneren entsprechen muss, auch wenn das Äußere ganz schön wichtig zu sein scheint, wenn man Mama fragt. Auch die Besten unter uns kommen nur durch Gottes Gnade ins Paradies. Deswegen muss man in einem ständigen Zustand der *taqwa*, der Gottesfurcht, leben und darf sich seines Tickets in den Himmel niemals zu sicher sein.

Am penibelsten ist Mama in der Kleiderfrage. Wenn sie das Haus verlässt, flattert nicht die kleinste Haarsträhne im Wind, und am meisten regt sie sich über Muslimas auf, die meinen, sie würden den *hijab* tragen, ihn aber eigentlich gar nicht tragen. Mama könnte ein ganzes Buch über die korrekte Anwendung des *hijab* schreiben. Die Ohrläppchen sind zu sehen – unverzeihlich. Die Haare auf der Stirn sind zu sehen – kein *hijab*. Ohrringe, die unter dem Tuch hervorschauen, hin und her baumeln und leise und verführerisch glitzern? Was glauben die eigentlich, wen sie damit hinters Licht führen können?

Die Engel schreiben unermüdlich auf, dass Masha einmal ihre gesamte Stirn zeigte, oder vielleicht sogar den Haaransatz, oder dass Farida ein Kopftuch aus glänzendem, glattem Stoff trug, als wäre es Sinn der Sache, Blicke auf sich zu ziehen. Oder dass Rashida sich geschminkt hat und mit einer Hose in die Moschee gegangen ist. Mit einer *Hose!* Da half es auch nicht, dass sie eine lange Jacke anhatte, denn die war auf Figur geschnitten, und dann zeigte sie außerdem noch ihren Hals. Ein allzu deutlicher Halbmond aus Haut, der jedem entgegenleuchtete, der ihn sehen wollte, und Mama sagt, so was ärgert sie, denn diese Frauen betrügen sich nur selbst. Eng anliegend ist kein *hijab*. Bunt ist auch kein *hijab*. Modern und trendy und hübsch und alles, was man gerne anzieht, ist kein *hijab*, sagt Mama und betont, dass das alles ganz klar und deutlich im Koran steht. Aber obwohl ich im ganzen Koran gesucht habe, habe ich nie die Fashion Bible gefunden, die Mama da herauszulesen glaubt, und ich komme immer mehr zu der Überzeugung, dass Mamas Version von Gott eine Art Paparazzifotograf ist, der ständig überwacht, wer wann was anhatte und mit wem er unterwegs war und wie genau der Stoff an diesem Tag fiel. War der Stoff irgendeiner *jillaba* Chanel oder Gucci? *Astaghfirullah!*

Unvergesslich, wie Mama die Kinnlade runterfiel, als Hafsa, die ganz neu in Mamas engsten Kreis vorgestoßen war und die man akzeptiert hatte, weil sie sich vom Scheitel bis zur Sohle verhüllte, verkündete, dass *niqab* der beste Trick sei, um Zeichen der Alterung zu vermeiden. Sie fing an, ihr Gesicht zu verschleiern, als sie sechzehn war, und hatte ihre Haut seitdem nie wieder Wind und Wetter ausgesetzt, und siehe da:

»Ich bin noch fast genauso faltenfrei wie damals«, sagte sie.

Das stimmte. Sie war fünfunddreißig, wäre aber jederzeit für zwanzig durchgegangen.

»Und«, fuhr sie fort, während Mamas Gesicht sich so anspannte, dass sie fast ebenfalls für zwanzig hätte durchgehen können. »… und ich habe noch nie so viele, hm, unanständige Angebote bekommen, wie seitdem ich den Schleier angelegt habe.«

»Und auch Heiratsanträge, *alhamdulillah*«, beeilte sie sich hinzuzufügen, als sie Fatimas Gesichtsausdruck sah.

Hafsa wurde nicht mehr bei uns gesehen, und ihr Name nie wieder genannt.

Wenn Mama zum Islam übergetreten wäre, um Freunde zu finden, hätte sie jede Menge haben können, aber sie sucht nach Gleichgesinnten, und es sieht so aus, als wären die gar nicht so häufig. Deswegen sind diese fünf sich über Jahre hinweg treu geblieben, ein harter Kern, der sich als die wahre *umma* betrachtet, das feste Fleisch in einer losen Gemeinschaft aus Hijabisten und anderen Religionstouristen, die auf dem Weg zu Gott kommen und gehen. Und für die Leute, die in die Religion hineingeboren werden, für die Wunschträumer, für die radikalen ebenso wie die mittelmäßigen Muslime, für alle, die sich liberal nennen und der Toleranz und dem Kompromiss das Wort reden, hat Mama kaum ein gutes Wort übrig.

»Ganz zu schweigen von den muslimischen Feministinnen«, fügt Saïda hinzu. »Gott hat die Frau an den heimischen Herd gestellt, damit sie Kinder gebärt und ihrem Mann gehorcht«, sagt sie. Der Koran liegt aufgeschlagen vor ihr, und ich blicke auf die Zeile, auf die sie den Finger gelegt hat. Aber Textverständnis ist offenbar nicht meine stärkste Seite.

KAPITEL 19

Katjas Frisiersalon

Wenn ich etwas anderes lesen will als den Koran, gehe ich in Katjas Frisiersalon neben der Angel Bar. Die Friseuse in Katjas Frisiersalon heißt Emmi. Wer Katja ist, weiß ich nicht, aber Emmi gehört jedenfalls der Salon. Da kann man in ihrem Stuhl sitzen, während draußen die Angel Bar ihre Dunkelheit und ihre Neonlichter abwechselnd sehen lässt, und Emmi streicht einem übers Haar, mit ihren Händen, die von allem, was schon hindurchgeglitten ist, ganz rau geworden sind. Dann sagt sie:

»Was darf es denn heute sein?«

Manchmal lasse ich mir von ihr die Haare schneiden, aber nur, wenn sie schon zu lang geworden sind und schwer zu bändigen. Früher ist Mama immer mitgekommen und hat gewartet, bis ich fertig war, aber das ist jetzt schon ein paar Jahre her. Mit dreizehn kann man das meiste allein und mit fünfzehn alles.

In Katjas Frisiersalon riecht es nach verschiedenen Produkten, Färbemittel, Schaum, Gel, Haarspray, aber es riecht auch nach Haar. Wirklich. Und Emmi hat dunkle Haare, weil sie ihre grauen Strähnen mit Farbton 7G abdeckt.

Während ich bei Emmi in Katjas Frisiersalon sitze, unterhält sie sich mit mir. Sie geht herum, fegt Haare vom Boden auf und fragt:

»Wie geht es denn Sarah? Und Samira? Und Farid?« Obwohl sie alles genau weiß, denn Friseusen wissen wirklich so gut wie alles.

Manchmal senkt ein Kunde die Stimme, um zu signalisieren, dass er jetzt etwas Vertrauliches erzählen will, und dann kommt entweder ein kleines Geständnis, oder – das passiert weitaus häufiger – er verrät ihr etwas über jemand anderen. Manchmal denke ich, wenn ich Friseuse wäre, würde ich die Leute in so einem Moment ins Ohr schneiden. Ein Schnitt für jedes Getratsche. Aber andererseits ist es ja auch wieder lustig.

Emmi ist voll. So nennt sie das, wenn gerade ein besonders gesprächiger Kunde bei ihr gewesen ist.

»Ich bin voll bis obenhin, Leila, weil ich mir das alles immer anhören muss. Manchmal fühle ich mich, als würde ich gleich platzen, und dann kämen lauter böse Worte aus mir raus. Tratsch. Ich müsste auch mal jemandem mein Herz ausschütten, aber wem? Die Kundinnen wollen mir nicht zuhören. Wenn ich anfange zu reden, greifen sie zu einer Frauenzeitschrift.«

Ich winde mich und blättere unauffällig eine Seite meiner Zeitschrift um. Das Beste an Katjas Frisiersalon sind nämlich wirklich die Zeitschriften, die in hohen Stapeln ausliegen, schlampig übereinandergeschichtet, so dass überall Ecken herausragen.

Dann schaut Emmi mich an. Und erzählt. Sie erzählt von ihrem Hund, der noch ein Welpe ist und die ganze Zeit Gassi geführt werden muss, weil er noch nicht stubenrein ist. Sie erzählt von ihrem Sohn, der gerade in der Armee war und jetzt ein ganz erschreckender Waffennarr geworden ist. Sie erzählt von den Kumpels, die er mit nach Hause gebracht hat, und die nur von Kaliber hier und Kaliber da laberten und wie sie geschossen hatten oder demnächst wieder schießen würden. Ihr Mann Pena und sie mieden die Küche, wenn die Jungs dort saßen, und sie fanden es unheimlich, denn sie hatten ja schließlich Ausgang, aber gleichzeitig fragten sie sich – hatten diese Freunde denn nicht auch Eltern, die auf sie warteten?

Sie erzählt von der Angel Bar, dass man dort so lange sitzen und Bier aus seinem Kunststoffglas trinken kann, bis man den Geschmack nicht mehr merkt, und keiner schert sich drum, wie besoffen man ist, man ist nur einer unter vielen, und es gibt immer jemanden, der noch besoffener ist. Obwohl sie nicht oft hingeht, nur ein paarmal im Monat, ist es fast so wie Nachhausekommen, denn alle sind dort. Nicht nur Pena, sondern auch Freunde, Kunden und Bekannte. Sogar Verwandte. Es gibt Leute, die immer da sind, denn dort fühlen sie sich sicher, dort stellt niemand Forderungen an sie. Solange man sein Bier zahlen kann, darf man bleiben. Es ist dunkel. Es ist warm. Man kann ganz dicht neben jemandem stehen, den man überhaupt nicht kennt. Die Wärme eines fremden Arms durch die Kleidung spüren. Sich ein Verhältnis oder irgendetwas Flüchtiges vorstellen. Man kann ganz kurz ein wenig Sehnsucht spüren. Die Musik aus der Jukebox kann man selbst aussuchen. Es gibt immer eine Wahl.

Sie verstummt und sieht mich an.

»Stimmt es, dass muslimische Frauen ihr Haar nicht mal einem Friseur zeigen dürfen?«, fragt sie, und ich schaue sie an, ohne zu antworten.

Sie lächelt mich an, streckt die Hand aus und sagt:

»Komm«, und in ihrem Gesicht sehe ich eine Sanftheit, wie ich sie noch nie an jemandem gesehen habe.

Sie leuchtet mir entgegen. Sie hat sich immer eine Tochter gewünscht, sagt sie.

»Aber wir haben nur einen Sohn gekriegt. Nur einen. Mehr sind es nicht geworden.«

Ich nehme ihre Hand, obwohl ich fünfzehn bin. In Katjas Frisiersalon muss ich kein bestimmtes Alter haben. Emmis Hand ist rau, und sie führt mich zum Friseurstuhl. Ich setze mich vor den Spiegel und begegne meinem eigenen Blick, ohne zu blinzeln.

Ich sehe Samira und Mama und Papa. Alles auf einmal und dazu irgendetwas anderes, eine fremde Scherbe, und das bin ich selbst. Alle sagen, dass Mama und ich uns ähneln und dass Samira Papa so ähnlich sieht, dass Mama es nicht aushält, sie anzuschauen.

Ich betrachte mein Gesicht im Spiegel. Wenn man ehrlich sein will, muss man zugeben, dass ich weiß bin. Ich bin weißer als sämtliche Finnen zusammen. Man sieht die Adern an meinen Schläfen und unter meinen Augen. Wenn ich vor der Sportstunde meinen Pulli ausziehe, schreien die anderen, dass sie geblendet werden. Und trotzdem sehen Linda und Pamela meine Bräune. Die ihnen gestattet, mir »Negerhure« nachzurufen. Obwohl Pamela ständig braun ist und im Solarium liegt und ihr dunkelbraunes Haar schwarz färbt und ihre Augen alles andere als blau sind.

»Die Bräune steckt in uns. Unter der Haut«, erklärt Samira und stellt das Tablett mit den Burgern und Pommes ab. *Haki.* Iss.

Emmi zieht mir die Kapuze vom Kopf, die Jacke zieht sie mir auch gleich aus, und dann sitze ich da, plötzlich befreit von meiner warmen Hülle, und habe nur noch einen Schal und den dicken Pullover an, der meine Formen verhüllen soll. Emmi nimmt mir den Schal ab und legt ihn auf den Stuhl neben mir. Sie sieht mich im Spiegel an. Ihre Finger nehmen mein Haar zusammen. Mir ist zum Heulen zumute. Meine Lippen zittern, und ich kann nicht verhindern, dass mir die Augen feucht werden.

»Weinen ist gut für die Augen«, sagte Samira immer, aber ich lasse die Tränen nicht laufen.

Sie müssen zittern wie die Stars, wenn es kalt ist in Hollywood. In letzter Zeit ist das ganz schön oft passiert. Britney stolpert mit einem Hund und einem Baby unterm Arm herum, während die

Meute heimlich Fotos schießt. Paris Hilton liegt allein auf einem Bett im Hotel Hilton in Paris, mit nassen Wangen und ihrer Gucci-Tasche im Arm. Der kleine Hund leckt ihr das Gesicht. Amy. Die arme Amy, die so alt aussieht, dass sie sich nicht mal traut, auf ihre eigene Geburtstagsparty zu gehen, denn niemand würde glauben, dass sie es ist, sondern vielmehr eine Achtzigjährige, die sich als Amy verkleidet hat, die doch eigentlich erst vierundzwanzig sein sollte. Stattdessen liegt sie zu Hause, aber sie weint nicht. Sie wird einfach älter, ohne es zu merken.

Und ich bin fünfzehn geworden und konnte nichts Besonderes daran finden, aber so richtig gefiel es mir auch nicht.

Jetzt sitze ich hier, und Emmi zieht den Kamm durch mein Haar und sagt:

»Dein Haar ist so dick! Und so lang.«

Um solche Haare könnten einen die Leute beneiden. Tut aber keiner, weil sie ja keiner sehen darf. Sie sind gestuft geschnitten. Die Überreste einer Blondierung hängen immer noch in den kaputten Spitzen. Die Stufen fallen in Wellen, sind aber nicht so lockig wie Samiras. Keiner von uns hat Mamas Fluch geerbt, das dünne, flattrige Babyhaar, das unterm Kopftuch am besten aussieht. Wir haben beide kräftiges Haar, das schnell und rebellisch wächst, die längsten Strähnen gehen mir bis zur Rückenmitte.

Es ist das Haar einer älteren Frau, nicht einer Fünfzehnjährigen, deswegen greift Emmi zur Schere und schneidet. Ich kann Gottes vorwurfsvolle Blicke spüren, als sich die Schere mit leisem Knirschen in die Haare gräbt und sie zu Boden gehen lässt.

Emmi arbeitet, dass ihr der Schweiß auf die Oberlippe tritt.

»Das ist wirklich eine Menge Haar«, sagt sie, nicht ganz ohne Missbilligung, aber vor allem respektvoll.

Als sie fertig ist, luge ich unter einer dicken Ciara-Stirnlocke hervor, symmetrisch und kohlschwarz, und der Rest ist stufig und endet in einer gleichmäßigen, schrägen Linie, im Nacken kürzer, vorne länger, wie bei Katie Holmes, als sie nach einer langen Entführung durch Tom Cruise zurückkam und alle die Frisur als Anzeichen dafür nahmen, dass sie ihn verlassen würde. Jetzt würde ihre Karriere richtig in Schwung kommen, sagte man, aber nichts geschah. Katie verschwand in den immer tiefer werdenden Schatten unter ihren Augen. Mein Gesicht erstarrt, als ich mich mit dieser Frisur sehe, die nicht ist wie ich, sondern jung, sexy, hübsch, modern … Ich sehe aus wie eine ältere Frau in fröhlicher Verpackung.

Emmi sieht, was in mir vorgeht, nimmt meinen Kopf zwischen beide Hände und zwingt mich, mich anzusehen.

»Man ist nur einmal fünfzehn«, sagt sie.

Der Geruch von Ammoniak wird stärker. Mein Kopf schwirrt.

»Deswegen solltest du auch aussehen wie fünfzehn. Alles Gute nachträglich.«

Spricht Emmi und umarmt mich, aber ich entwinde mich ihr. Sie begreift nicht, was sie da getan hat. Sie begreift nicht, dass Linda Lindqvist und Maria und Micke und die anderen mir so eine Frisur nicht durchgehen lassen. Ich habe es bei Anna gesehen, wie man in der Finnischstunde ihre Haare mit einem Hockeyschläger anhob und stöhnte:

»Tolle Haare. Sexy Frisur.«

Und in der Hauswirtschaftsstunde frisierte man sie ihr mit Eiern und Mehl.

In meinem Fall fällt es allerdings nicht ganz so ins Gewicht. Ich ziehe die Kapuze über den Kopf und gehe. Aber die Stirnlocke fällt nach vorne. Sie hängt heraus. Sie juckt an der Stirn, und ich reibe mir die Haut, bis sie ganz rot ist.

Etwas von Friseusen-Emmis Worten verfolgt mich bis nach Hause und kriecht zu mir ins Bett, als ich mich mit meinen neuen Haaren hinlege. Dass man sich in der Angel Bar unter all den Bekannten wie zu Hause fühlen kann, dass man einfach mit einem Bierglas in der Hand dasteht und es egal ist, wenn man nicht mal einen Verwandten grüßt, denn es ist ja sowieso selbstverständlich, dass alle dort sind. Man muss nicht grüßen, nur mit einem kurzen Blick bestätigen, dass man sich gesehen hat.

Die Angel Bar ist nicht das Trix. Ich weiß noch, wie Farahs Schwester Linda Lindqvist und mich zum ersten Mal mit ins Trix genommen hat und wir uns zwischen den tanzenden Körpern bewegten, mit Millionen von sirrenden Grashüpfern im Bauch, denn wir waren dort und hätten eigentlich gar nicht dort sein dürfen, sondern beim Parkourlauf sein müssen. Aber das hier war auch Parkour, eine andere Art von Parkour, zwischen leuchtenden Strohhalmen in dreieckigen Gläsern und glitzernden Partykleidern.

Ich blinzle und denke daran, wie es sich anfühlt, wenn die Musik durch den Boden und den Körper dröhnt wie ein Erdbeben, wenn man sich nur noch bewegen will, in das Gedränge auf der Tanzfläche springen und sein Bestes geben, während einem ein Schrei von den Beinen durch den ganzen Körper nach oben steigt. Haare, überall Haare, und kleine glitzernde Tiaras in den Haaren. So viel Augen-Make-up, dass man eine ganze Wand damit anmalen könnte. Und es ist schön. Richtig schön.

Das Gedränge. Die verschütteten Getränke. Das Gelächter, Gerede, die Rufe, und dann ein Song, der in den nächsten übergeht, ohne dass man die Melodie identifizieren kann, bis man sie auf einmal doch erkennt und die beste Freundin anschaut, sie packt und einfach losbrüllt, während man wie ein kleines Hühnchen Richtung Tanzfläche hoppelt, mit schwankender Tiara und schiefen Absätzen, und die beste Freundin genauso hinterher, und man hält sich an den Händen, wobei man sich mit den klauenartigen Fingernägeln gegenseitig die Finger zerkratzt, und dann schreit man wieder, kreischt, so laut man kann, aus Leibeskräften.

Denn das ist doch einfach super, dass der DJ das gewusst hat, oder? Woher hat der das bloß gewusst?

Und dann tanzt man mit der besten Freundin, so gut es geht, gern auch ein bisschen dreckig, damit alle hingucken und sich denken:

Wahnsinn, das sind ja vielleicht zwei kleine heiße Nuttenschnittchen.

Aber Linda Lindqvist und ich zogen weiter. Wir mussten Farahs Schwester hinterherlaufen, und mein ganzes Gesicht war ein einziges dümmliches Grinsen. Bis ich Samira sah. Aber das war erst ein paar Stunden später, und in der Zwischenzeit scharten sich Jungs mit senkrecht in die Höhe gestyltem Haar mit blondierten Spitzen um Linda und luden sie auf Drinks ein, denn sie hatte ihren besten Push-up-BH angezogen, und die Brüste quollen ihr bis unters Kinn. Ihr Top hatte ein Korsettband, um die fehlenden Träger auszugleichen, und die Hüftjeans saß so tief wie irgend möglich. Sie sah abgefuckt aus, aber auf eine hübsche Art, Dirty Blonde mit nachwachsendem dunklen Ansatz in den zerzausten Haaren. Ihre Schuhe waren spitz, und sie hatte ein paar goldene Kreuze zwischen den Brüsten hängen. Niemand hätte geglaubt, dass sie erst vierzehn war. Sie sah aus wie neunzehn, mindestens. Und sie gehörte mir.

Ich stand da, hatte den Arm um sie gelegt und grinste den Jungs zu. Ich hatte die Kapuze über den Kopf gezogen und bewegte mich im Rhythmus der Musik, denn an diesem Abend machte ich in Sachen Speed eine Ausnahme. Damals. Alles war so klar. Linda und ich auf der Tanzfläche. Sie bewegte sich, wie nur sie es kann. Ging mit schlängelnden Bewegungen in die Hocke, um sich dann mit dem Hintern zuerst wieder aufzurichten, wie eine echte Stripperin. Das brachte ihr noch mehr Drinks ein, und sie schüttete sie gierig in sich hinein, die Augen schon über Kreuz, völlig konzentriert auf den Zuckerrand am nächsten Glas, weil sie

Angst hatte, es könnte verschwinden, bis sie sich zu ihm durchgetrunken hatte.

Als Linda anfing zu lallen und zu zittern und zu rauchen, ohne zu merken, dass sie rauchte, obwohl sie nie raucht und Raucher hasst, spürte ich einen Blick auf mir und sah auf, direkt in Samiras schwarzgeschminkte Augen. Sie saß auf einem Lautsprecher neben dem DJ-Pult, in heller Jeans und khakifarbenem T-Shirt, das wildlockige Haar offen und auftoupiert. Sie trug Goldschmuck auf der Stirn, und in ihrem Nasenflügel glänzte ein kleines Glassteinchen.

Als mich Samiras Blick traf, packte ich Linda am Arm, und sie runzelte die Stirn und nölte:

»Verdammt, was ist denn los?«

Aber ich stand ganz still und stumm da und fing den Blick auf, der quer durch den Raum ging, zwischen den ganzen Köpfen und Schultern hindurch, und mich festhielt.

Samira sah verletzt aus. Es war herzzerreißend.

Sie sprang vom Lautsprecher, aber statt zu mir zu kommen, ging sie zu einem Mädchen, das sich gerade mit einem Typen unterhielt, und flüsterte ihm etwas ins Ohr. Das Mädchen blickte auf und schaute mich mit offenem Mund an. Es war Jasmina. Samira begann sich einen Weg durch die ganzen kleinen Partymiezen und Eishockeyjungs zu bahnen, und Jasmina warf ihrem Typen ein paar schnelle Worte zu und eilte meiner Schwester hinterher. Linda taumelte gegen mich, und Samira steuerte auf den Ausgang zu. Ich sah, wie sie ihre Jacke nahm und verschwand, ohne noch einen Blick zurückzuwerfen. Ihre Hoheit hatte mich nach weniger als einer Minute allein zurückgelassen.

Auf einmal war der Boden total klebrig und übersät mit den Scherben zerbrochener Gläser, und Linda stank nach Besäufnis, und die Münder der Jungs glänzten zu stark vom Lipgloss.

August 2006

Samira

KAPITEL 20

Sich ins Paradies putzen

Ein paar Tage nachdem Samira Leila im Trix gesehen hatte, rief sie das Jugendamt an. Ihre Finger zitterten, als sie die Nummer wählte, und nach dem Telefonat setzte sie sich aufs Sofa und starrte ins Leere. Sie hatte vergeblich versucht, den Schock, Leila im Club zu sehen, und ihren Fluchtimpuls abzuschütteln, aber es wollte ihr nicht gelingen. Sie redete mit Jasmina, die meinte, sie solle sich nicht so reinstressen.

»Leila ist jung. Die will ihr Leben leben. Weißt du nicht mehr, was wir getrieben haben, als wir dreizehn waren?«, fragte Jasmina.

Dreizehn. Jetzt erinnerte Samira sich auch wieder. Sie war dreizehn gewesen, als Sarah anfing, in die Moschee zu gehen, um den Salafisten zuzuhören. Davor war sie moderat gewesen. Sie hatte an Religionsfreiheit geglaubt, und Samira hatte mehr oder weniger tun dürfen, was sie wollte. Ihre Mutter band sich ein Kopftuch um, wenn sie das Haus verließ, ihr Vater war dunkelhäutiger als andere Väter und sprach schlecht Finnisch, aber ansonsten war ihre Familie ganz normal. Samira durfte am Sportunterricht teilnehmen, und niemand erhob Einwände, wenn sie ins Schwimmbad gehen wollte. Die Geburtstagspartys ihrer Freundinnen waren noch kein Problem, das man mit Geschrei und Türenknallen lösen musste. Mama hatte immer noch Freundinnen mit ganz normalen finnlandschwedischen Namen und ging auf die Weihnachts- und Abschlussfeiern in der Schule. Aber als Samira mit einem Paukenschlag in die Pubertät kam, schien Mama sich zu verändern, und ihre Auffassungen davon, wie die Welt auszusehen hatte, begannen zu kollidieren. Samira konnte sich noch erinnern, wie sie mit ihrer Mutter wegen der Salafisten gestritten hatte, weil Sarah ihnen Geld für den Bau von Moscheen in anderen europäischen Ländern schenkte. Sie versuchte Sarah klarzumachen, dass man sie in der Moschee einer Gehirnwäsche unterzog. Dass man sie überzeugte, es gebe nur eine Art, Muslim zu sein. Und Sarah antwortete, es gebe vielleicht viele Arten, aber eben nur eine richtige.

In gewisser Hinsicht konnte Samira die eskalierende Religiosität ihrer Mutter sogar nachvollziehen. Wie die meisten muslimischen Männer in ihrem Bekanntenkreis war Papa leider ein Halodri. Mama hatte lange genug versucht, ihn dazu zu bringen, dass er die Bars und seine Freunde verließ und sich endlich seiner Aufgabe annahm, die Familie zu führen. Das Problem war, dass Farid nur eine einzige Richtung kannte, nämlich pfeilgerade in die Hölle. Manchmal sagte er, dass sie alle nach Dar El-Shams ziehen würden, und Samira weinte, weil sie gern in die Schule ging und nicht sicher war, ob sie in Papas Heimatstadt in die Schule gehen konnte, obwohl er immer behauptete, die Ausbildung sei dort viel besser, vor allem für Mädchen.

»In Dar El-Shams«, sagte er, »werden alle Mädchen Ärztinnen.«

Eine Woche später hatte er es sich dann schon wieder anders überlegt. Sie würden nie wieder nach Dar El-Shams fahren, denn Finnland war das beste Land überhaupt, und im Maghreb konnte man keinem über dem Weg trauen. Dort lebten nur Materialisten, die sich dem westlichen Kulturimperialismus gebeugt hatten. Da weinte Samira auch wieder, denn sie wollte schließlich Oma und Opa und all ihre Cousinen besuchen, und Mama erklärte ihr seufzend, Papa mache bloß Spaß. Ein andermal verkündete Papa, ab jetzt sei Schluss mit Musikhören und Fernsehen und Würstchen, die nicht *halal* waren, und trug den Fernsehapparat eigenhändig in den Keller. Das konnte wochenlang so gehen, aber Papa war deswegen trotzdem nicht zu Hause. Nein, er war in der Moschee. Sogar nachts. Er betete, und wenn er nicht betete, arbeitete er. Und nach einer gewissen Zeit wachte Samira am Sonntagmorgen vom Geräusch von Zeichentrickserien auf, kroch aus dem Bett, blieb freudestrahlend an der Schwelle zum Wohnzimmer stehen und kuschelte sich dann neben Papa, der sich den Bart abrasiert hatte und wieder nach Zigaretten und Bier roch, weil er gerade aus der Kneipe kam.

Mama hatte versucht, Papas Umschwüngen zu folgen und ihr Leben trotzdem einigermaßen auf Kurs zu halten, bis sie am Ende nur noch Stopp rufen konnte. Sie sagte, wenn das Haus religiös sein sollte, dann richtig und verbindlich für alle. Ab diesem Tag sprach sie die einzige Sprache mit ihm, die er wirklich verstand: Religion. Das Problem war nur, dass es ihm nicht gefiel, dass sie diese Sprache konnte. Nachdem Sarah ganz allein herausgefunden hatte, dass auch muslimische Männer ihre Pflichten haben und nicht nur Freiheiten, wie Farid ihr gerne weisgemacht hätte, fing sie an, Forderungen an ihn zu stellen. Sie wollte eine richtige muslimische Ehe, eine gleichberechtigte Partnerschaft mit ebenbürtigen, aber verschiedenen Rollen. Die wollte er ihr nicht geben. Er wollte sich nicht unterwerfen, nicht mal Gott. Er wollte nur eins: Sich, wenn er von einem langen Arbeitstag nach Hause kam, aufs Sofa setzen, die Füße auf den Tisch legen und Fußball gucken. Im Laufe der Jahre war er geworden, was Sarah am meisten verachtete, ein Ramadan-Muslim, und er wollte, dass sie genauso lebte. Das hatte seiner Familie über Generationen gereicht, warum sollte es also für sie nicht gut genug sein?

Aber wie sich bald herausstellen sollte, hatte Sarah sich das ganz anders vorgestellt. Eines Tages wollte Samira einen leeren Joghurtbecher in den Abfalleimer werfen und fand ihre ganzen Zeichnungen im Müll. Die ganzen ungeschickten Kleinkinderzeichnungen, die sie ihrer Mutter zum Muttertag geschenkt oder in der Schule gemalt hatte und die eine Weile am Kühlschrank gehangen hatten. Sie rief ihre Mutter, denn sie dachte, Papa wäre aus irgendeinem verqueren Grund auf den Gedanken verfallen, ihre Zeichnungen seien Abfall. Sie war absolut sicher, dass Mama so etwas niemals tun würde. Da sah Mama sie nur nervös an und meinte, sie habe vergessen, den Müll hinauszutragen, und sie habe eigentlich nicht gewollt, dass Samira das sieht. Das war die erste Kostprobe von Sarahs Doktrin von den Freuden des Verzichts.

»Je mehr es wehtut, in diesem Leben auf etwas zu verzichten, was man gern mag, umso größer wird die Belohnung in der nächsten Welt sein«, sagte sie immer.

Samira stand auf und versuchte zu verdrängen, dass sie das Jugendamt angerufen hatte. Sie holte die lila Ein-Liter-Flasche Chlorit hervor und mischte sich Putzwasser in einem Eimer. Dann machte sie die Fenster auf. Die Spätsommerluft schlug ihr in einer heißen Welle aus Abgasen und Bratfett entgegen, und sie atmete tief ein. Mit jedem Atemzug spürte sie, wie die Spannung in ihrem Körper nachließ. Sie zog ein Paar Gummihandschuhe an, tauchte einen hellgelben Putzschwamm in den Eimer und begann, jede Fläche in der Wohnung zu bearbeiten. Sie summte dabei vor sich hin, aber davon abgesehen erinnerte sie sich so sehr an ihre Mutter, dass sie lächeln musste.

Mama sagt, dass der Islam die beste Religion der Welt ist, weil er so praktisch und so konkret ist. Die Arbeit eines Menschen ist gleich-

zeitig sein Gebet, deswegen soll man fröhlich sein, während man arbeitet. Man kann sich ins Paradies putzen, indem man Töpfe schrubbt. Man bindet sich ein Tuch um den Kopf und geht jeden Tag mit Gottes Segen aus dem Haus, dachte sie.

Samira schwitzte, während sie arbeitete. Als sie fertig war, roch die ganze Wohnung nach Hallenbad, und sie fühlte sich ruhig und wunderbar müde. Sie sah sich um und musterte die hellen, sauberen Flächen.

Alhamdulillah, dachte sie. *Wenn das so einfach ist, warum sollte man es dann nicht probieren?*

KAPITEL 21

Wie Samira Piter in der Angel Bar kennenlernte

Ein paar Wochen, nachdem Samira Leila im Trix gesehen hatte, kehrte sie in die Jungfrugränden zurück. Sie stand vor der Tür wie eine Fremde. Der bekannte Name an der Tür. Abensur. Papas Name. Den sie nicht an ihre eigene Tür zu schreiben wagte. Sie bekam ihre Post c/o Björkman. Sie hob die Hand und klingelte. Die Klingel war immer noch kaputt. Sie stellte sich vor, wie ihre Mutter jedes Mal mit Papa schimpfte, wenn der Klingelknopf stecken blieb und penetrantes Geklingel die Wohnung erfüllte, bis jemand zur Tür rannte und von innen gegen die Klingel schlug. Wenn sich niemand darum kümmerte, klingelte es ungefähr eine Minute, dann gab es einen Knacks und war wieder still.

Das Klingeln hallte in der leeren Wohnung wider. Sie stand da und hatte den Finger immer noch auf dem Klingelknopf. Jetzt waren es bald drei Jahre, dass er kaputt war. Da niemand aufmachte, drehte sie sich um und wollte schon gehen, als sie auf einmal die Türkette rasseln hörte. Sie drehte sich um und war so nervös, dass sie kaum ein Lächeln zustande brachte, aber das war nicht nötig, denn Sarah lächelte auch nicht. Sie hatte sich einen Schal über den Kopf geworfen, den sie mit einer Hand unterm Kinn zusammenhielt. Mit der anderen winkte sie Samira herein. Samira zögerte.

Widerwillen erfüllte ihren Körper, während gleichzeitig alle Gefühle der vergangenen Jahre wieder hochkamen. Sie biss die Zähne zusammen. Sie hatte gedacht, dass diese Emotionen irgendwohin verschwunden waren, doch jetzt durchliefen sie sie mit solcher Macht, dass ihre Knie zu zittern begannen.

Sie setzten sich zusammen an den Küchentisch und tranken Tee. Sie war eine Fremde. Eine, der man eine Tasse Tee anbot, um dann zu warten, bis sie wieder ging. Sie sah es in Sarahs Augen, die ihrem Blick auswichen.

»Na, wie geht es dir?«, fragte Sarah, und Samira nickte.

»Ach ja, ganz gut.«

Sie redeten eine Weile über die Wohnung, und sie gab ausweichende Antworten. Dann stellte Sarah die Frage, auf die Samira gewartet hatte, aber im ersten Moment war sie doch überrascht.

»Das Jugendamt war da. Sie wollten mit mir über Leila sprechen. Du weißt nicht zufällig was über die Sache?«

Samira leckte sich über die Lippen und schaute in ihr Teeglas. Sie atmete ein paarmal tief durch.

»Ich hab sie angerufen«, sagte sie dann.

Sarah starrte sie an, und Samira hob die Augen, um den Blick zu erwidern.

»Wenn jemand weiß, was es bedeutet, wenn das Jugendamt eine Familie wie die unsrige ins Visier bekommt, dann ja wohl du. Es juckt sie doch in den Fingern, wenn sie eine Chance sehen, muslimischen Eltern ein Kind zu entreißen. Aber die Laestadianer da oben in Österbotten, die können hausen, wie sie wollen, und die Alkis im ganzen Land dürfen ihre Kinder behalten – aber der Islam ist eine schlimmere Bedrohung als alles andere, und deswegen müssen die Kinder vor der Gehirnwäsche gerettet werden, bevor man auch nur *bismillahi* sagen kann.«

»Du weißt, dass das nicht nur mit Religion zu tun hat«, antwortete Samira.

»Womit denn sonst? Ist es dir wirklich so schlecht ergangen? Du hast immer alles bekommen, was du gebraucht hast, und jeden Tag stand Essen auf dem Tisch. Und Leila musste nie Kleidung von dir auftragen. Nicht, dass sie jemals deine Kleidung hätte auftragen können, so wie du mittlerweile rumläufst.«

Samira schwieg eine Weile und starrte auf ihre Finger. Dann drückte sie die Fingerspitzen gegeneinander.

»Aber, Mama, es geht nicht um Kleidung oder Essen oder ob man frieren muss oder nicht. In Finnland muss tatsächlich so gut wie niemand hungern ...«

»Worum geht es denn dann? Hm? Dass man euch nicht Huren nennen soll? Ich bin in einer Kleinstadt aufgewachsen, ich weiß, wie schnell man einen schlechten Ruf weghat, und wie schwer es ist, ihn wieder loszuwerden.«

»Glaubst du echt, dass es mich auch nur im Geringsten kümmert, wie mich die Leute nennen?«, fiel Samira ihr ins Wort, und Sarah sah sie an.

»Jetzt vielleicht nicht, aber eines Tages wirst auch du heiraten wollen. Und du hast keine Ahnung, wie es sich anfühlt, wenn der Mann, den du willst, dich nicht will, weil er gehört hat, was man sich von dir erzählt, dass die Leute dich ...«

»Ich möchte, dass Leila bei mir einzieht«, unterbrach Samira sie plötzlich gereizt, und Sarah klappte verblüfft den Mund zu.

Es wurde so still in der Küche, dass sie das Rauschen in den Rohren hören konnten, als jemand in einer Nachbarwohnung duschte. Eine Waschmaschine brummte, und es gab ein dunkles Klopfen, als sich die Trommel allmählich immer schneller zu drehen begann. Irgendjemand ging mit klackernden Absätzen über den Boden. Samira schaute Sarah an, die den Blick aus dem Fenster richtete.

»Jetzt sag doch was«, sagte Samira, und Sarah schüttelte den Kopf. Ihre hellblauen Augen trübten sich.

»Was soll ich denn dazu sagen?«

»Sie ist schon öfter bei mir gewesen. Sie hat mir erzählt, wie es ihr geht. Dass niemand Zeit für sie hat. Weißt du, wo sie sich tagsüber rumtreibt? Nein? Ganz sicher nicht. Ich bin tagsüber jedenfalls zu Hause. Ich muss studieren, aber das nimmt nicht meine ganze Zeit in Anspruch …«

»Niemals.«

»Ich könnte auf jeden Fall helfen …«, sagte Samira.

»Hörst du mich? Niemals«, fiel Sarah ihr ins Wort und schüttelte den Kopf.

»Sie hinkt in der Schule hinterher, und sie …«

»Das kommt überhaupt nicht in Frage, Samira!«

Sarah stand auf und Samira schoss von ihrem Stuhl hoch. Sie ging rückwärts aus der Küche und sah sich suchend um.

»Leila?«

Ihre Stimme war einen Hauch zu schrill.

»Leila!«

Sie lief durch den Flur zu Leilas Zimmer. Sarah folgte ihr.

»Sie ist nicht hier! Und du wirst mit ihr nicht über diese Sache reden. Ich will nicht, dass sie auf verrückte Gedanken kommt.«

Samira blieb stehen und sah sich um. Plötzlich traten ihr Tränen in die Augen, und es kam ihr vor, als würden die Wände näher kommen. Die Tür war unverschlossen, aber die Luft im Zimmer war stickig und nahm einem den Atem.

»Du brauchst Hilfe«, sagte Samira. »Du schaffst das alles nicht mehr. Wenn du nichts dagegen unternimmst, wird es für Leila böse ausgehen. Da kannst du Gift drauf nehmen.«

»Die Einzige, für die es böse ausgehen wird, bist du«, antwortete Sarah.

»Ich werde sie bekommen«, sagte Samira.

Sarah lachte.

»Und dann? Wenn du sie hast? Was willst du dann mit ihr machen? Soll sie so werden wie du?«

»Besser so als wie du.«

Sie starrten sich an, bis Samira den Blick abwandte. Da rasselte das Türschloss, und Leila kam herein. Sie blieb mit überraschtem Blick und halboffenem Mund an der Tür stehen. Nach einem kurzen Anflug von Freude auf ihrem Gesicht schlich sich der Argwohn in ihre Augen.

Das Trix. Blitzschnell schoss ihr durch den Kopf, dass Samira es erzählt haben musste. Doch Samira sah sie an, und Leila wusste, dass sie so etwas nie erzählen würde. Sie ahnte, dass Samira gehen wollte, und ließ die Tür einen Spaltbreit offen stehen.

»Leila«, sagte Samira.

Ihre Stimme war wackliger, als sie gedacht hatte, und als hätte der Ton ihrer Stimme Sarah aus ihrer Starre gerissen, rief ihre Mutter:

»Du lässt sie in Frieden!«

Samira wandte sich ihr zu.

»Weißt du, was ich glaube? Ich glaube, ich muss mich nicht mal anstrengen. Du wirst sie von dir stoßen, wie du auch alle anderen schon von dir gestoßen hast. Oma. Papa. Mich. Und dann sitzt du eines Tages ganz allein mit Gott da, und fragst dich, warum alles bloß so schiefgegangen ist. Im Grunde muss ich es bloß abwarten.«

Sie drängte sich an Leila vorbei und ging. Im Vorübergehen drosch sie mit dem Ellenbogen auf die Glasscheibe der Wohnungstür, und wie so viele Male zuvor regnete die Scheibe in Scherben zu Boden.

Samira lenkte ihre Schritte durch die wohlbekannten Straßen. Vorbei an den Reihenhäusern, in denen sie außer Jotunen keinen mehr kannte. Vorbei an den Fichtenhecken, in denen die Eichhörnchen saßen und sie ankeckerten, als wäre sie eine Bekannte, und vorbei an den Bänken hinter dem Einkaufszentrum, wo die Obdachlosen ein permanentes Lager aufgeschlagen hatten. Sie hatten sich sogar ein Plumpsklo zugelegt, das zu Anfang noch ganz sauber war, aber nicht oft genug geleert wurde. In warmen Wintern blieben sie bei ihren Bänken und schliefen unter Haufen aus Jacken und Decken, während sie mit Abfall und Pappkartons aus den Läden Feuer machten. Und sie kriegten auch zu essen, Lebensmittel mit abgelaufenem Mindesthaltbarkeitsdatum, und so lebten sie wie die Könige. Einige von ihnen würden doch sowieso hungers sterben, weil sie sich von der Sozialhilfe lieber Alkohol kauften als Essen. Waren Salmonellen da unbedingt die schlechtere Alternative?

Samira warf einen kurzen Blick auf die grölende, lallende Gruppe und dachte sich, dass das im Grunde auch ein Lebensstil war – der totale Gegensatz zur finnischen *umma*, aber allgemein akzeptiert, denn er konzentrierte sich auf das, was ihr Volk über alles liebte: den Alkohol. Sie liebten ihn mehr als ihre eigenen Kinder und fast so sehr wie ihre Hunde.

Sie lenkte ihre Schritte zur Stammkneipe des Viertels, der Angel Bar, direkt neben Katjas Frisiersalon. Bis zu Ronskimesta waren es noch ungefähr dreihundert Meter. Hier konnte man sich nicht verlaufen.

Auf dem staubigen Vorhof hatte man aufmerksamerweise einen wackligen Spielplatz für die Kinder aufgestellt, die ihre Eltern verloren hatten und auf ihre Rückkehr warteten. Im Sommer saßen hier die Lifestyle-Alkoholiker mit der Bierflasche in der Hand und starrten mit wässrigen Augen auf die kleinen Mädchen, die auf der Rutsche spielten oder schaukelten, dass ihnen die bunten Röcke hochflogen.

Eine Freundin, Rumaisa, hatte einmal gesagt, als sie gerade aus dem Irak gekommen war, fand sie, dass die finnischen Frauen aussahen wie riesige Babys, wenn sie so in ihren Shorts und Miniröcken herumtapsten, die den Bauch freiließen, so dass hie und da das Fett hervorquoll. Es sah aus, als wären sie aus ihren Kleidern herausgewachsen, müssten sie aber weiterhin tragen, weil sie sich keine neuen leisten konnten. In ihrer Welt zogen sich erwachsene Männer und Frauen an, wenn sie aus dem Haus gingen, und nicht aus. Samira hatte über Rumaisa gelacht, aber jedes Mal, wenn sie jetzt Mikroshorts und das wabbelnde babyrosa Fleisch darunter sah, musste sie wieder daran denken. Es sah aus, als würden die Frauen in Windeln herumlaufen.

Lieber Windeln als Schleier, hatte Samira damals gedacht. Inzwischen war sie da nicht mehr so sicher.

Vor der Angel Bar spielten ein paar Kinder. Sie trugen zerschlissene Schneeanzüge, obwohl es so warm war, dass Samira nach ihrem flotten Spaziergang schwitzte. Sie malten mit Stöcken im Sand und hatten den leeren Gesichtsausdruck, den man an Kindern oft beobachten kann, wenn ihre Kindheit jäh abgebrochen wurde und die Verantwortung ihre Fähigkeit zu spielen getötet hat. Sie musterten Samira, als sie vorbeiging, und ihre stummen Blicke folgten ihr, als sie die Tür zum verrauchten Halbdunkel aufmachte, in dem ihre Eltern saßen.

Samira stellte sich an den Tresen und strich sich mit beiden Händen das Haar aus dem Gesicht. Ihr Schal klebte ihr an der Wange, und sie richtete den Blick auf die glänzenden Flaschen hinter dem Tresen. Der speckige Henry, der wie eh und je an der Bar stand und mit seinen Biergläsern hantierte, war im Laufe der Jahre immer breiter geworden. Seine tätowierten Oberarme spannten unter dem schwarzen T-Shirt, und auch seine Haut sah gedehnt aus, so dass der Drache, der einer Frau den Bauch ableckte, ein viel zu breites Grinsen auf seinem schuppigen Gesicht trug. Henrys eigenes Gesicht wurde von einem Bart geziert, der seinen Mund viereckig umrahmte, und im Nacken bildete die Haut drei Speckfalten unter dem glänzenden kahlen Kopf.

Heutzutage rasieren sich alle Männer das Haar ab, sowie der Haaransatz ausdünnt und nach oben rutscht. Jetzt sehen sie alle aus wie Skins, dachte Samira. Außer Jussi Halla-aho. Der hat sich nicht rasiert. Der ist intellektuell. Und intellektuelle Männer wollen nicht aussehen wie alle anderen.

Sie stützte die Ellenbogen auf die Bar und dachte an Papa. Als alle anfingen, von Halla-aho zu reden, hielt Papa ihn für einen Muslim. Er wusste schließlich alles über den Koran, wie sogar sein Name verriet. Hallaahohallaahohallaaho.

Sie musste in sich hineinlachen, doch Henry ließ sich von dem Lächeln, das noch einen Moment auf ihren Lippen hängen blieb, nicht erweichen. Er erwog vielmehr, ob er sie nicht lieber rauswerfen sollte. Er wollte hier keinen Ärger. Abends war die Bar voll bärtiger Männer, die ihre Clublogos deutlich auf dem Rücken ihrer Bikerjacken spazieren trugen, und dazu noch ein paar Skinheads, die ziemlich sicher für jemanden wie Halla-aho gestimmt hätten, wenn sie könnten. Aber es war noch so früh, dass von der üblichen Klientel nichts zu sehen war, also ließ er sie bleiben. Sie winkte ihm mit einem Schein, und er kam mit einem Bierglas zu ihr.

»Na, was darf's denn sein?«, fragte er langgezogen, und sein Ton sagte ihr, dass sie am besten ganz flott austrinken und abhauen sollte. Eigentlich hätte sie überhaupt nicht herkommen sollen.

»Ein Bier und zwei Shots von irgendwas Stärkerem. Was ist das, was du dahinten stehen hast?«

Sie deutete auf die beleuchteten Flaschen.

»Jägermeister.«

»Ja, genau, schenk ein.«

Er goss ihr ein, sie kippte die Gläser nacheinander weg und spülte sie mit einem Mundvoll Bier hinunter.

»Noch zwei.«

Ihr Magen drehte sich um, aber sie kämpfte gegen den Brechreiz und drängte ihn mit einem weiteren Schluck Bier zurück.

»Scheißtag gehabt?«, fragte Henry, jetzt schon etwas besser gelaunt.

Immerhin hatte sie ja doch was konsumiert. Wie er schon oft gesagt hatte: Nur ein betrunkener Muslim ist ein guter Muslim.

»Kann man wohl sagen«, erwiderte Samira.

Sie behielt die Jacke an und setzte sich an einen der Tische beim Fenster. Sie legte eine Schachtel Zigaretten auf den Tisch und rauchte sich noch einmal durch ihr Gespräch mit Sarah. Sie ging es gründlich durch, so wie man Fische ausnimmt, und warf die Worte dann den Möwen zu. Mochten die sich drum schlagen und balgen, so viel sie wollten. Sie blinzelte den Rauch aus den Augen, denn sie konnte schon nicht mehr klar denken. Mit jedem tiefen Schluck aus dem Bierglas entfernte sie sich weiter von Gott und näherte sich ihrem Vater an. Sie spürte es im ganzen Körper, wie sie schwamm, wie sie trieb, und dann ging die Tür auf, und er kam mit einem Windstoß herein, der sie erzittern ließ.

Er war angezogen wie die anderen. Khakifarbene Jacke, schwarze Cargohose und grobe Lederstiefel. Sein Kopf war kahl und glänzte. Sie überlegte mühsam, ob sie sich ihre Köpfe wohl jeden Morgen mit Vaseline einrieben, um müheloser in ihre Engstirnigkeit hineinschlüpfen zu können. Im Nacken trug er eine blau-weiße Flagge.

Sie hatte die Grenze der Vernunft bereits überschritten und sackte daher nicht diskret in sich zusammen, als sie die Jungs kommen sah. Sie blieb einfach sitzen, breitbeinig und mit aufgestützten Ellenbogen, wie schon den ganzen Nachmittag. Ihr Hals war verrostet und verschleimt von den ganzen Zigaretten. Sie schubsten und rempelten sich an wie Neuntklässler. Einer von ihnen entdeckte sie, packte einen anderen am Arm und deutete mit einem Nicken auf sie. Sie machte sich nicht die Mühe, den

Blick abzuwenden. Starrte ihnen einfach nur direkt ins Gesicht. Die Typen trugen breite Ringe an allen Fingern, und sie wusste ganz genau, warum. Manchmal hatte sie selbst ein paar Ringe abnehmen müssen, bevor man sie ins Trix ließ.

Mit einem breiten Grinsen kamen sie zu ihr an den Tisch.

»Onks täss vapaata?«, fragte einer von ihnen mit einer höflichen Geste.

Sein Grinsen verriet, dass die Zähne in seinem Mund eher zufällig angeordnet waren. Er wartete ihre Antwort gar nicht erst ab, sondern nahm sich einfach einen Stuhl. Samira blies den Rauch durch die herabgezogenen Mundwinkel, schiss plötzlich auf alles und antwortete:

»Kaikin mokomin.«

Sie setzten sich an ihren Tisch, auch wenn sie kaum alle Platz fanden. Ihre Jacken waren zu groß. Die Goldketten um den Hals zu schwer. Die Luft rundum schwoll an und stieß sie fort. Samira sah eine Faust an, die ein Bierglas hielt. Die Haut war blass und grobporig. Sie konnte sich richtig ausmalen, wie der träge Aufprall klingen musste, wenn diese Faust schwer auf Fleisch prallte. Auf die Knöchel hatte er sich V-I-T-T-U tätowieren lassen. Ein Buchstabe für jeden Finger. Samira hätte am liebsten losgekichert, als sie das sah, aber sie war zu betrunken zum Kichern. Stattdessen sah sie ihm direkt in die Augen. Sein Blick war benebelt. Gefährlich. Sie wusste nicht, was diese Gang normalerweise so trieb, aber die waren sicher schon gefährlich genug, wenn sie nüchtern waren. Er lächelte sie an.

»Mitäs … neiti?«, fragte er, und sie hob das Glas, um ihm zuzuprosten.

»Mitäs tässä.«

»Dir ist schon klar, wo du hier sitzt, oder?«, fragte er.

Sie tat überrascht und hob den Hintern etwas an.

»Auf einem Stuhl«, sagte sie mit gesenktem Blick.

»Jetzt mach mal nicht auf superschlau hier. Wenn du öfter hier bist, müsstest du eigentlich wissen, dass das nicht nur ein Stuhl und ein Tisch sind, sondern unsere Stühle und unser Tisch. Hier, schau«, sagte er, und deutete mit dem Finger auf die Buchstaben, die ins Holz eingeritzt waren.

Sie reckte den Kopf und schaute auf die Stelle, auf die er zeigte. Dort stand: »Meitsin pöytä.« Unser Tisch. Samira schnaubte.

»Ist ja süß«, sagte sie dann. »So was hab ich früher auch immer gemacht. In der neunten Klasse oder so.«

»Jetzt reiß hier mal nicht das Maul auf, du kleine Fotze. Du weißt genauso gut wie wir, dass du hier nichts zu suchen hast. Das ist unsere Kneipe.«

»Wenn ich richtig informiert bin, ist das Henrys Kneipe«, antwortete Samira und schaute zum Tresen.

Der speckige Henry warf ihr einen verstohlenen Blick zu, wandte sich dann aber gleich wieder einem anderen Kunden zu. Nach und nach hatte sich die Kneipe gefüllt, und der Lärmpegel war gestiegen. Keiner hörte, worüber an Samiras Tisch geredet wurde, und Henry gab deutlich zu verstehen, dass er nicht vorhatte, sich einzumischen. Sie hätte längst austrinken und abhauen sollen, bevor am Abend die Streithammel kamen, aber sie hatte sich in vollem Bewusstsein der Konsequenzen entschieden zu bleiben. Jetzt musste sie selbst zusehen, wie sie zurechtkam. Sie schluckte und spürte, dass sie auf ihrem Stuhl in sich zusammenschrumpfte. Sie machte sich auf alles gefasst. Aber sie wusste, dass diese Jungs Phantasie hatten. Das waren keine Hobbyrassisten. Das waren Profis. Jetzt beugten sie sich zu ihr über den Tisch, dass es in ihren Jacken knackte.

Tick, Trick und Track, schoss es ihr durch den Kopf, und sie musste unfreiwillig loslachen. Als der Größte der Gruppe nervös blinzelte, verstummte sie jedoch gleich wieder. Sie sah, wie die Wut in ihm hochkochte.

»Da sitzt sie also und versäuft ihre Sozialhilfe«, sagte er leise.

Das konnte Samira nun nicht mal abstreiten, also hob sie noch einmal ihr Glas und nahm einen tiefen Schluck.

»So ist es, und schmeckt scheißgut, das Zeug«, antwortete sie, aber sie hatte den Satz kaum zu Ende gesprochen, da flog ihr das Glas aus der Hand und landete mit einem Knall an der Jukebox.

Der Junge, der dort stand, war groß und schlank. Er hatte die Clique schon die ganze Zeit im Auge behalten, jetzt zuckte er zusammen und kam zu ihr.

»Blöde Nutte!«, knurrte er und drängte sich an dem Trio vorbei.

Er beugte sich vor und packte Samira bei den Haaren. Sie schloss die Augen und biss die Zähne zusammen. Er riss sie vom Stuhl hoch, und einer seiner Kumpel hielt ihn zurück.

»Hej, Pitsku, immer langsam. War mein Fehler.«

»Du hast mich eben fast umgebracht mit deinem Scheißglas«, antwortete Pitsku und zog sie mit zur Tür.

Die Freunde blieben am Tisch sitzen.

»Mit der Nutte werd ich schon allein fertig!«, rief Pitsku.

Einer antwortete, er solle bloß ein Kondom benutzen, damit ihm der Schwanz nicht am nächsten Tag abfaule. Er bahnte sich einen Weg mit Samiras Körper und umklammerte ihr Haar dabei so fest, dass ihr die Augen tränten. Sie schlug mit den Ellenbogen gegen die Tür und stolperte über die Türmatte. Als sie auf den Parkplatz kamen, fing sie an zu schreien. Er legte ihr die Hand auf den Mund und flüsterte ihr ins Ohr:

»Hey, sorry. Ich musste das machen, damit es echt aussieht.«

Sie schrie und trat und schlug weiter um sich, als er sie in ein Auto zerrte und die Beifahrertür zuknallte. Dann fuhr er davon, während seine Kumpels in der Angel Bar saßen und ihm durchs Fenster zuprosteten.

Im Auto drückte sie sich an die Tür und tastete nach dem Türgriff. Auf einmal wurde ihr übel, sie kriegte gerade noch die Tür auf und übergab sich im Fahren. Er schrie:

»Pass auf den Sitz auf!«, und bremste.

Sie ließ sich aus dem Auto rollen, aber da war er schon wieder da und beugte sich über Samira, die mit schmerzenden Knien auf dem Gehweg lag. Er holte eine Zigarettenschachtel aus der Tasche. Ihr Gesicht war nass von Schweiß und Tränen.

»Beruhig dich«, sagte er, und in dem Moment schien sich der Nebel in ihrem Kopf zu lichten.

Es war ein ganz gewöhnlicher Nachmittag. Spätsommer. Schulkinder mit überdimensionalen Schultaschen gingen rasch nach Hause. Irgendjemand schaute in ihre Richtung, aber im Grunde kümmerte sich niemand um sie. Sie hob den Blick und sah ihm direkt in die Augen. Sie waren braun. Genau wie ihre.

»Was willst du von mir?«, lallte sie, und er klopfte eine Zigarette aus der Schachtel.

»Nichts. Dich nach Hause fahren. Du hast doch ein Zuhause, oder?«

Sie nickte, ohne den Blick von seinen Fingern zu nehmen.

Er steckte sich eine Zigarette an, und dann zündete er an der Glut der ersten noch eine zweite an, die er ihr hinhielt. Sie zögerte, griff schließlich aber doch danach. Nahm einen tiefen Zug und schaute ihn an, wie er da in der Hocke vor ihr saß. Er lächelte, aber sie lächelte nicht zurück. Noch nicht. Er stand auf und bat sie, aufzustehen, wieder ins Auto zu steigen, und sie tat, worum er sie gebeten hatte. Sie fuhren schnell und rauchten, und die Musik im Radio hämmerte. Samira konnte die paarmal, die sie in einem Auto gesessen hatte, an den Fingern abzählen, denn in ihrer Familie fuhr man mit dem Bus. Das Auto gehörte einem Kumpel, erzählte er, während sie über die Autobahn Richtung Stadt fuhren, und sie spürte, wie die Geschwindigkeit sie im Magen kitzelte.

Wahnsinn, dass das so sein kann, dass jemand so lebt, einfach in ein Auto springt und davonfährt, richtig schnell fährt, so oft er will, dachte sie, und in seinen Augen glomm ein Lächeln auf, das stärker glänzte, als es sollte.

Rasch wandte sie den Blick ab, denn irgendwo tief in ihrem Inneren hatte es auf eine Art gebrannt, die sie erschreckte. So etwas hatte sie nie zuvor gefühlt. Dass ein Blick wirken konnte wie ein Elektroschock. Sie wagte nicht, ihn noch einmal anzusehen, weil sie Angst hatte, er könnte ihr ansehen, dass sie wie eine Nutte dachte, und sie merkte, wie es in ihrem Schädel pochte. Zu viel Alkohol und Tabak. Sie ließ sich tiefer in den Sitz sinken.

Den Rest der Fahrt schaute sie geradeaus und begann sich so elend zu fühlen, wie es ihrer Situation entsprach. Weit nach Mitternacht wachte sie mit Kopfschmerzen auf und mit einer vagen Erinnerung daran, dass er sie die Treppe hochgetragen hatte. Sie hatte immer noch Schuhe, Jacke und Schal an, und ihre Unschuld war auch nicht angetastet worden.

Sie stand auf und wankte in die Küche, wo sie sich ein Glas Wasser eingoss und eine Schmerztablette darin auflöste. Während sie im Glas zischte und sprudelte, ging Samira auf den Balkon. Es war noch dunkel, wie immer im Spätsommer, bevor die Sonne überraschend über den Horizont steigt. Sie zitterte in der kühlen Luft und zog sich die Jacke enger um den Körper. Sie war nach wie vor erschüttert bis ins Mark von der gestrigen Konfrontation und dem folgenden Besäufnis, und einen Augenblick kämpfte sie mit den Tränen. Sie umfasste das Geländer mit beiden Händen und zog sich auf Zehenspitzen, um hinunterzuschauen. Das Haar fiel ihr über die Wangen, und sie atmete tief durch.

Sie dachte an die Asphaltengel. Ihre Hände am Balkongeländer, die Finger, die sich in Haare und Haut gruben, manche klammerten sich fest, und ihre Finger wurden von einem Fuß gebrochen, andere schwangen sich freiwillig übers Geländer. Sie sprangen, um zu fliehen.

Man nannte sie Asphaltengel, aber es waren keine Engel, sondern nur gefallene Mädchen, die sich selbst und ihre Sehnsucht auf den Straßen zerbersten ließen. Sie waren schon tot, bevor sie auf dem Boden aufschlugen. Davor waren sie vielleicht schon monatelang nur noch als leere Hüllen herumgelaufen. Ohne es selbst zu wissen.

Sie selbst würde niemals springen. Man konnte sie hinunterwerfen, aber sie würde sich mit Zähnen und Klauen ins Leben zurückarbeiten, sie war viel zu wild, als dass man sie einfach so hätte auslöschen können, aber sie dachte an Jasmina, die immer sagte, Samira sei davongekommen, mit ihrer Wohnung und ihrem Studium, und niemand konnte etwas unternehmen, egal was sie tat, denn ihre Mutter war eine finnische Muslima und ihr Vater eine Art *kafir*.

»Du hast keine Brüder«, sagte sie immer zu Samira. »Du hast keine Verwandten, die dich im Auge behalten und immer schön berichten, wo sie dich gesehen haben und mit wem, und du weißt nicht, wie das ist, wenn all diese kleinen Beobachtungen zusammengezählt werden und man am Ende bekannt wird als eine, die ständig mit anderen Freunden und anderen Jungs am falschen Ort gesehen wird. Und obwohl es möglich wäre, dass man einfach nur zufällig dort gestanden hat oder hingegangen ist, ohne irgendetwas Falsches zu tun, ist eben genau das der Fehler: dass man überhaupt gesehen worden ist. Dass man ausgeht. Dass man sich mit Leuten unterhält. Dass man sich mit seinem Körper zwischen anderen Körpern bewegt, und plötzlich wird einem sogar nachgesagt, dass man bloß in die Moschee geht, um Jungs anzugaffen. Und wenig später fangen die Leute an, das zu glauben. Gott sei dem Mädchen gnädig, das obendrein auch noch schön ist und Blicke auf sich zieht. Die hat überhaupt keine Chance.«

Doch Samira war einsam. Sie sah Jasmina an und sagte:

»Und weißt du, wie es sich anfühlt, wenn sich kein Mensch um einen kümmert? Wenn man mit der halben Stadt ficken könnte und keiner würde anrufen und einen fragen, wie es einem wirklich geht? Nein, davon weißt du nichts. Du beschwerst dich, dass sie sich zu sehr darum kümmern, was du tust, aber keiner schert sich einen Dreck um das, was ich mache.«

Sie hatten einander nicht verstanden. Sie hatten sich angestarrt und irgendetwas in sich hineingemurmelt und waren rasch getrennte Wege gegangen. Jasmina war nach Hause in ihr Gefängnis gegangen, und Samira war in ihrem geblieben. Die eine eingeschlossen, die andere ausgeschlossen.

Samira ließ das Balkongeländer los. Einen Moment war es in ihrem Kopf schwindelnd leer, und sie konnte den freien Fall förmlich im Körper spüren. Dann ging sie ein paar Schritte rückwärts und wäre beinahe über die Schwelle gestolpert, als sie ins Wohnzimmer trat. Sie ging zu dem Glas, das neben der Spüle stand, und trank es in einem einzigen Zug aus.

Oktober 2007

Leila

KAPITEL 22

Tango mit Anna

Anna steht in der Pause immer möglichst nahe bei der Tür, damit sie als Erste reingehen kann, und sie betrachtet die Schüler und Gruppen, die genauso eng zusammengeschnürt sind wie ihre Schuhe.

Der Schulhof ist voller Stimmen. Sie segeln vorbei wie Radiowellen, aber es will ihr nicht gelingen, auch nur eine einzige richtige Frequenz einzustellen. Wenn einer von den Lehrern vorbeigeht, dreht sie sich weg, sie will keinem Blick begegnen, aber in den Pausen schauen ohnehin auch die Lehrer mit seltsam glasigen Augen an ihr vorbei.

In den Pausen verschwindet sie. Mädchen aus ihrer Klasse in bunten Cliquen. Sie streifen so nah an ihr vorbei, dass sie sich an die Wand drücken muss. So nah, dass sie den Duft ihrer Deos riechen kann, den weichen Flaum auf den glatten, sonnenverbrannten Wangen sehen kann. Manchmal schubst sie jemand, ohne eine Miene zu verziehen. Sie sehen es. Sie entscheiden selbst, was sie sehen. Und entscheiden, dass sie es nicht sehen.

Ich stehe in einiger Entfernung und beobachte sie. Ich habe die Hände in den Taschen, die Kapuze über den Kopf gezogen und meine Schultasche auf dem Rücken.

Anna kickt gegen kleine Steinchen und blickt auf den Boden. Sie hat beschlossen, auf der Weihnachtsfeier zu singen, weil sie dann in den Pausen drinnenbleiben kann. Drinnen mit Linda Lindqvist zwar, aber alles ist besser als die Einsamkeit der Pausen. Ich fange Annas Blick auf. Zwei Einsame. Wir könnten. Aber Anna will nicht. Sie schaut weg.

Die Jungs drehen ihre Runden. Sie kommen von der inoffiziellen Raucherecke hinter dem Pumpwerk. Der Tabakgeruch wird stärker, als sie näher kommen, und sie halten direkt auf Anna zu. Sie umringen sie, und sie bleibt einfach stehen, denn sie weiß, dass es sinnlos wäre, zu schreien oder wegzurennen.

Ihre Jeans ist viel zu kurz, und sie hat versucht, die Säume unten aufzutrennen und herauszulassen, damit die Hosenbeine etwas länger werden, aber was hilft das schon, wenn sie sie bis zum Bauchnabel hochziehen muss, damit sie ihr nicht von ihrem spindeldürren Körper rutscht? Sie trägt eine Brille, und ihre Brust unter den viel zu großen karierten Hemden ist flach. Jetzt kommen die Jungs. Sie drehen die Knie beim Gehen nach außen, tragen riesige Schuhe mit offenen Schnürsenkeln und haben immer ein Grinsen auf den Lippen. Anna tritt auf der Stelle und umklammert die Schulterriemen ihres Rucksacks so fest, dass ihre Knöchel ganz rot werden. Weiß sie denn wirklich nicht, dass man eine Guess-Tasche haben muss? Miu Miu oder Vuitton gehen auch noch. Aber nicht dieser abgetragene gebrauchte Rucksack, den Anna da hat, die absolute Scheißtasche, und sie reißen sie ihr aus der Hand, dass sie nach hinten geschleudert wird. Micke rennt mit schrillem Gelächter mit der Tasche im Halbkreis, während Kriba sich Anna greift. Papierflocken rieseln auf Anna herab, die Reste karierter Hefte und Notizbücher und Hausaufgaben. Ihr Gesicht ist heiß, aber reglos, ihr Blick hinter den Brillengläsern starr.

Während Kriba weiter Annas Rucksack ausleert, packt Micke

sie und dreht sie mit dem Gesicht zu sich. Sie schaut ihm direkt in die hellblauen Augen. Er nimmt die Walzerposition ein und tanzt ein paar Schritte mit ihr. Sie ist ganz schlaff in seinen Armen, ihre Glieder schlenkern hin und her, während jemand »taa-ram-tam-taaa« dazu singt, ein falscher Tango mit Stimmbruchstimme, und ein Mädchen lacht schrill.

»Schau dir das aaaan! Die sind echt so verrückt!«

Ein paar drehen sich um und rufen den anderen zu:

»Kommt mal schnell her und schaut euch das an! Wo seid ihr denn?«

Dann ruft Micke:

»Finale!«, und hebt Anna hoch.

Sie umklammert seinen Hals, um nicht zu fallen und sich den Kopf auf dem Asphalt aufzuschlagen, und er hält sie an den Oberschenkeln fest, so dass ihre Beine rechts und links an seinem Körper herabhängen. Dann bewegt er den Hintern vor und zurück, und nun fangen alle hysterisch an zu lachen. Anna hopst auf und ab, und Micke ruft:

»Aaah! Aaah!«

Annas Haare bleiben ihr im Gesicht kleben, ihre Brille rutscht herunter, bis sie ihr nur noch schief auf der Nase hängt. Unterdessen bearbeitet Kriba Annas Hintern von hinten:

»Oooh! Aaah!«

Die Brille fällt zu Boden, Anna fällt zu Boden, Micke und Kriba schauen sich an und prusten los. Sie sind Freunde. Sie sind lustig. Die Spaßvögel des Klassenzimmers, die Lieblinge aller Mädchen. Sie lassen Anna allein, während sie auf dem Boden herumkriecht und die Reste ihrer Hefte und Bücher und Stifte zusammensammelt, die in alle möglichen Richtungen gerollt sind. Irgendjemand steigt noch mal drauf, als sie danach greift. Doch Micke und Kriba gehen weiter. Noch haben nicht alle ihre Audienz gehabt. Sie kommen zu mir. Sie brauchen mich nicht mal anzusehen, ich weiß auch so, wohin sie sich als Nächstes wenden werden. Ich werfe einen raschen Blick zur Tür, aber auf dem Flur patrouilliert die Pausenaufsicht. Keine Chance, da reinzukommen, nicht mal für einen Toilettenbesuch.

Dann sind sie auch schon bei mir.

»Hat dir das gefallen, was du da eben gesehen hast? Mann, war das schön!«

Gelächter. Er schaut sich um.

»Würdest du auch gern mal? Ich seh dir doch an, dass du's willst«, sagt Kriba.

Ich antworte nicht. Mein Mund ist von innen und außen verschlossen.

»Stimmt es eigentlich, dass sie dir die Klit abgeschnitten und die Fotze zugenäht haben?«, fragt Micke.

Gelächter. Er schaut sich um.

»Ja ja, das wär sicher besonders schön, wenn du total klein und eng bist. Braucht man vielleicht ein Messer, um dich zuerst ein bisschen aufzuschneiden?«

Micke schaut mich an. Blau trifft auf Braun. Der Gong ertönt. Er hält meinen Blick einen Moment fest. Dann geht er. Der kurze Augenblick des Kontakts ist vorbei.

Oktober 2006

Samira

KAPITEL 23

Wenn alle Huren wären

»Das Humanste wäre, wenn man allen Mädchen direkt nach der Geburt das Hymen entfernen würde«, sagte Jasmina und steckte sich eine Zigarette an, als Samira ihr von der Angel Bar erzählte, und was für eine Angst sie gehabt hatte, dass Piter sie vergewaltigen würde.

»Dann könnte niemand mehr rumtun mit Unschuld hier und Unschuld da. Es gäbe einfach keine Unschuld mehr. Nicht auf diese Art, mit blutigen Laken und dem ganzen Trara.«

Sie saßen an Samiras Küchentisch. Jasmina war mit trockenem Laub unter den Sohlen hereingeschlüpft und hatte im Flur erst mal ordentlich mit den Füßen gestampft, um die Kälte aus ihrem Körper zu vertreiben. Sie kochten sich Tee, um sich aufzuwärmen. Vor dem Fenster glühte der Herbst in der Dämmerung.

»Ach, ich weiß nicht. Dann würde ja gar nichts mehr zwischen den kleinen Mädchen und den hässlichen alten Kerlen stehen. Die hätten endgültig freie Fahrt«, meinte Samira, und Jasmina blies ihr vernehmlich eine Rauchwolke entgegen.

»Hat es denn bis jetzt was geholfen? Nichts in der Welt schützt kleine Mädchen vor hässlichen alten Kerlen, am allerwenigsten ein Hymen, Samira. Wenn das funktionieren sollte, müsste es aus Titanium sein. Und was hilft es schon, wenn sowieso immer nur das Mädchen schuld ist, egal wie klein es ist? Wenn es doch die personifizierte *fitna* ist. Ich kann dir nur empfehlen, deine Unschuld selbst zu zerstören. Dann hat zumindest kein Typ diese Ehre.«

Jasmina nimmt einen tiefen Zug.

»Außerdem – das Schlimmste ist doch, dass es gar kein Jungfernhäutchen gibt. Jedenfalls nicht so, wie man uns das immer erzählt hat. Die meisten von uns bluten nicht. Aber versuch mal, das unseren Eltern zu erzählen, dann kriegst du bloß zu hören, dass seien nur die Versuche unserer lesbischen Schulkameradinnen, uns zum ersten Sex zu überreden, und dann sitzen wir da mit unserem blutigen Höschen und sehen zu spät ein, dass Mama und Papa mal wieder recht hatten. Das ist quasi ein psychologisches Spielchen. Der eine sagt das eine, der andere sagt das andere, aber wie ist das denn nun, Samira? Hast du ein Jungfernhäutchen? Oder nicht? Bist du sicher? Wenn du keins hast, dann musst du es wohl irgendwie losgeworden sein, dem anständige Mädchen haben wirklich eins.«

Samira wedelte den Rauch weg, den Jasmina ihr ins Gesicht blies, und wandte den Blick ab. Ihr Leben lang hatten sie beide dasselbe zu hören gekriegt: »Halt dich von den Jungen fern!«

Die Jungen waren das personifizierte Böse. Sie wollten etwas von ihr haben, was sie ihnen absolut nicht geben wollte.

Jasminas Vater hatte sie vorbereitet. Er hatte ihr an einem ihrer Brüder demonstriert, wo sie hinschlagen musste, wenn sie einmal mit einem Jungen allein im Zimmer war. Der arme Sebastian bekam die bittere Frucht ihrer Bemühungen zu kosten, als Jasmina in der Sportstunde mit ihm losgeschickt wurde, um Springseile für die ganze Klasse zu holen.

»Damals war ich wohl acht«, sagte Jasmina, »und ich bin ganz brav und vergnügt mit Bastian losgelaufen. Als ich mit ihm im Geräteraum stand, war es ganz dunkel, und auf einmal wurde mir klar, dass das genau die Situation war, vor der Mama und Papa mich immer gewarnt hatten. Bastian und ich, allein zusammen in einem Zimmer. Da kriegte ich solche Panik, dass ich einfach auf ihn losschlug, direkt in die Eier, und der Arme ging zu Boden und blieb liegen, während ich schreiend wegrannte.«

Jasmina schüttelte den Kopf, als sie daran zurückdachte.

»Es gab eine außerordentliche Elternversammlung und eine ernsthafte Diskussion mit dem Direktor, und ich musste versprechen, so was nie wieder zu tun, und ich hatte schreckliche Angst, was passieren würde, wenn ich mit meinen Eltern heimging. Was für eine Strafe ich dafür bekommen würde, mit einem Jungen allein in einem Zimmer gewesen zu sein. Aber Papa nahm mich in den Arm und sagte, das hätte ich gut gemacht. Genau so, wie er es mir beigebracht hatte.«

Von dem Tag an hatte sie Jungs gemieden wie die Pest. Sie spürte, dass sie im Fall Sebastian haarscharf davongekommen war und dass es ihre Schuld gewesen wäre, wenn etwas passiert wäre. Denn sie hatte sich ja selbst in diese Situation gebracht. Ganz freiwillig war sie mit ihm in den Geräteraum gerannt. Was da nun eigentlich Schreckliches hätte passieren sollen, wusste sie nicht. Das hatte ihr niemand erzählt. Sie hatte sich immer eine Art Kampf vorgestellt, aber sie hatte keine Ahnung, was passieren würde, nachdem der Junge sie niedergerungen hatte. An dieser Stelle ging ihr die Phantasie aus.

»Später hab ich es natürlich verstanden. Was die Jungs wollen. Aber ich hab auch kapiert, dass Jungs überhaupt nicht so schrecklich sind. Sie sind wunderbar, und ich liebe sie. Sie sind wunderbar, bis sie bekommen haben, was sie wollen, und danach benehmen sie sich wie deine eigenen Brüder und labern was von Nutten. Ich hab ja im Ernst geglaubt, dass meine Brüder zu Prostituierten gehen, bis mir klarwurde, dass für sie tatsächlich alle Mädchen Nutten sind.«

Jasmina hielt kurz inne und starrte einen Moment ins Leere, bevor sie fortfuhr:

»Stell dir vor, wie das wäre, Samira, wenn sie nur einen Bruchteil ihrer Energie darauf verwenden würden, auch die Jungs zu erziehen. Stell dir vor, wie das wäre. Der Koran sagt, dass alle gläubigen Männer und Frauen die Blicke niederschlagen und sich nicht gegenseitig anglotzen sollen. Aber was machen die Väter, wenn ihre Söhne ankommen und von ihren ganzen Nutten erzählen? Nichts. Denn sie waren ganz genauso.«

Jasmina legte den Kopf schräg und sah Samira an

»Und, was meinst du – willst du ihn wiedersehen?«

Oktober 2007

Leila

KAPITEL 24

Amy ist Amy, und Annie ist niemand

Eines Tages, als ich von der Schule heimkomme, liegt mein Handy auf dem Küchentisch. Darunter steckt ein handgeschriebener Zettel von meiner Mutter.

»Das hab ich bei der Polizei abgeholt. Im Kühlschrank sind Hackfleischklößchen, aber Kartoffeln müsstest du dir noch kochen. Ich komme spät nach Hause.«

Ich knülle den Zettel zusammen, werfe ihn weg und schalte mein Handy ein. Es blinkt und piept und bittet um meine PIN. Es ist genauso, wie es immer gewesen ist, aber es kommt mir verkehrt vor, weil es in der Zwischenzeit in fremden Händen war.

Das Telefon summt und meldet mehrere SMS. Ich mache sie auf. Ein paar von Linda, alle in demselben nörgeligen Ton.

»Wo bist du, bitch?« und so was.

Ein paar SMS sind von Lehrern, die sich fragen, wo ich eigentlich stecke, wenn ich in dieser oder jener Unterrichtsstunde sein sollte, und ein paar stammen von einer Nummer, die ich noch nie gesehen habe. Ich zögere kurz, aber dann mache ich sie auf.

»Hej. Ich hab vor langer Zeit mal deine Nummer von Samira gekriegt, just in case, und jetzt wäre wohl dieser case. Sims mich an, Jasu.«

Jasmina. Ich lasse das Handy sinken und merke, wie mein Herz anfängt zu hämmern. Meine Finger sind leicht schweißfeucht und rutschen über die Tasten.

»Hallo noch mal. Ich weiß, wir haben nicht das beste Verhältnis der Welt, aber du könntest mir echt mal simsen. Ich brauch jemanden zum Reden. Du bist die Einzige, die da ist.«

Und dann: »Wo bist du?«

Und dann: »Ich komm mir vor wie so 'ne vierzehnjährige Tussi, die einem Typen nachrennt, der nichts von ihr will, aber du könntest mir zumindest mal antworten und mir sagen, dass ich mich verpissen soll oder so was …«

Und zu guter Letzt:

»Okay. Hab's kapiert.«

Ich denke: *Sorry, sorry, Jasmina*, und dann drücke ich rasch auf die Knöpfe.

Das Telefon blinkt und blinkt und lebt. Kontakt.

Nach der Schule sitzen wir in einem der selten gewordenen Momente an Lindas Küchentisch, mit den glänzenden Zeitschriften, die vor wenigen Minuten aus dem Regal im Supermarkt unter Lindas schützende Jacke gewandert sind und dann hinaus, vorbei an der Kassenschlange. Jetzt liegen sie aufgeschlagen vor uns.

Mit schwitzigen Fingern blättern wir weiter, immer auf der Suche nach Fixsternen, nach denen wir uns richten können, und irgendetwas muss dran sein an all diesen gesenkten Köpfen und Gesichtern, die sich hinter riesigen schwarzen Sonnenbrillen verbergen, den spindeldürren Beinen in hellblauen Jeans und messerscharfen hohen Absätzen, den winzig kleinen Hunden in Handtaschen, in denen das Geld nur so klimpert. Denn Linda und ich reißen fast die Seiten ein, während wir darum wetteifern, als Erste die detaillierte Information über den neuesten Aufenthalt in der Entzugsklinik oder Luxuseinkaufsbummel zu finden.

»So was werde ich eines Tages auch mal sein«, haucht Linda, und ihr Blick verliert sich bei der Spüle, wo sich gefährlich hoch die Schüsseln stapeln. In dieser Küche muss man sich erst einen Teller abwaschen, wenn man wider Erwarten doch noch was im Kühlschrank aufgetan hat, was sich in der fettbespritzten Mikrowelle aufwärmen lässt.

Sie schaut mich zwischen Mascara und Kajalstrich an und liest mir demonstrativ von Britneys neuem Hund oder neuem Kind oder einem neuen floppenden Album vor, während ich mich auf meinem Stuhl winde und zur Uhr schiele. Unter dem Tisch vibriert mein Handy, und mein Blick gleitet nach unten.

»Hej, Rotznase. Wir sehen uns im Einkaufszentrum.«

Und ich sage, dass ich gehen muss. Linda folgt mir mit hocherhobener Zeitschrift.

»Swarovski-Kristalle!«, schreit sie grell. »Die kleben sich jetzt alle auf ihre Handys und … verdammt, du hörst mir überhaupt nicht zu!«

Und dann schmeißt sie mir die Zeitschrift hinterher, aber sie verfehlt meinen Rücken und landet klatschend neben der Wohnungstür.

Wir sitzen vor unseren Kaffeetassen und spielen Puzzle mit Samiras Leben, flüstern leise, tauschen Informationen, die lange der Geheimhaltung unterlagen. Wusstest du, dass … Nein, nicht im Ernst … Und jedes Mal, wenn ich wieder ein wertvolles kleines Detail ausgrabe, von dem Jasmina keine Ahnung hatte, lehnt sie sich zurück, pfeift leise durch die Zähne und bläst die Wangen auf. Vor Stolz schwebe ich einen Meter über dem Boden. Ich bin ihre Schwester. Ihre Schwester. Jasmina ist nur eine Freundin, die sie verließ und selbst verlassen wurde. In diesen Momenten kommt es mir so vor, als könnten wir sie so zurückholen. Als würden wir Samira Stück für Stück zusammenbauen, bis sie in echt vor uns steht. Unsere Treffen werden zur wahren Samira, während meine Schwester im Krankenhausbett in den hintersten Winkeln der Erinnerung verschwindet.

Wenn ich danach bei Samira sitze und ihr die Hand oder die Haare streichle, kommt es mir so vor, als hätte ich keine Worte mehr übrig. Jasmina hat sie schon alle bekommen. Statt mit ihr zu reden, lese ich ihr dann einfach laut Tratsch über irgendwelche Stars vor, und Samira liegt da und hört zu. Ich träufle ihr die Stars in die Ohren, und während ich vorlese, merke ich, wie sich die Sprache auflöst, bis der Text auf den Seiten der Zeitschrift nicht mehr wichtig ist. Er ist nicht mal mehr wahr. Diese Stars existieren nicht unbedingt. Ich erfinde sie, denn es ist scheißegal, was ich Samira erzähle. Also erzähle ich ihr von Amy Winehouse' älterer Schwester. Annie. Annie Winehouse.

Annie Winehouse war nicht wie Amy. Während Amy in verdreckten Hotelzimmern lag und sich mit Drogen zuknallte, ging Annie auf Klassikkonzerte. Um sich zu bilden, sagte sie und zwinkerte mit einem Auge, als man sie fürs Snap-Magazine interviewte. Wie Amy war auch Annie so eine Art Musikflittchen. Sie hatten einen ähnlichen Stil, eine ähnliche Stimme, glatt und rau und uralt und jung, alles auf einmal, aber trotzdem lagen Welten zwischen ihnen. Amy Winehouse hatte nämlich etwas. Das, was die Musikkritiker nicht so recht definieren können. Einen gewissen Glanz in ihren drogenvernebelten Augen. Einen gewissen Klang in ihrer versoffenen Stimme. Einen gewissen Schimmer an ihrem tätowierten, zerstochenen und verhungerten Körper. Amy hatte gelbe Zähne, die von Annie waren weiß. Amy gingen die Haare aus, während Annies Haar weiterhin dick und glänzend war. Amy lag in ihrem eigenen Erbrochenen im Hotelzimmer, während Annie mit Baskenmütze und Wildlederstiefeletten im Studio saß und die Trompete blies. Amy lief mit einer Heroinspritze im Arm herum, während Annie unter einer weißen Daunendecke in ihrem Bett saß und Lieder in ein kariertes Heft schrieb. Auf ihrem Lockenkopf hatte sie eine Nachthaube. Unter der Nachthaube war ihr Haar. Das Haar, das ihr alles hätte geben können, was sie sich wünschte, und noch ein bisschen mehr, denn so ist das mit Haaren – die können wirklich jeden verhexen, den sie sich ausgucken. Doch Amy fehlte das Haar, es war ihr ausgegangen, und trotzdem konnte Annie überhaupt niemanden verzaubern. Am allerwenigsten sich selbst. Aber sie grübelte. Sie grübelte, was Amy (die in diesem Moment auf allen vieren in der Hamper Bar herumkroch und ihr Wechselgeld und einen Ohrring suchte) hatte, was sie nicht hatte, und was sie tun könnte, um es auch zu bekommen. Sie änderte ihren Kleidungsstil (Grunge statt Hipster), ihr Haar (Mohikaner statt Wasserfall), ihre Art zu reden (Flüche statt kultivierter Worte) und ihre Attitüde (hart und kalt statt warm und entgegenkommend), doch es half alles nichts. Amy ist Amy, und Annie ist niemand, sagten alle.

»Alles, was ich tue, geht schief«, sagte sie in einem Interview mit dem Snap-Magazine und seufzte, während sie das Kinn in die Hand stützte.

»Du musst richtig verrückt werden«, antwortete der Journalist, und Annie sah ihn mit großen Augen an.

»Muss ich das?«, fragte sie. »Aber so bin ich doch gar nicht.«

»Die Leute lieben bloß Stars, die wirklich verrückt sind. Die akzeptieren nichts außer Tod oder zumindest Todesdrohung. Wenn jemand das bloß spielt, riechen sie das zehn Kilometer gegen den Wind«, antwortete der Journalist und packte seine Sachen zusammen.

Diktiergerät. Notizblock. Stift. Zurück blieb Annie an einem runden Tisch mit einer Plastiknelke in einer Vase und lutschte an ihrem kleinen Finger, während sie nachdachte. Übers Verrücktwerden. Absichtlich. Aber trotzdem richtig. Dann schüttelte sie den Kopf. Das stand nicht in ihrer Macht, dachte sie, denn wenn sie eines war, dann im Vollbesitz ihrer geistigen Kräfte. Sie hatte immer einen klaren Kopf auf den Schultern gehabt, sagte James Hammock, als sie ihm zwischen den Bierkästen im Hinterzimmer der Hamper Bar einen blies, weil sie so gern ihren ersten Plattenvertrag unterschreiben wollte, aber er hielt ihr die ganze Zeit nur ein Bild von Amy vors Gesicht.

Und in diesem Augenblick wurde ihr klar, dass die Kunst nur den Verrückten vergönnt ist und dass sie, so fleißig sie auch sein mochte, egal wie geschickt und hart sie arbeitete, sich niemals eine Spritze in den Arm stechen und die Augen in die Höhlen rollen lassen würde und dass sie daher auch von denjenigen, die Leute in den Himmel hoben oder fallen ließen, niemals verehrt und angebetet werden würde. So viel von sich selbst konnte sie niemals geben. Aber die Windhunde. Die Wildhunde wollten alles.

Eine Weile später verschwand Annie Winehouse aus den Medien und dem Scheinwerferlicht, das im Grunde nie so recht ihre Welt gewesen war. Sie packte ihren Selbsterhaltungstrieb und ihre Vernunft in einen Koffer und floh. Man hörte nie wieder etwas von ihr, aber irgendjemand hat mir erzählt, dass sie Bibliothekarin in einer Kleinstadt auf dem Land geworden ist. Geschieht ihr recht, denke ich. Zurück blieb Amy. Sterbend, knurrend und laut und fluchend. Genau so, wie die Stars sein müssen, damit sie uns gefallen. Sterbend, so lieben wir sie.

Amy Winehouse' Stuhl in der Tonight Show ist leer. Man wartet. Sie kommt nicht.

Doch Samira. Solange es Leben auf Hollywood Hill gibt, so lange gibt es auch Hoffnung. Der große Sternencluster gebiert die ganze Zeit neue Sterne, wenn sie sich treffen, kollidieren und ineinandergleiten. Britney ist wieder schwanger. Bald wird sie einen Stern gebären, der von ihren ganzen Soja-Lattes eingefärbt ist.

Das nächste Sternbild, das den blitzenden Paparazzi-Himmel dominieren wird. Wenn sie wie eine champagnerfarbene Supernova explodiert, ist die Zukunft des Sternenhimmels gesichert. Tausende von kleinen, glänzenden Augen, die sich zu neuen Sternbildern zusammenfügen.

Amy Winehouse ist nicht da. Warum überrascht mich das nicht?

Ich lasse die Zeitschrift auf den Schoß sinken und aus den Händen gleiten. Mit einem glitschig-kalten Laut landet sie auf dem Boden. Ich sehe Samira. Sie liegt da. Vor mir. Auf dem Boden die Zeitschrift. Samira warm und lebendig im Bett. Wie lange liegt sie jetzt schon da? Ich schaue sie an, als wäre es das erste Mal, dass ich sie richtig sehe. Und ich begreife, dass sie auch nicht die Antworten auf alle Fragen hat.

Auf einmal bekomme ich Angst, hier neben Samira. Das ist mir vorher noch nie passiert. Bisher dachte ich, dass sie sich vor uns versteckt, nun erst kommt mir, dass sie vielleicht verloren gegangen ist, und ich strecke die Hand aus und ergreife ihre. Kein Muskelzucken, das verraten würde, dass sie mich erkennt, nur dieser trockene, warme, schlaffe Griff einer schlafenden Hand in einer wachen. Ich beuge mich vor. Nähere meine Lippen ihrem Haar. Sie riecht ganz stark nach irgendetwas Synthetischem. Die Krankenhauswirklichkeit sickert im selben Rhythmus in mich ein wie die Tropfen ihrer Infusion in Samiras Hand, und ich will nicht. Will nicht. Will nichts.

»Was willst du von uns?«, flüstere ich.

Ich reibe meine Augen an ihrer Hand, aber nichts geschieht. Samira schläft weiter, und ich sitze da. Als ich nicht mehr kann, gehe ich nach Hause.

Oktober 2006

Samira

KAPITEL 25

Wie Samira sich ihrer Unschuld entledigte

Sie saßen zusammen auf Samiras Bett, in langen, weichen T-Shirts, die Strümpfe bis an die Knie hochgezogen, das glänzende Haar offen auf den Schultern. Samiras Locken, an denen schon so manche Bürste zerbrochen war, und Jasminas schöne Wellen, die sie bei Bedarf auftoupieren konnte. Jasmina hatte im Trix als Gläsereinsammlerin angefangen, und die Nachtschichten zeichneten dunkle Schatten unter ihre Augen. Samira roch nach Bratfett von Hamburgern und Pommes. Sie rauchten, und der Rauch stand unter der Decke und färbte die cremefarbenen Wände gelber. Der Aschenbecher stand auf dem Bett neben Samiras Knie, das fast weiß war, aber trotzdem diesen Schatten von Dunkelheit aufwies, ein Pigment, dass nur auf die Sonnenstrahlen des Maghreb wartete.

Wenn sie als kleines Mädchen im Wellengeglitzer spielte, war sie immer richtig braun geworden. Sie konnte sich noch daran erinnern, wie die Wellen ihren Körper trugen, wie ihr Blick sich im Blau des Himmels verlor. Seufzend blätterte sie eine Seite in einer der Zeitschriften um, die zusammen mit Soziologielehrbüchern und Lektüre zu islamischem Feminismus um sie herum ausgebreitet waren.

Jasmina hielt einen Artikel über Klitorisbeschneidungen in Ostafrika hoch und sagte:

»Oh Gott … hast du das hier gelesen?«

Samira warf rasch einen Blick auf den Artikel und antwortete:

»M-hm.«

»Von allen Fächern, die du hättest studieren können …«

Jasmina überflog den Artikel und sagte:

»Hör dir das an: ›In bestimmten Fällen kann die Braut so fest verschlossen sein, dass der Bräutigam es nicht schafft, sie zu penetrieren. Die Penetration kann bis zu vier Tage dauern. In Fällen, in denen er sie nicht penetrieren kann, ist Analsex an der Tagesordnung.‹ Das klingt so, als würde man in irgendeiner Tiersendung das Paarungsverhalten einer fremden Art beschreiben.«

Sie legte eine Pause ein und sah Samira mit glänzenden Augen an.

»Stell dir vor, Samira, da haben diese Mädchen ihr Leben lang auf diesen Augenblick gewartet, und wenn es so weit ist, geht es nicht, und dann fragen sie sich, ob es das Warten wert war.«

Sie las weiter:

»In Fällen, in denen die Männer sie nicht penetrieren können, müssen sie ein Messer einsetzen. Damit bearbeiten sie das Loch, bis es im Laufe der Monate größer wird, was oft bedeutet, dass vernarbtes Gewebe wieder und wieder aufgeschlitzt wird. In manchen Fällen ist es so dick vernarbt, dass sich die Vagina bei der Entbindung nur mit chirurgischen Scheren öffnen lässt. Manche Ärzte haben bei diesem Versuch Skalpelle abgebrochen.«

Jasmina ließ die Zeitung sinken.

»Die Somalier und Ägypter haben kapiert, wie man eine Frau ordentlich verschließt. Kein Wunder, dass die Männer sexuell frustriert sind. Und unser Prophet, der auch ihr Prophet ist, sprach vom sexuellen Genuss der Frau. Macht euch nicht wie wilde Tiere über eure Frauen her, sondern nehmt euch Zeit, und so weiter. Eine Frau hat das Recht, sich scheiden zu lassen, wenn ihr Mann sie im Bett nicht befriedigen kann. Kann man sich überhaupt noch weiter davon entfernen? Die können ja nicht mal diesen Artikel so schreiben, dass man einen Menschen dahinter sieht. Wird vier Tage bearbeitet. Dann wird das Loch allmählich erweitert – als ginge es um Bergbau. Wo bleibt hier die Frau? Wer beschreibt, was sie denkt und fühlt, während der Mann sie bearbeitet?«

Sie machte wieder eine Pause und sah Samira an.

»Manche Mütter, christliche Mütter, bügeln ihren Töchtern die Brüste mit dem Bügeleisen, damit sie nicht weiterwachsen. Andere Mütter, muslimische Mütter, zerschneiden ihren Töchtern die Vagina mit der Schere und nähen sie dann mit Nadel und Faden zu, damit sie keinen Sex haben. Hinduistische Mädchen hängen sich an der Wäscheleine auf oder trinken Chlor, um ihrem Mann zu entkommen. Man hat es wirklich verstanden, hauswirtschaftliche Kenntnisse hundertprozentig zu nutzen, wenn es darum ging, die Sexualität der Frau zu ersticken.«

Sie warf den Artikel fort und steckte sich eine weitere Zigarette an. Dann sah sie Samira an, die ihren Blick erwiderte.

»Kannst du dich noch erinnern, wie du gesagt hast, dass ich keinem Jungen erlauben sollte … du weißt schon … mir die Unschuld zu nehmen, wie es so schön heißt, sondern dass ich es selbst machen soll?«, sagte Samira.

Jasmina nickte.

»Hast du es schon gemacht?«

Samira schüttelte den Kopf.

»Ich trau mich nicht.«

»Wie – nicht trauen? Das ist überhaupt nicht so dramatisch, wie manche es darstellen.«

Samira wand sich.

»Ich weiß, aber … Ich dachte, dass …«

Sie senkte den Blick. Sie konnte es fast nicht aussprechen, aber sie musste.

»Ich möchte, dass du es machst.«

Jasmina hustete kurz und sog den Rauch dabei so heftig ein, dass sie erst recht husten musste. Aus einem Auge rannen ihr Tränen über die Wangen.

»Du bist verrückt!«

»Nein, das glaub ich nicht. Sie haben uns doch immer gesagt, wir sollen uns vor den Jungs in Acht nehmen, oder?«

Sie machte eine Pause und sah Jasmina an. Der Blick, den die beiden tauschten, war völlig ruhig.

»Aber sie haben uns nie vor den Mädchen gewarnt. Langfingrigen Lesben, die einem die Unschuld auf ganz andere Art rauben können, wie richtige Diebe«, lächelte Samira.

Jasmina lachte, aber Samira fuhr fort.

»Nein, jetzt mal im Ernst. Ich hab dieses ganze Gerede von den Jungs so satt, wie sie hinter unserer Unschuld her sind und Jungfernhäutchen durchstoßen und …«

Sie seufzte.

»Das ganze Leben mussten wir uns anhören, dass alles, was uns zu Frauen macht, das Einzige, was wir wert sind, an diesem Häutchen hängt, und dass wir es in Form eines Schleiers auch auf dem Kopf tragen sollen. Ein Mädchen, das keinen Schleier trägt, kann nicht unberührt sein, denkt man, auch wenn man es nicht ausspricht. Um das Jungfernhäutchen zu schützen, muss man also einen Schleier tragen, ob man nun unberührt ist oder nicht. Verheiratete Frauen tragen auch einen Schleier, aber aus anderen Gründen. Um zu zeigen, dass ihre *kus* schon jemandem gehört. Unser Kopf repräsentiert unser Geschlechtsorgan, und wenn wir ein wenig Haar auf der Stirn sehen lassen, ist das genauso, als würden wir den Leuten mit unserem Schamhaar winken. Man signalisiert Flirtbereitschaft, lockt damit, dass man vielleicht etwas geben könnte, und alles, was wir sind, ist eine Fotze. Entweder ist sie unberührt oder eben nicht. Und es ist ganz egal, wie wir als Menschen sind, ob wir gebildet sind oder nicht, ob wir ein gutes Herz haben oder nicht, ob wir warm und liebevoll und wunderbar sind oder kalt, hartherzig und berechnend. Das Einzige, was zählt, ist das Häutchen zwischen unseren Beinen. Der Rest unseres Lebens, alles, was wir können, denken oder erleben, ist bedeutungslos. Wir sind das Häutchen zwischen unseren Beinen. Und ich hab es so satt, dass ich nicht weiß, ob ich überhaupt eins habe oder ob mein ganzes Leben an einer Illusion festgemacht ist, wo ich doch von Geburt an wertlos sein könnte, ohne es zu wissen. Ich hab es so satt, dass mein Geschlecht nie mir gehört, sondern immer jemand anderem. Mama und Papa, meinem Mann, meiner Familie, meinem Arzt, dem Staat oder, wenn ich Sexsklavin in einem Bordell in Peru bin, meinem Zuhälter und meinen Kunden. Man spricht von meinem Geschlecht, als ginge es mich überhaupt nichts an. Deswegen will ich, dass du mir das Häutchen wegmachst, wenn ich denn eins habe. Ich will es nicht haben, und ich will auch nicht, dass es sich jemand nimmt.«

Jasmina rauchte nachdenklich. Dann kratzte sie sich an der Wange.

»Shit, Samira. Ich glaube, davor brauch ich ein paar starke Drinks.«

Samira schüttelte den Kopf.

»Keinen Alkohol. Ich will nicht, dass mein erstes Mal ein betrunkener Ausrutscher ist.«

»Das zählt nicht als erstes Mal«, antwortete Jasmina.

»Du weißt genau, was ich meine.«

Sie schwiegen.

»Okay, fine. Ich mach's.«

Samira zog ihre Hose aus und legte sich hin. Jasmina spreizte ihr die Beine und zögerte kurz. Dann näherte sie ihre Hand und streckte die Finger aus.

»Einen oder zwei?«

Jasminas weiche Finger öffneten ihre äußeren Schamlippen, und Samira schloss die Augen. Es tat nur ganz kurz weh.

KAPITEL 26

Wie Samira sich ein Sexleben zulegte

Das Erste, was Samira sich in ihrer Wohnung anschaute, als sie ins Internet ging, war Amina Wadud, die am 18. März 2005 das Gebet in einer Moschee in New York leitete. Samira hielt Jasminas Hand, und sie drückten sich die Finger. Eine Frau, die das Gebet vor einer gemischten Gemeinde leitete. Sie mussten die Zähne zusammenbeißen, um nicht loszuheulen. Auf einmal schien alles möglich.

Aber nachdem Samira ihre Unschuld verloren hatte, machte sie den Computer nicht an, um Gebete zu verfolgen oder ihren *iman* zu stärken. Vielmehr suchte sie jetzt nach dem Allerverbotensten. Dem Tanz des Fleisches.

Um sie herum verschwand die Zeit. Erschrocken drehte sie die Lautstärke herunter, bevor sie sich erinnerte, dass hier ja niemand war, der hören konnte, was sie da tat, und dass ihre Nachbarn wahrscheinlich genau dasselbe trieben wie sie, im Dunkeln saßen, die Gesichter nur vom Schein des Bildschirms beleuchtet. Sie wusste, dass das, was sie sich da anschaute, *haram* war, dass sie zu denen gehörte, die nicht aufhören können, das Verbotene zu betrachten, obwohl ihr jede Zelle ihres Körpers zuflüsterte, dass sie wegschauen sollte, aber gleichzeitig wusste sie, dass sie es sehen musste. Sie musste sehen, worüber geflüstert wurde, was sich achtjährige Jungs auf ihren Handys ansahen, um ihre Schulkameradinnen anschließend zu zwingen, es nachzuahmen, wenn sie hinterm Schulgebäude ihre Erwachsenenspiele spielten. Die Partys, die sie veranstalteten, wenn sie sturmfreie Bude hatten, waren heute ganz anders als früher, als man sich küsste oder Wahrheit oder Pflicht spielte. Jetzt waren Gangbangs und Analsex angesagt. Denn so war die Welt der Erwachsenen. Ein stöhnender Haufen aus Fleisch, langem Haar, das ausgerissen wurde, Fäusten, die blondierte Strähnen packten, Köpfen, die nach hinten gerissen wurden, der Mann oben und die Frau auf den Knien, sein Gesicht verborgen, ihre Fotze entblößt.

Er konnte jeder sein, und das war der Sinn der Sache. Er konnte der picklige Teenager sein, der viel zu schmächtig war, um ein Mädchen abzukriegen, aber eine Nutte konnte er haben, und er konnte verlangen, dass sie behauptete, ihn zu begehren. Er konnte sie in den Arsch ficken und anspucken, und sie konnte all die Mädchen sein, die er in der Oberstufe angehimmelt hatte und die ihn immer ausgelacht hatten, aber die dann doch zu dämlich waren, um einen anständigen Job zu finden, und eines Tages die Tür aufmachten und ihn vor sich sahen. Sie liefen mit denselben Batterien wie ihre Dildos. Das Licht in ihren Augen ging für ein paar Münzen an und erlosch, wenn sie am Morgen die Augen zumachten und den Tag verschliefen.

Sie sah Frauen mit Stilettos, die so hoch waren, dass sie sich fast die Knöchel brachen, wenn sie in die Hocke gingen, und sich anpissten, weil jemand dafür bezahlte, ihnen dabei zuschauen zu dürfen. Es war nicht so, dass diese Frauen es genossen – jemand anders genoss es, ihnen dabei zuzusehen, genau wie jemand anders es genoss, zu sehen, wie sie zwei Schwänze im Mund hatte, während sie zwei andere wichste und einer sie anal fickte, während noch ein anderer es ihr vaginal besorgte. Jeder Geschlechtsverkehr, den Samira zu sehen bekam, schien schmerzhaft zu sein, fast unmöglich für eine Frau. Und in ihnen steckten die Eierstöcke und die Gebärmutter und die Spermien und das, was eine natürliche Vereinigung hätte sein können, aber stattdessen gab es Abtreibungen und Fehlgeburten. Kameras filmten, wie Frauen, deren Mascara über die ganze Wange verlaufen war, dalagen und ihnen das Sperma aus den Mundwinkeln blubberte, dass ihr Gesicht nur so glänzte, während sie auf einem dreckigen Bett in einer muffigen Bruchbude vergewaltigt wurden, weil sie den Fehler begangen hatten, eine Pizza mit extra Salami zu bestellen oder einen Klempner zu brauchen. Samira sah Frauen, die gewürgt wurden, gebissen wurden, geschlagen wurden, denen man Kot ins Gesicht schmierte, die mit Stachelhalsband vor einem Napf saßen, auf dem »Pussy« stand. So weit war man also gekommen mit der Befreiung der Frau. Früher arbeiteten die Frauen in der Industrie, aber jetzt waren sie selbst die Industrie, und sie spürte, dass sie in diesem Chaos aus Scheiße und Pisse und Blut und Sperma und Tränen und Haaren und Schmerz etwas verlor, während das stöhnend verzerrte Gesicht des Mannes über allen Dingen schwebte. In seinem Gesicht lag keine Zärtlichkeit oder Liebe, sondern ein einseitiger sadistischer Genuss, der vielleicht auch Erniedrigung enthielt. Denn wie konnte er eine Frau lieben, nachdem er eine andere auf diese Art benutzt hatte?

Sie schaltete den Monitor aus. Stille. Eine ganze Weile saß sie da und schluckte die Dinge, die sie gesehen hatte. Und die sie sich nie wieder ansehen würde.

Sie konnte verstehen, warum Mama nicht gewollt hatte, dass sie von dieser Welt erfuhr, warum sie sie mit ihren ganzen *haram* und »die Sünde der Augen ist die Sünde der Seele«-Sprüchen abschrecken wollte. Die Grenze zwischen Mann und Frau bestand nicht aus einem Kopftuch und einer verschlossenen Tür. Das Motiv der Emanzipation bestand darin, den weiblichen Körper nach und nach zu entkleiden. Der Frau die Beine zu spreizen ohne das unbequeme Risiko, dass sie schwanger werden konnte, und die sexuelle Freiheit wurde der endgültige Sieg des Mannes über den Frauenkörper, denn nachdem die Frauen ihn einmal aus der Hand gegeben hatten, war es unheimlich schwer, ihn sich zurückzuholen. Pornos wurden die Emanzipation des Mannes. Sie machten ihm weis, dass es okay war, egal was mit egal wem zu machen, egal wann und egal wo.

November 2007

Leila

KAPITEL 27

Abnehmende Virgo

Es fängt an mit einem kleinen, zusammengefalteten Zettel, den Maria auf die Reise schickt. Er geht in der Klasse von Hand zu Hand, ohne Linda Lindqvist zwischen die neugierigen langen Finger zu geraten. Ihre Nägel trommeln laut auf den Tisch. Der Zettel kommt näher. Er ist klein, fest zusammengefaltet, kariert. Jede Hand, durch die er läuft, öffnet ihn. Kichern. Er wird wieder gefaltet, zerfleddert langsam, wird mit jedem Mal ein bisschen weicher und schmutziger. Er nähert sich Kira, die die Hand ausstreckt und ihn nimmt, ihn liest, aber nicht kichert, sondern einfach nur gequält lächelt und ihn wieder zusammenfaltet, und Linda streckt schon die Hand aus, aber der Zettel kommt nicht zu ihr, sondern wird weiter nach vorne zu Kriba gereicht. Linda leckt sich über die Lippen, hat die Hoffnung aber noch nicht aufgegeben. Sie folgt dem Zettel mit dem Blick, während er von Stuhl zu Stuhl wandert und wieder zurück, um dann einen kleinen Sprung vorbei an ihrem Tisch zu machen. Der kommt schon noch zu mir. Aber wieder wandert er weiter, von Hand zu Hand, bis er in einer Tasche landet.

Dann ist er verschwunden.

Linda sitzt da. Auf ihrem Gesicht keinerlei Regung. Vielleicht ein leichtes Zucken in den Mundwinkeln. Sie radiert etwas aus, was sie auf ihren Tisch geschrieben hat, radiert kräftig und lange darauf herum.

Sie weiß, dass irgendetwas im Gange ist und dass sie es aufhalten muss, bevor es sich weiter ausbreiten kann. Als der Pausengong ertönt, rempelt jemand sie an, und später im Speisesaal bemerkt sie, dass ihr jemand einen Kaugummi ins Haar geklebt hat.

Ich halte mich auf Distanz und beobachte sie. Sie betrachtet Sussi und Nettan, die auf der anderen Seite des Tisches sitzen. Sie kauen und reden und verhalten sich wie immer. Ihre glatten, geschminkten Gesichter verraten nichts. Sie lachen über ihren Witz, aber es kommt ihr so vor, als würde sich direkt unter der Oberfläche irgendetwas bewegen. Ich bin nicht sicher, aber sieht Sussi nicht ein bisschen verlegen aus, wenn Linda gar so laut lacht? Und tauschen Nettan und Maria nicht heimliche Blicke, als Maria an ihrem Tisch vorbeigeht? Liegt da nicht ein schwacher Glanz von Verschwörertum über den zwei Mädchen, die Knäckebrot kauen und an ihrem Wasser nippen? Die so zierlich sind, wogegen Linda viel runder aussieht. Niemand würde sie fett nennen. Nicht mal pummelig. Nein, das würde sicher niemand sagen. Sie weiß, dass die beiden den Zettel gelesen haben. Sie wissen, dass Linda weiß, dass sie wissen, was darauf stand, und dass sie es ihr erzählen müssten. Jetzt. Aber sie knabbern nur krümelweise an ihrem Knäckebrot, und Linda schaut zu mir, die ich ganz allein wie ein schwarzer Fleck zwischen all diesen pastellfarbenen Mädchen sitze. Sie weiß, dass ich ihr sagen würde, was auf diesem verdammten Zettel stand, aber sie kann nicht einfach ihr Tablett nehmen und den anderen den Rücken zudrehen, und deswegen habe ich auch nicht die Absicht, es ihr zu erzählen. Sie sitzt nur da und knüllt eine Papierserviette zusammen, bevor sie den Teller Tomatensuppe auf ihr Tablett stellt und zu Marias Tisch trägt. Mit entschlossenen Schritten nähert sie sich dem Rücken mit dem langen rotbraunen

Haar mit den süßen Locken, und dann nimmt Linda den Teller in die Hand und gießt den Inhalt über die süßen Locken und den nagelneuen rosa Pulli mit der weißgefütterten Kapuze.

Einen Moment herrscht Totenstille, bevor der Aufschrei kommt. Die Blicke am Tisch sind schockiert und erschrocken, und keiner, wirklich keiner findet es irgendwie witzig. Linda schlägt Maria mit der flachen Hand auf den Kopf und greift sich eine Handvoll von ihrem nassen Haar.

»Lass das das letzte Mal gewesen sein, vittu«, sagt sie ihr leise ins Ohr, und Maria schreit.

Da steht Markus auf. Er zieht den Zettel aus der Hosentasche und klatscht ihn Linda in die Handfläche.

»Vittu, dass du immer so überreagierst. Du bist doch echt krank«, sagt er, und sie faltet den Zettel auseinander.

»Hallo, ihr Idioten. Morgen ist Lindas Geburtstag. Wenn jeder fünfzig Cent gibt, können wir Süßigkeiten kaufen. Zettel nicht an Linda weitergeben.«

Sie hebt den Blick, macht den Mund auf, und ihre Lippen bewegen sich, ohne dass ein Ton herauskommt. Dann dreht sie sich um und geht. Niemand geht ihr nach. Sussi und Nettan laufen mit Papiertaschentüchern zu Maria.

Ich halte Linda Lindqvist im Arm. Die Neonleuchte wirft ihr unruhiges Licht über das blondierte Haar und meine Hand, die darauf ruht. Sie klammert sich an mir fest. Ihre langen Nägel wollen sich in meine glatte Jacke krallen, aber sie rutscht immer wieder weg. Ihr Mund steht offen. Er weint Spuckebläschen, und die Wimperntusche ist zu Halbkreisen unter ihren Augen verlaufen. Ich stinke. Habe tagelang nicht geduscht, aber es scheint sie nicht zu kümmern, und ich halte sie auf der Mädchentoilette im Arm.

Ich würde gern sagen, hej, Linda, das kommt schon wieder in Ordnung. Alles, was du anfängst, gelingt dir. Also sage ich es, und dann drücke ich ihr die Lippen auf die Stirn und lege ihr die Hände mit fest zusammengedrückten Fingern auf ihre weichen Wangen. Sie schaut mich mit offenem Mund an, und ich weiß, dass es nicht wahr ist, dass eben nicht alles gut wird, denn sie ist nicht unbedingt die Allerschlaueste, war nie gut in der Schule und hat auch ihre Hausaufgaben nie so richtig gut hingekriegt. Für solche wie sie ist es vorbei, bevor es richtig angefangen hat, und es kann sein, dass man in der Schule merkt, wer ein wahrer Freund ist, wenn man mitten in der Sportstunde beim Brennball umfällt, in den dunkelblauen Basketballshorts, um die einen alle beneideten, als man sie im Geschäft mitgehen ließ, aber plötzlich geben die Beine unter einem nach, in diesem entscheidenden Augenblick, als man gerade jemanden mit dem Ball vernichten soll, aber es einfach nicht kann, weil einen das Leben völlig überwältigt. Während man auf dem Boden liegt und die anderen anstarrt, die um einen herumstehen und vor Lachen brüllen, die, die später in der Raucherecke hinterm Pumpwerk sagen werden, dass man endlich gekriegt hat, was man verdiente, vittu, weiß man plötzlich, dass man sein Leben lang nichts anderes mehr sehen wird als die verschwitzten Sportschuhe anderer Leute, von einem Platz weit unten, und wenn der Ball einem aus den Händen rollt und ihn einer von der gegnerischen Mannschaft aufhebt und ihn einem mit breitem Lächeln voll auf den Mittelscheitel donnert, dann weiß man, dass es eigentlich schon vorbei war, bevor es überhaupt anfing, und dass das Beste, was einem im Leben passieren würde, in der neunten Klasse passierte, als man noch glaubte, die Kraft, die man innerlich gesammelt hatte, würde auch noch reichen, wenn alle anderen sich ins Leben hinausdrängten und verschwanden.

Aber so ist es nicht, Linda Lindqvist, und jetzt sagen sie plötzlich, dass du eine Nutte bist, Janne und die anderen. Deine Hände tasten nach meinem Gesicht, und ich spüre deinen Atem so nah, so nah an meinen Lippen. Er riecht nach Hungersnot und Kaugummi. Ich sage:

»Linda Lindqvist, dir wird alles gelingen, was du dir vornimmst.«

Sie sieht mich einen Moment an, dann nickt sie. Nickt hitzig und schnell und weiß, dass ich lüge, aber das macht nichts. Wir liegen zusammen neben der Kloschüssel und klammern uns aneinander. Sie beruhigt sich und murmelt an meinem Hals:

»Verdammt, warum kannst du nicht ein Junge sein?«

Ich schlucke und antworte nicht. Antworte nicht, dass ich sie wohl kaum anschauen würde, wenn ich einer wäre. Ich drücke sie nur noch fester an mich und horche auf die Schritte des Hausmeisters, der den Korridor abgeht, um jemanden aufzustöbern, den er auf den Pausenhof jagen kann.

Der Pausenhof ist gesprenkelt mit Schülern, die rumrennen und lachen und sich anrempeln und aneinanderklammern, und über allem schwebt ihr Atem wie Nebel, Wolken, die sie beim Lachen in die Luft pusten. Daneben ein paar Einsame, die auf den Asphalt niederstarren. All das und, hinter der Wand, wir.

Linda Lindqvist fängt an, in den Pausen im Schulgebäude zu bleiben. Sie übt ihren Gesangsauftritt für die Weihnachtsfeier, aber auch wenn sie nicht singt, sitzt sie in der Mädchentoilette, sperrt sich in einer Kabine ein und malt auf ihren Klamotten herum. Sie schreibt »Britney« auf den Stoff und malt ein Herz um den Namen, und als die Klasse es sieht, fängt jemand an zu flüstern, sie sei eine Lesbe, und jemand anders flüstert, dass man sie abends zusammen mit mir gesehen hat. Dazu kommt all das, was sonst so geflüstert wird, dass sie mit Hasse und Kriba und Santeri und vielen, vielen anderen geschlafen hat. Das meiste davon braucht nicht mal zu stimmen, denn der Wald ist schon so trocken, dass ein Funke reicht, um ihn lichterloh zu entzünden.

Linda verteidigt sich nicht einmal. Sie hat auch aufgehört, irgendwelche Mädchen als Nutten zu titulieren. Das ist vermutlich besser so, denn neulich wies jemand sie feindselig darauf hin, dass sie ja wohl die Letzte sei, die so ein Schimpfwort in den Mund nehmen sollte.

Marias Pulli wurde nie wieder richtig sauber. Sie musste ihn wegwerfen, und ihre Mutter wollte wissen, wer ihn kaputtgemacht hatte, und rief dann Lindas Mutter an. Und da die Heimatfront nun in den Krieg verwickelt ist, erfahren auch die Lehrer ausnahmslos von diesem Vorfall. Linda und Maria werden zum Schulpsychologen bestellt, wo man Linda zwingt, um Entschuldigung zu bitten, und das tut sie auch, wirft ein bissiges »Na ja, dann tut's mir eben leid!« hin.

Als das nicht reicht, muss sie ihre aufrichtige Miene aufsetzen und Maria in die braunen Augen schauen, die alle so schön finden, und sich richtig entschuldigen. Danach muss sie mehrere Stunden zum Schulpsychologen gehen und über ihr Privatleben reden, während Maria überall verbreitet, dass Linda sich unterwerfen musste, vielleicht zum ersten Mal. Die anderen Mädchen nehmen Maria in den Arm und sagen, dass es schade um den Pulli war, weil er so schön war. Schon am nächsten Tag kommt Maria mit einem neuen hellgrünen Pullover an, und die Mädchen belagern sie, um den Stoff anzufassen und über die Ärmel zu streichen. Sie machen ihr auch Komplimente, was für schönes Haar sie hat und dass sie Model werden sollte. Sie ist ja viel hübscher als Linda, denn Linda schminkt sich viel zu stark und wird langsam wirklich ganz schön dick.

Ein Geburtstagsgeschenk hat Linda nicht gekriegt. Von dem gesammelten Geld schickte Maria ihren Bruder Zigaretten kaufen, die sie dann an die Raucher in der Klasse verteilte, um zusätzlich Sympathiepunkte zu sammeln. Dann standen sie alle zusammen hinterm Pumpwerk und rauchten. Ab und zu fiel Lindas

Name, gefolgt von saftigem Gelächter, und Sussi war dabei und vielleicht auch Nettan. Ein paar Wochen später trugen alle solche Pullis wie Maria, aber da wechselte Maria plötzlich den Stil und kam in einer Pause mit dem zusammengelegten Pulli in der Hand zu Linda. Sie drückte ihn ihr vor die Brust und sagte:

»Hier. Nimm ihn. Ich weiß, dass du dir so einen nicht leisten kannst, und ich hab ihn über. Vielleicht wird er ja in ein paar Jahren wieder modern.«

Dann ließ sie ihren Blick eine mörderische Wanderung über Lindas Körper antreten.

»Obwohl, kann gut sein, dass er dir zu klein ist. Ist ja nur Größe L.«

Und zum ersten Mal war Linda um eine Antwort verlegen. Sie stand einfach da, hielt den Pulli in der Hand und sah Maria nach, die mit einem Gefolge aus mehreren Mädchen über den Pausenhof ging. Es half auch nichts, dass sie den Pulli in der nassen Erde auf dem Hof dreckig machte und anzog, denn da rief Kriba laut, jetzt sehe sie nach dem aus, was sie sei: ein Schwein. Linda senkte den Kopf, zog die Kapuze darüber und legte sich aufs Pult. Sie verbrachte die Stunde schlafend, während kleine Radiergummikügelchen in ihre Richtung flogen, bis sie einen Ring um ihren Tisch bildeten. Sogar Anna drehte sich um und sah Linda an. Man ließ sie in Ruhe, obwohl Finnischstunde war, und war da nicht ein Lächeln hinter der dicken Brille? Ein Lächeln, das noch dadurch verstärkt wurde, dass Linda und die anderen draußen bleiben mussten, wenn Anna hinter der schallisolierten Tür des Musiksaals sang. Es half nichts, dass die anderen gegen die Tür traten. Die Tür war und blieb verschlossen.

Die Veränderung steht Anna gut. Auf einmal ist sie eine völlig andere. Sie darf hinter verschlossenen Türen singen. Das durfte vor ihr noch niemand, und es sieht so aus, als wäre den anderen auch aufgefallen, was ich vor geraumer Zeit in ihrem Blick gesehen habe. Sie tauscht die Brille gegen Kontaktlinsen, und irgendjemand bemerkt fast freundlich, dass sie grüne Augen hat. Eine Schicht Mascara drauf, und schon sieht jeder ihre richtige Augenfarbe. Grün!, schreien alle. Und seitdem sie sich das Haar öfter wäscht und eine neue Frisur hat und es etwas dunkler tönt, könnte man fast finden, dass sie doch ganz süß aussieht.

Sie kriegt neue Klamotten. Irgendjemand hat wohl beschlossen, wenn seine Tochter der singende Star der Schule werden soll, dann sollte sie auch so aussehen, und plötzlich haben ihre Hosen die richtige Länge. Ein paar von den ordentlichen, strebsamen Mädchen in der Klasse gehen testweise auf Anna zu, und manchmal darf sie sich in einer Ecke dazustellen, und natürlich darf sie sich zu ihnen setzen, wenn sie die Lösung für eine besonders schwere Matheaufgabe von ihr abschreiben müssen. Denn Anna kann super rechnen. Aber so gut Anna auch im Rechnen ist, so schlecht kann sie sich dann wieder ausrechnen, was die Leute eigentlich meinen, wenn sie nicht sagen, was sie meinen.

Ich sehe, wie sie herumscharwenzelt und sich spreizt, wenn ihr jemand ein Kompliment für eine neue Bluse macht, wie sie einfach den mörderischen Schlusssatz überhört:

»Total hübsch! Ich wusste gar nicht, dass es auf dem Flohmarkt so hübsche Klamotten gibt.«

Und wie sie dumm und fröhlich antwortet:

»Natürlich!«, wenn jemand zu ihr sagt:

»Du, Anna! Ich hab mein Physikheft zu Hause vergessen, vitsi, da waren meine ganzen Hausaufgaben drin. Kann ich mir bitte ganz kurz deins ausleihen, damit ich schauen kann, ob ich die Aufgaben richtig gelöst habe?«

Und ich würde am liebsten zu ihr gehen, sie beiseiteziehen und sagen:

»Verdammt, bist du denn total dämlich, oder was?«

Aber ich weiß ja, dass sie nicht dämlich ist. Sondern die Einzige von uns, die vielleicht richtig schlau wird, wenn sie groß ist, Kernphysikerin oder Astronomin oder so was, aber dafür, dass sie so schlau ist, kapiert sie echt einen Scheiß. Und ich weiß ja auch, was sie mir antworten würde. Sie würde mir antworten, dass ich bloß neidisch bin, weil sie endlich Freunde gefunden hat, also lasse ich sie in Ruhe. Nicht sie braucht im Moment meine Hilfe, sondern Linda.

Linda, die so blass ist, dass sie fast mit der Wand verschmilzt, an der sie immer öfter alleine rumsteht, während sich Sussi und Nettan diskret auf Distanz halten. Sie haben neue Guess-Taschen, aber es sieht ganz so aus, als wäre Linda nicht mehr auf dem Laufenden, was die neuesten Trends angeht, denn sie hat immer noch ihre Gucci vom letzten Jahr, die langsam ein bisschen mitgenommen aussieht, weil sie schon so oft auf dem Schulhof herumgeschmissen wurde. Wenn es eines gibt, was Linda absolut abgeht, ist es die Fähigkeit, Feinheiten wahrzunehmen, und das leicht Schlampige und Verlotterte, das ihrem Stil früher eine pikante Note verlieh, nimmt langsam so überhand, dass es störend ins Auge fällt. Der rausgewachsene Haaransatz wird breiter, ihre künstlichen Nägel gehen ab und werden nicht ersetzt, ihre Strumpfhosen haben gleich mehrere Löcher.

Ich verfolge ihren Verfall, der parallel zu dem von Britney zu verlaufen scheint. Britney, wie sie mit einem kleinen Hund auf dem Schoß auf dem Bordstein sitzt und weint. Britney, die ihr Baby auf dem Autodach vergisst, so dass die Paparazzi es retten müssen. Britney, die mit einem Latte in der einen Hand und einem Kind auf dem Schoß Auto fährt. Britney, die der ganzen Welt ihren Bären zeigt, als sie auf wackligen Beinen aus ihrer Limousine steigt. Britney, die immer und immer wieder auf der Liste der schlechtest gekleideten Menschen im ganzen Universum landet, die auf einem Foto nach dem anderen die Bondings ihrer Haarverlängerung zeigt und in einem Video Selbstmord in der Badewanne begeht, worüber Linda in ihrem Zimmer schwarze Mascaratränen vergießt. Britney, die sich das struppige Haar blau färbt und dann grün und dann braun, als könnte sie sich nicht recht entscheiden, *wie* hässlich sie sein möchte. All das macht Linda mit, während sie mit einer Jeans auf dem Flur sitzt, die ein Loch am Hintern hat, und die hellen Augen rasch über die Zeilen im Snap-Magazine huschen lässt, um am nächsten Tag in Mikroshorts und halbkaputter Netzstrumpfhose aufzukreuzen und in einem schlampigen Top, unter dem man die schwarzen BH-Träger sieht. Ihr Haar bindet sie mitten auf dem Kopf zu einem nachlässigen Zopf, und alle, die ihr in der Siebten gesagt haben, dass sie ein bisschen was von Britney hat, glauben mittlerweile, dass es Ihre Hoheit selbst sein muss, die da auf wackligen Absätzen hereinspaziert kommt.

Auf dem Flur scharen sich die Leute aus den falschen Gründen um sie, und sie scheint es nicht mal zu merken. Sie zieht ihre Gucci von der letzten Saison hinter sich her, wenn sie zum Üben in den Musiksaal geht, und dann steht sie da und tritt gegen die Tür, bis sie tatsächlich jemand reinlässt, denn es ist gar nicht selten, dass Sussi und Nettan ohne sie angefangen haben zu üben.

November 2006

Samira

KAPITEL 28

Piter

Er sah sie schon aus der Ferne in der Menschenmenge im Stadtzentrum und rief ihr laut nach:

»Samira!«

Sie drehte sich um.

Wenige Minuten zuvor hatten Jasmina und sie sich noch in der Trambahn an die Haltestange geklammert und wie Gymnasiastinnen gekichert, wenn sie jemanden anstießen, der eine Entschuldigung murmelte und sich zurückzog, um ihren spitzen Ellenbogen und den großen, sperrigen Ledertaschen auszuweichen. Sie hatten geredet und gelacht und jedes Mal aufgekreischt, wenn sich die Tram mit einem Ruck in Bewegung setzte, so dass ihnen fast die Metallstange entglitt und sie von der Beschleunigung mitgesogen wurden, die den Wagen erfasste. Dann waren sie mit klappernden Absätzen die Treppe hinuntergelaufen, hinaus in die kühle Luft, und da rief er ihren Namen, und Samira blieb stehen.

Er stand in einiger Entfernung und betrachtete sie. Allein. Der kahle Schädel wie ein Totenkopf. Die Rasierklinge hatte ihn fast völlig saubergeleckt. Samira blieb reglos stehen, gefangen von seinem Blick und der überraschenden Begegnung. Sie hatte gedacht, dass sie ihn nie wiedersehen würde. Als Jasmina sie weiterziehen wollte, löste sich ihre Starre, und sie griff nach Jasminas Arm. Halb laufend überquerten sie die Straße zum Kaufhaus.

In der Mützen- und Handschuhabteilung holte er sie ein. Als Samira gerade eine graue Wollmütze aufsetzte, stand er ein paar Meter entfernt und probierte Damenhandschuhe an. Samira hatte ihn Jasmina schon gezeigt, und ihre Freundin hatte einen Lachanfall bekommen. Doch das schien ihn überhaupt nicht zu stören. Stattdessen kam er ein paar Schritte näher, und Samira warf ihm einen vorsichtigen Seitenblick zu. Da lächelte er und sagte:

»Hej du, du kommst mir so bekannt vor. Sind wir uns nicht schon mal irgendwo begegnet?«

Samira nahm die Mütze ab. Versuchte, ein Lächeln zu verbergen.

»Ach, weißt du. Ich kann mich wirklich nicht erinnern, aber du bist hier auf jeden Fall in der falschen Abteilung, falls dir das noch nicht aufgefallen ist.«

»Meinst du? Kein Wunder, dass mir hier alles zu klein ist.«

Jasmina drängte Samira zur Seite.

»Alles außer deinem Kopf. Der ist viel zu groß.«

Sie knallte ihm eine hellblaue Häkelmütze in die Hand.

»Im Ernst. Deck diese Melone da bitte mal zu. Da muss man sich ja schämen.«

Er sah sie eine Weile an. Dann setzte er sich langsam die Mütze auf. Er zog sie sich über den Kopf, so gut es ging, aber sie bedeckte gerade mal die Mitte. Samira und Jasmina mussten sich schwer zusammennehmen, um nicht laut loszulachen. Es sah aus, als würde er eine muslimische *taqiya* tragen.

Sie flohen vor ihm in die Abteilung für Damenbekleidung, aber er folgte ihnen, und aus reiner Verzweiflung flüchtete sich Samira in eine Umkleidekabine. Sie setzte sich auf den Hocker vorm Spiegel und schaute sich selbst in die Augen, während sie versuchte, sich wieder zu beruhigen. Er hatte sie hinter dem schweren schwarzen Vorhang verschwinden sehen, aber sie wagte nicht hinauszuspähen, um zu überprüfen, ob er immer noch in der Nähe war. Sie hatte Jasmina verloren und wollte sie gerade auf dem Handy anrufen, als der Vorhang sich bewegte. Eine Hand reichte ihr ein Kleid auf einem Bügel herein. Sie saß da und starrte es an. Dann streckte sie langsam die Hand aus und nahm es entgegen. Das Kleid war grün, der Stoff glänzender Taft, nicht unbedingt etwas, was sie sich selbst ausgesucht hätte. Ein paar Minuten später stand sie jedoch vorm Spiegel und betrachtete sich. Der dunkle Stoff lag an der Taille und den Hüften eng an. Der Saum endete genau unterm Knie. Der Rock war eng, die Träger breit, und der Rücken war zur Hälfte frei. Sie machte ihr Haar auf. Begegnete ihrem eigenen Blick im Spiegel. Atmete tief durch. Erst dann zog sie den Vorhang zur Seite und trat hinaus.

Sie wusste nicht, was sie erwartet hatte, als sie langsam und sorgfältig ihre Kleidung auf dem niedrigen runden Hocker zusammengelegt und den seitlichen Reißverschluss hochgezogen hatte, aber als sie dastand, immer noch mit ihren dunklen Stiefeletten und dem Kleid, das ihr obenrum zu eng war, wurde ihr plötzlich schwindlig. Sie musste sich anstrengen, um sich auf den Füßen zu halten. Er stand ungefähr fünfzehn Meter von den Kabinen entfernt, und als er sie sah, wich der spöttische Ausdruck aus seinem Blick. Langsam machte er den Mund zu, und sie sah, wie er schluckte. Auch er hatte etwas anderes erwartet, das sah sie ihm an, und nach einer Weile wandte er den Blick ab und blinzelte ein paarmal kräftig, als wollte er ihr Bild von der Netzhaut löschen, aber es war bereits zu spät. Es hatte sich tief in sein Gedächtnis eingebrannt, und er würde sich für immer daran erinnern, wie sie an diesem Tag ausgesehen hatte. Sie blieb noch einen Moment so stehen, dann verschwand sie wieder hinter dem Vorhang. Heiße Wangen, eiskalte Finger. Sie drückte die Hände aufs Gesicht. Der Puls pochte ihr in Lippen und Schläfen. Rasch zog sie das Kleid aus. Zog ihre normale Kleidung wieder an und betrachtete sich. Enge Jeans und schlabbriges Oberteil. Der Zauber war gebrochen. Sie ließ das Kleid hängen, als sie die Umkleidekabine verließ, und suchte Jasmina, die an der Kasse stand und Sonnenbrillen durchprobierte.

Ein paar Tage später stand er vor ihrer Tür. Er hatte geklopft. Sie betrachtete ihn eine Weile, ohne dass er es wusste. Ihre Wimpern rieben über den Türspion. Dann zog sie sich ein paar Zentimeter zurück und spürte, wie ihr das vertraute Ziehen durch den Bauch ging. Nachdem sie die Vor- und Nachteile abgewogen hatte, kam sie zu dem Schluss, dass es nur Nachteile gab, und dann machte sie in einem Anfall euphorischer Courage trotzdem die Tür auf.

Er fuhr überrascht zusammen, denn gedanklich war er schon wieder auf dem Weg nach unten, nachdem sein Klopfen auf dem halbdunklen Hausflur nur vom Geschrei eines fremden Kindes beantwortet worden war. Samira ließ ihn eintreten und warf die Tür mit einem lauten Knall zu.

Er wandte sich ihr zu. Sie sagte immer noch kein Wort. Führte ihn nur ins Wohnzimmer, wo sie stehen blieb und die Arme um ihren Körper schlang, sie wieder sinken ließ und von einem Fuß auf den anderen trat. Dann kam plötzlich Leben in sie, und sie machte geräuschvoll Kaffee und kramte bei den Tassen herum, dass sie klirrend über die Regalbretter hüpften. Die Löffel zitterten in der Schublade, als sie scheppernd im Besteckkasten wühlte. Der Kaffeekessel gurgelte gefährlich. Der Zucker schien in der Stille viel zu laut zu rieseln.

Aber sie schaffte es. Es gelang ihr, eine Tasse Kaffee für den Fremden zu kochen, der an ihrem Küchentisch saß und die Augen nicht von ihrem Gesicht wandte, außer einmal, als er mit einem geistesabwesenden Lächeln auf den Lippen aus dem Fenster schaute.

Sie sah es und drehte sich schnell wieder um, um eine Packung Kekse zu suchen. Sie wollte nicht, dass er merkte, dass sie es gesehen hatte.

Als sie sich ihm gegenüber an den Tisch setzte und sie sich über den dampfenden Kaffeetassen anschauten, hatte sein Gesichtsausdruck etwas Verlorenes.

»Ich hatte nie Gelegenheit, mich bei dir zu bedanken. Du weißt schon, für das eine Mal«, sagte sie.

Er trank einen Schluck Kaffee.

»Doch, du hast dich bedankt. Mehrmals. Bestimmt vierzigmal. Einmal für jede Stufe, die ich dich hochgeschleppt habe.«

Sie drückte sich die Hand auf den Mund und stützte den Ellenbogen auf den Tisch.

»Wirklich? Ich kann mich nicht mehr an viel erinnern. Nur das Auto, die Musik und die Fahrt und dann nichts mehr.«

»Na ja, du warst ja auch sternhagelvoll.«

»Allerdings.«

Er betrachtete sie, und sie konnte sich eine Geste zu seinem Kopf nicht verkneifen. Er war ganz glatt rasiert. Sie konnte die Blutgefäße sehen, die an den Schläfen pulsierten. Das Haar war nur ein Schatten auf seiner Kopfhaut. Er trug ein schwarzes Hemd mit gelben Flammen auf den Ärmeln. Am liebsten hätte sie ihren Kaffee über ihm ausgeschüttet, um sie zu löschen. Um den Hals trug er eine schwere Goldkette. Seine ganze Erscheinung signalisierte nichts als Probleme.

»Was soll das eigentlich mit diesem Look? Bist du Skinhead oder was?«

Er grinste und fuhr sich mit der Hand über den Schädel.

»Das hier?«, fragte er und sah sie mit hochgezogenen Augenbrauen an. »Na, was glaubst du wohl? Ich bin im intti. Deswegen war ich auch lange nicht da.«

»Im intti?«

»Ja, in der Armee. Du weißt schon. Kleine Jungs, die mit großen Waffen spielen und so.«

Er fuhr sich mit der Hand über den Kopf.

»Aber ich überlege mir, ob ich das nicht so lassen soll, wenn ich wieder rauskomme. Du ahnst ja nicht, wie herrlich man in Frieden gelassen wird, wenn man so aussieht. Fucking respect, Mann. Die Leute schauen weg, wenn sie einem auf der Straße begegnen.«

»Wie alt bist du überhaupt? Achtzehn?«, fragte Samira.

»Nee, ein bisschen älter schon.«

Er sah sie eine Weile an. Verwirrt biss sie in einen Keks. Er lächelte.

»Wir kennen uns übrigens, weißt du. Du kannst dich bloß nicht erinnern.«

Sie kaute. Das krachende Geräusch füllte ihren ganzen Kopf aus. Ihre Gedanken drehten sich wild im Kreis.

»In der Oberstufe in der Kvarnängen-Schule. Ich war zwei Klassen unter dir, und du warst die Coolste auf dem ganzen Schulhof, oder, na ja, ich fand das zumindest. Du hast mich natürlich nie wahrgenommen, ich war damals ein schmächtiges kleines Bübchen, das noch nicht angefangen hatte zu wachsen. Und dann bist du weiter aufs Gymnasium, und ich bin zwei Jahre später auf die Berufsschule gewechselt. Ich hab Kfz-Mechaniker gelernt, hab ein paar Dummheiten gemacht, eine Weile gesessen, bin danach zum Militär gegangen. Long story short.«

Sie starrte ihn an. Schluckte. Dann regte sich eine schwache Erinnerung in ihr.

»Du bist der skidi von Friseusen-Emmi.«

Er nickte grinsend.

»Ja, das ist meine Mutter.«

»Ich kann mich schon an dich erinnern«, sagte Samira. Sie schüttelte den Kopf. »Warum hast du nichts gesagt? Früher, meine ich?«

»Was hätte das für einen Unterschied gemacht?«, fragte er.

»Ich wäre mir vielleicht ein bisschen schlauer vorgekommen«, antwortete Samira.

Sie sah ihn eine Weile an. Jetzt, wo sie etwas teilten, eine Vergangenheit, oder zumindest Teile davon, wurde alles anders.

»Und deine Kumpels? Hängst du mit denen rum, um dein eingebildetes Trauma zu bewältigen, dass du eine Abfuhr von einer Kanakin kassiert hast, oder was soll das?«

»Ich hab dich doch gerettet, oder?«, gab er zurück.

Eine Weile schwiegen beide.

»Das sind nicht meine Kumpels. Jedenfalls nicht so richtig. Aber wir halten zusammen. Das muss man, so wie die Welt heutzutage drauf ist. Man traut sich ja kaum mehr allein auf die Straße. An jeder Ecke will sich einer prügeln, vor allem, wenn man so aussieht wie ich. Man muss irgendwo dazugehören. Sonst ist man echt gefickt.«

»Und deswegen bist du Rassist geworden?«

»Ich würde mich nicht als Rassisten bezeichnen, aber wir sorgen dafür, dass das Viertel sauber bleibt, damit die Frauen und kleinen Mädchen sich frei bewegen können, ohne Angst zu haben.«

»Aha. Angst haben sollen also bloß Frauen wie ich und kleine Mädchen wie meine Schwester, oder was? Hast du vorhin was von Kfz-Mechaniker-Ausbildung gesagt? Kann man sich da auch zum Vollidioten umschulen lassen?«, sagte Samira.

Er lachte.

»Ich hab vielleicht nicht die tollste Ausbildung, Samira, aber das bedeutet nicht, dass ich dumm bin. Mein Vater ist waschechte Arbeiterklasse. Er arbeitet im Hafen, also kannst du dir vorstellen, dass man Schulbücher und Zeugnisse bei uns zu Hause nicht für die richtige Methode hielt, einen echten äijä zu erziehen. Aber ich kann lesen. Und ich hab genug gelesen, um zu wissen, wie es auf der Welt zugeht.«

»Ja, Wikipedia sei Dank. Was haben wir früher bloß gemacht, wenn wir falsche Fakten recherchieren wollten?«, fragte Samira.

Sie sah ihn an, und er erwiderte ihren Blick.

»Was machst du dann hier? Wenn du doch eigentlich zum anderen Lager gehörst?«, fragte sie.

Sie fixierte ihn kalt, und er ließ den Kopf hängen. Die finnische Flagge in seinem Nacken dehnte sich, als sich seine Haut spannte.

»Na ja … ich weiß auch nicht. Ich weiß nicht, was ich hier mache. Ich konnte einfach nicht anders. Nicht, seit ich dich neulich gesehen habe. Ich konnte nicht aufhören, dran zu denken, wie du in diesem … diesem Kleid ausgesehen hast …«

Während er noch dabei war, stotternd und murmelnd sein jämmerliches Geständnis vorzubringen, stand sie auf, nahm seine immer noch halbvolle Tasse und goss den Kaffee in die Spüle.

»Komm zurück, wenn du weißt, was du willst«, sagte sie und holte seinen Mantel.

Das schwarze Leder knarzte unter ihren Fingern. Langsam stand er auf und kam ihr ganz nahe. Samira war groß, aber er war noch ein ganzes Stück größer. Als er seinen Mantel nahm, war das Gefährliche in seinen Blick zurückgekehrt.

»Du brauchst nicht zu glauben, dass ich für eine einzige Fotze alles über Bord werfe«, sagte er, und Samira lächelte, obwohl es sie alle Beherrschung kostete, ihre Mundwinkel am Zittern zu hindern.

»Umso besser. Ich bin nämlich eine ganz schön komplizierte Fotze«, erwiderte sie.

Sie spürte seinen Atem auf den Wangen. Dann lächelte er.

Trommelte mit den Fingern gegen die Wand neben ihrem Ohr, drehte sich um und ging.

Ein paar Abende später stand er unter ihrem Balkon. Sie beobachtete ihn, wie er zu ihrem Fenster hochglotzte. Jasmina schlich sich neben sie und legte ihr das Kinn auf die Schulter. Die Wärme von Jasminas Körper an Samiras Rücken und die Kühle des Fensters an ihrem Gesicht. Über den Hausdächern der Widerschein der Stadt. Er schwankte leicht. In der Hand eine Bierflasche. Die Leute wichen ihm aus.

»Was will der?«, fragte Jasmina, und Samira streckte die Hand aus, um die Balkontür zu öffnen.

Barfuß trat sie auf den kalten Zementboden. Er blinzelte zu ihr empor. Taumelte ein paar Schritte rückwärts.

»Entschuldige!«, brüllte er zu ihr hoch. »Entschuldige, entschuldige!«

Sie stützte sich mit den Fingerspitzen aufs Geländer und zog sich auf die Zehenspitzen, als wollte sie, dass er ihren leisen Zuruf besser hörte.

»Hör mal, komm doch einfach wieder, wenn du nichts getrunken hast!«

November 2007

Leila

KAPITEL 29

Jasmina und die Skinheads

Mitte November sieht es so aus, als wäre Jasmina vom Erdboden verschwunden.

Diesmal jage ich ihr auf den Gehwegen und in den unterirdischen Tunneln hinterher, wo die Mädchencliquen kreischend und glitzernd ihre Samstagsbesäufnisse ansteuern. Aber wenn ich jemanden finde, Farida oder Hanan oder eine andere von ihren Freundinnen mit den wilden Augen und den hohen Absätzen, heißt es nur: »Jetzt geh schon heim!« oder »*Ma'alabalish.* Keine Ahnung. Vittu, ich hab sie nicht mehr gesehen, seit … ich weiß nicht mal mehr.«

Sie ist weg. Genau wie Samira, und ich habe ein ungutes Gefühl, bis ich sie eines Nachmittags sehe, wie sie zur Weihnachtsdekoration auf der Alexanterinkatu schleicht.

»Jasu!«, rufe ich, und sie zuckt erschrocken zusammen und bleibt stehen, sieht mich mit weitaufgerissenen Augen an und schlittert dann mit den Händen in den Taschen weiter.

Jetzt muss ich ihr hinterherrennen, und eine Weile legen wir eine Art Parkour-Variante auf der glatten Straße hin, bis ich sie beim Jackenärmel zu fassen kriege, und das ist vielleicht das Beste, was ihr passieren kann, weil es nur eine Frage der Zeit war, bis sie ausgerutscht wäre und sich neben Samira in ein Krankenhausbett hätte legen können.

»Verdammt, jetzt wart doch mal!«, rufe ich, und sie bleibt tatsächlich stehen, versucht aber gleichzeitig, sich aus meinem Griff zu winden.

»Ich bin's doch bloß«, sage ich und streife meine Kapuze ab, und in dem Moment sieht es aus, als würde sie aufwachen, und sie fasst meine Hand.

»Nicht hier«, sagt sie leise und zieht mich mit sich.

Wir gehen in ein Café, in dem ich noch nie zuvor gewesen bin, mit Lampen, die an der Decke hängen wie Glasblasen, und runden orangen Stühlen. Als ich mich umsehe, sind wir von schrill lachenden pissis umgeben, was Jasmina wahrscheinlich bewusst so geplant hat. Sie schlängelt sich aus ihrer Jacke und schaut sich um.

Sie bestellt zwei Tassen Kaffee, und nach einer Weile entspannt sie sich ein wenig. Sie wärmt sich die Hände an der Tasse, wie es bloß Mädchen tun, aber es ist kalt draußen, deswegen kann ich sie verstehen. Sie nippt am Kaffee, aber irgendwas stimmt nicht mit ihr. Sie sieht blass aus. Müde. Ich beuge mich zu ihr vor.

»Warum bist du eben vor mir weggelaufen?«

Sie leckt sich über die Lippen. Dann lacht sie ein bisschen.

»Vittu, ich weiß auch nicht. Entschuldige. Wahrscheinlich wird man am Ende einfach ein bisschen paranoid, wenn abends so und so viele Leute bei einem an die Tür geklopft haben. Und du warst so ziemlich die letzte Person, die ich erwartet hätte. Solltest du nicht in der Schule sein?«

»Nee, ich hab 'ne Freistunde.«

Ehrlich gesagt habe ich in letzter Zeit mehr frei als Stunden, aber irgendetwas stimmt nicht mit Jasmina, denn sie merkt nicht mal, dass ich lüge, und jetzt sehe ich es auch ganz deutlich. Ihre Finger zittern. Sie hat eine Scheißangst.

»Ich wohne bei meinen Eltern, mit meinen Geschwistern. Vittu. Weißt du, wie das aussieht, wenn erst mal so und so viele kollir an der Tür klopfen und nach mir fragen?«

»Also, ich kapier echt gar nichts. Was denn für kollir?«

»Kunden, Kerle, Männer. Noch dazu solche, mit denen man wirklich nichts zu tun haben will. Verdammte Skins und Rassisten.«

»Im Ernst?«

»Natürlich im Ernst, über solche Sachen werd ich ja wohl kaum Witze machen, oder?«

Sie verstummt. Trinkt ihren Kaffee. Grelles Gelächter. Irgendjemand erzählt von seinen samstäglichen Irrtümern in der Klamotten- und Typenwahl.

»Aber warum denn?«, frage ich nach einer Weile, und Jasmina schüttelt den Kopf.

»Ich weiß es nicht. Kannst du dich noch erinnern, wie du mich gefragt hast, ob sie einen Freund hatte? Samira, nicht deine Mutter«, sagt Jasmina und lächelt leicht.

Sich selbst schon ein bisschen ähnlicher.

»Ja, aber …«

»Du weißt, wer es ist«, sagt sie dann.

»Nein.«

Ich schaue ihr in die Augen.

»Nein, nicht der.«

Ich schüttle den Kopf. Kann es nicht glauben.

»Doch. Er. Und jetzt, vittu, sitz ich echt in der Scheiße, wenn diese Typen ihn suchen. Wusstest du, dass er schon konvertiert, musu geworden war?«

»Was? Nein, Mann. Ich hab ihn nur letzte Woche im Angel gesehen. Hat das Bier in sich reingeschüttet, als wär's der letzte Tag seines Lebens.«

»Ich hab's bloß gehört. Und weißt du, was ich noch gehört habe?

Dass alle suomimusu über sie diskutiert haben, über Samira und ihn. Alle wussten es, die ganze *umma*.«

Eine Weile sage ich kein Wort. Dann schüttle ich den Kopf.

»Nein, Jasmina. Weißt du, warum nicht? Sie hätte es mir erzählt. Samira hätte es mir erzählt.«

Jasmina schaut auf den Tisch und meidet meinen Blick.

»Hej ... Ich weiß, du bist ihre Schwester und so, aber sie hat mir gesagt, dass ich dir nichts über ihn sagen soll.«

»Warum?«

»Weil ... weil du nie die Klappe halten kannst. Du musstest ja sogar deiner Mutter sofort von diesem Fernseher erzählen.«

Mir steht der Mund offen. Ich kriege keinen Ton heraus. Als hätte Gott die Stummtaste gedrückt.

»Äh ... ja ... aber ... das war aus Versehen«, bekomme ich zum Schluss über die Lippen. »Sie hat gehört, wie Linda und ich uns über einen Film unterhalten haben, und ich hab gesagt, dass ich ihn bei Samira gesehen hab, und dann ...«

»Das ist egal. Du bist eine *fentel*. Eine Scheißvierzehnjährige, kapierst du?«

Ich starre sie an, und in mir protestiert es heftig. Ich bin keine Vierzehnjährige. Überhaupt nicht! Ich bin immerhin schon fünfzehn.

KAPITEL 30

So wird eine Muslima bestraft

Es dauert ein paar Tage, bis ich genug Mut beisammenhabe, um Mama gegenüber das Thema Samira und ihr eventueller Freund anzusprechen. Ich nähere mich ihr, als sie fertiggeputzt und fast all ihre negativen Gefühle an Staub und Scheuerlappen abreagiert hat. Sie sieht aus, als würde sie leise vor sich hin singen, aber das tut sie nicht, denn Musik ist *haram*, und so eine Verfehlung würde sie sich niemals gestatten.

Stattdessen rezitiert sie im Kopf den Koran. Ich weiß, dass sie das tut, denn das erzählt sie mir immer.

»Wenn ich glücklich sein will, Leila, dann lese ich ganz leise die *Surah At-Tariq*.«

Wenn sie in dieser Stimmung ist, ist sie offen. Ihre Augen leuchten. Ich kann zu ihr gehen. Ich kann sagen:

»Mama. Ich muss mit dir reden. Es ist wichtig.«

Sie setzt sich aufs Sofa. Ich knete meine Hände und schaue aus dem Fenster. Das Ganze sieht mir überhaupt nicht ähnlich, und ich weiß nicht, wo ich anfangen soll. Aber wir haben jetzt lang genug geschwiegen, und wir müssen irgendwann anfangen, miteinander zu reden, also können wir genauso gut jetzt damit anfangen.

Sie fängt an, indem sie mich sanft nach der Schule aushorcht, und ich ahne, dass hinter diesen Fragen eine Absicht lauert, aber ich kann mich jetzt nicht näher damit befassen, also antworte ich, dass in der Schule alles super läuft, und sie lässt das Thema fallen.

»Mama. Es gibt da was, was ich wissen muss. Hatte Samira … Hatte sie einen Freund?«

Mama lächelt mich an.

»Natürlich hatte sie keinen Freund. Samira ist Muslima.«

Ich seufze. Mir wird klar, dass ich Mamas Stimmung falsch eingeschätzt habe. Ihre Offenheit ist eine Offenheit für Gott, nicht für mich oder lästige Fragen, die unsere Illusion von Ordnung stören könnten.

»Mama. Ich weiß alles. Ich habe mit Jasmina geredet, und sie sagt, dass die ganzen Finnen … dass unsere *umma* Bescheid wusste und dass ihr darüber geredet habt, was man gegen das Problem unternehmen könnte.«

Mama schweigt eine Weile. Sie lächelt nicht mehr. Sie sammelt sich.

»Ja, dann«, sagt sie. »Wenn du ausgerechnet mit Jasmina gesprochen hast, dann kennst du jetzt sicher die ganze Wahrheit und noch ein bisschen obendrauf. Das Mädchen hat eine blühende Phantasie.«

Und ich sehe, dass sie sich verschließt und darauf abhebt, Jasmina als Lügnerin hinzustellen, und in dem Moment fühlt es sich an, als würde jemand anders in mir das Kommando übernehmen und durch mich sprechen. Später wird Mama zu Fatima sagen, dass es *sheitaan* war, aber es ist mir egal, denn ich bin fünfzehn und kein Kind mehr, und ich verdiene zu erfahren, was wirklich passiert ist.

Also sage ich zu Mama, dass Lügen *haram* ist, auch wenn man es in guter Absicht tut, und wenn sie es mir nicht erzählt, kann ich den Imam anrufen und den fragen, denn der weiß es auf jeden

Fall, und dass ich glaube, dass sie an jenem Abend zu Samira gegangen ist. Dass sie gestritten haben und dass die Gemeinde zu dem Schluss gekommen ist, man solle das Problem lösen, indem Samira einen Unfall habe, und dann kam es eben, wie es kam. Als ich fertig bin, ist Mamas Mund ein schmaler Strich, und sie sagt keinen Ton. Sie steht nur vom Sofa auf und geht zum Schrank im Flur, wo sie eine Weile herumwühlt. Ich bleibe regungslos sitzen.

Als sie zurückkommt, wirft sie mir eine Broschüre zu, die klatschend auf dem Wohnzimmertisch landet. Sie deutet mit einem Nicken auf das dünne Heft. Ich nehme es in die Hand.

»MuKava. Muslimitytön Kasvatusopas. Arjen haasteet ja ongelmat.«

Ich schaue sie an. Was soll das werden? Will sie disziplinarische Maßnahmen ergreifen? Ich würde am liebsten laut loslachen. Wenn sie glaubt, dass sie mich damit zum Schweigen bringt …

»Ein Erziehungsratgeber für finnische Muslimas, Tipps und Ratschläge für den schwierigen Alltag mit Mädchen. Es gibt auch eins für Jungen, aber sie meinten, dass mir das in diesem Fall wohl kaum nützlich sein würde.«

»Also … was?«

»Sie haben mir das gegeben«, sagt sie und nimmt mir das Heft aus der Hand.

Nachdenklich streicht sie mit der Hand darüber und seufzt.

»Da sollte die Antwort auf alle meine Fragen drinstehen. Ich hab es nicht mal aufgeschlagen, *astaghfirullah*. Sie ist dreiundzwanzig. Ich glaube, es ist ein bisschen zu spät, jetzt noch etwas an ihrer Erziehung nachzubessern.«

Sie legt eine kurze Pause ein, bevor sie weiterspricht.

»Du glaubst – und Samira glaubt das auch –, dass ich euch immer alles schwerer machen will. Ihr wollt, dass ich euch einfach alles tun lasse, was ihr wollt. Euch jedes Wochenende volllaufen lassen und Jungs treffen, und ihr glaubt, dass ihr davon glücklich werdet, bis ihr eines Tages zu mir kommt, innerlich völlig kaputt, und mich fragt, warum ich nichts unternommen habe, warum ich euch nicht gewarnt habe, ob ich nicht gewusst habe, dass ihr Muslime seid. Glaub mir, ich habe das alles schon gesehen. Finnische Muslimas, die sich von ihren Männern scheiden ließen und der Religion den Rücken gekehrt haben, und die Kinder durften genau dasselbe machen wie ihre ganzen finnischen Freunde. Und dann, wenn alles schiefgegangen war, hat man der Mutter die Schuld gegeben, denn die hat immer Schuld.«

Mama wirft mir einen Seitenblick zu.

»Bevor ich deinen Vater kennenlernte, war ich noch nie verliebt gewesen.«

Sie lächelt leicht, und ich merke, wie ich mich auf meinem Platz winde. Mir wird ganz warm. Ich will nicht hören, was sie mir jetzt gleich erzählen wird, aber gleichzeitig weiß ich, dass ich es wissen muss.

»Er fuhr Bus. Eines Tages war er plötzlich einfach da. Der schönste Mann, den ich je gesehen hatte, aber er schaute mich nicht mal an. Ich fuhr jeden Morgen mit seinem Bus zur Arbeit und sah ihn im Rückspiegel an, und jedes Mal war ich furchtbar nervös, weil ich hoffte, dass er meinen Blick erwidern würde.«

Mama schüttelt den Kopf bei der Erinnerung.

»Aber das hat er nie«, fährt sie fort. »Nach ein paar Monaten war ich schon ganz … ganz verrückt. Das Einzige, was mir etwas bedeutete, waren diese fünfzehn Minuten jeden Morgen, wenn ich im Bus sitzen und ihn anstarren durfte. Ich hätte so ziemlich alles getan, um ihn zu kriegen, aber warum hätte er mich anschauen sollen?«

Sie lacht in sich hinein, sieht mich an und fährt fort.

»Dann, eines Tages, tat ich etwas, was ich seit Ewigkeiten nicht mehr gemacht hatte. Ich war völlig verzweifelt und betete zu Gott. Ich sagte, wenn ich ihn kriege, wenn ich diesen Mann nur kriege, dann tue ich alles. Na ja. Ein paar Tage später, als ich in den Bus stieg, hatte ich mein Portemonnaie zu Hause vergessen, mit meinem Fahrausweis und allem, und als ich es aus der Tasche ziehen wollte, konnte ich es nicht finden. Ich stand vor ihm und wühlte in meiner Tasche und suchte und dachte, ich fange gleich an zu heulen, da legte er mir die Hand auf den Arm und sagte, ich dürfe gratis mitfahren, wenn ich es ihm irgendwann mit einer Tasse Kaffee zurückzahlte. Ich konnte es nicht glauben. Ich dachte, das sagte er bloß so, weil ich ihm leidtat, und aus. Aber ein paar Tage später erinnerte er mich daran, und einmal, als er den Abendbus fuhr, stieg ich nicht aus, sondern wir fuhren zusammen bis zum Busdepot, und da hat er mich dann auf einen Kaffee eingeladen statt umgekehrt.«

Sie lächelt in sich hinein.

»Unsere Beziehung war lange ein Kuriosum. Er gehörte zu den wenigen ausländischen Busfahrern, und meine Freunde warnten mich vor ihm. In jedem arabischen Mann wohnt ein Chauvi, ein altmodischer Tyrann, sagten sie. Erst würde er mich zwingen, meine Arbeit aufzugeben, und danach gäbe es nur noch *hijab* und die vier Wände meines Heims. Am Anfang sah es so aus, als könnten sie recht behalten. Tatsächlich sagte er mir so ziemlich als Erstes, dass er nur eine Muslima heiraten könne. Dann fragte er, ob ich meine Religion wechseln könnte. Ich sagte ja. Wenn er mich darum gebeten hätte, wäre ich auch vom Dach gesprungen. In meinem Kopf sah das alles so schön aus. Wir würden euch etwas geben, was ich nie bekommen hatte. Die Sicherheit, in allem einen Fixpunkt im Leben zu haben – Gott. So hatten wir es geplant. Denn ich habe immer an Gott geglaubt. Immer. Seit ich ein kleines Mädchen war. Und je mehr Mama und Papa behaupteten, dass es Gott nicht gibt, umso mehr glaubte ich an ihn. Also entschieden wir uns für den Islam in unserer Familie. Aber plötzlich merkte ich, dass ich euch ganz allein zu Muslimen erziehen sollte, und Gnade uns Gott, wenn mir das nicht gelang. Denn wenn ich euch alle Freiheiten gelassen hätte, hätte euer Vater die Erziehung übernommen, und das hättet ihr nicht gewollt. Er hat seine eigenen Vorstellungen von … seine Ansichten zum Platz der Frau … die nichts mit dem Islam zu tun haben. Glaub mir, das willst du nicht mal wissen. Das hat er von zu Hause so mitbekommen, und wenn ich nicht meine religiöse Erweckung erlebt hätte, dann hätte euer Papa seine gehabt, und dann würden wir jetzt wahrscheinlich nicht hier sitzen.«

Mama seufzt.

»Am Anfang, als ich merkte, wie Farid dagegen ankämpfte, nicht mitmachen wollte, dachte ich, dass es an mir liegt. Dass ich etwas falsch machte. Dass ich viel zu finnisch war, weil ich arbeitete und zum Sport ging und Fahrrad fuhr und im Sommer schwimmen ging. Später dachte ich, es läge daran, dass ich keinen *hijab* trug. Und er gab mir ja auch die ganze Schuld und behauptete, mit einer finnischen Frau könne er die Regeln seiner Religion nicht befolgen. Also tat ich, was ich konnte, um nicht mehr finnisch zu sein, sondern arabisch. Aber das gelang mir nicht. Und als ich ein paar Jahre später Fatima und die anderen kennenlernte, erfuhr ich, dass ich mit meinem Problem nicht allein war. Dass es den meisten genauso ergangen war. Man begibt sich in die Kultur seines Mannes, um das gemeinsame Leben leichter zu machen, aber gleichzeitig entfernt sich der Mann von seiner Religion, und plötzlich ist nichts mehr von der eigenen Kultur übrig. Man wird zum Fremden im eigenen Land, aber es ist schon zu spät, um umzukehren, denn die Kinder sind bereits nach den Wertvorstellungen des Vaters erzogen worden. Es hat lange gedauert, bis ich entschieden hatte, wie meine eigenen Wertvorstellungen eigentlich aussahen.«

Sie befeuchtet sich die Lippen mit der Zunge, bevor sie fortfährt.

»Das Seltsame ist, dass ich nie darüber nachgedacht habe, mich von ihm scheiden zu lassen. In meiner Familie lässt man sich nicht scheiden. Das ist einfach so. Und auf einmal wart ihr groß. Fertig. Da war es für Samira schon zu spät. Sie hatte sich Farid angeschaut und mich angeschaut und dann verkündet, dass sie so werden wolle wie Papa.«

Mama seufzt und zuckt mit den Schultern.

»Danach dachte ich, soll sie eben tun, was sie will. Ich wasche meine Hände in Unschuld. Verstehst du? *Khalas!* Sie ist erwachsen und hat ihren eigenen Weg gewählt, ich will nichts damit zu tun haben.«

Sie schüttelt den Kopf. Dann sagt sie das wirklich Grässliche. Dass sie zum ersten Mal seit langer Zeit wieder ruhig schlafen kann, weil sie weiß, wo Samira ist. Weil sie weiß, dass Samira zumindest in Sicherheit ist.

Da stehe ich auf, obwohl sie mir nachruft:

»Geh nicht! Nicht jetzt!«

Ich verschwinde nach draußen und gehe die Treppen zu Linda hoch, und dann schleife ich sie einfach mit, obwohl sie nur halb angezogen ist und ihr Haar so unfrisiert, dass sie ein Käppi aufsetzen muss, und sie zieht ein Fischmaul, als ich sie fest am Arm packe und sie mit zur Bushaltestelle ziehe, bis sie schließlich sagt:

»Vittu, lass mich los, du verrückte Nutte! Wo gehen wir überhaupt hin?«

Linda Lindqvist und ich in der U-Bahn. Orange Bänke. Sie sitzt zusammengesunken auf ihrem Platz und stützt sich mit einem Fuß am Sitz zwischen meinen Beinen ab. Ihre Jeans ist schmal geschnitten, hellblau, ihre hohen Schuhe sind schwarz und spitz, und sie hat vergessen, ihre Strümpfe auszuziehen. Heute ist sie geladen. Ihre Blicke schweifen durch den Waggon.

Schon viele Streitereien haben mit Lindas Blick angefangen,

deswegen drehe ich mich um, um zu checken, wen sie da anstarrt. Ich stoße sie an, und sie murmelt:

»Vittu, diese Nutte da drüben, die glotzt vielleicht blöd.«

Wenn jemand zu Linda sagt, dass sie ihren Fuß vom Sitz nehmen soll, weil »andere sich da nachher hinsetzen wollen«, hebt sie den Fuß und wedelt demjenigen damit vorm Gesicht herum, oder sie legt ihn mir auf den Schoß und sagt:

»Hmm, massier mal. Du hast so schöne Hände.«

Dann geht derjenige weiter, während Linda dem Idioten nachschaut.

Heute ist keiner da, der den Mund aufmachen würde, und Lindas Blick scannt den Waggon ab.

»Mann, schau dir den mal an. Also, ich hasse dicke Menschen zwar nicht direkt, aber besonders leid tun sie mir auch nicht.«

Ihr Blick wandert weiter.

»Genau wie die blöden besoffenen Penner da drüben. Vittu, wer sich so zuknallt, ist ja wohl bloß noch selbst schuld.«

Der Zug bleibt an der nächsten Haltestelle stehen, dann schließen sich die Türen, und Linda stöhnt auf:

»Vittu, bitte nicht!«

Die Musik fängt an. Hintergrundmusik von der CD, dazu das tonlose Geschnaufe einer Klarinette. Man hört das Klirren von Münzen in einer Mütze und Lindas Stimme:

»Mann, die sollte man eher dafür bezahlen, dass sie mit dem Spielen aufhören.«

Sie richtet sich auf und wedelt mit den Händen.

»Hej! Hej, ihr da! Genau, ihr! Könnt ihr mal mit dem melu aufhören? Da kann man ja nicht mal mehr in Ruhe denken, Mann! Rafft ihr das nicht?«

Es endet damit, dass wir davonrennen. Lachend. Atemlos. Linda Lindqvist hat eine Klarinette in der Hand. Kickt sie unter die Sitzbänke. Lacht, bis kein Ton mehr aus ihr rauskommt. Ihre

Absätze schlagen auf den Kunststoffboden. Die Rolltreppe zieht uns nach oben. Die Neonröhren flimmern. Unsere Augen haben sich vor lauter Lachen zu Schlitzen verengt. Alle Gesichter, alle Augen existieren bloß für uns.

Nur wir zwei. Wir und sonst keiner.

Zusammen rennen wir an den Häusern entlang, und ich halte Linda Lindqvists Hand. Wir sind verrückt. Unsere Stiefel, unsere Mäntel, unsere Super-Alter-Egos. Es ist nicht das erste Mal. Wir fliegen über Hausdächer, zwischen Wänden hindurch, über Autos, unter Geländern und Brücken hindurch. Die kristallene Nacht gehört uns, und wir zerschmettern sie, schlagen Fensterscheiben ein, reißen Verkehrsschilder um.

Zur uralten Philosophie von Parkour gehört es, dass man nichts zerstört oder stört, aber heute Nacht gehört die Stadt uns, die Straßen gehören uns. Glas regnet auf Gehwege und knirscht, wenn wir darüberrennen. Alte Frauen drücken sich an die Häuserwände und legen sich erschrocken die Hand auf die Brust, wenn wir vorbeizischen. Ja, halt dir ruhig das Herz, Süße! Sonst kann es passieren, dass du es verlierst.

Zwischendurch bleiben wir immer wieder keuchend in einem Torweg stehen, verschnaufen und laufen dann weiter. Nichts kann uns aufhalten. Wir überholen andere Parkourgangs, unsere eigene Parkourgang, und kümmern uns einen Dreck um die goldenen Parkourregeln. Wir schreien ihnen zu, dass sie uns am Arsch lecken können, und sie bleiben stehen und sehen enttäuscht aus, aber wir lachen nur und rennen weiter.

Dann kriegen sie uns. Vor dem Bahnhof, wo wir uns alle versammeln und die besonders Affigen kreisende Bewegungen mit dem Unterleib machen, um sich aufzuwärmen, und dazu mit den Armen wedeln. Als alle anderen gegangen sind, spüre ich eine Hand auf der Schulter und drehe mich um. Es ist Hessu. Linda Lindqvist bleibt auch stehen, aber er schaut sie nur an, und sie verschwindet. Das Letzte, was ich von ihr sehe, ist ihr Kapuzenpulli mit den kreischrosa Sternen, der hüpfend hinter dem klotzigen Bahnhofsgebäude verschwindet.

Hessu hat die Hände auf die Knie gestützt und schaut mich von unten mit gerunzelter Stirn an. Der Mund in seinem Bartgestrüpp steht offen. Er pustet kleine Wölkchen aus. Dann richtet er sich auf und lässt die Arme noch ein paarmal schwingen, bevor er direkt zur Sache kommt.

»Isabella und Jontsu haben euch vor ein paar Tagen gesehen, an der Kirche und der Uni. Sie haben erzählt, dass ihr da bei den Fenstern ganz schön hingelangt habt.«

Ich lasse die Arme am Körper herabhängen und sehe ihn an. Schlaff. Unentschlossen. Er trägt dunkelblaue Adidas-Sneakers mit weißen Streifen, seine Hose sitzt tief, aber nicht tief genug. Sie reicht ihm trotzdem noch fast bis zur Taille, und die Hosenbeine sind zu kurz. Heute zieht doch kein Mensch mehr Adidas-Sneakers an, denke ich, aber gleichzeitig versetzt es mir einen Stich. Ich will nicht denken, dass Hessu ein Fake ist.

»Ja?«, antworte ich.

»Komm, was soll das? Ihr wisst beide, dass Vandalismus verboten ist. Dass so was nicht zu Parkour gehört. Wenn wir uns einen schlechten Ruf zulegen, können wir diesen Sport nicht mehr ausüben, ohne dass irgendjemand die Polizei ruft. Du weißt doch, wie die Leute sind.«

Ich antworte nicht. Wenn jemand einem eine Predigt hält, muss man nicht antworten. Man muss bloß zuhören und nicken und so tun, als hätte man den Gehalt der Worte erfasst, so dass es so wirkt, als würde man zustimmen, und am besten tut es einem dann auch noch ein bisschen leid, und man bereut alles, damit der andere nur endlich aufhört. Aber Hessu hört nicht auf. Er legt mir eine Hand auf die Schulter, und da sehe ich, was ich nicht sehen wollte. Er hat weiche Wollhandschuhe an. Weiche, dünne, tussige Wollhandschuhe.

»Hör zu, wenn du zu Hause Schwierigkeiten hast, dann solltest du wissen, dass es Leute gibt, denen das nicht egal ist.«

Ich schalte ab. Ich höre ihn was von meiner Familie murmeln und von Parkour und davon, dass die Gang nicht nur eine Gang ist, die sich zum Sport trifft, sondern auch eine Art Familie, wenn man so sagen will. Dann lacht er wiehernd. Da geht mir auf einmal auf, dass Hessu mit Parkour angefangen und eine Gang um sich versammelt hat, weil er keine richtigen Freunde hat, und ich vermeide es, ihn anzusehen. Will seinen glasigen Blick nicht sehen und die Lippen, die sich bewegen, also schaue ich stattdessen die Leute an, die an uns vorübergehen. Sie haben Plastiktüten in den Händen. Sie haben Taschen mit viel Metall dran. Guess, Guess, ich kann Unmengen von Guess-Taschen zählen. Die Männer sind dunkel gekleidet und tragen Aktentaschen. Ich frage mich, ob es wohl auch mehrere Marken von Aktentaschen gibt, die man einfach haben muss, oder ob sie alle die gleiche haben und sie deswegen auch alle gleich aussehen? Aber dann fällt mir ein, es gibt ja die Kuriertaschen, die sozusagen die neuen Aktentaschen sind, oder die Babytrage auf dem Bauch. Damit der Vater sein Kind rumtragen kann, wenn er Elternzeit nimmt. Dann schätze ich, dass Hessu wohl langsam fertig ist, wende ihm wieder den Blick zu und sehe, wie er zum letzten Mal den Mund zumacht. »Aha«, antworte ich, und er schaut mich mit einem Blick an, der mir verrät, dass er noch nicht aufgegeben hat.

Er senkt die Stimme, was total unnötig ist, denn hier ist weit und breit keiner, der hören will, was er zu sagen hat.

»Ich weiß, wie das ist, du weißt schon, mit deiner Schwester und so.«

Da hab ich genug. Die Worte treffen irgendetwas in mir, ich

spüre, wie die Hitze in mir aufwallt, diese zischende, blubbernde Wärme, und ich schaue ihn an, seinen idiotischen offenen Mund und diese lächerlichen Handschuhe, und ich spanne die Muskeln an und muss mich zwingen, meine Hände in die Hosentaschen zu stecken. Er holt Luft, um weiterzureden, aber ich will kein Wort mehr hören von dieser hellen, leiernden Stimme.

»Halt doch endlich die Klappe!«, sage ich, und er macht den Mund zu. In seinen babyblauen Augen liegt ein Ausdruck blasser Überraschung.

»Du weißt garantiert nichts über Samira oder mich, also wäre es besser, wenn du einfach die Klappe hältst«, fahre ich fort, und er streckt die Hand nach mir aus.

Gespreizte Fingerhandschuhfinger.

»Scheiß-Adidas!«, sage ich und spucke aus.

Dann gehe ich davon.

KAPITEL 31

Kontakt

Über einen Monat bleibt es besorgniserregend still, dann bekomme ich eine SMS von Jasmina. Weihnachten steht vor der Tür und klopft an, aber wir machen nicht auf. Stattdessen sitze ich auf meinem Bett und drücke auf meinem Handy herum, als es plötzlich piepst. Ich mache die SMS auf:

»Hallo skidi. Bin bei Samira. Komm.«

Eine halbe Stunde später trabe ich über den Krankenhausflur und durch die Tür, und ohne zu wissen, warum, stürze ich auf Jasmina zu, die am Bett sitzt und Samira übers Haar streicht. Sie steht auf und umarmt mich. Wir halten uns fest, ganz lange, und bevor sie mich loslässt, muss sie ein paar eigensinnige Tränen wegblinzeln. Es sieht so aus, als würden alle, die mir in letzter Zeit begegnen, von innen schmelzen und überschwemmt werden. Aber vielleicht ist das ja ganz gut so. Vielleicht sollte ich das Papa erzählen, der immer murrt, dass die Finnen doch alle aus Eis und Schnee gemacht sind.

»Sie sieht so klein aus«, sagt Jasmina und schaut Samira an. »Sie verschwindet. Zumindest sieht es so aus.«

Ich schüttle den Kopf.

»Nein, sie verschwindet nicht. Sie ist da. Sie wartet.«

Jasmina bleibt einen Moment schweigend sitzen, als könnte sie sich nicht von Samira losreißen, nicht mal mit dem Blick.

»Worauf wartet sie denn?«, fragt sie leise.

Ich zucke mit den Schultern.

»Wenn man das wüsste.«

Ich sehe sie an und sage:

»Du hast mir gesimst.«

»Jaa …«

»Und?«

Jasmina schweigt einen Moment und kneift den Mund zusammen. Sehr fest.

»Ich sitz in der Scheiße«, sagt sie dann.

Ich sage nichts. Da ist irgendetwas in ihrer Stimme, etwas Resigniertes. Das der Jasmina nicht ähnlich sieht, die immer alles geregelt kriegt, schon zweimal ihr eigenes Leben.

»Was ist denn los?«

»Ich bin geschnappt worden. Du weißt schon. Wegen Ladendiebstahl.«

»Ladendiebstahl? Du?«

Sie nickt.

»Was hast du denn geklaut?«

Sie verdreht die Augen und schnauft laut aus.

»Was nicht? Alles Mögliche. Parfums, Make-up, Klamotten, Schuhe, Schmuck, Taschen …«

Sie wirft einen raschen Seitenblick auf ihre Gucci-Tasche und sagt:

»Die auch.«

Ich schüttle den Kopf. Wider Willen bin ich doch ein bisschen beeindruckt. Eine Gucci-Tasche. Den Scheiß haben die im Laden doch unter Verschluss.

»Warum?«

Es nervt mich selbst, wie ich mich anhöre. Wie ein Schulpsychologe. Wie ein Lehrer. Wie ein Polizist. Wie eine Mutter, aber vielleicht braucht Jasmina genau das, denn sie fängt an zu reden, die Worte stürzen nur so aus ihr heraus.

»Keine Ahnung ... Weißt du noch, wie Samira immer gesagt hat, sie klaut, um die Statistik hochzuhalten? Wir sind mutis, also klauen wir. Okay, sie hat aufgehört, aber ich nicht. Ich konnte ihrem Beispiel irgendwie nie folgen, und sie ist gegangen. Wenn wir einfach nur so weitergemacht hätten wie vorher, in die Stadt gehen und saufen und uns prügeln und so ... Ich meine, genau das erwarten die Leute doch von uns. Ich kapier ja selbst nicht, was mit mir los ist. Meine Eltern sind prima. Sie kümmern sich um mich. Denen kann ich also nicht die Schuld geben. Die liegen mir auch nicht damit in den Ohren, was die Religion hierzu und dazu sagt. Aber vielleicht liegt es einfach daran, dass keiner was von mir erwartet. Alle finden es okay, dass nie was aus mir wird. Sie warten drauf, dass ich heirate. Verdammt! Ich bin zweiundzwanzig! Die finden mich alle schon alt. Und in der Schule wollten sie mich in eine Einwandererklasse stecken, obwohl ich hier geboren bin. Am Berufsinformationstag hat man mir einen Zettel in die Hand gedrückt mit Infos zur Krankenschwesterausbildung, und als ich heimkam und ihn Mama und Papa gezeigt hab, nickten sie und meinten, das könnte vielleicht eine ganz gute Idee sein. Keiner hat mich gefragt, was ich will. Was ich gut kann. Ich bin gut in Mathe. Wusstest du das? Ich wollte mich an der Handelsakademie bewerben und Wirtschaft studieren. Aber stattdessen hab ich mich nirgendwo beworben, ich hab einfach angefangen, in Rashids Imbiss zu jobben, wo ich schmutzige Teller abräume. So wie ich's den Rest meines Lebens tun werde, wenn ich heirate, und dann hätte ich einfach nur bestätigt, was sowieso schon alle glauben. Dass ich zu mehr nicht tauge, kapierst du, dass mein Hirn irgendwie schlechter ist, weil ich ein Mädchen bin und Muslim und obendrein eine

Ausländerin, wie sie ja alle glauben. Und deswegen klaue ich, genau, und ich saufe und prügle mich, und ich fluche, denn ich muss schließlich lauter als alle anderen schreien, um nicht völlig verrückt zu werden. Ich würde mich am liebsten irgendwo hinstellen und schreien: Hier bin ich! Seht mich endlich, verdammt noch mal! Ich werde nämlich hierbleiben, und dagegen könnt ihr nichts machen!«

Sie hat die Stimme erhoben, während sie spricht, und im gleichen Moment sehe ich aus dem Augenwinkel eine Bewegung. Jasmina verstummt. Ich spüre, wie mir das Herz irgendwo Richtung Kehle hüpft, und ich muss die Lippen zusammenpressen, damit es mir nicht rausfliegt. Denn da war eine schwache, aber unverkennbare Bewegung in Samiras Hand.

Ihre Finger kratzen vorsichtig über die Decke, als würden sie zucken, und Jasmina schreit laut auf und schießt von ihrem Stuhl hoch. Mit hämmernden Absätzen rennt sie auf den Flur und schreit:

»Kommt her, irgendjemand, schnell, verdammt, kommt her! Hilfe! Hilfe!«

Und auf einmal ist um uns herum die Hölle los. Überall sind Leute, und das Zimmer, das bis jetzt immer so still war, ist plötzlich wie die Manskun in der Rushhour. Weiße Kittel rauschen vorbei, man zieht Samira die Lider hoch, um ihr in die Augen zu leuchten, und sagt mit bestimmter Stimme:

»Samira. Wenn du mich hören kannst, drück meine Hand«, und Jasmina und ich stehen zitternd daneben, halten einander fest und warten.

Jasminas Nägel graben sich in meinen Arm. Mir ist schlecht. Als sich der Raum wieder beruhigt, bleibt der Arzt noch da, er schaut uns an und sagt:

»Was ihr gerade erlebt habt, war ein kurzer Augenblick des Kontakts. Sie hat euch wahrscheinlich gehört und versucht, es zu zeigen. Das sind gute Neuigkeiten, das bedeutet, dass die Chancen steigen, dass sie aufwacht. Sie zeigt Anzeichen dafür, dass sie es versuchen will. Das ist gut. Was immer ihr da vorhin gemacht habt, ihr solltet damit weitermachen.«

Er legt mir die Hand auf den Arm.

»Ich rufe deine Mutter an. Das hier ist definitiv eine Veränderung, und sie hatte mich gebeten, ihr mitzuteilen, wenn sich etwas tut. Ich werde versuchen, ihr begreiflich zu machen, wie wichtig es ist, dass sie kommt. Und mit Samira redet.«

Und ich nicke. Jetzt würde ich am liebsten losflennen, aber ich reiße mich zusammen, und Jasmina lockert den Griff um meinen Arm. Wir bleiben noch eine Weile sitzen und versuchen, Samira zum Aufwachen zu verlocken, aber sie liegt genauso unbeweglich da wie früher, als hätten wir das alles nur geträumt. Als hätten wir es allein durch unsere starke Hoffnung geschehen lassen.

Aber als wir nach Hause gehen, tun wir es mit einem ganz neuen Gefühl, und wir trennen uns mit dem Versprechen, uns ganz bald wieder zu treffen.

Eine Erinnerung. Es ist der kälteste Tag des Winters. Die Luft ist voller Glitzer. Samiras Haar zieht ganz winzig kleine Schneeflöckchen an. Es kommt mir vor, als würden wir in einer Schneekugel rumlaufen. Samira dreht sich lachend um, komm! Und ich zögere kurz, aber dann folge ich ihr. Wohin willst du, Samira? Sie antwortet nicht. Sie ist zwölf. Ihr ganzes Gesicht ist wie aufgelöst vor Freude.

Ich nehme ihre Hand. Wir rennen. Passanten sehen uns mit lächelnden Augen nach. Meine unbequemen Winterstiefel rutschen auf dem glatten Boden. Ich schnaufe. Meine eigenen Atemzüge schlagen mir ins Gesicht. Wir rennen über die Straße. Ein Auto muss bremsen, und wir bleiben im ersten Moment erschrocken stehen, aber dann laufen wir weiter. Und wenig später sind wir am Ziel. Samira bleibt stehen. Es dämmert.

Das Gedränge vorm Kaufhaus nimmt zu, als die Weihnachtsbeleuchtung auf der Einkaufsstraße eingeschaltet wird. Wir legen den Kopf in den Nacken und starren auf die Weihnachtsdeko, die hoch über unseren Köpfen schwebt. Die Sterne und Weihnachtsbäume tanzen im Wind. Das Glitzern und die Lichter spiegeln sich auch unten in den Trambahnschienen, so weit das Auge reicht. Die Leute tragen Pelze und unterhalten sich mit gaumigen Lauten in einer Sprache, die ich nicht verstehe. Jungs und Mädchen in Samiras Alter schlittern auf glatten Sohlen vorbei und klammern sich lachend aneinander fest. Ich frage Samira, warum die die ganze Zeit »Quittung« rufen, aber sie versetzt mir einen Klaps mit ihrer behandschuhten Hand.

»Ach, sei still!«

Wir rennen bis zum Kaufhausschaufenster und schauen uns den Kinderchor an, der richtig singt, obwohl es nur Plastikpuppen sind, und daneben winken die Wichtel und gleiten hin und her.

Weihnachten ist noch nicht *haram*, wir dürfen es bei unserer Großmutter feiern. Es ist das letzte Weihnachten. Als es im Jahr darauf verboten wird, zuckt Samira mit den Schultern und sagt:

»Mir doch egal. Weihnachten ist sowieso so 'n Tuntenfest.«

Stattdessen feiert sie den Tag mit Jasmina und den anderen, indem sie vorm Einkaufszentrum eine Flasche leeren und den weißen Finnen zubrüllen, dass sie *kafir* sind und sich ihren Jesus in den Arsch schieben können. Obwohl Mama schon angefangen hat, uns zu erklären, dass es *haram* ist, so etwas zu Christen zu sagen, denn sie sind *ahl al-kitab*, und *Issa* ist ein hochverehrter Prophet, der gleich nach Mohammed kommt, und muss fast genauso respektiert werden.

Ein paar Tage später kommt mir plötzlich, dass ich Jasmina gar nicht gefragt habe, was sie gemeint hat, als sie sagte, sie stecke in der Scheiße. Wir wurden unterbrochen, als das mit Samira passierte. Also versuche ich, sie anzurufen, aber meine Anrufe werden direkt auf die Mailbox geleitet. Ich spreche ihr drauf, dass sie mich zurückrufen soll, und eine Woche später klopfe ich bei ihr zu Hause an die Tür. Ihre Mutter Nasrin macht mir auf. Ihr Gesicht ist zusammengesunken und von tiefen Falten durchzogen. Niemand hat Jasmina gesehen seit der Nacht im Krankenhaus. Sie ist am nächsten Tag einfach verschwunden, aber keiner hat sich getraut, die Polizei zu rufen, wegen dieser Sache, von der Jasmina mir eigentlich noch erzählen wollte. Seitdem haben Jasminas Vater und ihre Brüder sie jeden Abend gesucht. Ich sage zu Nasrin, dass sie die Polizei anrufen müssen, dass Polizei immer noch besser ist, als sie irgendwo tot zu finden, aber Nasrin schüttelt nur den Kopf und meint:

»Keine Polizei. Der Polizei kann man nicht trauen.«

Ich nicke und verspreche ihr, dass ich auch suchen werde, und dann gehe ich zu Samira und bleibe eine Weile bei ihr sitzen, aber ich halte den Anblick ihrer geschlossenen, stummen Lippen nicht aus, also verschwinde ich wieder nach draußen. Während ich über die Straße gehe, fällt mir plötzlich ein, wo Jasmina ist, und ich gehe mit entschlossenen Schritten zu Samiras alter Wohnung.

Nach dem zehnten Klingeln macht sie mir auf, löst aber die Sicherheitskette nicht, und ihre Stimme klingt schwach und jämmerlich.

»Jasmina, ich bin's nur«, flüstere ich.

Sie zögert. Im ersten Moment befürchte ich schon, dass sie mich nicht reinlassen wird, aber dann rasselt die Kette, und die Tür geht auf.

Sie dreht sich weg, bevor ich richtig drinnen bin, und ich sehe, dass sie humpelt. An einem Arm trägt sie eine Art Bandage. Ich eile zu ihr und drehe sie zu mir herum.

»Vittu!«, flüstere ich.

Irgendjemand hat ihr Gesicht als Boxsack benutzt. Ich erkenne sie kaum wieder. Die Lider sind blau verschwollen, öffnen kann sie nur ein Auge. Die Lippen sind aufgesprungen und ungleichmäßig lila verfärbt. Der rechte Wangenknochen ist eine einzige Riesenbeule, und sie hat überall Blutergüsse. Am Hals, an den Schultern, an den Händen …

»Sie haben mich gekriegt«, murmelt sie und windet sich aus meinem Griff.

»Sag nicht, dass das eine von diesen asiatischen Mädchengangs war, mit denen ihr immer Ärger habt«, antworte ich, und sie versucht zu lächeln, aber es gelingt ihr nicht.

»Au, das tut so scheißweh.«

»Warst du beim Arzt?«

»Nein. Keine Ärzte. Keine Polizei.«

»Du klingst genauso bescheuert wie deine Mutter.«

»Hast du sie getroffen?«

»Ja. Sie glaubt, dass du tot bist. Oder, noch schlimmer, irgendwo als Sexsklavin gehalten wirst.«

»Hör auf.«

»Wenn du willst, kann ich ihr sagen, dass ich weiß, wo du bist, und dass es dir gutgeht.«

Aber dann möchte ich am liebsten zurücknehmen, was ich gesagt habe, denn Jasmina sieht nicht gerade so aus, als würde es ihr gutgehen.

»Hast du was gegessen?«, frage ich, und sie schüttelt den Kopf.

»Ich kann ja wohl schlecht *so* zum Einkaufen gehen«, antwortet sie. »Außerdem hab ich kein Geld.«

Ich gehe an Samiras Schrank und hole das Kästchen raus, das sie zwischen ihrer Kleidung versteckt hat. Darin liegt Geld, aufgerollte Scheine, zusammengehalten mit Gummibändern. Ich stehe mit dem kleinen Metallkästchen in der Hand da und spüre, wie es mir eiskalt durch den ganzen Körper fährt. Auf das Kästchen hat jemand ein weißes Stück Klebeband geklebt, auf dem *hajj* steht.

Einen Moment zögere ich. Geld zu nehmen, das sich jemand für die Pilgerreise nach Mekka zusammengespart hat, könnte man wahrscheinlich als ultra*haram* definieren. Aber Jasmina braucht das Geld mehr als Samira, also nehme ich eine Rolle heraus und verstecke das Kästchen wieder.

»Warte. Ich bin gleich wieder da.«

Jasmina isst. Sie sitzt zusammengesunken über dem Essen, das ich ihr gekauft habe, Brot und Butter und Saft, und isst, ohne aufzublicken. Als sie fertiggegessen hat, weint sie ein bisschen und trocknet sich vorsichtig die verschwollenen Augen.

»Was ist mit deinem Arm?«, frage ich. »Ist er …«

»Ich glaub schon«, antwortet sie.

»Wer zum Teufel hat das getan?«, frage ich, und sie lehnt sich zurück.

»Kannst du dich noch erinnern, wie ich letztes Mal zu dir gesagt hab, dass ich in der Scheiße sitze?«

Ich nicke.

»Ja. Sorry, ich hab das total vergessen, als Samira …«

»Vergiss es. Auf jeden Fall bin ich erwischt worden, als ich das letzte Mal unterwegs war und mich im Geschäft … du weißt schon … als ich mich eingedeckt habe. Aber statt die Polizei zu rufen, hat diese Fotze von Kassiererin die Securityleute gerufen.«

»Nein!«

»Doch. Die haben da unten in der U-Bahn-Station wohl so eine Art Absprache, nach dem Motto ›Hilfst du mir, dann helf ich dir‹. Und als sie kamen … Du rätst nie, wer das war. Heikki und die anderen. Piters Freunde.«

»Voi vittu.«

»Sie haben mich mitgenommen, und ich dachte bloß, Scheiße, jetzt sterb ich. Man hat ja mehr als einmal gehört, wie die stevare irgend so einen Kanaken mit hinter die Schienen oder in ihren Pausenraum genommen und sich dann ihren Spaß mit ihm gemacht haben. Die brechen einem nicht bloß die Knochen. Einem Jungen, so einem Somalier, haben sie das Rückgrat gebrochen. Abdel, der sitzt jetzt im Rollstuhl. Aber glaubst du, denen würde jemals was passieren? Verdammt, die sind untouchable.«

Jasmina lacht, ohne eine Miene zu verziehen.

»Aber sie haben nichts getan. Sie haben gesagt, dass ich ihnen einen Dienst erweisen muss, sonst würden sie mich an die Polizei übergeben.«

Ich höre schweigend zu. Schüttle den Kopf.

»Und was solltest du für sie tun?«

»Ihren Muli spielen. Nur ein paarmal, weißt du, ein Gramm hier und ein Gramm da, und bezahlt haben sie mich auch ganz gut. Aber nachdem ich das zweimal gemacht hatte, hab ich mich geweigert, und dann passierte eben das hier. Und außerdem haben sie alles auf Video. Sie haben die Käufe direkt unter so einer Überwachungskamera arrangiert, von der ich keine Ahnung hatte, und jetzt haben sie alles irgendwo in ihrem Lager auf Band. Vittu. Und seitdem setzen sie mich unter Druck. Ich weiß nicht … ich weiß nicht, was ich tun soll.«

»Kannst du … kannst du nicht einfach dieses eine Mal zur Polizei gehen?«

»Nein, das kann ich nicht. Du weißt doch, wie das läuft. Jeder erinnert sich doch noch an den Pizzatürken, der in seiner Zelle von stevare zusammengestiefelt wurde, die die Polizei selbst reingelassen hatte. Wir leben hier in einem Polizeistaat, da haben solche Securityleute freie Hand.«

Eine Weile sitzen wir schweigend beieinander. Sie zündet sich eine Zigarette an, und ihre Hand zittert, als sie sie an die Lippen führt, aber hier gibt es keine Blicke außer unseren, und sie treffen sich und vermischen sich, und ich weiß, dass wir etwas teilen, was so tief sitzt, dass man es nicht in Worte zu fassen braucht. Das ist so wie mit Gott. Die menschliche Sprache ist zu beschränkt, um wirklich ausdrücken zu können, was Gott ist. Gott weiß das, aber der Mensch vergisst es oft und ist total überzeugt, dass er Bescheid weiß, aber in Wirklichkeit fließt alles immer nur ineinander und übereinander. Irgendetwas an ihrem Blick, etwas Scheues und Ausweichendes, ermutigt mich, sie zu fragen.

»Sie haben doch nicht noch was anderes gemacht, oder? Du weißt schon.«

Sie bläst langsam den Rauch aus und lächelt leicht.

»Ist das denn wichtig? Ist ja nun nicht so, als wäre ich noch Jungfrau gewesen.«

Sie drückt ihre Zigarette aus und zündet sich gleich die nächste an.

»Weißt du, Samira und ich konnten stundenlang zusammenhocken und darüber reden, wie es sich anfühlt, auf eine Fotze reduziert zu werden oder bestenfalls eine Gebärmutter.«

Mir wird ganz heiß im Gesicht, ich senke den Blick und stiere auf die Tischplatte. Hat Samira über solche Sachen geredet? Ich muss mich zwingen, nicht von meinem Stuhl aufzuspringen oder loszukichern.

»Nur so eine Art Hülle zu sein, wie eine aufblasbare Gummipuppe, damit die Jungs was zum Anfassen und Anschauen haben. Dass wir uns aufschneiden lassen sollen und uns vollspritzen lassen mit Nervengift, und dann sollen wir heiraten und zu Hause bleiben, um diesen geheiligten Moment abzuwarten, in dem wir besamt werden und irgendeinem Kerl ein Kind gebären. Wenn wir so redeten, fühlte sich das alles immer so hoffnungslos an, aber Samira hat nie den Mut verloren. Ich hab versucht, ihr klarzumachen, dass es da schon gewisse Unterschiede gibt. Dass sie eine finnische Mutter hat und keine Brüder, die sie überwachen.«

»Aber du hast doch gesagt, dass deine Familie ganz okay ist«, antworte ich, und Jasmina wendet den Blick ab.

»Ja, aber im Moment sind sie wütend. Die Leute bringen einander oft um, wenn sie wütend sind. Aus Versehen.«

Sie macht eine kurze Pause, dann fährt sie fort:

»Ich hab ihn ein paarmal getroffen. Ich hab versucht zu verstehen, was an ihm so besonders war, dass Samira … Aber ich hab es nie kapiert. Er wirkte so aggressiv. Redete immer nur von der islamischen Invasion, und wie ganz Europa bald muslimisch wird, weil sich die Muslime alle vermehren wie die Ratten. Und dann seine Freunde. Es heißt doch immer, man erkennt einen Menschen an seinen Freunden, und seine Freunde waren alle Skinheads. Als ich zu ihr sagte, dass mir diese ganze Konstellation nicht so richtig in den Kopf will, wurde sie sauer. Wir haben gestritten. Ich hab sie gefragt, ob es die Sache wirklich wert ist, für einen wie ihn. Dass sie sich für einen wie ihn wegwirft. Das war das letzte Mal, dass wir uns gesehen haben. Jetzt verstehst du sicher auch … warum wir in der letzten Zeit nicht mehr so …«

Ich sage, dass ich es verstehe, und dann gibt es nichts mehr zu sagen. Nur noch eines.

»Mama war es nicht. Und auch nicht die finnischen Muslime.«

»Ich weiß. Das habe ich auch nicht geglaubt. Die regen mich bloß so auf, diese Religionsterroristen. Wie sie sich da heißreden über *hijab* und *sharia* und *fiqh* und sich ins Mittelalter zurückwünschen. Die kapieren gar nicht, wie gut sie es haben, dass sie hier selbst entscheiden können. Meine Eltern haben in einem Land mit *sharia* gelebt. Und sie sind von dort geflohen aus genau den Gründen, die diese Hobbymuslime idealisieren. Und dann haben die den Nerv, zu behaupten, *wir* wären die Religionstouristen, während sie versuchen, zur wahren Religion zurückzufinden. Ganz aus nichtislamischen Traditionen heraus. Dabei sind sie allesamt nur echte Finnen, die sich die blau-weißen Turbane so fest um den Kopf gewickelt haben, dass sie nicht mehr klar denken können, und wenn ich ihren quasiarabischen Jargon höre, könnte ich jedes Mal bloß laut loslachen. *Mäshä* hier und *mäshä* da. Natürlich ist es schön, wenn viele zum Islam übertreten, aber es wäre schön, wenn sie es lassen könnten, uns zu indoktrinieren, die wir schon vorher Muslime waren, auf unsere eigene Art.«

Jasmina atmet durch. Sie ist fertig und steht auf. Ich tue es ihr nach.

»Aber wir wissen immer noch nicht, wer es gemacht hat«, sage ich, und sie streichelt mir die Wange.

»Keine Sorge, *fentel*. Ich weiß schon, mit wem ich da sprechen muss.«

Januar 2007

Samira

KAPITEL 32

Nur Gott kann über mich richten

»Samira!«

Er rief ihren Namen, und sie drehte sich um. Es schneite. Sie hatte die Hände in den Taschen ihrer braunen Wildlederjacke vergraben, die mit dem Kragen aus hellbeigem Teddyfell. Er lief ihr hinterher.

Es war mitten im Winter, deswegen wurde es schon um drei Uhr nachmittags dunkel. Sein Atem dampfte ihr entgegen, zwei Wölkchen mischten sich über ihren Köpfen. Seine Schritte knirschten im Schnee, und sie spürte, wie es in ihr brannte, irgendwo ganz in der Tiefe, auf Sparflamme, aber sie wusste genau, dass diese Flamme sehr, sehr, sehr lange brennen würde.

Er hatte sie vor der Pizzeria entdeckt, seinen Freunden irgendeine Entschuldigung hingestottert, und dann war er ihren Fußspuren gefolgt, die ihn bis zu ihr führten. Ein bisschen nervös war er noch. Ein bisschen atemlos. Er wollte nicht, dass jemand sie sah. Sie sah die kurzen blonden Stoppeln auf seinem Kopf und fuhr mit der Hand darüber. Lachte leise.

»Stoppeln? Lässt du sie dir jetzt wachsen?«, fragte sie.

Und er antwortete:

»Vielleicht.«

Und an seinem Ärmel, ganz oben am Arm, war eine blau-weiße Fahne. Als sie sich zum ersten Mal trafen, fasste sie sie an, und er hatte sie gebeten, es zu lassen. Eine blau-weiße Fahne auf der Jacke aufgenäht, und eine zweite im Nacken, in die Haut geätzt.

Sie gingen zusammen durch die Dunkelheit, die noch Nachmittag war, sich aber schon genauso anfühlte wie Nacht. Ihre Schritte protestierten knirschend, aber sie kümmerten sich nicht darum. Er füllte den knappen Raum zwischen ihnen mit belanglosem Geplauder und war glücklich, vielleicht glücklich über Samira und über sie beide, obwohl er es niemals zugegeben hätte. Rundherum warfen die Straßenlaternen runde Muster auf den Schnee und führten sie bis zu ihrer Wohnung, die Treppen hinauf. Im Dunkeln zwischen den Schatten hielten sie sich bei der Hand. Dann waren seine Finger in ihrem Haar, und er zog sie an sich. Atemlose Küsse, Hände, die sich unter dicke Winterkleidung tasteten. Elektrische Vorfreude. Sie lachten, stolperten die letzten Stufen hoch und fielen fast übereinander, als sie in den Flur traten, leicht verschwitzt und vergnügt. Da entdeckten sie Jasmina, die im grellen Licht der Deckenlampe am Küchentisch saß, mit einem Buch und einem Glas Rotwein. Sie trug ein weißes T-Shirt mit der Aufschrift »I ran from Iran«. Das hatten Samira und sie sich für eine Studentenparty drucken lassen, auf der alle T-Shirts anziehen sollten, die irgendetwas Wichtiges über den Träger verrieten, um das Eis zu brechen, Gesprächsthemen zu schaffen, das soziale Spiel ein bisschen leichter zu machen. Samira hatte eines, auf dem »Olen musu, anna pusu!« stand, küss mich, ich bin ein Muslim, und Hamid, einer ihrer Freunde, der Basketball spielte, hatte eines mit dem aufgedruckten Text »I slam U donk«.

Jasmina blickte auf, als die beiden hereingestolpert kamen, und Samira schluckte ihr Lachen rasch hinunter, versuchte es in ein Lächeln zu verwandeln, das ihrer Freundin gelten sollte.

»Du bist hier? Ich dachte, du wolltest heute Abend zu Hause bleiben?«

Jasmina seufzte.

»Ja, wollte, wollte ... Hör dir das hier mal an: ›Häng deine Peitsche dorthin, wo alle Mitglieder deines Haushalts sie sehen können, denn das wird sie Disziplin lehren!‹«

Jasmina lachte leise und blätterte weiter. Las vor:

»›Ich habe das Feuer der Hölle gesehen, und die meisten Menschen darin sind Frauen.‹«

Jasmina lachte laut. Samira hängte ihren Mantel auf und bedeutete Piter, es ihr gleichzutun. Es würde also wieder so ein Abend werden. Doch er blieb mit den Händen in den Taschen stehen und deutete mit einem Nicken auf Jasmina.

»Ich glaub, ich sollte lieber gehen ...«

»Nein, komm rein«, sagte Samira, und Jasmina schaute kurz auf.

»Ja, Mann, was stehst du da so blöd rum? Komm rein«, sagte sie.

»Was liest du da?«, erkundigte sich Samira.

Jasmina schlug das Buch zu.

»*Hadith.*«

Sie goss sich Wein nach und fragte:

»Soll ich euch Gläser holen?«

Samira schüttelte rasch den Kopf, und Piter hob demonstrativ den Kasten Bier hoch, den er unterwegs gekauft hatte. Jasmina zuckte mit den Schultern.

»Dann kann ich euch auch nicht helfen.«

Samira ging an den Tisch, nahm das Buch in die Hand, blätterte ein wenig darin und schüttelte den Kopf.

»Ich kapier nicht, warum du dich ständig mit so was aufhetzen musst«, sagte Samira.

»Man muss doch wohl wissen, wogegen man kämpft, dann

erlebt man keine unguten Überraschungen«, antwortete Jasmina.

Sie wandte den Blick zu Piter.

»Weißt du, wie viele Muslime den Koran kaum aufgeschlagen haben, dich aber stundenlang mit lustigen kleinen *hadith* unterhalten können, zum Thema, wie man seine Frau richtig schlägt oder dass es die einzige Aufgabe der Frau ist, ihrem Mann zu gefallen?«

Piter machte sich ein Bier auf und schüttelte den Kopf.

»Misch ich mich nicht ein in so was. Damit hab ich nichts zu tun.«

Jasmina legte den Kopf schräg.

»Nein? Ist es dir denn nicht ernst mit ihr?«

Piter wich ihrem Blick aus und nahm einen Schluck aus der Flasche.

»Und wenn es mir ernst wäre, was dann?«

Jasmina sah sich nach Samira um, die gerade ins Schlafzimmer gegangen war, um sich umzuziehen. Sie lächelte Piter an, beugte sich vor und senkte die Stimme.

»Dir ist schon klar, dass sie nur einen Muslim heiratet, oder? Egal, was sie zu dir sagt.«

»Wer hat denn von Heiraten gesprochen?«, fragte Piter zurück.

»Niemand«, antwortete Jasmina leichthin. »Ich finde es nur ganz schön dreist von dir, mit ihr zu ficken, wenn du keine größeren Ambitionen hast. Sie ist nicht einfach irgendjemand, dass du's nur weißt.«

Jasmina warf ihm einen verstohlenen Blick zu. Er blinzelte viel zu häufig und nahm zu große Schlucke von seinem Bier. Seine Augen wollten ihrem Blick immer noch nicht begegnen.

»Ihr habt also noch nicht … du weißt schon?«

Er grinste und schüttelte den Kopf.

»Du bist echt ein hoffnungsloser Fall«, sagte er.

Jasmina lachte laut.

»Nicht dein Ernst.«

Mit mutwillig funkelnden Augen beugte sie sich wieder zu ihm vor. Sie sah so aus, als wollte sie gleich wieder loslachen.

»Du hast noch nicht drüber nachgedacht, ob sie vielleicht anders veranlagt sein könnte?«

Er antwortete nicht.

»Ach nein, das würde die Religion ja verbieten«, fuhr sie fort.

»Religion …«, schnaubte Piter. »Das sagt ja die Richtige.«

»Wieso?«, fragte sie.

»Na, so wie du lebst. Oder willst du mir weismachen, dass deine ach so liberale Religion das da erlaubt?« Er deutete mit einem Nicken auf ihr Weinglas.

Jasmina lehnte sich zurück und musterte die Flasche einen Moment. Sie fummelte an ihrem Glas herum.

»Ich lebe einfach so, wie es die Hälfte aller Muslime tut. Bar am Abend, Moschee am Morgen. Scheißegal, was man dazwischen macht, wichtig ist, dass man zum Morgengebet erscheint, sobald man den *adhan* hört. Außerdem wird Gott über mich richten, Gott und niemand sonst. Solange ich das nicht vergesse, kann ich selbst entscheiden, ob ich bereit bin, die Strafe für meine Taten anzunehmen.«

»Klingt cool.«

Jasmina schüttelte den Kopf.

»Cool? Cool ist daran überhaupt nichts. Das hier ist beherrschte Aggression. Passiver Widerstand. Du kämpfst doch gegen den Islamismus, oder? Gegen den Fundamentalismus, der Europa erobern wird? Aber du fängst es falsch an, denn du stößt ihn mit Gewalt von dir. Auf die Art kommt man nicht weiter. Die einzige Art, den Fundamentalismus zu bekämpfen, besteht darin, dass man selbst ein liberaler Muslim wird. Ihr Spiel spielt, es aber gewinnt. Du kannst dich als Guerillasoldat betrachten, wenn das besser in dein Weltbild passt. Komm zu uns. Heirate Samira. Macht ein Dutzend liberale Muslime. Wenn Samira dich nicht heiratet, tue ich es selbst!«

Jasmina hatte ihre Stimme zu einem Murmeln gesenkt, das ganz verstummte, als Samira die Küche betrat.

»Ihr seht ja so ernst aus«, sagte sie und lachte. Jasmina murmelte etwas Unhörbares, während sie sich noch einmal nachschenkte.

»Deine Freundin versucht dich zu verheiraten«, sagte Piter, und Samira lachte wieder, ein bisschen nervös, und blickte von ihm zu Jasmina.

»Ach ja? Na ja, sie versucht schon seit Jahren, mich loszuwerden«, antwortete sie.

»Du musst reden«, konterte Jasmina.

Piter machte sich noch ein Bier auf und setzte sich aufs Sofa. Jasmina nahm die Flasche und ihr Glas und kam ihm nach. Sie setzte sich und stützte den Kopf in die Hand, während sie ihn musterte.

»Hast du selbst denn noch nie drüber nachgedacht? Woran du glaubst?«

Piter saß mit gespreizten Beinen und der Bierflasche in der Hand da. Er zuckte mit den Schultern und überlegte eine Weile.

»Keine Ahnung. Jedenfalls nicht an irgendeine saudi-arabische Importreligion, die mir sogar noch vorschreiben will, wie ich mir den Hintern abwische.«

Samira, die ein paar Meter entfernt vom Sofa stand, lachte.

»Was du da sagst, klingt jetzt aber eher nach meiner Mutter, nicht nach Jasmina«, meinte sie.

Jasmina schaute sie an, drückte sich in die Sofaecke und zog die Beine unter den Körper, bevor sie ihre Aufmerksamkeit wieder Piter zuwandte.

»Weißt du, warum ich diese Religion liebe? Weil sie – anders als du glaubst – jeden dazu auffordert, selbst zu denken. Der Koran warnt alle Muslime davor, auf Leute zu hören, die in irgendeiner religiösen *madrassa* studiert haben und dann mit erhobenem Zeigefinger predigen, was man glauben und denken soll. Jeder Mensch hat die Pflicht, lesen zu lernen, denn wer nicht lesen kann, kann auch den Koran nicht auslegen. Wie passt so was dazu, dass man Mädchen den Schulbesuch verbieten will? Der Koran warnt uns vor Menschen, die Dinge verbieten wollen, die Gott nicht ausdrücklich verboten hat. Musik, Bilder, Make-up … Die meisten strengen Verbote stehen in den *hadith*. Und ich glaube nicht an die *hadith*. Ich bin Koranistin.«

»Koranistin?«, fragte Piter.

»Keine Shia, keine Sunna, nur der Islam und eine einzige *umma*«, antwortete Jasmina. »Wir sind die neue Generation. Wir lieben den Propheten so, wie er ist, aber wir brechen mit der Tradition. In uns liegt die Zukunft des Islam. Nicht in den bärtigen Fundamentalisten, die unsere Religion gekidnappt haben.«

Samira ging zu ihr und strich ihr über den Kopf.

»Vielleicht haben wir für heute Abend genug über Religion gesprochen. Das interessiert Piter wahrscheinlich nicht so sehr.«

»Nicht? Aber sonst diskutiert er doch auch so gerne Texte über die islamische Invasion, und wie die dänischen Imame ihre antiabendländischen Brandreden damit beenden, dass sie Dänemark die Vernichtung wünschen.«

»Ja, aber jetzt ist es trotzdem genug«, sagte Samira bestimmt, und Jasmina wich ihrer Hand aus.

»Na ja, warum nicht«, meinte Piter, »wenn es ihr so wichtig ist, dann …«

»Es stört mich einfach, okay?«, sagte Jasmina.

»Was denn?«, fragte Piter.

»Na, dass du einerseits so eine Scheißangst vor Muslimen im Allgemeinen hast, dich dann aber trotzdem einfach mit zweien hinsetzen und reden kannst. Und mit einer von ihnen sogar ausgehst, oder was auch immer das ist, was ihr hier treibt.«

Piter stellte die Flasche mit einem Knall auf den Sofatisch. Er biss die Zähne zusammen, als er sich zu Jasmina vorbeugte.

»Es geht nicht um dich oder um irgendeinen einzelnen Muslim oder um meinen Nachbarn Abdelkarim, der tatsächlich der Einzige ist, der mich auf der Treppe grüßt, wenn er jeden Morgen in aller Herrgottsfrühe aufsteht, um zum Putzen in die Handelsbank zu gehen. Wir kennen alle den netten Muslim, der so liberal und gut integriert ist, dass einem ganz warm ums Herz wird. Es geht um die Masse …«

»Es gibt keine Masse. Wo ist denn diese Masse, von der alle reden?«, fragte Jasmina.

»Die besteht aus Individuen, die alle zusammengenommen immer lauter und immer mehr werden, bis sie durch völlig friedliche, demokratische Wahlen muslimische Fundamentalisten in die Regierung und den Reichstag wählen, und ich meine nicht mal die ultrareligiösen. Nein, das schlimmste sind die säkularen Muslime mit ihrem schlechten Gewissen. Genau die, die immer in die Moschee gehen, damit ihre Nachbarn sie sehen. Die stehen dann in der ersten Reihe und schreien am lautesten, wenn etwas passiert, denn das müssen sie ja, sonst sähe es schlecht aus für sie, wenn die Fundamentalisten …«

Jasmina wedelte mit den Händen. Samira setzte sich aufs Sofa und sah die beiden an.

»Moment mal«, sagte Jasmina. »Warte mal. Glaubst du nicht, dass ich genauso viel Angst vor diesen Fundamentalisten habe wie du? Du redest, als ob Muslime, alle Muslime, also auch solche wie Samira und ich, irgendwie programmiert wären. Als müsste man bloß die richtige Saite anschlagen, und schon wird unser Denkvermögen und selbstständiges Handeln ausgeschaltet, und wir verwandeln uns in einen einzigen Organismus mit einem einzigen Ziel: die Weltherrschaft zu übernehmen und die Ungläubigen zu töten«, sagte Jasmina.

Piter starrte sie an, und sie erwiderte seinen Blick.

»Ha! Frag doch mal irgendeinen Muslim, was ihm am wichtigsten ist auf der Welt, dann sagt er: Allah. Der Islam. Wie integriert er auch sein mag und wie wenig er sich auch im Alltag um die Religion schert«, platzte Piter heraus.

»Ja, klar«, sagte Samira und hielt Jasmina zurück, die schon wieder antworten wollte. »Gott kommt an erster Stelle. Ohne Gott gibt es überhaupt nichts. Deswegen kommt die Antwort auf so eine Frage ganz instinktiv. Eines Tages wollen wir alle perfekte Muslime sein, vielleicht nicht heute, aber morgen, oder allerspätestens bevor wir sterben.«

»Ja, aber wenn wir in dieser Masse einzelner netter Muslime stehen, sind die plötzlich gar nicht mehr so liberal, weil sie merken, dass sie in der Überzahl sind, und dann ist es zu spät, noch was dagegen zu unternehmen«, protestierte er.

»Bis das passiert, Piter, sind wir längst nicht mehr hier. Du nicht. Und ich auch nicht. Vielleicht unsere Enkel, wenn wir welche haben werden. Und weißt du, was ich glaube? Dass es vielleicht sowieso schon zu spät ist, etwas zu unternehmen. Jede Gesellschaft verändert sich. Vielleicht ist das hier nur der nächste natürliche Schritt auf dem Weg zu einer neuen Entwicklung«, meinte Samira.

»Diese Entwicklung führt geradewegs in die Finsternis«, erwiderte Piter.

»Andere würden sagen, dass sie zur *janna* führt. Wenn die ganze Welt islamisch ist, wissen wir, dass der Tag des Gerichts bevorsteht. Siehst du nicht, wie das geschieht? Sogar du veränderst dich langsam«, sagte Samira.

Piter streckte die Hand aus und fasste sie am Arm, um sie näher zu sich zu ziehen.

»Ich weiß ja selbst nicht, was mit mir passiert, aber eines ist sicher: Es ist alles andere als religiös.«

Er vergrub die Nase in ihrem Haar, und seine Lippen suchten ihren Hals. Sie wand sich aus seinem Griff.

»Entschuldige mich kurz«, sagte sie und stand auf.

Piter blieb mit hängenden Schultern auf dem Sofa sitzen und sah ihr nach. Er schüttelte den Kopf und machte eine neue Flasche Bier auf, die er in langen Schlucken zur Hälfte leerte. Jasmina sah ihn eine Weile stumm an.

»Du weißt schon, dass sie jetzt zum Beten rausgegangen ist, oder?«

»Ja?«

»Sie ist religiöser, als sie dich glauben lässt.«

Piter sah sie an. Jasmina stellte ihr Glas ab und streckte sich.

»Sie trinkt keinen Alkohol mehr. Wenn ich weggehe, kann ich sie nicht mehr überreden mitzukommen. Sie betet …«

Jasmina stand auf und nahm die leere Weinflasche. Ihre Bewegungen waren schlaff, und sie machte einen schwankenden Schritt.

»Es ist wohl bloß eine Frage der Zeit, bis sie dich auch abserviert.«

Jasmina räumte die Flasche weg und kam dann zurück.

»Obwohl – du könntest natürlich auch so tun als ob.«

»So tun als ob was?«, fragte Piter.

»Na ja, wenn du ansonsten nichts Besonderes glaubst oder bist, kannst du genauso gut Muslim werden.«

Piter grinste und schüttelte den Kopf. Nahm einen Schluck aus der Flasche.

»Entschuldigung, ich muss mal pissen.«

»Denk drüber nach«, sagte Jasmina.

»Nicht beim Pissen.«

»Nein, das wäre wahrscheinlich nicht das Klügste«, stellte Jasmina fest.

»Kümmere dich gar nicht um sie. Sie versucht alle zu bekehren, die ihr begegnen«, sagte Samira später, als sie sich ins Schlafzimmer zurückgezogen hatten. »Wenn man das schafft, kriegt man wahrscheinlich Bonuspunkte im Himmel. Weiß der Teufel.«

Sie hatten das Bett näher ans Fenster geschoben und lagen nebeneinander auf dem Rücken, um die Sterne anzuschauen. Piter verschränkte die Arme hinterm Kopf, und Samira schmiegte die Wange an seinen Brustkorb.

»Wäre das denn so eine schlechte Idee?«, fragte er.

Samira sah ihn an. Spürte, wie er atmete. Roch das Bier in seinem Atem. Sie wandte den Blick zu den dunklen Dächern hinter der Fensterscheibe.

»Das würde viele Probleme lösen«, fuhr er fort.

»Ich weiß nicht. Denk nicht mehr dran«, antwortete sie.

»Aber wenn es dir wichtig ist.«

»Du bist doch verrückt«, erwiderte sie.

»Ich könnte zu dir ziehen«, sagte er, und sie lächelte den dunklen Himmel an.

»Das kannst du auch so, oder nicht?«

Sie lagen im Bett, nur in eine Decke gewickelt, zwischen sich nichts außer ihrer Haut. Das Licht hinter dem Fenster war zurückgekehrt und linste durch die Jalousie, bat um Einlass. Aber in ihrem weichen Nest gab es nur Platz für zwei. Samira fuhr sich mit den Fingern durchs Haar. Hörte es in der Küche scheppern. Das Geräusch hatte sie geweckt. Ein Tablett und zwei Hände, und dann sah man einen Mann. Er war nackt und hatte sich nur ein Handtuch um die Hüften geschlungen. Sie rutschte ein Stück zur Seite und setzte sich auf, während er das Tablett aufs Nachttischchen stellte. Toastbrot,

Spiegeleier, ein geschälter, aufgeschnittener Apfel, Frühstücksflocken mit Milch. Er schlüpfte zu ihr. Das Handtuch glitt ihm vom Körper, und seine Hände ertasteten sie unter der Decke und zogen sie an sich, und es war alles so *haram*, wie es schlimmer kaum hätte sein können. Samira stellte sich vor, wie ihre Mutter neben ihr stand, erst sprachlos war, dann aber herausplatzte:

»Ein Mann? In der Küche?«

Der Moment der Wärme und Nähe in ihrem Nest unter der Decke war alles, wovor ihre Mutter sie je gewarnt hatte. Eine Frau kann nur ein einziges Mal geöffnet werden, sonst ist sie gebraucht, und ein Mann kann keine Frau heiraten, die sich schon vor der Ehe hat lieben lassen. Nicht einmal, wenn er selbst der Liebhaber war.

Sarah sprach es nie so aus, aber genau so meinte sie es. Samiras Hände glitten über Piters daunige Haut, und die Bartstoppeln auf seinen Wangen kratzten über ihre Oberschenkel, aber sie war schon nicht mehr da. In ihrem Inneren explodierte eine Supernova, und sie ließ sich hinter ihren grellen Schein führen.

Sommer 2007

Samira

KAPITEL 33

Zurückkehren

Sie lebten wie im Rausch, verloren sich zum ersten Mal außer Sichtweite fremder Augen, als sie an die Strände außerhalb der Stadt fuhren, Orte, an denen alle erst weiß waren und dann rot und irgendwann vielleicht auch mal zaghaft braun. Samira versteckte sich hinter großen Sonnenbrillen und Schlapphüten, langen schwarzen T-Shirts und weiten Shorts. Aber seine federleichten Küsse auf ihre Unterschenkel und Jasminas vorsichtige Wasserspritzer konnten sie dann doch überzeugen, zumindest Hut und T-Shirt abzulegen. Und als sie merkte, dass sie tatsächlich niemand beachtete, zog sie auch noch die restlichen Kleidungsstücke aus. Aber als sie so dalag und unter Gottes vorwurfsvollem Blick ihren Hintern in die Gegend reckte, begann sich langsam eine neue Sehnsucht in ihr festzusetzen, eine Sehnsucht, die sie mit dem Klang des *adhan* in Dar El-Shams bei Sonnenuntergang verknüpfte. Der Gebetsruf tönte in ihrem Körper, und manchmal wachte sie mitten in der Nacht auf, hörte ihren Pulsschlag in den Ohren hämmern und schaute auf die roten Ziffern des Digitalweckers, die ihr in der Dunkelheit entgegenleuchteten.

Ihr Onkel in Dar El-Shams wachte immer von selbst auf, wenn es Zeit fürs Nachtgebet war, und sie wusste noch, wie Tante

Safiyya aufstand, ins Bad ging, um sich Wasser ins Gesicht zu spritzen, und dann ins Zimmer zurückkam, um zu beten. Samira stand immer am Fenster und blickte über den Innenhof, wo Orangen, Jasmin, Trauben und Granatäpfel wuchsen und der Blumenduft überwältigend war. In sämtlichen Fenstern gingen die Lichter an, wenn ihre Verwandten aufstanden, um zu beten. Die brennenden Lichter und die weiche Nacht schienen die Zeit anzuhalten. Ein aus der Zeit herausgenommener Augenblick, der sich in ihr Innerstes eingebrannt hatte, und jedes Mal, wenn sie sich nach Seelenfrieden sehnte, versetzte sie sich in den Augenblick zurück, als sie am Fenster stand und Safiyya zuhörte, die im Nebenzimmer in regelmäßigen Abständen ihr *allahuakbar* murmelte.

Sie wurde braun und im Laufe des Sommers richtig dunkel, genau wie als kleines Mädchen, und als sie ihren eigenen Körper im Spiegel betrachtete, sehnte sie sich nach einem schönen, weiten, kühlen *jillaba*. Manchmal wenn sie am Küchentisch saß und an ihrer Examensarbeit schrieb, ertappte sie sich dabei, wie sie sich nach dem Tag sehnte, an dem sie sich ihr Kopftuch umbinden konnte, ohne sich umzusehen. Und sie merkte, dass ihr die gestohlenen Augenblicke dieses Sommers, als die Kastanien üppig blühten und man fast Kopfschmerzen bekam vom Duft des Flieders, viel zu schnell zwischen den Fingern zerrannen. Sie bat Gott, sie noch ein wenig gewähren zu lassen, nur noch ein bisschen, bevor diese Sehnsucht in ihr zu stark wurde. Doch sie spürte keine Trauer. Er konnte ihren langsamen Rückzug spüren, als sie sich seinen Berührungen immer häufiger entzog und sich immer weitere Kleider anzog, deren Säume immer tiefer rutschten. Am Abend fassten seine Hände die ihren, wenn sie zusammen unter dem offenen Fenster lagen, die leichte Spätsommerkühle über ihre Köpfe hinwegzog und seine Finger sich zwischen ihre drängten.

Als das Wintersemester losging, saß Samira im Hörsaal in der ersten Reihe, und ihre Kommilitonen, die sonst immer die Köpfe hatten recken müssen, um an ihrem wilden Lockengewirr vorbeischauen zu können, konnten sich jetzt gemütlich zurücklehnen. Samira hatte sich einen glänzenden hellroten Schal um den Kopf gewickelt, den sie ab und zu zurechtrückte.

Dezember 2007

Leila

KAPITEL 34

Lindas Himbeer-Lipgloss

Ein paar Wochen vor Weihnachten beginnt es zu schneien. Große, papierartige Flocken, die sich auf den Boden legen, bis alles unter weißen Schneewehen verschwunden ist. Jedes Mal, wenn er an der Endstation vor unserem Haus Pause gemacht hat, muss Papa seinen Bus aus den Schneewehen schaufeln, und manchmal stelle ich mich daneben und schaue ihm zu. In letzter Zeit nehme ich wieder öfter den Bus, seine Linie. Ich schaffe es einfach nicht, durch diesen Schnee den ganzen Weg zum anderen Bus zu stapfen, und es kommt vor, dass ich auf dem Platz direkt hinter ihm sitze und manchmal, wenn ich seinen Rücken und sein lockiges Haar unter dem Käppi sehe, ihn einfach umarmen und den Kopf an seine Schulter legen will, aber ich tue es nicht. Ich könnte es ja sowieso nicht, denn zwischen uns ist eine Trennscheibe und ein Schild, auf dem steht, dass man dem Fahrer nicht die Sicht nach rechts verstellen soll. Also sitze ich einfach da und schmelze in der Wärme des Busses, genau wie Mama damals geschmolzen ist und vielleicht auch wieder schmelzen würde, wenn Papa den Thermostat nur wieder ein kleines bisschen höher drehen könnte.

Und Linda? Manchmal vergehen Wochen, ohne dass wir miteinander reden. Nach der Schule verstecke ich mich nicht, um auf sie zu warten. Ich gehe alleine meiner Wege, während mir ein paar Siebtklässler Schneebälle auf den Rücken werfen. Und am Morgen versuche ich, sie nicht mit dem Blick zu suchen, wenn ich aus der Tür trete.

In den Pausen sitzt Linda meistens in der Mädchentoilette, und wenn der Hausmeister an der Tür rüttelt, schreit sie: »Fuck off, vittus bisi!«, und ihm bleibt nichts anderes übrig, als sie in Ruhe zu lassen. Wenn sie nicht in der Toilette sitzt, ist sie beim Schulpsychologen und erzählt ihm, wie es sich anfühlt »von so ziemlich jedem gehasst zu werden«, und der Schulpsychologe verschränkt die Hände hinterm Kopf, dass man die Schweißflecken unter seinen Armen sieht, und antwortet:

»Tja, ich sag's ja nur ungern, aber findest du nicht, dass es ganz so aussieht, als würdest du jetzt kriegen, was du verdienst? Du selbst warst gegenüber deinen Mitschülern ja auch nicht gerade die Freundlichkeit in Person.«

Hier kann sie sich also auch keine Hilfe erhoffen. Und Linda spielt im Unterricht immer öfter nervös mit ihren Händen herum. Sie hat rosa Kunstnägel und Armreife, die klirren, wenn sie sich bewegt, und sie meint, die gebündelten Blicke im Nacken zu spüren, an ihrem blondierten Kopf mit dem schwarzen Scheitel, aber sie weiß es nicht sicher, denn sie sitzt ziemlich weit vorne, ganz gegen ihre Gewohnheit. Ich sehe sie von hinten, von meinem üblichen Platz aus, sehe, wie sie dasitzt und sich windet, und es wirkt, als würde etwas in ihr hochsteigen, eine Art Überdruck, und sie atmet heftig, als wäre sie gerade ganz schnell gerannt.

Und plötzlich, in der Finnischstunde, als das Wort »Schuld« dekliniert wird, dreht sie sich um zum Getuschel in ihrem Rücken und macht den Mund auf.

»Jetzt haltet endlich euer Maul!«, brüllt sie.

Die Klasse verstummt, aber Linda ist schon auf dem Weg nach

draußen. Irgendjemand schüttelt verwirrt den Kopf, ein anderer zuckt mit den Schultern. Dann lachen sie.

»Verrückte Nutte«, sagt einer.

»Blöde Tusse!«, sagt ein anderer.

Und dann macht man weiter, erfrischt von der kleinen Unterbrechung, und für die nächste Pause hat man was zum Reden. Nur ich schweige, als die anderen wieder ihre Deklinationen herunterleiern.

Aber dann, eines Tages. Eine Hand in meiner. Warm und eifrig, dazu das leichte Kratzen ihrer langen Nägel. Sie kommt mir nach, als ich mich vom Pausenhof schleiche und zum Supermarkt gehe. Ich drücke ihre Hand und spüre, wie sie mich einmal kurz in den Bauch kneift. Ich lächle und brauche gar nicht nach links zu schielen, um Linda Lindqvist zu sehen und zu wissen, dass sie auch lächelt. Sie versetzt mir einen Stoß mit der Schulter, und ich lasse den Kopf hängen und schaue nach unten auf meine Stiefel, die in den Schneematsch und die kleinen Splittsteinchen treten, die sich immer so unter den Sohlen festsetzen. Ich gehe nicht nach Hause.

Stattdessen rennen wir wie die Blöden auf die Wiese und bewerfen uns kreischend und lachend mit Schnee. Der nasse Schnee schmilzt uns im Kragen und läuft uns den ganzen Körper hinunter. Unsere Handschuhe sind pitschnass, aber wir machen weiter, bis Linda Lindqvists Haare ganz zerzaust sind und ihr die Wimperntusche und der grüne Lidschatten über die Wangen laufen. Sie lacht über den graugrünen Schnee und ruft:

»Jetzt gehört der Rasen mir!«

Und dann, dann jagt sie mir nach und kriegt mich zu fassen, und ich falle klatschend in den Schneematsch auf dem Gras und muss einfach immer nur weiterlachen und weiterlachen, bis mir der Hals und der Bauch wehtun. Ich lache, bis ich weine. Dann weine ich richtig, denn es ist so ein umwerfendes Gefühl, dass sie jetzt da ist, und die ganze Sache mit Samira und Papa und vor allem Mama, alles ist so weit weg und doch da, eine Art Befreiung, aber es gelingt mir, mein Weinen als Lachen zu maskieren.

Ich mache die Augen zu und träume den Rest. Ein Mund auf meinem, so warm, so plötzlich, und doch so entschieden, und eine weiche, nasse Zunge. Der Geschmack von Kaugummi. Sie raucht nicht. Sie kann schrecklich sauer werden, wenn sie jemand rauchen sieht. Dann geht sie zu ihm und reißt ihm die Zigarette aus dem Mund und zischt:

»Kapierst du nicht, dass man von so was Krebs kriegt? Außerdem stinkt der Scheiß wie noch mal was!«

Und ich weiß jetzt auch, wie ihr Lipgloss schmeckt. Glatt. Süß. Vielleicht nach Himbeer. Alles dreht sich. Ich mache die Augen fest zu und lasse mich in dieses Gefühl hineinfallen. Ganz nach drinnen. Ich will gar nicht wieder rauskommen und alles verändert vorfinden. Aber als ich die Augen aufschlage, sehe ich sie mitten im braunen, nassen Matsch sitzen mit ihrer drecksteuren weißen Jeans, als wäre es ihr scheißegal. Sie wendet mir das Gesicht zu, die zerzausten nassen Strähnen kleben ihr auf den Wangen, und sie lächelt. Ihre Sterne leuchten mich an, und ich nicke einmal zurück.

KAPITEL 35

Mahr

Ich treffe Jasmina beim Griechen. Sie hat den Mund voller Worte, und dazwischen kaut sie große Bissen von dem Essen, das sie bestellt hat, Teller um Teller. Ihr Blick ist anders. Er huscht zwischen dem Teller und meinem Gesicht hin und her, und sie findet zwischen ihren Worten kaum Zeit zum Luftholen.

Ich frage sie nicht, was passiert ist oder woher sie das Geld hat oder wie es ihrem Arm geht, denn es sieht eigentlich so aus, als würde es ihm ganz gut gehen, obwohl es erst ein paar Wochen her ist, dass sie ihn so dick verbunden hatte. Ich sitze zurückgelehnt vor meinem kalten Souflaki, während sie mich mit ihrem Gangsterlächeln und ihrem Gangsterblick ansieht. Ich kapiere überhaupt nichts, aber ich werde von ihrem Enthusiasmus mitgerissen und vergesse einen Augenblick lang, dass mir Jasmina gegenübersitzt und nicht Samira.

Als ich sie frage, wer ihrer Meinung nach das ganze Essen bezahlen soll oder ob sie nach dem Essen einen kleinen Sprint zur U-Bahn geplant hat, meint sie mit einem Schulterzucken, dass sie demnächst heiraten wird. Sie hat jetzt ihr *mahr*, und sie hat dem Dreckskerl alles abgeknöpft, was er zusammenkratzen konnte.

Sie sieht zufrieden aus. Kaut, während sie mir erklärt, dass auch die sittenlosesten Bräute so tun müssen, als wären sie ihr Gewicht in Gold wert. Gott gnade der Familie, die so modern denkt, dass sie ihre Töchter gratis weggibt. Als ob sie sie loswerden wollten und sie deswegen dem Erstbesten hinterherwerfen.

Es ist egal, ob dabei echte Gefühle im Spiel sind oder nicht, behauptet Jasmina. Da müssen die Goldmünzen klingeln, und die Braut, die gemästete Gans, muss betastet werden, man muss sie gründlich drehen und wenden, und sie muss dabei den Blick niederschlagen. Und in der Hochzeitsnacht muss sie bluten.

Ich frage Jasmina, wie das denn gehen soll, dass sie in der Hochzeitsnacht blutet, woraufhin ihre Hand, die gerade die Gabel zum Mund führen wollte, erstarrt. Sie schaut mich an.

»Was? Wieso, was glaubst du denn, was ich für eine bin?«, fragt sie, und ich weiche ihrem Blick aus, verlegen, rot und heiß.

»Entschuldige, ich dachte, du hättest … du hast doch gesagt, dass …«, murmle ich.

»Ach Leila, ich hab doch bloß Spaß gemacht!«

Sie lacht laut und erzählt von den ganzen Tricks, auf die man zurückgreifen kann, wenn man bluten will. Da gibt es Glassplitter und kleine Tütchen mit Hühnerblut, und da gibt es Unschuldspillen und gefakte Jungfernhäutchen vom Pornoversand im Internet. Sie kaut vergnügt und scheint den Gedanken eine Weile zu genießen. Dann wird sie auf einmal ganz ernst und lehnt sich zurück.

»Ich weiß, dass ich in meiner Hochzeitsnacht auf jeden Fall bluten werde, aber ich denke die ganze Zeit an die ganzen Mädchen in anderen Ländern, die immer schön zu Hause geblieben sind und auf sich aufgepasst haben und nicht mal mit einem Jungen Händchen gehalten haben und die wirklich unberührt, völlig unversehrt und rein, in ihre Hochzeitsnacht gehen, die dann aber aus irgendeinem Grund nicht bluten. Vielleicht weil sie von

Geburt an kein Jungfernhäutchen hatten, oder weil es einfach nicht reißt, oder weil es bei einer anderen Gelegenheit kaputtgegangen ist. Da sitzen sie dann in der Hochzeitsnacht mit ihrem sauberen Laken und können nicht fassen, was schiefgegangen ist, während sie gleichzeitig wissen, dass sie am nächsten Tag tot sein werden. Dass diese Alptraumnacht die letzte ihres Lebens sein wird. Deswegen glaube ich, dass ich jetzt auch weiß, was ich mit dem Rest meines Lebens anfangen will. Ich will Gynäkologin werden. Nicht, weil ich gerne Fotzen angucke, sondern weil ich anderen Mädchen helfen will. Mädchen, die sich nicht selbst helfen können.«

Ich frage sie, ob es ihr ganz egal ist, dass sie lügt, und sie antwortet:

»*Yaa*, Leila! Der hat meinen Eltern stundenlang was vorgelabert, was für ein feiner und ehrbarer Mann er ist, wie er nach der Religion lebt, wie er Frauen respektiert und liebt und wie er seine ganze Freizeit mit dem Gesicht nach unten und dem Rücken nach oben verbringt, im ehrlichen, ehrfürchtigen Gebet. Klingt zu gut, um wahr zu sein, oder? Deswegen hab ich ein paar Nachforschungen angestellt, und zum Teil stimmt es sogar, was er gesagt hat: Er liebt Frauen, und er verbringt seine ganze Freizeit mit dem Gesicht nach unten und dem Rücken nach oben, aber ganz bestimmt nicht im Gebet. Der Koran sagt, dass nur Unschuld sich mit Unschuld vermählen darf. Einer, der herumgehurt hat, muss auch eine Hure heiraten. Er ist ein Fake, ich bin ein Fake. Wir verdienen einander.«

Sie lacht. Sie wirkt glücklich, und wenn nicht glücklich, dann zumindest wieder obenauf. Als ob sie nur für den Augenblick leben und sich überhaupt nicht um die Zukunft kümmern würde. Um all die Jahre nach der Hochzeit, wenn sie ihr *mahr* ausgegeben hat und mit einem Mann zusammenleben muss, den sie kaum kennt.

»Jede verheiratete Frau ist eine Hure«, sagte Samira, und langsam wird mir klar, was sie damit meinte. Jasmina hat sich selbst an den Höchstbietenden verkauft, und Models, die Rennfahrer oder Starsportler heiraten, tun dasselbe. Sie können es ja trotzdem für Liebe ausgeben. Für jemanden wie Jasmina ist das schwieriger, aber sie ist auf jeden Fall ehrlich.

Wir essen, und sie redet und redet, von der Hochzeit und von Habib. Sie beugt sich vor und macht ihre Tanten nach:

»Habiib is *tabiib*, a doctor, veeery good husband material.«

Sie befeuchtet ihren Daumen mit der Zunge und macht eine Geste, als würde sie Geldscheine zählen, und es sieht fast so aus, als würde sie sich in ihren schwärmerischen Sprechblasen wirklich für ihren Bräutigam begeistern, denn sie beginnt, ihm Eigenschaften zuzuschreiben, die sie ihm wenige Momente zuvor noch abgesprochen hat. Völlig verwirrt sitze ich da und höre ihr zu, wie sie sich ihre Scheinehe schönredet. Schließlich verstummt sie und beugt sich über den Tisch.

»Aber trotzdem ... wenn ich drüber nachdenke ... Weißt du, wovor ich am meisten Angst habe?«

Ich schüttle den Kopf.

»Dass ich nie erfahren werde, was Liebe ist. Ich weiß, dass sie ein Hollywood-Produkt ist und eine Lüge, damit die Leute heiraten und die gesellschaftliche Ordnung aufrechterhalten und all das, was ich mit Samira besprochen habe – aber ich weiß auch, dass es sie gibt und dass sie echt sein kann. Und jetzt kann es passieren, dass ich dieses Gefühl niemals mit jemandem teilen darf.«

Sie schaut mich an und wartet auf eine Antwort, aber ich habe keine. Sie schaut mich an und legt den Kopf schräg.

»Bist du eigentlich ... Hast du einen Freund? Jemanden, in den du verliebt bist?«

Ich ziehe die Augenbrauen hoch.

»Soll das ein Witz sein? Ich muss an Samira und dich und Mama und Papa und Linda und Anna und Piter und Rassisten und die Zukunft von ganz Finnland denken. Glaubst du wirklich, ich hätte Zeit für Jungs?«

KAPITEL 36

Eingesperrt

Eine Woche vor der Weihnachtsfeier dekorieren wir die Schule. Wir hängen Glitzerdeko und Sterne und Engel und Wichtel auf. In allen Fluren brennen Kerzen, die Stearinduft verbreiten. Wider Willen werde ich von der Stimmung mitgerissen und vergesse, dass Weihnachten mich überhaupt nicht berührt, aber wenn wir Mohammeds Geburtstag feiern, warum sollten wir eigentlich nicht auch den von *Issa* feiern? Er war doch auch ein Prophet. Der zweitbeste sogar, der, den Mohammed am liebsten mochte.

Ums Programm gibt es große Heimlichtuerei, aber als ich die Plakate in der ganzen Schule aufhänge, sehe ich, dass Annas Name ganz nach oben gerutscht ist und von einem Stern eingerahmt wird. Und sie wird nicht nur ein Lied singen, sondern zwei. Als die Leute das sehen, gibt es Flüche und Gemurmel, und irgendjemand schreit:

»Ach komm, das glaub ich ja echt nicht!«, und rennt davon, um es den anderen zu erzählen.

Dann scheint die Spannung von Tag zu Tag zu steigen, bis die Leute geradezu leiden, weil die Zeit nicht schneller vergehen will. Und Anna? Die versinkt schier in den Boden und scheint jeden Tag kleiner und bleicher zu werden, als wäre ihr plötzlich aufgegangen, worauf sie sich da eingelassen hat und dass es jetzt zu spät ist, es sich noch anders zu überlegen.

Ich stehe gerade vorm Spiegel und mache mich für die Weihnachtsfeier fertig, als ich das Geräusch des Schlüssels im Schloss höre. Er wird gedreht, überhaupt nicht diskret, sondern sehr bestimmt. Ich stehe da mit meiner weißen Bluse in der Hand und lasse die Arme herabsinken. Verdammte Scheiße. Ich gehe zur Tür und drücke die Klinke. Stelle mir vor, wie sie mit dem Schlüssel in der Hand auf der anderen Seite steht und beobachtet, wie die Klinke langsam hinuntergeht und dann wieder hoch, und einen Augenblick kapiere ich nicht, was in sie gefahren ist. Da begreife ich. Es liegt nicht an mir, es liegt an der Weihnachtsfeier. Mama geht nicht hin, aber das heißt noch lange nicht, dass sie es vergessen hat. Und jetzt hat sie die Tür abgesperrt, obwohl das natürlich scheißegal ist, denn das Fenster lässt sich ja problemlos öffnen, also gehe ich ans Fenster.

Die innere Starre, als sich der Schlüssel im Schloss drehte, ist nichts im Vergleich zu dem Gefühl, das mich befällt, als meine Finger vergeblich nach dem Fenstergriff tasten, der nicht mehr sitzt, wo er immer gesessen hat. Ich befürchte schon, mein letztes bisschen Verstand verloren zu haben, aber als ich die frischen Schrammen auf dem Metall sehe, begreife ich, dass sie in meinem Zimmer gewesen ist und den Griff abgeschraubt hat. Ich kann es kaum fassen. Nach all den Jahren, in denen sie so getan hat, als würde sie mich einsperren, ist sie jetzt dazu übergegangen, es wirklich zu tun, und warum? Um mich daran zu hindern, auf ein Fest zu gehen, auf das ich nicht gehen will, seit ich vor drei Jahren in die Oberstufe gekommen bin, mit dem einzigen Unterschied, dass ich dieses Mal wirklich hingehen *muss*. Ich lasse mich auf einen Stuhl sinken, während ich in meinem ganzen Körper spüre, wie grässlich ich es finde, eingesperrt zu sein.

Mein Missmut wächst. Wie lange will sie mich hier festhalten? Die ganzen Weihnachtsfeiertage? Wird sie mir was zu essen geben? Was soll ihrer Meinung nach passieren, wenn ich mich die ganzen Tage vor Weihnachten frei bewegen darf? Meint sie, dass die ganze Weihnachtsreklame und die Sonderangebote und die Lieder von Rentieren und Wichteln mich so gründlich christianisieren werden, dass ich in die nächste Lucia-Prozession springe, einem der Mädchen die Kerze aus der Hand reiße und Hallelujah brülle?

Während ich in meinem Zimmer hocke, spüre ich, wie die Wände auf mich zukriechen, wie in so einem Zaubertrick, bei dem der Zauberkünstler nur ein paar Minuten hat, um sich aus der Glaskiste zu befreien, bevor der Druck zu groß wird und er zerquetscht wird wie ein Insekt. Bevor ich richtig begreife, was ich da tue, habe ich mir einen meiner dicken Pullis um die Hand gewickelt und gegen die Fensterscheibe geschlagen, die tatsächlich ziemlich geräuschlos zerbricht, gar nicht so laut, wie es im Fernsehen immer rüberkommt. Ich werfe mich ins wilde, wimmelnde Weiß, ohne mich darum zu kümmern, wie ich aufkomme, aber auch das geht noch gut. Das Schneetreiben hat eine ordentliche Schneewehe an der Wand unter meinem Fenster angehäuft, und ich sinke bis zu den Knien ein. Es tut überhaupt nicht weh, aber erst jetzt geht mir auf, dass ich nur ein T-Shirt und eine Jogginghose anhabe und nicht mal Schuhe und dass es dreckskalt ist. Aber es ist zu spät, und ich kann ja schlecht wieder zurückgehen, um mir was zum Anziehen zu holen, also gebe ich Gas und renne, ohne mich um die Kälte zu kümmern und die Feuchtigkeit, die rasch durch meine Strümpfe dringt.

KAPITEL 37

Sternschnuppen

So wenige Tage vor Weihnachten wird es bereits sehr früh dunkel. Meine Füße spüre ich schon gar nicht mehr, als ich über das offene Feld neben dem Schulgebäude renne. Es dämmert bereits, als ich am Speisesaal vorbei zur anderen Seite des Gebäudes gelaufen bin und die Tür aufreiße, die sich allerdings nicht aufreißen lässt, weil sie genauso träge und langsam ist wie wir, wenn wir hier rein- und rausgehen. Vor dem Schulgebäude brennen rauchende Windlichter im Schneegestöber. Ich stolpere über die Schuhhaufen, die sich hinter dem Eingang stapeln. Von dort haste ich weiter zur Umkleide, wo ich erneut stolpere. Aber diesmal nicht über einen Schuh, sondern über etwas anderes.

Das Zimmer ist dunkel, und ich muss mich vorantasten. Irgendetwas Hartes, Warmes, definitiv etwas Lebendiges, das sich bewegt, als ich danach greife, und mich plötzlich tritt.

»Hör auf, das kitzelt!«

Ich reiße die Jacken weg, unter denen sie liegt, und muss ein paarmal blinzeln, bis ich begreife, wen ich vor mir habe.

»Anna! Scheiße, was machst du denn hier?«

»Was machst *du* denn hier?«

Sie trocknet sich wütend die Tränen- und Make-up-Spuren

vom Gesicht, und ich ziehe ihr die Jacken weg, die sie mit beiden Händen festhält.

»Du bist doch seit … seit Ewigkeiten auf keiner Weihnachtsfeier mehr gewesen«, sagt sie, jetzt schon etwas gedämpfter.

»Die Teilnahme ist Pflicht«, antworte ich. »Und ich hab keinen Bock, wegen so einer Scheißweihnachtsfeier die neunte Klasse zu wiederholen.«

Anna schnaubt.

»Musst du doch sowieso, also ist es ja wohl egal.«

Ich schaue sie an, und sie weicht meinem Blick aus.

»Ist was passiert?«, frage ich, aber sie stiert nur hartnäckig auf einen beigen Ärmel.

Langsam schüttelt sie den Kopf, dann kräuselt sich ihr ganzes Kinn.

»Ich kann nicht … ich bring's einfach nicht fertig …«

Es sieht so aus, als wäre alles, was ich mir in den letzten Wochen so gedacht habe, auf einmal über sie hereingebrochen, und ich weiß, dass sie überhaupt nicht so dumm war, wie ich dachte, sondern dass sie sich nur in der Hoffnung wiegte, es würde diesmal schon anders laufen. Ihr Lampenfieber ist nicht von der normalen Sorte, so wie bei Amy Winehouse, die sich jedes Mal übergeben muss, wenn sie auf die Bühne soll, obwohl sie weiß, dass das Publikum da draußen sie wirklich liebt. Nein, sie hat tatsächlich Angst, dass sich jemand von hinten anschleichen und sie runterschubsen könnte.

»Mein Gott, Anna … Aber du hast doch nicht im Ernst geglaubt, dass sie dich damit davonkommen lassen?«, frage ich, und sie legt ihre Stirn auf die Knie.

Ich gehe vor ihr in die Hocke und schaue auf ihre zuckenden Schultern.

»Du … Ich weiß gar nicht mal, ob du singen kannst. Kannst du singen?«

Sie piepst eine Antwort.

»Ja!«

Ich seufze.

»Ja, dann. Komm mit. Wir haben nicht mehr viel Zeit.«

Ich ziehe sie auf die Füße. Sie trägt ein kurzes schwarzes Kleid, ganz hübsch eigentlich, und Schuhe mit hohen Absätzen. Irgendjemand hat ihr mit den Haaren geholfen und sie ein wenig auftoupiert. Es ist keine totale Verwandlung, es ist immer noch Anna, aber es reicht. Sie passt in ihre Rolle, also ziehe ich sie hinter mir her in den Waschraum.

»Jetzt wasch dir erst mal das Geschmier da ab«, sage ich, und sie schaut sich im Spiegel an.

»Oh Gott, das sollten Smokey Eyes sein ...«

»Sieht eher aus wie smoke got in your eyes«, erwidere ich, und sie lacht ein bisschen.

Sie wäscht sich, und ich hole ihre Tasche, mache sie auf und wühle nach ihrem Schminktäschchen. Aber ich kann es nicht finden.

»Wo hast du denn deinen Malkasten?«

Sie schaut sich verwirrt um, und ich werfe ihre Tasche weg.

»Scheiß drauf«, murmle ich und sehe mich suchend nach einer wohlbekannten, abgegriffenen, schwer mitgenommenen Gucci-Tasche um.

Als ich sie finde, durchwühle ich das Chaos aus zerknitterten Hausaufgaben, leeren Tamponschachteln, Feuerzeugen und zerdrückten Zigaretten, die sie aus verdutzten Mündern konfisziert hat, halbleeren Parfumproben, Ohrringen, einer halbleeren Flasche Minzlikör, schmutzigen Wollhandschuhen und ausgerissenen Seiten aus der *Snap*. Schließlich finde ich das kleine Schminktäschchen und laufe zurück zu Anna.

Sie starrt in die wilde Pröbchenmischung und zieht ein verblüfftes Gesicht.

»Was ... was ist das?«

»Scheiß drauf«, sage ich. »Augen zu!«

Sie gehorcht. Meine Finger sind steifgefroren, aber ich habe das schon tausendmal gemacht. Ich habe Linda die geschlossenen Augen geschminkt, während hinter ihren Lidern die erwartungsvolle Vorfreude zitterte, und die rosa Lippen zuckten, während sie versuchte, nicht zu lachen.

»Du kitzelst mich«, flüsterte sie, aber Anna flüstert gar nichts. Linda schlug dann immer ihre grünglänzenden Lider auf und klimperte ein bisschen damit, und ihr ganzes Gesicht strahlte begeisterte Vorfreude aus, während sie zum Spiegel trippelte.

Und Samiras Augen. Samiras schlafende Augen, die schwer waren von Schwärze und Kajal und fünf Schichten Wimperntusche, und die Krankenschwestern kamen rein und sagten:

»Voi, voi, du weißt schon, dass man in dieser Abteilung nicht schminken darf, oder? Da sind zu viel Bakterien drin«, und dann schoben sie mich beiseite und wischten Samiras Augen mit einer Art Salbe ab, die so gut wie alles löste, und ihre Wimpern waren so dünn wie eh und je, obwohl sie ungeschminkt trotzdem noch dick waren, aber es geht eben nichts über zweitausend Kalorien Schwärze mit verlängernden Fasern.

All diese Bilder flimmern an mir vorbei, während ich Annas fremdes Gesicht bemale, und als ich fertig bin, hat sie etwas von ihrer Sicherheit zurückgewonnen, und ich erlaube ihr, sich im Spiegel anzugucken. Schweigend betrachtet sie ihr Gesicht.

»Ich seh aus wie …«, fängt sie an, bricht dann aber ab und dreht sich zu mir um. »Danke.«

»Vergiss es«, sage ich, denn Anna ist nur ein Platzhalter. »Hast du Linda gesehen?«

Sie schaut sich um, als müsste Linda irgendwo hier drinnen sitzen. Ungeduldig schubse ich sie an.

»Sieh lieber zu, dass du richtig gut singst, nachdem ich mir solche Mühe gegeben hab«, sage ich, während ich aus der Umkleide gehe, und sie steht mit offenem Mund und frisch geschminkten Pandaaugen da und ruft mir nach:

»Die ist garantiert hinter der Bühne, sie soll bald auftreten.«

Und dann, als hätte sie erst jetzt die nassen Fußspuren entdeckt:

»Was hast du denn mit deinen Schuhen gemacht?«

Der Saal ist verdunkelt. Ich kann bloß Umrisse erkennen. Die Jungs aus der Neunten sitzen mit gespreizten Beinen ganz vorne, ihre weißen Hemden leuchten. In den Reihen dahinter sitzen die Achtklässler und dahinter die Siebtklässler. Die haben ihr Programm schon hinter sich, ein misslungenes Krippenspiel und irgendetwas, was wohl Situationskomik sein sollte und den Eltern, die sich ihren eigenen Glühwein mitgebracht hatten, tatsächlich den einen oder anderen Lacher entlockte. Die Achtklässler boten Chorgesang, eine Art Medley aus Weihnachtsklassikern, und verlasen das Weihnachtsevangelium in Jugendslang. Aber das eigentliche Programm beginnt erst jetzt. Das Programm der Neunten, das immer ein bisschen besser als das der letzten Neunten sein soll. Ich lasse den Blick über die Eltern und Lehrer schweifen, die tuscheln und lächelnd die Köpfe zusammenstecken. Und irgendwo hinter dem Vorhang steht – Linda.

Die Jungs aus der Neunten in der ersten Reihe. Sie schubsen sich schon gegenseitig, und ich überlege, warum die Leute immer jemanden brauchen, den sie ausschließen können. In der Schule merkt man es spätestens dann, wenn es einem selbst passiert. Wenn die anderen, die eigenen Klassenkameraden, jede Lücke mit ihren Körpern schließen, sobald man sich ihnen nähert, so dass man gleich sieht, dass diese Gruppe, die schwatzend und lachend vor dem Klassenzimmer steht, nicht grundlos ein Kreis aus abweisenden Rücken ist. Sie wollen einen nicht dabeihaben, man ist nicht willkommen. Nicht, dass ich jemals versuchen würde, mich da reinzudrängeln, aber ich weiß noch, wie es zu Anfang war, bevor ich das Muster kapierte, als es mir das erste Mal passierte.

Ich war zum Klassenzimmer gekommen wie sonst auch und hatte die Mädchen meiner Klasse gesehen, die Mädchen aus der 7b (abzüglich der Raucher und Linda), die vor dem Physiksaal standen und sich über die Hausaufgaben unterhielten. Da standen Henna und Sara und Karina und Milja und Annika und all die, die ich seit dem Kindergarten kannte. Ich wollte mich zu ihnen stellen, wie ich es seit eh und je gemacht hatte, aber plötzlich merkte ich, dass es nicht ging. Karina warf einen Blick über die Schulter und lächelte leise. Dann sah es aus, als wären die Mädchen wie auf ein geheimes Signal enger zusammengerückt. Nur einen ganz kleinen Zentimeter, aber das reichte, und ich stand hinter einer Mauer aus Mädchenrücken in fröhlichen, sorglosen Pastelltönen, und das Gespräch ging nahtlos weiter. Jetzt sah ich auch, wie sie sich anstrengten, mich bloß nicht anzuschauen, und als es zum Unterricht klingelte und der Lehrer auftauchte, drehte sich Nina um und sah mich mit echter Verwunderung an:

»Ups, hast du die ganze Zeit dagestanden? Ich hab dich gar nicht gesehen. Warum hast du nichts gesagt?«

Und ich begriff. Danach versuchte ich nicht mehr, mich in ihren Kreis zu drängen. Ich war und blieb die, die draußen stand und zuguckte, wie ich es auch jetzt tue. Ich nehme nicht an der Aufführung teil. Ich war in der Gruppe, die im Hintergrund gearbeitet hat. Pappsterne ausgeschnitten und sich um die Deko gekümmert. In Hauswirtschaft Pfefferkuchen gebacken und die traditionellen weihnachtlichen Plunderteilchen mit Pflaumenmus.

Ich gehe zu den Stühlen ganz hinten, versuche es aber gleichzeitig so einzurichten, dass der eine oder andere Lehrer meine Anwesenheit zur Kenntnis nimmt. Mathe-Frans sieht mich geistesabwesend an, und neben ihm sitzen Häggen und Helena, und ich bleibe am Ende der Reihe stehen, so lange ich kann, bevor ich mich auf einen freien Stuhl setze.

Ich bin durchnässt bis auf die Haut. Eiskalt. Alles klebt mir am Körper. Meine Füße spüre ich erst jetzt so langsam wieder, und ich mag gar nicht an den Heimweg denken. Irgendwo hinter dem roten Vorhang stehen die Stars der Schule und warten, bis sie an der Reihe sind. Ein paar Minuten später schmettert Akkordeonmusik aus den Lautsprechern, und die Volkstanzgruppe der 9 d springt auf die Bühne. Zehn Minuten stolpern sie da oben rum und kommen permanent aus dem Takt, bis sie johlend und händeklatschend und röckeschwingend wieder davonhüpfen, und dann kommt die 9 e, die sich eine Art Parodie auf die Lehrer ausgedacht hat, über die nur die Lehrer lachen – außer demjenigen, der gerade durch den Kakao gezogen wird. Der verschmilzt dann mit seinem Stuhl oder schiebt sich die Brille auf der schweißglatten Nase nach oben. Danach kommt eine unerträgliche Nummer, die Jungs aus der 9 c, die zu dröhnendem Playback eine Heavy-Metal-Band imitieren, die außer ihnen kein Mensch kennt. Zögerlicher Applaus und vereinzelte Pfiffe. Ein paar Mädchen aus der 9 a versuchen komisch zu sein, indem sie eine Szene aus einem mittelalterlichen Schauspiel darbieten, in der Fanny mit einem Totenkopf in der Hand sinniert, was nach der Neunten wohl aus ihr werden wird. Buhrufe. Danach kommt eine lange Pause. Im sauerstoffarmen Saal schaukeln sich die Erwartungen unterdessen hoch. Als die ersten Töne einer Art Ukulelemusik das Gemurmel des Publikums verstummen lassen, recken alle die Hälse, um die Bühne besser zu sehen.

Maria, Heidi, Karina, Ellu und Pinja kommen in einer unsicheren, etwas windschiefen Reihe auf die Bühne getanzt. Sie tragen Baströckchen und haben sich Kokosnusshälften über die Brüste gebunden. Ich habe sie bei den Vorbereitungen schon immer rumrennen und kreischen hören, wenn Micke oder einer von den anderen versuchte, ihnen die Schleifen am Rücken aufzuziehen, und die entnervten Schreie der anderen Mädchen, wenn Maria mal wieder die Choreographie verbaselte. Aber jetzt scheint sie es ja endlich kapiert zu haben: zwei Schritte nach rechts, einen nach links und wieder zwei nach rechts, bis sie auf der anderen Seite der Bühne sind, und dann das Ganze wieder zurück. Schon nach den ersten Minuten wird es peinlich, und aus dem dunklen Zuschauerraum kommen Pfiffe und heulende Rufe. Das Lächeln der Mädchen ist steif, ihre Mundwinkel wirken verspannt. Karina sieht aus, als würde sie am liebsten gleich wegrennen. Sie drücken sich eng aneinander, obwohl sie die ganze Bühne für sich haben, und ich sehe, dass Ellu zwischen zusammengebissenen Zähnen hysterisch lachen muss. Sie tanzen eine halbe Ewigkeit mit winkenden Armen und schaukelnden Röckchen vor und zurück, bis die Musik verstummt und sie kurz stehen bleiben, bevor sie zum Ausgang trippeln, begleitet von einem Riesenpfeifkonzert und Applaus, der gar nicht mehr aufhören will.

Danach kommen nur noch wenige Programmpunkte. Erst Anna und dann Linda, und wenn mit Anna alles gutgeht, dann kommt noch mal Anna, mit ihrer Extranummer. Ich schaue auf Musik-Gabby, die auf die Bühne tritt, nachdem die Baströckchen abgetreten sind. Sie nimmt das Mikrophon und schenkt Maria ein betretenes Lächeln, aber die steht immer noch da und winkt ihr Schönheitsköniginnenwinken, das sie wahrscheinlich gründlicher geübt hat als die ganze Choreographie. Dann verschwindet auch sie. Gabby fängt an zu sprechen, aber das Mikro ist nicht an. Sie lacht kurz, schaltet es an und schüttelt den Kopf über ihre eigene Blödheit.

»Okay«, sagt sie und verbeugt sich leicht vor dem Publikum. »Okay, meine Damen und Herren, jetzt kommt der Augenblick, auf den wir alle gewartet haben. Nicht, dass nicht alle Nummern toll gewesen wären, überhaupt nicht. Aber es war eben ein besonders begabter Jahrgang, den wir Ihnen diesmal präsentieren durften.

Leider beginnt sich der Abend seinem Ende zuzuneigen, und wir haben uns das Beste mal wieder bis zum Schluss aufgespart.«

Sie legt eine Pause ein. Schaut auf den Vorhang.

»Meine sehr verehrten Damen und Herren, ich habe die Ehre und das Vergnügen, Ihnen die Nachtigall der Schule vorzustellen, die heute zum ersten Mal auf einer Bühne steht: Anna Hartmann!«

Wir applaudieren, obwohl wir gar nicht wissen, warum, und Gabby verbeugt sich und geht zum Klavier. Sie setzt sich hin. Die Vorhänge gehen auf. Mitten im Licht eines eiskalten Scheinwerfers steht Anna.

Es wird ganz still im Saal. Alle recken die Hälse. Die Jungs aus der Neunten warten. Gabby schlägt einen vollen Akkord an.

Annas Stimme dringt glasklar zum Publikum, und sie singt nicht nur nicht schlecht – sie singt einfach umwerfend gut. Sie singt Josh Grobans »You Raise Me Up«, und schon bei den ersten Tönen geht ein Raunen durchs Publikum. Ich sehe, wie Micke und Kriba aufhören, sich gegenseitig anzustoßen, und einfach nur dasitzen und zuhören. Egal, was sie vorhatten, sie werden es jetzt schön bleiben lassen. Das ist nicht der richtige Ort und die richtige Zeit dafür. Anna hat eine seltsame Art von Sternstunde da oben auf der Bühne, und das war so überhaupt nicht abzusehen. Das Trio Sussi, Nettan und Linda wird es wirklich schwer haben, diesen Auftritt zu schlagen. Die drei, die eigentlich auf Annas Kosten strahlen und triumphieren sollten, laufen nun Gefahr, ein komisches, kleines Intermezzo vor Annas finalem Sieg abzuliefern. Als sie fertiggesungen hat, brandet wilder Applaus auf. Anna verbeugt sich höflich auf der Bühne und geht leicht verwirrt wieder hinter die Kulissen, während Gabby erneut auf die Bühne tritt.

Sie kündigt das Trio als »kein bisschen weniger begabt« an, und dann entern die drei die Bühne, ein unsicheres Grüppchen, das sich dicht aneinanderdrängt. Sussi und Nettan halten sich an den Händen, und Linda schaut auf die Gesichter im Halbdunkel des Zuschauerraums. Ihre Mutter ist nicht da. Natürlich nicht. Die war nie da. Nicht mal, als Linda noch klein war und mit Engelsflügelchen und Tannenbaumglitzer im Haar über die Bühne hüpfte. Damals hatte sie ja mich. Meine Familie. Mama und Papa sagten ihr immer, dass sie sehr stolz auf sie seien. Und als sie den Blick so über Bekannte und Unbekannte gleiten lässt, entdeckt sie plötzlich mich. Es kommt mir vor, als würde sie sich entspannen, nur ein wenig, und als würde ein Lächeln in ihre Augen treten. Die Scheinwerfer blenden sie, und sie fängt an zu schwitzen. Es ist so weit. Sie holt zitternd Luft und hebt das Mikrofon an den Mund.

Schon nach den ersten Tönen lacht das Publikum über dieses Mädchen, die kleine dicke Blonde in den schlampigen Shorts. Sie fängt mit dem falschen Lied an. Sie singt ein paar Zeilen, ohne etwas zu merken, fröhlich, laut und falsch, bevor sie verwirrt verstummt und versucht, den Rhythmus zu finden. Sie schnipst mit den Fingern, runzelt die Stirn und schaut ihre Freundinnen an, zwei süße braunhaarige Mädchen, die tatsächlich ziemlich gut singen, mit leichten, hellen Stimmen. Sie singen Christina Aguileras »Beautiful« mehrstimmig, und ihre Stimmen weben sich ineinander. Die große Blonde tritt einen Schritt näher an sie heran und beugt sich vor, um sie besser zu hören. Sie fasst ihre eine Freundin an der Schulter und wird abgeschüttelt. Die zwei Braunhaarigen scheinen sich gar nicht um sie zu kümmern, sie lachen nur fröhlich und machen weiter mit ihrer Armchoreographie. Die große Blonde stimmt noch einmal das falsche Lied an, verstummt dann aber endgültig und wankt unsicher zurück in den Schatten, wo sie noch eine Weile stehen bleibt, bevor sie zum Ausgang läuft.

Ich stehe rasch auf und renne geduckt hinter den Bankreihen entlang, und jetzt weiß ich, dass Finnisch-Helena mich gesehen hat, denn sie versucht mich festzuhalten, und ich höre sie zischen:

»Hey, du sollst zum Direktor, wenn das hier vorbei ist!«, aber ich schlage ihre Hand weg und schlüpfe durch die Tür zur Umkleide.

Dann laufe ich wieder durch das Chaos aus Klamotten, die man einfach nachlässig ausgezogen und auf den Boden geworfen hat, und Taschen, die in Stapeln herumliegen, und während ich sie suche, bin ich total unvorbereitet darauf, wie ich sie vorfinden werde. Und dann kann ich Linda Lindqvist nur noch im Arm halten, während über der Kloschüssel das Licht flackert und sie herausblökt, dass sie doch Britneys »I'm Not a Girl« singen sollten. Es ist furchtbar, ihren warmen, verschwitzten Körper so im Arm zu halten und sich zu denken, dass sie gewissermaßen gerade kaputtgeht, dass irgendetwas in ihrem Inneren gerade dabei ist, für immer zu verschwinden, und sie vielleicht nie wieder dieselbe sein wird. Und zu sehen, wie sie ganz hart und verschlossen wird und sich sagt: »Scheiß drauf.«

Sie steht auf und geht zum Spiegel, streicht sich über die Wangen und wischt sich die verlaufene Wimperntusche unter den Augen weg. Dann sieht sie mich mit der zweideutigsten Miene der Welt an. Sie schnaubt. Lächelt mich an und sagt:

»Scheiß drauf. Denn weißt du was? There's always Britney, bitches.«

Es leuchtet in allen Fenstern, als ob man mit Scheinwerfern nach mir suchen würde, und ich sehe, dass Mama nicht allein ist. Ich halte meine eigenen Arme umklammert, als ich auf die Haustür zustapfe. Vor ein paar Minuten habe ich Linda vor ihrer Tür abgesetzt, und sie ist mit langsamen Schritten nach Hause gegangen, zögernd, genauso wie ich, in diesem Schwebezustand vorübergehender Freiheit, wenn man noch nicht zu Hause ist und niemand weiß, wo man gerade ist.

Die Tür geht auf, bevor ich das Licht im Treppenhaus anschalten kann, und ich höre gedämpfte Stimmen aus der Küche. Fatima lässt mich herein. Ich habe mir ein Paar viel zu kleiner Schuhe geklaut, und meine nassen Füße fühlen sich völlig kaputt an. Es ist mir scheißegal, was jetzt kommt, Hauptsache, ich kann meine Schuhe ausziehen, trockene Klamotten anziehen und einen heißen Tee trinken oder irgendwas anderes, was den Eiskristallen in meinem Blut Beine macht. Trotzdem sind meine Schritte bleiern, als ich langsam die Treppe hochgehe.

Mama sitzt am Küchentisch. Sie steht auf, als ich eintrete. Aisha eins und Aisha zwei stehen sprachlos am Herd beziehungsweise am Küchentisch. Eine Weile stehen wir alle da und schauen uns an, dann fliegt Mama mit ausgestreckten Armen auf mich zu und packt mich bei den Haaren. Ich hebe die Hände, um mich zu verteidigen, und wir ringen miteinander. Sie schlägt mit der flachen Hand auf mich ein, und ich versuche, sie auf Abstand zu halten. Aisha eins und Aisha zwei schreien durcheinander, die eine ruft, Mama solle mich in Ruhe lassen, die andere ruft, dass Aisha Mama in Ruhe lassen soll, und Aisha zwei zerrt an Mama, während Aisha eins an Aisha zwei zerrt. Fatima schreit auf Arabisch, dass Satan unsere Körper verlassen möge und wir zur Besinnung kommen sollen. Dann rennt sie kurz zur Tür, weil sie sie hat offen stehen lassen, und dann ist sie wieder da und nimmt ihr Geschrei wieder auf.

Ich sehe Mamas Gesicht aus nächster Nähe. Die zusammengebissenen Zähne und die wahnsinnig glitzernden Augen.

»Hast du eine Ahnung, was es kostet, an einem Samstagabend ein zerbrochenes Fenster ersetzen zu lassen? Hm?«, jammert sie, und ich halte ihre Handgelenke fest.

»Lass mich los!«

»Verdammtes Kind! Verdammtes Kind! Ich verwünsche die Tage, an denen ich euch geboren habe!«

»Hör auf, Mama!«

»Ich? Ich soll aufhören? Oh nein! Du sollst aufhören. Du sollst aufhören, in der Stadt und weiß Gott wo sonst noch rumzurennen, und du sollst jeden Tag in die Schule gehen und bis Unterrichtsende dortbleiben, und du sollst einen *hijab* tragen, und du sollst anfangen zu beten, und du sollst … und wenn ich dich dafür erschlagen muss!«, brüllt Mama.

Sie stößt mich heftig von sich, und ich lande auf dem Küchenboden.

»Die Teilnahme an der Weihnachtsfeier ist Pflicht!«, rufe ich ihr nach. »Wenn man nicht hingeht, muss man die Klasse wiederholen.«

Mama kommt zurück. Sie hat ein schwarzes Tuch in der Hand.

»Ha!«, sagt sie. »Ich hab mit deiner Klassenlehrerin gesprochen. Du musst die Klasse sowieso wiederholen. Da hilft dir auch keine Weihnachtsfeier.«

Sie wickelt sich das Tuch um die Hände.

»Außerdem gibt es in den Schulen keine Feste, bei denen die Teilnahme Pflicht wäre«, sagt sie. »Niemand kann dich zwingen, die Klasse zu wiederholen, weil du eine Weihnachtsfeier verpasst hast.«

Sie fällt neben mir auf die Knie. Wie auf ein geheimes Signal kommen Aisha eins und Aisha zwei auf mich zu und halten meine Arme fest. Mama bindet mir das Tuch um. Ich ersticke fast, so fest knüpft sie das Tuch um meinen Kopf, und dazu murmelt sie die *shahada*. Ich versuche mich loszureißen, aber ich spüre, wie der Stoff immer fester zugezogen wird, es fühlt sich an, als müsste mir gleich der Kopf implodieren. Alles wird schwarz. Vor meinen Augen blitzt es, und ich schreie los:

»Hör auf! Hör auf! Ich werde mein Haar niemals bedecken! Lieber sterb ich!«

Da wird es schlagartig still. Ich schlage die Augen auf. Mama sitzt vor mir auf dem Boden. Von mir abgewandt. Aisha eins und zwei lassen mich los. Mama vergräbt den Kopf in den Handflächen. Ihre Schultern zucken. Sie weint so laut, dass ich zu ihr krieche und ihr die Hand auf die Schulter lege. Fatima steht an der Tür.

»Kommt«, sagt sie zu Aisha eins und Aisha zwei, und die beiden stehen verwirrt auf.

Als die Tür zugeht, lege ich Mama vorsichtig von hinten die Arme um den Hals, aber sie weint immer nur weiter. Also stehe ich auf, gehe in mein Zimmer und ziehe mir langsam das Tuch vom Kopf. Das Fenster ist wieder heil. Als wäre nichts von alldem wirklich passiert.

Später liege ich im Bett unter der Decke und horche auf ihre Schritte, die über den Flur näher kommen. Sie schiebt die Tür mit den Fingerspitzen auf, wie sie es immer macht. Ich brauche gar nicht hinzuschauen, um es zu wissen.

Kurz bevor ich ihre Schritte hörte, las ich, dass Britney in die Klapse eingeliefert worden ist, drogenabhängig und psychotisch, nachdem sie sich mit den Kindern auf der Toilette eingesperrt und gedroht hatte, sich und ihnen das Leben zu nehmen. Ich musste an Linda denken. Dass sie das hier auch lesen wird, wenn sie ganz allein auf ihrem Bett sitzt, frisch geduscht und durchgewärmt, und ich wusste, dass nichts jemals besser werden würde.

Ich liege mit dem Rücken zur Tür. Es ist dunkel. Draußen heult der Wind. Mama bleibt an der Schwelle stehen. Schweigen. Dann sagt sie:

»Ich wollte Samira besuchen gehen. Kommst du mit?«

Ich versuche, ganz gleichmäßig zu atmen. Und nicht zu schluchzen. Sie bleibt stehen.

»Leila, entschuldige.«

Ich bewege mich nicht. Atme gleichmäßig. Schließe die Augen.

Januar 2008

Leila

KAPITEL 38

Keine Amina Wadud

Als Jasminas SMS kommt, hat das neue Jahr schon angefangen.

»Ich weiß, was passiert ist. Komm ins Einkaufszentrum.«

Wir treffen uns in dem Café, das sie anscheinend am liebsten mag. Ich muss mich ein paarmal umschauen, bevor ich sie an einem Tisch ganz hinten im Halbschatten entdecke. Sie sitzt bewegungslos da, igelt sich ein, zerzaust und elend, und ich sehe, dass sie geweint hat. Ihre Augen sind klein und rotgerändert. Sie ist ungeschminkt.

Ich setze mich, und als ich sie anschaue, beginnen ihre Lippen zu zittern, aber sie fängt sich wieder, und ich gehe mir einen Latte bestellen. Nicht, weil ich einen haben will, sondern weil die Zubereitung genau so lange dauert, dass ich mich auf das vorbereiten kann, was Jasmina mir gleich sagen wird.

Als ich an den Tisch zurückkomme, sitzt sie da und nagt an ihrem Zeigefingernagel. Es ist der letzte, den sie noch hat, die anderen sind schon alle abgekaut. Sie sieht mich an und schüttelt den Kopf.

»Weißt du, wie oft ich mir gedacht habe, dass ich sie dazu bringen könnte, mit ihm Schluss zu machen, wenn ich nur die richtigen Dinge sage, die richtigen Worte finde … Trotzdem hab ich es einfach so weiterlaufen lassen, ich Trottel. Ich habe es noch gefördert. Wollte, dass sie glücklich ist, auf eine ganz einfache Art. Verliebt. Ich wollte sie in Ruhe verliebt sein lassen. Wollte ihr das nicht wegnehmen. Sie war noch nie verliebt gewesen. Niemals. Ich dachte, sie könnte das gar nicht.«

Sie verstummt, und ich trinke den eklig süßen Latte, während ich hoffe, dass ich nichts sagen muss, denn ich habe keine Ahnung, was sie meint oder was ich antworten soll. Aber nach einer Weile spricht sie einfach weiter.

»Es war schon ein paar Monate Schluss zwischen den beiden. Samira hatte angefangen, ein Kopftuch zu tragen, und sie hatten sich deswegen gestritten. Dann war er nicht mehr aufgetaucht. Aber eines Tages stand er plötzlich vor ihrer Tür, trug eine weiße *abaya* und ließ sich offensichtlich den Bart wachsen. Als sie ihn fragte, ob er auf einen Maskenball wolle, sah er ein wenig gekränkt aus und nahm rasch die weiße Häkelmütze ab. Er erzählte, er habe sich eine Weile versteckt halten müssen, weil er sich vor seinen Kumpels so nicht zeigen konnte. Aus ihrer Sicht war er herausstaffiert wie der Teufel selbst«, bemerkt Jasmina mit einer Grimasse und nimmt einen Schluck aus ihrer Kaffeetasse.

Aber er schien es ernst zu meinen, fährt sie fort, und er sagte, er habe bereits die *shahada* abgelegt, das Glaubensbekenntnis, also war er jetzt wohl wirklich Muslim. Das war toll, und sie selbst hatte ihm die Idee ja in den Kopf gesetzt, warum also sollte ausgerechnet sie sich nun darüber beklagen?

»Trotzdem.« Sie schüttelt den Kopf. »Den einen Tag ist der Typ der größte Rassist, den du dir vorstellen kannst, und hat eine krankhafte Angst vor allem und jedem, und am nächsten Tag kommt er an und sieht aus wie ein *taalibun*, du weißt schon, so ein Student an einer religiösen *madrassa*. Das konnte nicht gut ausgehen, das war mir damals schon klar.«

Er wollte heiraten. Das war klar. Niemand macht so etwas Extremes, wenn es ihm nicht ernst ist, und Jasmina hatte es für eine gute Entwicklung gehalten. Und als Samira ihn so sah … Jasmina zuckt mit den Schultern.

»Es war nicht zu übersehen, dass sie völlig hingerissen von ihm war. Sie lächelte, auch wenn sie versuchte, es zu verstecken, und ihre Augen glänzten und was weiß ich.«

Jasmina seufzt.

»Ich konnte also nur meine Sachen zusammenpacken und mir ein nicht allzu unbequemes Schlafsofa zum Pennen suchen. Und sie wollten ja alles richtig machen, bevor er einzog, also haben sie geheiratet. Wusstest du das?«

Ich zucke zusammen. Eine Latte-macchiato-Pfütze auf dem Tisch. Ich wische sie mit dem Ärmel auf.

»Nein. Wie hätte sie das denn tun können? Ohne Erlaubnis? Papa hätte niemals …«

Sie unterbricht mich mit gereizter Miene.

»Nicht richtig, natürlich nicht, standesamtlich eben. Sie haben sich registrieren lassen. Nur damit … später keiner kommen und irgendwas behaupten konnte. Dass es ungesetzlich war oder so.«

»Aber der Imam …«

»Sie konnten niemanden finden, der sie trauen wollte. Nicht ohne Farids Erlaubnis.«

Sie seufzt.

»Hier gibt es keine Amina Wadud.«

Ich lasse meinen Latte kalt werden. Mir wird bloß schlecht davon.

»Dann waren sie auch nicht verheiratet«, sage ich.

»Sie waren in *der* Hinsicht verheiratet, die wirklich etwas bedeutet, wenn es um …«

»Nein!«

Jasmina schaut mich nervös an.

»Leila, du musst mir versprechen, dass du das hier niemandem erzählst! Das ist wichtig, verstehst du?«

Jasmina will meine Hand ergreifen, aber ich habe keine Lust, mich von ihr berühren zu lassen. Samira wollte nie heiraten. Das hatte sie immer selbst gesagt. Heiraten bedeutet, dass man seine Familie verlässt, und sie wollte mich nie verlassen.

»*Er* hat sie geschubst, oder?«

»Wer?«

»Piter.«

»Nein, Leila. Hör zu, das war Heikki. Heikki und die anderen. Sie hatten schon spitzgekriegt, was da lief, und waren gekommen, um Piter zu suchen. Er war nicht zu Hause, aber das glaubten sie ihr nicht. Und als sie sie nicht reinlassen wollte, stießen sie sie beiseite. Und sie stürzte ...«

Jasmina bricht ab. Dann fährt sie fort. Sie erzählt, dass sie die Wohnung durchsucht hatten, ohne jemanden zu finden, und danach die Treppe wieder hinuntergegangen waren. Einer von ihnen hatte auf dem Weg hinaus noch kurz Samiras Puls gefühlt und festgestellt, dass sie noch lebte. Das reichte ihnen. Sie ließen sie einfach so liegen, wie einen Müllsack. Mehr war sie für sie wahrscheinlich auch nicht. Danach hielt Piter sich von allem und jedem fern, aber Jasmina war in die Moschee gegangen, um ihn zu suchen ...

Eine ganze Weile sitze ich mit gesenktem Kopf da und atme schwer, während Jasminas Stimme immer leiser wird und schließlich ganz verschwindet. Ich stehe so ruckartig auf, dass mein Stuhl nach hinten umkippt. Schwärze. Als ich das nächste Mal bewusst wahrnehme, wo ich bin, gehe ich bereits. Ich bin draußen, in der kühlen Luft. Sie wollte es nicht tun. Sie wollte es niemals tun! Aber irgendwo in meinem Innersten weiß ich, dass ich ihr unterm Strich doch nichts bedeutet habe. Jedenfalls nicht genug, und was

Jasmina mir da gerade erzählt hat, klang durchaus nach etwas, wozu Samira hätte fähig sein können. Ich renne zur U-Bahn und springe in den Zug.

Sie wartet im Halbdunkel auf dem Sofa. Nur die kleine Lampe auf dem Tisch brennt, und ich zucke zusammen, als ich sie entdecke.

»Wo warst du?«, fragt sie, und ich lege die Schlüssel aufs Regal im Flur.

Ich schäle mich so langsam wir möglich aus der Jacke, um ein bisschen Zeit zu schinden.

»Nirgends«, antworte ich, und Mama seufzt.

»Tja, immerhin dürfte dir dein Klassenlehrer da zustimmen, denn in der Schule bist du jedenfalls nicht gewesen. Du hast so viele Fehlstunden, dass sie mit dem Zählen aufgehört haben. Und sie haben immer und immer wieder angerufen und behauptet, dass sie mit deinem Vater gesprochen haben, aber er sagt, die Polizei hatte die ganze Zeit sein Telefon, also frage ich mich, mit wem sie da gesprochen haben?«

Ich hole tief Luft. Spüre, wie ich mich ausdehne. Alles ist verdreht und verkehrt. Als wäre ich ein tollpatschiger Riese, der versucht, sich auf einen Kinderstuhl zu setzen und aus einer Kindertasse zu trinken. Alles geht kaputt, egal, wie vorsichtig ich es anfasse.

»Ich war bei Samira«, antworte ich.

»So spät? Lüg mich nicht an.«

»Nein, nicht jetzt, aber sonst die ganzen Male. Und dann war ich noch mit Jasmina unterwegs.«

Ich setze mich neben sie, lasse mich an sie sinken und vergrabe das Gesicht in ihrem Wollpulli, während alles aus mir heraussprudelt, alles über Samira und Jasmina und die Schule und Linda, und Mama sitzt zum ersten Mal einfach bloß da und hört mir zu, hält mich bloß im Arm, wie ich es jetzt brauche. Als ich fertig bin, bleibt sie eine Weile schweigend sitzen, drückt die Finger gegen den Mund und starrt in die Luft. Dann reibt sie sich das Gesicht und sagt:

Lää ilaha illa llah muhammadun rasulu llah, und seufzt. Sie schaut mich an.

»Leila. Du musst jetzt richtig gut nachdenken, denn das ist wichtig: Hat Jasmina wirklich gesagt, dass die beiden geheiratet haben?«

»Ja!«

»Und dass er Muslim ist?«

»Das hat Jasmina jedenfalls behauptet.«

»*Lää ilaha ill allah …*«

»Und dass sie keinen Imam finden konnten, der sie richtig trauen wollte …«

»*Muhammadun rasulu llah.*«

»Obwohl sie sich das mehr als alles andere gewünscht hat.«

»*Yaa rabbi …*«

»Aber das wolltet ihr doch die ganze Zeit! Dass sie heiratet. Und jetzt, wo sie es getan hat, ist das ein Riesenproblem! Du sagst doch selbst, man kann nichts Besseres tun, als einen finnischen Muslim heiraten, und genau das hat Samira gemacht. Warum ist das jetzt so falsch, dass sie es gemacht hat?«

»Du bist zu klein, um das zu verstehen«, versucht Mama, aber ich habe nicht vor, so schnell lockerzulassen.

»Ich glaube, ich verstehe das sehr gut! Ihr wollt alles bestimmen, sogar noch, wen sie heiraten soll. Damit ihr den besten Preis für sie bekommt und dann vor allen Leuten angeben könnt, was für einen guten Mann ihr für sie ausgesucht habt. Zumindest Papa will das.«

»Es geht nicht um Geld. Es geht um …«, beginnt Mama, doch sie verstummt wieder.

Eine Weile sagt sie gar nichts. Als würde sie wirklich über

meine Worte nachdenken. Sie schaut mich an, schaut mir richtig in die Augen.

»Morgen gehen wir zu Jasmina«, sagt sie.

»Versprochen?«

»*Wallahi binti*. Versprochen.«

KAPITEL 39

Durch Reden und Beten wird alles besser

Jasmina wohnt am anderen Ende der Stadt. Die Häuser sind heruntergekommen, es sind keine Neubauten wie in manchen Teilen der östlichen Vororte. Karaokebars stehen neben kleinen billigen Pizzerias. Die Bäume hängen düster auf die Balkone und Hausdächer herab und scheinen ihre Zweige bis auf den Boden schleifen zu lassen. Die Straßen sind menschenleer. Nur in den Bars pulsiert das Licht, und die Musik hämmert. In einer Karaokebar plärrt jemand: »Dooris, Doooris, sä veit mun syämmein.«

Ein Rentner, der seinen Hund im Nieselregen spazieren führt, wirft einen raschen Blick auf Mama, wendet die Augen aber genauso schnell wieder ab. Ich senke den Kopf noch tiefer, aber dann überlege ich es mir anders und hebe das Gesicht. Lasse das spärliche Licht auf mich fallen und richte den Blick geradeaus.

Wir stehen vor Jasminas Tür und müssen erst mal eine ganze Weile klopfen. Im Treppenhaus riecht es feucht und schmutzig, irgendjemand kocht anscheinend Kohl, und der Dunst zieht durchs ganze Haus. Auf der anderen Seite der Tür hört man ein Scharren, und ich sehe einen Schatten hinter dem Guckloch des Spions. Dann rasselt das Schloss. Nasrin macht die Tür auf. Wortlos schaut sie uns an, und Mama verbeugt sich leicht.

»*Salaamu 'alaykum*«, sagt sie.

Nasrin schaut zu Boden, tritt aber beiseite und lässt uns eintreten. Es ist still in der Wohnung. Außer ihr scheint keiner zu Hause zu sein. Mama sagt ein paar arabische Höflichkeitsfloskeln, aber Nasrin schüttelt den Kopf und bittet sie, Schwedisch zu sprechen.

»Ich bin Samiras Mutter«, sagt Mama. »Leila kennen Sie schon, oder?«

»Ja. Ich habe Sie erwartet«, sagt Nasrin.

Sie spricht leise und vorsichtig und hat einen starken Akzent. Mama lächelt sie an und sagt, sie freue sich wirklich, sie kennenzulernen.

»Möchten Sie einen Schluck Tee?«, bietet Nasrin an, und Mama nimmt an.

Wir setzen uns hin und schauen uns um, während Jasminas Mutter Wasser aufsetzt. Ich spüre es ganz deutlich. Die Gegenwart. Samira ist hier gewesen. Im Flur kann ich drei geschlossene Türen sehen, und ich frage mich, wie Jasminas Zimmer wohl aussieht. Dort haben die beiden auf ihrem Bett gesessen, Musik gehört und über eine Fernsehsendung gelacht. Die Parabolantenne, die sich draußen an die Hauswand klammert, habe ich schon aus der Ferne gesehen.

Die Teegläser klirren auf dem vergoldeten Tablett, als Jasminas Mutter es zum Tisch balanciert. Dann gießt sie uns ein, ganz einfach und ungekünstelt, ohne die bekannten Zeremonien, und ich werfe einen Seitenblick auf Mama, die keine Miene verzieht.

Eine geraume Weile schweigen wir alle. Die Löffel klirren in den Gläsern. Ich nippe am Tee und verbrenne mir die Lippe. Er ist viel zu süß, also stelle ich mein Glas ab. Nasrin holt einen Teller Kekse. Sie nötigt uns freundlich zuzugreifen. Ich beiße in einen Keks, überlasse ihn dann aber auch seinem Schicksal. Ich fühle mich genauso wie auf den Sofas in Dar El-Shams. Die Sofakissen sind unbequem, ich schwitze, und meine Oberschenkel jucken.

Mama sagt kein Wort. Sie sucht nach dem richtigen Einstieg, findet aber keinen.

»Wohnen Sie schon lange hier?«, fragt sie schließlich, um überhaupt irgendetwas zu sagen, und Jasminas Mutter lehnt sich zurück.

»Ja, fast seitdem wir nach Finnland gekommen sind. Ein paar Jahre in Närpes, aber dann sind wir hierhergezogen.«

Mama macht »m-hm« und nickt, und langsam glaubt sie, dass wir hier überhaupt nicht weiterkommen werden, aber dann fragt Jasminas Mutter plötzlich:

»Und Samira?«

Mama presst die Lippen zusammen.

»Es ist … tja … unverändert. Wir warten immer noch darauf, dass sie … Aber die Ärzte sagen, dass es noch eine Weile dauern kann.«

Ich mache einen neuen Versuch mit meinem Keks und räuspere mich leicht, um ihre Aufmerksamkeit zu erregen.

»Wo ist denn Jasmina? Ich dachte, wenn sie zu Hause ist, könnte ich vielleicht …«

Nasrin lächelt mich an, aber das Lächeln erreicht ihre Augen nicht.

»Hast du es denn noch nicht gehört?«

Ich schlucke ein paar widerspenstige Krümel hinunter und schüttle langsam den Kopf. Millionen von Alternativen rasen mir durch den Kopf. Jasmina im Gefängnis, Jasmina irgendwo tot, Jasmina …

»Jasmina ist nach Hause gefahren.«

Ich atme schneller.

»Nach Hause?«

»Ja, nach Hause in den Iran. Nach Hause zu unserer Familie. Nach Hause!«

Ich sitze einen Moment ganz still da und schaue Jasminas Mutter an. Dann pfeife ich auf alle Gesetze der Höflichkeit und lasse den Keks aufs Tischtuch fallen.

»Was soll das heißen, ›nach Hause‹? Ihr Zuhause ist hier!«

Jasminas Mutter sammelt sich kurz.

»Sie wollte es selbst. Es war ihr eigener Vorschlag. Sie ist für eine Weile nach Hause gefahren, um sich unsere Kultur anzusehen, ihre Wurzeln zu finden, vielleicht auch einen Mann, den sie heiraten kann. Sie braucht Struktur. Disziplin.«

»Aber ist sie da denn sicher?«, fragt Mama besorgt, und Nasrin reibt mit den Handflächen über ihren schwarzen Rock.

»Es ist jetzt sicherer als damals, als wir hergekommen sind. Nicht wie im Krieg. Besser, aber noch nicht ganz gut.«

»Aber sie wollte doch schon heiraten«, wende ich ein, sobald ich einen Satz einwerfen kann.

»Heiraten? Hier? Mit dem Ruf?« Nasrin lacht.

»Aber es war doch schon alles abgemacht! Sie hatte ihr *mahr* bekommen und von ihm gesprochen, als ob …«

»Gesprochen? Von wem?«, unterbricht mich Nasrin.

»Von Habib!«

Nasrin ist einen Moment ganz still. Schüttelt den Kopf und wendet den Blick ab.

»Er … deswegen musste sie verschwinden. Verstehst du? Sie hatte das Geld schon genommen, ohne uns zu fragen. Später, als er es wiederhaben wollte, war es schon weg.«

»Wie viel Geld war es denn?«, will Mama wissen, und Nasrin schaut kopfschüttelnd auf den Tisch, bevor sie antwortet.

»Zehntausend.«

»*Yaa rabbi* …«, seufzt Mama.

Ich sage nichts. Schlucke nur. Als ich den Mund wieder aufmache, hört man meine Stimme kaum.

»Wann kommt sie zurück?«

»Das weiß nur Gott«, erwidert Nasrin.

Mama stellt das Teeglas auf den Tisch.

»Wo wohnt sie?«

Nasrin wendet den Blick zu meiner Mutter, und er verliert seine Schärfe.

»Bei der Familie meiner Schwester. In Teheran«, antwortet sie.

»*Alhamdulillah*«, sagt Mama, und ich merke, wie meine Wangen ganz heiß werden, aber ich sage nichts.

»Manchmal ist es einfach besser wegzufahren«, sagt Jasminas Mutter, und Mama nickt zustimmend, aber ich springe so heftig vom Sofa auf, dass ich mein Glas umschmeiße, und dann stehe ich mit geballten Fäusten vor den beiden und funkle sie an.

»Wie konnten Sie sie fahren lassen? Sie wird da doch nie zurechtkommen! Sie behaupten, dass sie es selbst wollte, aber ich weiß genau, dass Sie sie weggeschickt haben, weil sie allzu lästig wurde, weil Sie sie hier nie hätten verheiraten können!«, rufe ich, und Jasminas Mutter sinkt auf ihrem Stuhl zusammen.

Sie sieht Mama hilfesuchend an, und die streckt die Hand nach mir aus, aber ich drehe mich weg, damit sie die verdammten Tränen nicht sehen, die ich nicht unterdrücken kann.

Ich wische mir die Nase an meinem Ärmel ab, und als ich mich umdrehe, hat sich Jasminas Mutter erhoben und steht mit dem Rücken zu uns. Sie schaut aus dem Fenster. Dort steht sie eine ganze Weile, bis sie sich umdreht, und als ich ihr mit dem Blick folge, entdecke ich etwas auf dem Bücherregal, was mir vorher noch gar nicht aufgefallen war. Ein Kruzifix. Ich schnappe nach Luft. Nasrin schaut ebenfalls aufs Bücherregal, als sie spricht.

»Es war das Beste so. Sie war in Schwierigkeiten geraten. Viel zu viele. Wir sind gute Christen«, sagt Nasrin, und Mama dreht sich zu ihr um, als hätte ihr jemand einen Schlag versetzt. »Als ich erfuhr, dass sie Muslimin geworden war, konnte ich nicht ... Es war besser für sie, nach Hause zu fahren und das alles zu vergessen.«

»Muslimin *geworden*?«, fragt Mama, und Nasrin schüttelt den Kopf.

»Sie hat es getan, damit Samira und sie Freundinnen bleiben konnten. Sie hatte Angst, dass Sie sonst … Wenn Sie es erfahren hätten. Aber es war auch noch etwas anderes. Sie wollte ihre Brüder loswerden. Vor allem Aharon. Jasmina nannte ihn im Scherz Babak. Kleiner Papa. Sie meinte, wenn sie Muslimin wäre, würden sie sie schon in Ruhe lassen. Stattdessen wurde es bloß schlimmer. Aharon sagt, eine Frau ist wie Wolle – je mehr man sie schlägt, umso weicher wird sie. Aber bei Jasmina funktionierte das nicht. Als er erfuhr, dass sie Muslimin geworden war … Er wollte es aus ihr rausprügeln, meinte er, und ich hätte es selbst getan, wenn er es nicht getan hätte. Aber sie rannte davon. Und zwei Wochen später brachte sie ihn mit, Habib, einen Iraner. Einen Muslim! Sie dachte wohl, der könnte sie vor Aharon schützen. Aber wir werden sie niemals einem Muslim geben. Niemals. Wir sind stolz auf das, was wir sind.«

»Aber sie hat mir doch erzählt, dass das die Securityleute waren! Sie hat mir erzählt, dass die Securityleute sie geschlagen haben …«, rufe ich, und Nasrin schnaubt und schüttelt den Kopf.

»Was sollte sie dir denn erzählen? Wer bist du denn? Das ist eine Familienangelegenheit. Was in der Familie passiert, bleibt in der Familie.«

Mama schaut mich an und deutet mit einem Nicken zur Tür. Ich gehe auf den Flur, um meine Jacke zu holen.

»Ich verstehe, dass Sie es jetzt schwer haben, und ich hoffe, Sie können darauf vertrauen, dass Gott das Beste für Jasmina tun wird. Aber könnten Sie uns sagen, ob es irgendeinen Weg gibt, auf dem wir sie erreichen können? Es ist wichtig.«

Nasrin schüttelt den Kopf.

»Wir haben nichts gehört. Die Familie hat … Niemand hat sich gemeldet. Ich weiß nicht … nichts.«

Mama sagt »*ma'assalama*«, und dann gehen wir.

Mama geht sehr schnell, und ich trabe ihr hinterher. Sie ist ganz in Gedanken versunken und hat den Blick stur geradeaus gerichtet.

»Das hätte ich mir doch gleich denken können. Christen!«

Sie spuckt das Wort geradezu aus.

»Das hätte ich mir doch gleich denken können. Ich hab nie irgendwen über sie reden hören. Das erklärt schon einiges. Warum ich nie irgendwen über sie hab reden hören, zum Beispiel. Christen ...«

Sie dreht sich mit gefährlichem Blick zu mir um.

»Wusstest du davon?«

Ich schüttle den Kopf.

»Nein!«

Mama geht so schnell weiter, dass ich fast rennen muss, um mit ihr Schritt zu halten. Ihr Blick irrt hin und her, als würde sie etwas suchen, dabei liegt die U-Bahn-Station direkt vor uns. Wir sprinten an den Karaokebars vorbei, aus denen das Geräusch von Gläserklirren und Stühlescharren dringt. Gelächter. Das Intro zum Tango »Satumaa«. Dann fängt eine tiefe Männerstimme mit warmem Vibrato an zu singen: »Aavan meren tuolla puolen, jossakin on maa ...« Irgendwo jenseits des weiten Meeres liegt ein Land.

Mama bleibt stehen. Sie presst sich die Hand auf den Mund. »Die arme Jasmina ...«

Mama setzt sich auf den Fuß der Steintreppe vor der Karaokebar und bedeckt ihr Gesicht mit einem Eckchen ihres Kopftuchs. Mein Mund ist ganz trocken, ich keuche atemlos und schaue mich um. Wenn sie jetzt bloß keinen Nervenzusammenbruch kriegt. Nicht jetzt.

»Mama ...«

Ich fange an zu heulen und lasse mich neben sie sinken. Sie fängt sich rasch wieder, aber ihre Stimme zittert, als sie sagt:

»Ich weiß nicht, wie viel ich noch aushalten kann, Leila. Bevor ich … einfach …«

Sie atmet ein paarmal tief durch.

»Ich hätte ihr helfen sollen. Ich hätte ihr geholfen, wenn ich gewusst hätte, dass sie es zu Hause so schwer hat.«

»Niemand wusste das!«, sage ich.

»Samira wusste es. Bin ich denn wirklich so? Dass man mir nichts erzählen kann?«

»Nein, überhaupt nicht!«

Aber Mama schüttelt nur den Kopf und starrt ins Leere. Dann zieht sie ihr Handy aus der Tasche.

»Nein, Mama! Bitte! Ruf jetzt nicht den Imam an!«, rufe ich, und sie schaut mich mit gerunzelter Stirn an.

»Bist du verrückt? Warum sollte ich denn den Imam anrufen? Der sagt doch bloß, dass man die Dinge bereden und beten soll. Ich weiß nicht mehr, was ich machen soll, deswegen rufe ich jetzt Farid an. Er wird wissen, was hier zu tun ist.«

Ich sacke in mich zusammen und habe zum ersten Mal das Gefühl, dass es vielleicht besser wäre, wenn Mama den Imam anrufen würde, denn vom Reden und Beten können die Dinge zumindest nicht schlimmer werden.

KAPITEL 40

Shura, Beratung

In unserer Familie ist Papa der Einzige, der nicht mit dem Bus fährt. Er *ist* der Bus.

Als wir zusammen über den spärlich beleuchteten, eisigen Parkplatz des Busdepots schlittern, hat er eine Zigarette in der Hand und die Morgenzeitung unterm Arm. Er grüßt seine Kollegen, die ihm im Dämmerlicht begegnen, griesgrämige und eilige.

Im Inneren des Depots steht der Zigarettenrauch so dick, dass man gar nicht rauchen muss, um einen Nikotinkick zu bekommen, denn die Klimaanlage und vollaufgedrehten Ventilatoren haben nicht den geringsten Effekt, wenn gleichzeitig um die zwanzig qualmende Busfahrer vor ihren Zeitungen, Krapfen und Kaffeetassen sitzen.

Ich stehe hinter Papa, als er Hanna anlächelt und grüßt. Sie steht hinterm Tresen und wartet, während er sich ein Gebäckstück aus der verglasten Auslage aussucht. Hanna stand schon immer dort. Als ich noch klein war, hielt ich sie immer für alt, aber damals muss sie noch richtig jung gewesen sein. Erst in den letzten Jahren ist ihr Gesicht runder geworden, und die Lachfalten haben sich in ihren Augenwinkeln festgesetzt. Ich ziehe den

Tabakrauch tief in die Lungen, und Papa wedelt sich mit der Hand vorm Gesicht herum.

»Keine Ahnung, wie du das aushältst«, sagt er zu Hanna.

»Ach, ist ja nicht mehr für lange. Bald darf hier drin überhaupt nicht mehr geraucht werden, demnächst wird das offiziell«, antwortet Hanna.

»Wenn du bis dahin noch lebst«, sagt Papa kopfschüttelnd, während er Kaffee in zwei Tassen gießt.

Papa fragt mich, ob ich auch etwas haben will, aber ich schüttle nur den Kopf. Er überlegt eine Weile, dann zeigt er auf einen zuckerbestreuten Krapfen.

»So einen hätt ich gern«, sagt er. Hanna lächelt breit hinter ihrem Tresen.

»Das überrascht mich nicht. Pass bloß auf, dass das nicht irgendwann ansetzt.«

Er klopft sich auf den Bauch, von dem Mama immer sagt, dass er alljährlich ein halbes Kilo schwerer wird, und kratzt sich im Nacken.

»Keine Sorge. Das ist nur ein großer Muskel«, sagt er und zwinkert ihr zu, als sie ihm den Teller reicht.

Nachdem er noch drei Stück Würfelzucker in seinen Kaffee hat plumpsen lassen, setzen wir uns an einen Tisch am Fenster. Dort ist die Luft nicht ganz so drückend. Er lässt sich gegenüber von Pertti nieder, grüßt ihn mit einem Nicken und wird nickend zurückgegrüßt. Pertti liest seine Zeitung und schüttelt den Kopf.

»Die Welt ist doch auf dem direkten Weg in den Untergang. Bald ist Busfahrer ein gefährlicherer Beruf als Polizist oder Feuerwehrmann. Am Wochenende hat schon wieder einer was auf die Schnauze gekriegt«, sagt er, und Papa schlägt die Zeitung auf, um zu den Hauptstadtnachrichten zu blättern.

»Armer Kerl …«, murmelt Papa, während er den Artikel überfliegt.

Ein Busfahrer wurde von zwei Jugendlichen gegen den Kopf getreten, als er ihnen das Rauchen und Trinken im Bus untersagen wollte. Nach Angaben der anderen Fahrgäste traten die Jugendlichen noch auf ihn ein, als er sich schon nicht mehr bewegte. Papa schaut Pertti über die Zeitung hinweg an.

»Kein Monat ohne solche Nachrichten. Bald traut man sich nachts nicht mehr anzuhalten, um Leute einsteigen zu lassen«, sagt Pertti. »Letzte Woche haben sie einen Taxifahrer niedergestochen, und vor ein paar Wochen wurde Arska bedroht, von so einem jungen Kerl, der ihm mit der Heroinspritze vor der Nase rumgefuchtelt hat …«

Sie schütteln beide den Kopf und schlürfen ihren Kaffee. Pertti wirft über die Zeitung einen Blick auf mich.

»Du hast deine Tochter mit in die Arbeit gebracht.«

»Nein, meine Schicht ist schon um. Wir wollen ein bisschen reden.«

Pertti trinkt seine Tasse leer und steht auf. Die Zeitung raschelt, als er sie zusammenlegt.

»Dann lass ich euch mal alleine. Bis morgen.«

»Bis morgen.«

Dann sind Papa und ich allein. Alle anderen Tische sind vollbesetzt mit Männern verschiedenen Alters, verschiedener Hautfarben und verschiedener Nationalitäten. Ich beuge mich über meine Kaffeetasse und blinzle den Rauch weg, der mir in den Augen brennt. Papa legt die Beine auf altdamenhafte Art übereinander, eine Eigenart, die ich hasse, aber die alle Männer in Dar El-Shams haben, und das, ohne dadurch im Geringsten an Männlichkeit einzubüßen. Ich warte, dass er etwas sagt, und das tut er auch, aber bevor er den Mund aufmacht, betrachtet er mich eine ganze Weile schweigend.

Alle sagen, dass Samira Papa ähnlich sieht. Dass sie Papa so ähnlich sieht, dass es Mama wahnsinnig macht. Jetzt sehe ich es auch. Sie haben denselben Blick. Dieselbe Augenfarbe. Dasselbe Lächeln in den Mundwinkeln. Ich denke, wenn ich jetzt anfange zu flennen, dann sterbe ich, also reiße ich mich zusammen, aber sein Blick ist ganz weich, als er mich *binti* nennt, sein kleines Mädchen. Er fragt mich, wie es mir in letzter Zeit so ergangen ist, und ich antworte: »Wie immer«, und er nickt, denn er weiß genau, was das bedeutet. Wir reden Arabisch mit Maghrebslang, damit niemand versteht, was wir sagen, denn das ist bequemer.

»Ohne dich ist sie ganz allein«, sagt Papa.

»Sie hat doch Gott«, antworte ich, und er nickt wieder, bekommt aber einen verhangenen Blick.

»Den hast du auch, Leila«, sagt er.

Ich schüttle den Kopf.

»Nee. Mama teilt nicht gern.«

»Und du hast mich«, fügt er hinzu.

Wir schweigen ein wenig, dann sagt er:

»Was meinst du eigentlich zu dieser ganzen Sache?«

»Zu welcher Sache?«

»Heiraten.«

Im ersten Moment wird mir innerlich eiskalt, denn ich erinnere mich nur zu gut, wie Jasmina mich immer damit aufzog, dass Papa eines Tages nach Dar El-Shams fahren und mir nach seiner Rückkehr eröffnen würde, dass ich verheiratet worden bin. So was passiere ständig, behauptete sie, und jedes Mal, wenn Papa eine Reise in den Maghreb ankündigte, kriegte ich schreckliche Angst.

»Wusstest du, dass Samira geheiratet hatte?«, fragt er dann.

Da nehme ich vorsichtig einen Schluck Kaffee und bin froh, dass er mich fragt, was ich von der Sache halte, denn das hat bis jetzt tatsächlich noch keiner getan.

»Als Jasmina es mir gesagt hat, war es schon zu spät, um etwas zu unternehmen.«

»Und was hältst du von der ganzen Geschichte?«

Ich stelle die Tasse ab. Ganz vorsichtig. Dann sehe ich ihm in die Augen.

»Passiert ist passiert. Wo es nun schon mal geschehen ist, kann man es genauso gut *halal* machen.«

Papa lächelt leise, als er mich betrachtet.

»Du klingst genau wie deine Mutter, wenn du so was sagst.«

Und obwohl ich es eigentlich nicht so toll finde, genau wie Mama zu klingen, muss ich lächeln.

»Aber …«, sage ich dann. »Was soll denn jetzt passieren?«

»Keine Sorge«, sagt Papa. »Ich regle das schon. Auf maghrebinische Art.«

KAPITEL 41

Britneys Haare

Das Schuljahr geht mit einem Achselzucken weiter, als wäre nichts vorgefallen. Es ist Tauwetter, und ich ziehe mir die Kapuze tiefer denn je ins Gesicht.

Das Schulgebäude stemmt sich gegen den Wind. Drinnen riecht es nach nassen Socken und durchweichten Hosenbeinen, Schulwänden, vielleicht verstecktem Schimmel. Aber in erster Linie riecht es nach Überdruss und Schweiß und Jungs im Stimmbruch. Ein Lehrer watet durch das Hormonmeer. Widerstrebend teilt es sich vor ihm.

Anna ist jetzt offiziell akzeptiert von den Mädchen in der ersten Bankreihe. Sie hat angefangen, hellblauen Lidschatten und rosa Lippenstift zu benutzen, und sie hat einen Freund. Mats. Er spielt Schlagzeug, was seinen Status allerdings nicht hebt. Er trägt Citymarket-Jeans und ein kariertes Flanellhemd und hat Schuppen auf den Schultern, aber die beiden halten Händchen und tuscheln und können durchaus Neid wecken, vor allem bei solchen Mitschülern, die gar keinen haben. Sie haben sich bei den Vorbereitungen zur Weihnachtsfeier gefunden, weiß man zu berichten, und es sieht so aus, als wäre Anna bei Leuten wie Kriba, Maria und Micke völlig von der mentalen Landkarte gewischt worden.

Es kann aber immer noch passieren, dass sie einen kleinen Ausfall in ihre Richtung unternehmen. Irgendjemand sagt:

»Mats, sag doch mal, fickt ihr schon? Ah, mit der ficken ist so super.«

Und dann kichern sie hysterisch.

»Ficken, ficken, ah, ah, ah!«

Und Mats steht da und lächelt mit hochrotem Gesicht, aber er hätte wissen müssen, dass so was passiert, wenn er sich ein Mädchen wie Anna aussucht, denn Anna wird man nicht erlauben zu vergessen. Okay, sie kann singen, und sie hat einen Freund, der Schlagzeug spielt, aber sieht ja jeder, was sie für eine ist, und das darf sie dann auch gerne wissen.

Es klingelt zum Pausenende, und ich schlüpfe gerade noch vor dem Lehrer ins Klassenzimmer. Die Geschichtsstunde beginnt. Aber ein Platz ist leer. Ich setze mich ganz nach hinten. Die Namen werden der Reihe nach aufgerufen. Immer noch keine Linda Lindqvist. Bei ihrem Namen läuft eine Welle träger Energie durch die Klasse. Man dreht sich um und reckt die Hälse. Sie ist sonst immer pünktlich, immer anwesend, um ihre Bemerkungen zu anderen abzulassen und über ihre Namen zu kichern. Heute ist weit und breit keine Linda zu sehen. Und der Unterricht geht weiter. Ich kann mich nicht konzentrieren. Ich sehe, wie sich die Lippen von Geschichts-Henry bewegen, und höre die Laute, die aus seinem Mund kommen, aber ich verstehe kein Wort. Er redet über die Französische Revolution und Marie Antoinette, die recht bald einen halbkahlen Kopf kürzer werden sollte, aber ich lausche die ganze Zeit nach Geräuschen auf dem Korridor. Nichts.

Dann Schritte, ein bescheidenes Klopfen, der Lehrer blickt auf, und alle schauen zur Tür. Die Tür geht auf, und Sebu kommt herein. Er grinst und sagt:

»Entschuldigung für die Verspätung.«

Die Klasse stöhnt, dann dreht man sich wieder um, und es geht weiter. Ich bin nicht da. Ich bin bei Linda. Gespannt horche ich nach irgendeinem Geräusch, aber auf dem Flur ist es völlig still. Und dann, als ich gerade beschlossen habe, aufzustehen und zu gehen, ertönt ein diskretes Klopfen, vor dem man keine Schritte gehört hat, und die Tür geht auf. Henry blickt abermals auf. Die Klasse erwacht aus ihrem Dämmerschlaf. Es ist Linda. Jemand sagt:

»Voi vittu.«

Ich seufze tief und merke, wie meine Nervosität zurückkehrt. Irgendetwas ist mit Linda. Irgendetwas ist nicht so, wie es sein sollte. Sie trägt den hellgrünen Kapuzenpulli, den Maria ihr mal gegeben hat, hat die Kapuze tief in die Stirn gezogen und hält sie dort fest. Es herrscht vollkommene Stille, während sie sich mühsam einen Weg zu ihrem Platz bahnt. Keiner sagt einen Ton, am allerwenigsten Henry, und dann setzt sich Linda Lindqvist in die erste Reihe und schlägt die Kapuze zurück.

Ein Raunen geht durch die Klasse. Irgendjemand schreit auf. Henry steht auf und weicht einen Schritt zurück. So etwas hat er, der doch eigentlich schon alles gesehen hat, wirklich noch nie gesehen. Man sagt:

»Voi vittu!«

»Mein Gott!«

Und:

»Oh verdammt!«

Linda Lindqvists rasierter Schädel hat Falten im Nacken. Linda Lindqvists rasierter Schädel weist kleine Schnitte auf, wo die Rasierklinge Muttermale aufgeschnitten hat. Linda Lindqvist hat sich mit schwarzem Filzstift »4 Britney« auf den rasierten Schädel geschrieben. Geschichts-Henry tastet bleich nach seiner Brille.

»Geh zur Schulkrankenschwester«, sagt er. »Geh sofort zur Schulkrankenschwester.«

Und Linda Lindqvist gehorcht. Sie steht auf und geht, und die

Leute pressen sich die Hand vor den Mund und tauschen Blicke und flüstern:

»Vittu, jetzt ist sie völlig ausgeflippt!«

Und ich springe auf und renne hinaus und ihr hinterher, aber ich kann sie nirgends finden.

Sie macht mir die Tür auf. Sie ist viel zu blass und hat sich den kahlen Kopf mit einem gepunkteten Tuch verhüllt.

»Hej, du Landei«, sage ich. »Willst du zum Kühemelken?«

»Hier werden heute keine Kühe gemolken«, murmelt sie und dreht sich um.

Am Küchentisch sitzt ihre Mutter und blättert in einer Zeitschrift. Neben ihr steht eine offene Bierflasche. Sie hat eine Dauerwelle und einen grauen Teint. Im Aschenbecher raucht eine Zigarette vor sich hin. Ich rümpfe die Nase und schaue Linda an, die schon fast bei ihrem Zimmer ist.

»Hej Leila«, ruft Li-Anna mir nach, und ich murmle eine Antwort.

»Da sitzt sie und raucht und trinkt«, sagt Linda und klaubt währenddessen Klamotten von ihrem Bett, schüttelt sie aus und faltet sie zusammen, aber dann hört sie wieder auf. Und fängt wieder von vorne an.

Auf dem Bett liegt eine aufgeschlagene Zeitschrift. Ich sehe Britneys kahlen Kopf. Und auf einem anderen Bild die lila Perücke, die sie jetzt benutzt.

»Früher hat sie nie geraucht, aber jetzt hat sie angefangen, Mann, die sieht aus, als würde ihr das ganze Gesicht schmelzen«, sagt Linda, und jetzt weiß ich endgültig nicht mehr, von wem sie gerade redet, also nicke ich nur.

Dann steht sie da, mit einem gelben Pulli in der Hand, und schaut mich mit feuchten Augen an. Der Kajal ist an den Rändern schon etwas verwischt.

»Was haben sie über mich gesagt, nachdem ich weg war?«, will sie wissen, und ihre Stimme dringt kaum bis zu mir.

Linda Lindqvists Stern ist am Sinken, aber ich will es nicht aussprechen, also antworte ich ausweichend.

»Ach, eigentlich gar nichts. Wie immer, du weißt schon.«

Sie kann sich nicht aufraffen, weiter nachzubohren, also faltet sie den Pulli immer kleiner zusammen, bis sie ihn am Ende aus der Hand wirft und sich aufs Bett setzt. Sie legt sich die Hand mit gespreizten Fingern auf den Kopf, als wollte sie diesen kahlen Schädel schützen, der wirklich ganz schön hässlich aussieht. Sie zieht sich das Tuch vom Kopf.

»Oh Gott, was hab ich bloß getan? Vittu!« Flüsternd und zitternd buchstabiert sie K-a-t-a-s-t-r-o-p-h-e.

»Das wächst doch nach«, sage ich, aber sie scheint mich gar nicht zu hören. Sie wiederholt nur die ganze Zeit ihre Frage und flucht und zittert, bis ich irgendwann aufstehe und mich neben sie setze.

Sie rollt sich auf meinem Schoß zusammen, und ich lege die Arme um sie. Ihre Finger krallen sich in meinen Pulli. Vorsichtig berühre ich ihren klebrigen Kopf, auf dem schon die Stoppeln nachwachsen, landstraßengrau, aber glänzend.

»Du siehst aus wie eine Kiwi«, sage ich. »Jetzt kannst du auf jeden Fall ausprobieren, wie du mit so gut wie jeder denkbaren Frisur aussiehst. Von kurz bis lang.«

Ein erstickter Laut kommt von meinem Schoß. Zuckende Schultern.

»Ich kapier einfach nicht, wie du die ganze Zeit so nett sein kannst. Wo ich so eine …«

Darauf gebe ich keine Antwort. Ich halte sie nur im Arm. Denn ich bin nicht nett. Ich bin feige. Zu feige, um Linda loszulassen und sie tun zu lassen, was sie will.

KAPITEL 42

Der Raub des Bräutigams

Eines Abends, als ich nach Hause komme, sitzt Papa am Küchentisch, und Mama sitzt ihm gegenüber. Sie haben sich beide vorgebeugt und reden mit gedämpfter Stimme, obwohl sonst keiner im Zimmer ist, und als ich die Wohnungstür zuwerfe, verstummen sie. Ich gehe in die Küche und sehe die beiden dort sitzen. Sie schauen mich an. Ihre Augen wirken schrecklich ernst. Ich wickle meinen Schal vom Hals und mache mich schon mal aufs Schlimmste gefasst. Papa schaut auf den Tisch und fummelt mit den Fingerspitzen an ein paar Brotkrümeln herum. Ich hänge meine Jacke auf, schnappe mir meine Schultasche und bin schon drauf und dran, in mein Zimmer zu gehen, da sagt Mama, ohne mich anzusehen:

»Komm her und setz dich.«

Mit ihrer freien Hand schiebt sie mir einen Stuhl hin, und ich setze mich. Dann sitzen wir schweigend da, und Papa blinzelt auf seine Krümel, und Mama lässt den Blick in der Finsternis hinter der Fensterscheibe verschwinden. Rasch gehe ich in Gedanken die möglichen Alternativen durch: Großmutter ist tot, Samira wird nie wieder aufwachen, Samira ist aufgewacht, der Direktor hat angerufen und gesagt, dass ich die Schule sowieso nicht schaffen werde und deswegen genauso gut gleich wegbleiben kann, Papa ist gekündigt worden, und wir müssen uns in der Suppenküche der Heilsarmee anstellen, Mama und Papa lassen sich scheiden, sie schicken mich nach Dar El-Shams …

»Wir haben ihn gefunden.«

Mamas Stimme reißt mich aus meinen Gedanken. Ich sehe sie an, aber sie blickt immer noch aus dem Fenster.

»Dein Vater hat ihn gefunden. Er …«

Weiter kommt sie nicht, denn ihre Stimme stockt, und Papa lässt den Kopf noch tiefer hängen. Ich spüre den Todesschrecken im ganzen Körper. Papa hat ihn doch wohl nicht … Nein, das würde er nicht, oder? Papa schaut mich mit rotgeäderten Augen an und erzählt, wie er eines Freitags mit Rashid in die Moschee ging und wie er vorher lange zögerte und an der Tür schon wieder umkehren wollte, aber dann doch die Schuhe auszog und sie bei den anderen ließ und *wudu'* machte. Während Papa sich wusch, bereitete er sich innerlich auf die Begegnung mit Piter vor. Er zitterte am ganzen Körper und wusste nicht, wie er sich beherrschen sollte, wenn er ihn erst sah, aber als es geschah, ging es überraschend leicht. Papa entdeckte ihn fast sofort, als er eintrat, aber er setzte sich trotzdem ans andere Ende des Raumes, wo er versuchte, sich erst mal auf den Imam zu konzentrieren, der vom Leid der islamischen Brüder und Schwestern in Palästina redete, doch es wollte ihm nicht recht gelingen. Stattdessen hörte Papa mit an, wie irgendjemand laut mit seiner Frau telefonierte, die offenbar im separaten Betraum für die weiblichen Gläubigen saß, wie irgendjemand Sean Kingstons »Beautiful Girls« auf dem Handy anhörte, und die ganze Zeit zwickte und zwackte es ihn im ganzen Körper. Als es Zeit für *salaat* wurde, klingelten und piepsten die Handys die ganze Zeit weiter, und manchmal rannte jemand hinaus, weil ihn irgendein Verwandter aus der Heimat anrief, und da musste man das Gespräch schließlich annehmen. Papa versuchte sich im

Gebet zu verlieren, aber sein Blick suchte die ganze Zeit nur Piter, den mit dem kahlen Schädel, auf dem langsam der Flaum zu wachsen begann. Piter sah nicht auf, sein Blick war fest auf den Gebetsteppich gerichtet. Mitten auf seinem daunigen Kopf saß eine weiße Häkelmütze, und er trug eine lange weiße *abaya*. Und bevor Papa wusste, was er tat, stand er auf, bahnte sich einen Weg zwischen in die Luft gereckten Hinterteilen, ohne sich darum zu kümmern, wen er unterwegs anrempelte. Die Leute riefen ihm zu, er solle sich beruhigen, und Rashid lief ihm nach und legte ihm beschwichtigend die Hand auf den Arm. Inzwischen hatte die ganze Gemeinde mitbekommen, dass hier jemand das Gebet störte, aber Papa lief weiter auf Piter zu, der mit gesenktem Kopf dastand und leise einen Wunsch in seine nach oben gewandten Handflächen murmelte, doch bevor er sich mit den Händen übers Gesicht streichen konnte, wie man es tun muss, wenn man seine Wünsche an Gott schickt, hatte Papa ihn auch schon fest bei seiner *abaya* gepackt. Er schubste Piter vor sich her, die Leute wichen zurück, und dann kam endlich die Wand und stoppte die beiden, denn sonst hätte er ihn wahrscheinlich noch weiß Gott wie lange vor sich hergetrieben. Erst nach einer Weile brachte Papa endlich über die Lippen, dass Piter seine Tochter niemals hätte anrühren dürfen, und eine Welle aus Gemurmel ging durch die Gemeinde. Alle schienen sich einig zu sein, dass Piter Samira niemals hätte anrühren dürfen.

»Aber du hast es trotzdem getan«, fuhr Papa fort.

Jetzt versuchte auch der Imam, sich durch Schultern und Rücken zu drängen, und reckte sich, um die beiden besser sehen zu können.

»Dann wirst du sie jetzt auch heiraten«, schloss Papa.

KAPITEL 43

Maghrebinische Hochzeit

Das einzige Geräusch, das die Stille durchbricht, ist das Tropfen des Wassers, wenn Mama den Schwamm über der Waschschüssel ausdrückt. Dann fährt sie mit dem Schwamm über Samiras schlafenden Körper. Er streicht über Samiras Hals und Schultern. Die Krankenschwester war überrascht, sie hier zu sehen. Der Schwamm streicht über Samiras Brustkorb und Bauch. Wird ausgewrungen und wieder nass gemacht. Im Grunde kommt sie ja fast gar nicht mehr her.

»Ich will sie waschen«, sagte Mama und erntete einen fragenden Blick.

»Heute ist ihr Geburtstag. Den wollen wir mit der Familie feiern.«

Es ist gar nicht Samiras Geburtstag, aber das hatte die Schwester in der Eile gar nicht überprüft. Sie hatte sie nur in Samiras Zimmer geführt und alles bereitgestellt, was Mama zum Waschen brauchte. Jetzt macht Mama Samiras *ghusl*, wäscht ihr erst die rechte Körperseite und dann die linke, während sie murmelnd *shahada* und *salaat al-Jnaza* aufsagt. Das Gebet für die Toten. Mama holt das weiße Kleid hervor, das sie selbst bei ihrer Trauungszeremonie in Dar El-Shams getragen hat.

Wir haben uns fein gemacht. Papa trägt einen Anzug, Mama ihren schönsten *khimar*, ich habe mir ein glänzendes Kopftuch umgebunden, und Piter hat seine normale weiße *abaya* an, die genauso aussieht wie die des Imams. Piter sieht nervös aus. In der festgeballten Faust hält er die Ringe. Ich sitze neben Samira und halte ihre Hand. Samiras Haar ist frisch gekämmt, ihre Locken liegen ausgebreitet auf dem Kissen. Ihre Augen sind geschlossen, ihr schlaffer Mund steht halb offen. Der Imam nickt Papa zu, der anhebt:

»*Bi-smillāhi r-raḥmāni r-raḥm. Al-ḥamdu li-llāhi iqrāran bi-ni'mati-hī wa-lā ilāha illa 'llāh ikhlāsan li-wahdatīyati-hī wa-ṣallā 'llāhu 'alā Muhammadin sayyidi barīyati-hī wa-'ala l'aṣfiyā' min 'itrati-hī. Ammā ba'du fa-qad kāna min faḍli llahi 'alā l-anāmi an aghnā-hum bil-ḥalāli 'ani l-ḥarāmi fa-qāla subḥāna-hū wa-ta 'āla wa-ankiḥū l-ayāmā min-kum waṣ-ṣāliḥīna min 'ibādi-kum wa-imā'ikum in yakūnū fuqarā'a yughni-himu 'llāhu min faḍli-hī wa-llāhu wāsi'un 'alīm. Wa-qāla rasūlu llāhi, ṣallā llāhu 'alay-hī wa-sallam, tanākaḥū tanāsalū takthurū fa-inn-ī ubāhī bi kumu l-umumi yawma l-qiyāmati wa-law bis-siqt. Wa-qāl, al-nikāḥu min sunnat-ī fa-man raghiba 'an sunnat-ī fa-laysa min-nī. Wa-ṣallā llāhu 'alā Muḥammadin wa-āli-hī ṭ-ṭāhirīn.*«

Er ist Samiras *wali*, ihr Beschützer, ihr Vertreter, und er steht mit gesenktem Kopf neben ihrem Bett, während er rezitiert. Als er verstummt, bittet der Imam Piter, sein *mahr* vorzuweisen, und Piter öffnet die Hand. Die zwei Ringe glänzen in der sparsamen Beleuchtung des Krankenzimmers. Der eine ist aus Silber, der andere aus Gold. Er steckt den Silberring an seinen Finger und ergreift Samiras Hand. Ich lasse sie los, und Piter streift den Goldring über Samiras Ringfinger. Ich senke den Blick und schaue auf den Boden. Piter ist blass und schwitzt leicht. Er heiratet einen Körper, einen Körper, den er einmal haben wollte. Dann macht der Imam weiter. Er fragt Papa, ob Farid Samira in die Ehe mit Piter gibt, und Papa nickt hastig. Dann fragt der Imam Piter, ob er Samira heiraten will. Piter starrt in die Luft und sagt:

»Ja.«

Mama wendet sich ab und tupft sich die Augen trocken.

»Möge Gott uns vergeben«, sagt sie, und Piter senkt den Kopf.

Ich setze mich an Samiras Bett. Halte ihre Hand, an der der Ring matt auf der Haut des Ringfingers glänzt.

März 2008

Leila

KAPITEL 44

Hijab

Die Leere, die Jasmina hinterlassen hat, breitet sich langsam aus. Langsam erobert sie. Lässt alles in ihrem Nichts verschwinden.

Ich packe lauter unwichtige Sachen in meine Schultasche. Ich nehme die Haarbändersammlung mit, ich nehme die Kunstnägel und die einzelnen Ohrringe und den Stapel Fotos und die unfertige Finnisch-Hausaufgabe mit, die Handschuhe und den Steigbügel, den ich mal gefunden habe. Dann ziehe ich den Reißverschluss zu und werfe mir die Tasche über die Schulter.

Es ist schon eine Weile her, dass ich Sachen von der Straße aufgehoben habe. Irgendwann habe ich einfach damit aufgehört. Früher konnte ich mitten in einem Straßenlauf mit Parkour stehen bleiben, bloß weil ich irgendetwas in den Fugen zwischen den Steinen entdeckt hatte, und mein Hintermann rannte direkt in mich hinein oder musste sich zur Seite werfen, um einen Zusammenstoß zu vermeiden. Meistens war es Linda, die dann schrie:

»Pass doch auf, du Vittu-Nutte!«

Aber mittlerweile renne ich an so was einfach vorbei. Es sind bloß Dinge. Dinge, die jemand verloren hat. Sie bedeuten nichts.

Ich öffne die Schranktür und hole das Kopftuch heraus, das Mama mir zum fünfzehnten Geburtstag geschenkt hat, aber ich sage nicht *bismillahi*, als ich es mir umbinde. Ich nehme die Plastiktüte, die ich aufs Bett gelegt habe, und als ich im Spiegel meinem Blick begegne, sieht er genauso aus wie der von Friseusen-Emmi, als sie mich im Spiegel ansah.

»Bist du sicher?«, fragte sie, und ich nickte.

Als ich aus dem Zimmer gehe, wartet Mama draußen auf mich. Sie erstarrt mitten in der Bewegung und wird ganz still. Ihr Blick bleibt an meinem *hijab* hängen, und sie bekommt im ersten Moment den Mund gar nicht mehr zu. Dann atmet sie langsam aus und flüstert:

»*Mashaallah.*«

Aber es fühlt sich überhaupt nicht so an, wie ich es mir vorgestellt habe, und ich reiche ihr die Plastiktüte.

Dann gehe ich. Der Frühling hält langsam Einzug. Papa liebt diese Jahreszeit, wenn wir alle aus dem Winterschlaf kriechen und in die Sonne blinzeln wie die Trolle, mit tränenden Augen und laufender Nase. Wie wir alle ans Meer pilgern, um nachzusehen, ob das Eis schon geschmolzen ist. In unseren dunklen Steppjacken vor dem schmutzigen Schnee, wie die Krähen, sagt Papa.

Ich lenke meine Schritte zum Schulgebäude. Unser Klassenlehrer sagt, dass die Schule wie eine Schublade ist, in der der Schlüssel zu unserer Zukunft liegt, aber jedes Mal, wenn ich diese Schublade aufmache, spüre ich, wie mir das Elend mit einem Luftzug entgegenschlägt, der an meinen Ohren vorbeizieht und zur Tür hinaus. All die Bakterien, die sich in den endlosen Tagen und Stunden zwischen diesen Wänden angesammelt haben, breiten sich in der dünnen Luft aus. Und jedes Mal, wenn die Tür wieder zugeht, sammeln sie sich weiter, die Ausdünstungen von Hunderten von Schülerkörpern, Angst, Schrecken, Verzweiflung, Grippe, unerwiderte Liebe, Neid und hie und da ein Fall von Gonorrhö.

Ich sehe sie, sowie ich den Schulhof betrete. Sie haben sie ein

Stück beiseitegezogen und umringen sie jetzt. Die anderen Schüler werden in Trauben von den lautstarken Stimmen angezogen. Sie sitzt in ihrer abgetragenen Jeans auf dem Boden, und um sie herum versammelt sich das ganze Unheil dieser Welt, Kriba, Micka, Hessu, Calle und wie sie alle heißen, und sie hat kein langes blondes Haar mehr, hinter dem sie ihr Gesicht verstecken könnte.

»Zeig her! Runter mit der Kapuze!«, ruft Kriba und nähert sich mit seinen zaundürren Beinen in der Billigjeans.

Früher haben sie sich um sie geschart. Früher haben sie vor ihrem Haus gewartet, weil sie etwas hatte, was sie haben wollten, während sie oben stand und auf sie herabschaute. Früher wurden sie vom Licht ihres Fensters angezogen, als hätten sie kein eigenes, als müssten sie zu ihrem Fenster pilgern, um ein wenig von ihrer Wärme abzubekommen. Jetzt sitzt sie mit dem Hintern im Schneematsch, der langsam durch ihre Jeans schmilzt, und sie stehen um sie herum und reißen und zerren an ihrer Kleidung.

»Vittu, lasst mich in Ruhe!«, brüllt sie und tritt nach ihnen, und eine Sekunde lang muss ich an Jasmina denken, wie wir in der Stadt unter der Treppe standen, und die Sehnsucht versetzt mir einen Stich.

Aber das hier ist Linda, und sie hat sich die Kapuze über den stoppligen Kopf gezogen, über den meine Hände gestrichen haben. Das Haar wächst zwar, aber es geht doch langsam. Sie behandeln sie grob, viel gröber, als sie Anna jemals behandelt haben. Irgendjemand packt sie am Arm und schleift sie ein Stück über den Hof. Micke tritt sie gegen den Oberschenkel. Zwanzig Meter weiter steht der Physiklehrer, dem die Fusselhaare vom Kopf abstehen, und plaudert mit ein paar von seinen besten Schülern, die mit den krummen Rücken und den Brillen, die auf vogelschnabelartigen Nasen sitzen, und sowohl der Lehrer als auch seine Schüler wünschen sich, dass das Schuljahr bald vorbei ist, damit das Leben endlich anfangen kann. Die Schreie von der Gruppe auf dem Pausenhof klingen nicht anders als die Schreie der Basketballspieler oder die Schreie der Siebtklässler, die sich immer noch Schneeballschlachten liefern, oder die Schreie von allen möglichen Schülern, die sich gegenseitig »Halt endlich die Klappe, Mann!« oder »Geh doch sterben!« zurufen. Deswegen wird man am Ende wahrscheinlich immun, denn man weiß wirklich nicht, ob das jetzt ernstzunehmendes Geschrei ist oder nicht, also schaltet man am besten gleich auf Durchzug. Schaut sich nicht mal um. Denn wenn es was Ernstzunehmendes wäre, hätte man ja sowieso keine Lust einzuschreiten, also ist es besser, man weiß gar nicht erst davon.

Ich renne auf Mickes und Kribas Rücken zu. Ich weiche Schülern aus, die mir plötzlich in den Weg laufen, und ich springe über Rucksäcke, die überall auf dem Hof herumliegen, und ich remple mich durch Gruppen, die mich nicht durchlassen wollen, und dann bin ich auch schon bei Linda. Micke hat ihr gerade das Gesicht mit Schnee abgerieben, und sie spuckt Schnee und Wasser aus. Schwarze Streifen ziehen sich über ihre Wangen. Ihre Kapuze ist heruntergerutscht und entblößt einen Schädel, der immer noch ziemlich kahl aussieht, auch wenn er schon ein bisschen stoppelig ist. Das nachwachsende Haar ist goldblond und kräftig und schön. Nicht grau.

»Vittu, noch so eine …«, sagt Micke und greift sich die nächste Handvoll Schnee.

»Hej, du Lesbe, jetzt seid ihr schon zu zweit«, sagt Kriba.

Ich packe Linda und ziehe sie auf die Füße. Wir stellen uns Rücken an Rücken. Meinen *hijab* habe ich abgenommen, sowie ich um die Ecke gebogen bin, und auf meinen kahlen, rasierten Kopf habe ich »4 Linda« geschrieben. Friseusen-Emmi hat die Haare sorgfältig zusammengefegt und mir in einer Plastiktüte mitgegeben, die ich Mama in die Hand gedrückt habe, bevor ich ging.

Als Linda und ich so dastehen, fühlt es sich an, als müssten wir uns bloß im Kreis drehen, damit wir alle gleichzeitig sehen. Wir sehen die Furcht in ihren Augen, die Unsicherheit, denn jetzt ist es nicht mehr nur eine Einsame, sondern zwei. Zwei Verrückte, denen so ziemlich alles zuzutrauen ist. Ich weiß nicht, wer zuerst loslacht, Linda oder ich, aber wir lachen ihnen direkt ins Gesicht. Micke steht mit dem Schnee in der Hand da und scheint nicht recht zu wissen, was er jetzt damit anfangen soll, also wirft er ihn auf den Boden und schüttelt seinen Handschuh aus. Ich spüre Lindas Rücken an meinem. Wie er sich aufrichtet und stärker wird. Kriba schüttelt den Kopf. Dann löst sich die dicht an dicht stehende Truppe auf. Verschwindet. Der Kreis dünnt aus, wie Rauch in der Luft, und es bleiben nur noch ein paar einzelne Schüler übrig, die schließlich auch davonschlendern.

»Vittu, die zwei sind ja wohl total krank im Kopf«, murmelt Micke und geht mit Kriba davon.

Linda und ich bleiben, wo wir sind. Wir lassen unsere Arme los und drehen uns um, so dass wir uns von Angesicht zu Angesicht gegenüberstehen. Stumm. Was soll man da sagen? In Lindas Augen flackert immer noch das Lachen. Sie kichert. Ich lächle. Und dann sagt sie:

»Danke.«

Ich schaue in eine andere Richtung.

»Ach, nicht der Rede wert.«

Ich schaue sie an.

»Du …«

»Ja?«

»Vielleicht solltest du kurz aufs Klo gehen, dir das Gesicht ein bisschen waschen.«

Sie lässt den Blick über den Pausenhof wandern.

»Oder wir gehen gleich«, sagt sie. »Wir hauen einfach ab.«

Ich nicke. Das können wir natürlich auch machen. Sie streckt mir lächelnd die Hand hin, und ich ergreife sie. Zusammen gehen wir vom Schulhof und schauen uns kein einziges Mal mehr um, obwohl sie uns alles Mögliche hinterherrufen.

August 2008

Leila

KAPITEL 45

Hübsche Mädchen brauchen nicht zu zahlen

Eines Tages fällt geräuschvoll ein Brief durch den Briefschlitz. Es ist ein kleines weißes Kuvert, vollgekritzelt mit arabischen Schriftzeichen in einer Sprache, die ich nicht verstehe. Die Briefmarken haben geometrische Muster, sind mit Stempeln nur so übersät, und der Brief ist ganz offensichtlich mehrmals geöffnet worden, bevor er seinen Weg zu mir gefunden hat. Die Adresse ist auf Schwedisch geschrieben. Der Brief ist an mich adressiert. Mit zitternden Fingern reiße ich den Umschlag auf und falte das einzelne Blatt auseinander.

Nâderi Avenue, Teheran, 25. 07. 2008

Hallo skidi,
schöne Grüße aus der Wiege der westlichen Zivilisation, die inzwischen das Land mit den meisten nose-jobs ist. Du brauchst dir keine Sorgen um mich zu machen, mir geht es gut. Ich fühle mich wie ein Fisch im Wasser. Die anderen hier sind alle genauso scheinheilig wie ich. Die Bars sind im Untergrund. Man raucht Hasch. Tagsüber sitze ich im Café Lorca, in der Nähe vom Daneshjoo Park. Alkohol kriegt man im Armenian Club. Zum ersten Mal in meinem Leben bin ich froh, mich Christin nennen zu können. Auf dieses Leben habe ich mich seit meiner Geburt vorbereitet. Alles ist erlaubt, solange man sich nicht

erwischen lässt, und hier müssen alle ein Geheimnis aus ihrem Vergnügen machen, auch die Jungs, was nur gerecht ist. Man kann sein, wer man sein will. Heute Muslim, morgen etwas anderes. An manchen Tagen laufe ich mit niqab *herum und verstecke ein Sturmgewehr unter meinem Gewand. Ich überlege mir sogar, ob ich nicht zum Militär gehen soll. Dieses Land hat die weltbeste Frauenarmee. Du hast ja keine Ahnung, wie toll sich das anfühlt, wenn man so dasteht und schießt, während einem der schwarze* cador *im Wind flattert.*

Aber du darfst nicht glauben, dass das Leben bis jetzt ein einziges Fest war. Ich habe auch nachgedacht. Viel. Über dich natürlich, aber vor allem über Samira. Man hört ja so einiges, auch hier, wo wir fast auf der anderen Seite des Erdballs sitzen. Anscheinend ist es egal, wie weit man wegfährt, Gerüchte erreichen einen immer. Na ja, in diesem Fall war es Mama, die anrief und Bericht erstattete. Sag Samira, dass ich mich für sie freue. Du ahnst ja nicht, wie viele Abende ich an ihrem Bett saß und versuchte, eine Antwort aus ihr rauszukriegen, nur ein Zeichen, einen Händedruck wie dieses eine Mal, eine Antwort auf die Frage, die ich ihr immer stellte: »Willst du ihn denn?«

Und dann fiel mir eines Tages etwas ein, was Samira mal gesagt hat: Die beste Antwort, die ein anständiges muslimisches Mädchen auf einen Heiratsantrag geben kann, ist ihr schweigendes Einverständnis. Und da kamst du ins Bild. Wir haben im Spaß immer gesagt, wenn man möchte, dass die Eltern etwas auf jeden Fall erfahren, dann muss man es nur seinen jüngeren Geschwistern erzählen. Dann ist mein Plan also aufgegangen, dankeschön. Jetzt ist sie die Seine. Sehr gut. Und wenn ich das richtig verstanden habe, macht sie bei der Reha ja auch gute Fortschritte.

Okay, ich wollte mich bloß mal melden, damit du weißt, dass ich noch am Leben bin. Das war ja nicht ganz sicher. Sag Samira, dass wir uns vielleicht mal wiedersehen. Vielleicht können wir ja zusam-

men auf Hajj gehen, wie wir es mal vorhatten. Na ja, viele Dinge gehen nicht so, wie man sie geplant hatte, ohne dass das Leben deswegen unbedingt schlechter wäre.

Lass es dir gutgehen, und denk immer dran: Nicht zu viel gehorchen, ja?

Pusuja von deiner Musumuija
Jasmina

Ich lasse das Blatt sinken und falte es wieder zusammen. Schlucke den Kloß im Hals hinunter und blinzle ein paarmal. Dann gehe ich hinaus. Die Spätsommerwärme schlägt mir entgegen. Nach diesem Brief muss ich an Samira denken.

Er nimmt sie jeden Tag zu Spaziergängen mit, schiebt ihren Rollstuhl langsam durch den Krankenhauspark. Sie hat eine Decke über den Beinen, obwohl es nicht kalt ist, aber man soll ihre Beine nicht sehen, weil sie so dünn geworden sind. Er versteckt ihr Gesicht hinter großen Sonnenbrillen. Er kämmt ihr die Haare und flicht sie zu Zöpfen. Und manchmal wendet sie ihm ihr Gesicht zu und schenkt ihm ein Lächeln, als würde sie ihn wiedererkennen, als würde sie verstehen. Er hofft auf den Tag, an dem sie ihn direkt anschaut, wie früher, und an dem er ganz sicher sein kann, dass sie weiß, wer er ist. Ihr Mann.

Ich blinzle in das grelle Licht, und der Wind zerzaust mein Haar. Ich trage es auf der einen Seite ganz kurz und auf der anderen länger. Linda meint, ich sehe aus wie eine Lesbe, aber sie sagt es auf eine nette Art. Sie hat sich auch verändert. Ihre Haare sind gewachsen, und gleichzeitig scheint ihr Interesse für die Schule gestiegen zu sein. Wir gehen beide in die Zehnte und wollen unseren Notenschnitt in fast allen Fächern heben, und danach, nächstes Jahr, gehen wir vielleicht aufs Gymnasium. Nachdem Linda im Sommer in der Kleintierklinik gearbeitet hat, hat sie verkündet, dass sie Tierärztin werden will, aber ich habe da so meine Zweifel. Das Einzige, was sie richtig gut könnte, wäre, die armen Viecher einzuschläfern.

Ich laufe zur Haltestelle, um meinen Bus nicht zu verpassen, und Linda sitzt schon dort. In der Zehnten sind nicht so viele Bekannte, und das ist auch ganz gut so. Es fühlt sich an, als hätten wir beide wieder atmen gelernt. Ich setze mich neben Linda, die ein hellblaues Käppi trägt, eine enge Jeans, einen Kapuzenpulli und eine Adidas-Tasche. Ganz hübsch, aber ich kann ein kleines Grinsen nicht unterdrücken. Fucking Adidas. Linda lächelt mir entgegen.

»Hallo«, sagt sie, und ich nicke ihr zu.

Der Bus kommt, aber ich weiß, dass hinterm Steuer nicht Papa sitzen wird. Als ihm klarwurde, dass er die Dinge mit Mama nie wieder hinkriegen würde, wechselte er die Route und zog nach Esbo.

Als Samira endlich aufwachte, geschah etwas mit Mama. Sie legte sich ins Bett und stand gar nicht mehr auf. Als dürfte sie sich erst jetzt ausruhen, nachdem Samira aufgestanden war. Ich glaubte fast schon, ich müsste irgendwann anfangen, sie zu pflegen, wie das Krankenhauspersonal Samira gepflegt hatte. Aber eines Tages, als ich fast schon den Mut verlieren wollte, tauchte plötzlich Großmutter auf.

Nach ihrem Eintreffen hielt Mamas Zustand nur noch zwei Wochen an. Ich habe ja den Verdacht, dass sie schneller gesund werden wollte, damit Großmutter endlich wieder auszieht, aber in der Zeit, die sie unter demselben Dach wohnten, stritten die beiden kein einziges Mal.

Dann war Mama eines Morgens wieder auf den Beinen. Sie bewegte sich zwar langsamer als vorher und lächelte überhaupt nicht mehr, aber Großmutter zwang sie, zum Arzt zu gehen, und danach lächelte Mama ununterbrochen.

Die Tabletten hat sie ganz hinten im Schrank versteckt, damit sie niemand sieht, denn sie ist ziemlich sicher, dass es *haram* ist, fröhlich zu wirken, wenn man es gar nicht ist.

Eines Abends hörte ich sie mit Fatima im Wohnzimmer reden. Sie fragte, ob sie das Richtige getan hatte, als sie versuchte, uns dazu zu bringen, die Regeln unserer Religion zu befolgen, obwohl wir uns dagegen sträubten, und Fatima erwiderte, das könne man nie wissen.

»Aber manchmal glaube ich, es würde dir mal ganz guttun, die Dinge ein bisschen entspannter zu nehmen.«

»Entspannter?«, fragte Mama.

»Ja, du weißt schon. Einfach mal loslassen«, antwortete Fatima.

Mama schien ihren Ohren nicht zu trauen.

»Weißt du noch, dass du mal zu mir gesagt hast, du bist Muslim geworden, weil du inneren Frieden finden wolltest? Denselben inneren Frieden, den ich deiner Meinung nach hatte?«, fragt Fatima.

»Ja«, antwortete Mama.

»Und? Hast du ihn schon gefunden?«

Darauf wusste Mama keine Antwort. Sie schwieg eine ganze Weile, dann sagte sie gallig:

»Deine Mumtaz geht heimlich ins Kino.«

»Ich weiß«, antwortete Fatima.

»Das weißt du?«

»Ich bin Muslima, aber ich bin auch ihre Mutter.«

Schweigen.

»Man muss sich trauen, sie loszulassen«, sagte Fatima. »Wenn sie dann wieder zu einem zurückkommen, weiß man, dass man zumindest etwas richtig gemacht hat.«

Danach bekam ich mehr Taschengeld, und Mama hörte auf, meinen Kleiderschrank zu durchsuchen. Sie meinte, ich müsse selbst Verantwortung für meine Religion übernehmen, und ich bin tatsächlich schon manchmal mit ihr in die Moschee gegangen, und das nicht nur, um sie glücklich zu machen, sondern auch, weil ich mir ein bisschen Sorgen um meine Seele mache.

Lindas Stimme reißt mich aus meinen Gedanken. Ich schaue sie an.

»Hast du gehört?«, fragt Linda.

»Was denn?«

»Sirenen.«

»Nee«, sage ich.

»Doch, hör doch mal genau hin.«

»Ich hör nichts.«

»Ich schwör dir, da waren eben Sirenen«, beharrt Linda.

»Das bildest du dir ein.«

»Riechst du das?«

Linda atmet tief durch die Nase ein.

»Was denn?«, frage ich.

»Es riecht nach Rauch!«

»Ich riech nichts.«

»Doch, ganz deutlich, das ist Rauchgeruch«, behauptet Linda.

»Das ist die Pizzeria.«

»Oder du hast zu angestrengt nachgedacht.«

»Haha. Da kommt der Bus.«

»Wer sitzt am Steuer?«, fragt Linda.

»Keine Ahnung.«

»Hoffentlich Dimitri.«

»Ach, warum denn, der guckt doch immer so schleimig.«

»Ja, eben drum. Er lässt mich immer umsonst fahren, weil er sagt, dass hübsche Mädchen nicht zahlen müssen«, sagt Linda.

»Du hast doch sowieso deine Schülerjahreskarte.«

»Ja, aber trotzdem. Wie oft kriegt man in diesem Loch schon was umsonst?«

»Im Loch kriegt man es wahrscheinlich immer umsonst, auch wenn man's gar nicht haben will.«

»Also echt, pfui.«

Linda stößt mich von der Seite an. Der Bus bleibt stehen. Die Türen gehen auf. Es ist nicht Dimitri.

Glossar

Arabisch

abaya – mantelartiges Übergewand, das vom Kopf bis zu den Füßen reicht

abi – Papi

adhan – Gebetsruf

ahl al-kitab – Buchreligion (islamische Bezeichnung für Christen- und Judentum)

alhamdulillah – gelobt sei Gott

allahu akbar – Gott ist groß

ashhadu anna la ilaha illa llah – ich bezeuge, dass es keinen Gott außer Gott gibt

astaghfirullah – Gott, verzeih mir

bismillahi – im Namen Gottes

dhikr – Gedenken an Gott, z. B. durch Rezitation, Anrufung Gottes (zusätzlich zu den Pflichtgebeten)

fiqh – islamische Rechtswissenschaft

fitna – Versuchung (durch Gott), schwere Prüfung, schwere Zeiten (Glaubensabfall u. ä.)

fullah – Seidentuch

ghusl – rituelle Ganzkörperwaschung

hadith – Überlieferungen von Aussprüchen und Handlungsweisen des Propheten Mohammed
hajj – Pilgerfahrt nach Mekka
haki – Da!/Bitte!/Schau!
halal – nach dem religiösen Gesetz erlaubt
haram – nach dem religiösen Gesetz verboten
hijab – Kopftuch
iman – Glaube
inshaallah – so Gott will
Issa – Jesus
janna – islamisches Paradies
jillaba – Gewand für Frauen
kafir – Ungläubiger, Heide
kahba – Schlampe
khalas – aus, fertig, Schluss
khimar – Gewand mit Kopftuch
kus – Fotze
laa ilaha illa llah Muhammadun rasulu llah – es gibt keine Gottheit außer Gott, Mohammed ist der Gesandte Gottes
ma 'ala balish – keine Ahnung
ma 'a s-salama – auf Wiedersehen
madrassa – Schule für islamische Wissenschaften
mahr – Brautgeld
ma sha allah – wie Gott will
mä shä – verhöhnt die falsche arabische Aussprache der Konvertiten von »ma sha (allah)«
miswaak – Zweig, Knospe oder Wurzelstück des Zahnbürstenbaums
nafs – Person, Selbst, Psyche, Seele
niqab – Gesichtsschleier
Qiyam al-lail – (freiwilliges, aber von Gott reich belohntes) Nachtgebet

ramadan – Fastenmonat
as-salaamu 'alaykum – Friede sei mit euch (Gruß)
salaat – das Gebet
salaat al-Jnaza – Totengebet
shahada – islamisches Glaubensbekenntnis
shaitaan – Teufel
sharia – islamisches Recht
sharmuta – Hure
shia – Schiiten, zweitgrößte Konfessionsgruppe des Islam
shura – Beratung
sunni – Sunniten, größte Konfessionsgruppe des Islam
taalib – Schüler
tabiib – Arzt
taqiya – muslimische Gebetskappe, Gebetsmütze
taqwa – Gottesfurcht
umma – islamische Weltgemeinschaft
wali – Beschützer
wallahi binti – ich schwöre bei Gott, mein Mädchen
wudu' – rituelle Waschung
yaa – ach, oh
yaa rabbi – oh Herr!
zakat – das Almosen
zinaa – Unzucht

Finnisch

äijä – echter Mann, tougher Kerl
älä esitä – verstell dich nicht
bisi – Alter
Doris, Doris, sä veit mun syämmein – Doris, Doris, du hast mein Herz geraubt
Entäs sitten? – Na und?
Fuck off, vittus bisi! – Fuck off, Alter!
Haista … – Riech an … (Beschimpfung)
Haista Vuittoni! – Scheiß-Vuitton
intti – finnisches Militär, Wehrdienst
kaikin mokomin – klar doch
kollir – Kerle
meitsin pöytä – unser Tisch
melu – Lärm
Mitäs neiti? – Wie geht's dem Fräulein?
mitäs tässä – geht so
Miten roikkuu? – »How's it hanging?«
Mukava Muslimitytön kasvatusopas. Arjen haasteet ja ongelmat – Erziehungsleitfaden für Muslimmädchen. Herausforderungen und Probleme des Alltags

musu – Muslim
musumuija – muslimisches Mädchen
mutis – Drecksgesicht
mutismuija – Drecksmädchen
nahkatakkinen tyttö – Mädchen mit Lederjacke
Olen musu, anna pusu! – Ich bin Muslim, gib mir einen Kuss!
Onks täss vapaata? – Ist hier noch frei?
perusduunare – Arbeiterklasse
pikkuinen – Kleine
pissis – unreife Teenager (auch auf Erwachsene übertragbar)
pusuja – Küsschen
saatanan neekerihuora – verfluchte Negerhure
Satumaa: Aavan meren tuolla puolen, jossakin on maa – Märchenland: Irgendwo jenseits des weiten Meeres liegt ein Land … (finnischer Nationaltango)
skidi – Kind
Soita – Ruf an!
stevarina, stevare – Securitytypen
suomimusu – finnische Muslime, Konvertiten
valkeat yöt – weiße Nächte
viimeistä päivä – der letzte Tag seines Lebens
vitsi – verdammt
vittu – Fotze, wird äquivalent zum englischen »fuck«/»fucking« verwendet
voi – ach, oje